Reitemeier / Tewes · Mies gezockt

JÜRGEN REITEMEIER

WOLFRAM TEWES

Mies gezockt

PENDRAGON

1

„Knapp daneben ist auch vorbei!"

Jupp Schulte, von Beruf Polizist und in seiner Freizeit Fußballfan, schrie seine Erleichterung heraus und klatschte vor Begeisterung seinen Enkel Linus ab. Wieder kein Tor für die *Arminia* aus Bielefeld, wieder hatten die Amateurkicker des *DJK Heidental* das Glück auf ihrer Seite. Eine Laune der Auslosung hatte den Dorffußballern aus Heidental die Profis von *Arminia Bielefeld* im *DFB*-Pokal beschert. Dass die Heidentaler überhaupt so weit gekommen waren, hatten sie jenem Zufall zu verdanken, dass vor vier Jahren etliche Flüchtlinge im Dorf untergebracht worden waren. Schnell hatte sich herausgestellt, dass drei von den jungen Männern hervorragende Fußballer waren. Der Vereinsvorsitzende, ein Bauunternehmer aus dem Ort, hatte sofort die Gelegenheit beim Schopf gepackt und die drei sowohl in seine Firma als auch in die örtliche Fußballmannschaft integriert. Seitdem war es mit dem *DJK Heidental* stetig bergauf gegangen. Erst ein Durchmarsch von der dritten in die erste Kreisklasse, dann entwickelten sie sich zum Pokalschreck für etliche höherklassige Mannschaften. Mit *Arminia Bielefeld* war nun ein Höhepunkt erreicht, das Spiel des Jahrhunderts für die Heidentaler. Da es im Dorf keinen Fußballplatz gab, der diesen Namen wirklich verdient hätte, war man nach Detmold umgezogen. Auf den Platz, auf dem normalerweise Post Detmold in der Bezirksklasse kickte und auf dem nun viele Detmolder neidvoll zuschauen mussten, wie sich das kleine Nachbardorf gegen den übermächtigen Gegner erstaunlich wacker schlug. Schulte, der in Heidental wohnte, wollte sich dieses Event natürlich nicht entgehen lassen und stand nun mit seinem Enkel Linus im Fanbereich der Heidentaler. Fast das ganze Dorf war gekommen, jeder wollte bei dieser patriotischen Angelegenheit dabei sein. Selbst Anton Fritzmeier, ein zweiundachtzigjähriger Landwirt, auf dessen Hof Schulte zur Miete wohnte und der sich im normalen Leben nicht die Bohne für Fußball interessierte, fieberte mit. Das hier war nicht das normale Leben, das hier war klein gegen groß, David gegen Goliath, Dorf gegen Großstadt. Da zählte jeder Mann, jede Frau und jedes Kind.

Schulte blickte schadenfroh zum Trainer der Bielefelder, der nicht weit von ihm entfernt am Spielfeldrand stand und einigermaßen ratlos wirkte.

Das Pokalspiel hatte für den Mann aus der Stadt denkbar schlecht begonnen, seine Profikicker taten sich schwer gegen die absoluten Underdogs aus der lippischen Kreisklasse. Nach einem von den Bielefeldern verkrampft und unmotiviert geführten Spiel hatte es lange kein Tor gegeben. Dies hatte sich in der 43. Spielminute beinahe geändert, als die Heimmannschaft durch einen dummen Zufall oder auch durch eine krasse Fehlentscheidung des Schiedsrichters, das war eine Frage der Perspektive, an einen Freistoß gekommen war, der um ein Haar den Bielefelder Abwehrspielern durch die Beine geflutscht wäre.

Welch eine Demütigung für die Profis, wenn dieses

Spiel verloren gehen sollte. Ganz Deutschland würde über die Bielefelder lachen, kein Fernsehsender, keine Zeitung würde auf einen höhnischen Kommentar verzichten. Wahrscheinlich war der Trainer froh, als Frank Holzer, der Schiedsrichter, endlich zur Halbzeitpause pfiff, dachte Schulte. Wenn Schulte der Trainer wäre, dann würde er seinen verwöhnten Jungs nun eine Predigt halten, die sie so schnell nicht vergessen würden. Rote Ohren würden sie kriegen, sich in Grund und Boden schämen. Da er aber nicht der Trainer war, und auch sonst hier keinerlei Pflichten zu erfüllen hatte, holte er für alle drei je eine Bratwurst und für sich und Fritzmeier ein Halbzeitpausen-Bier.

Offenbar hatte die übliche Halbzeitansprache des Bielefelder Trainers wenig genutzt, denn die zweite Halbzeit begann, wie die erste geendet hatte. Die Profis schoben sich mutlos den Ball zu, niemand traute sich, die Initiative zu ergreifen. Der Trainer rannte an die Seitenlinie, schrie seine Spieler an, gestikulierte, als müsse er Fliegen vertreiben. Und endlich kam Schwung ins Spiel. Langsam, aber unaufhaltsam übernahmen die Bielefelder die Herrschaft über den Platz. Die Dorfkicker versuchten tapfer, ihnen hinterherzulaufen. Aber sie waren platt, sie kamen kaum noch an den Ball. Die deutlich stärkere Physis der Profis setzte sich durch und das Spiel begann einseitig zu werden. Nur ein Tor wollte nicht fallen. Das weiße Viereck war wie vernagelt. Bis zu der Sekunde im letzten Drittel der zweiten Halbzeit, als der Ball von der rechten Seitenlinie hoch in den Strafraum der Amateure geflogen kam. Der bullige

Mittelstürmer der Bielefelder bündelte all seine Energie, schraubte sich hoch, höher als alle Heidentaler jemals in ihrem Leben gesprungen waren und nickte den Ball ins Netz. 0:1. Der Bielefelder Trainer wirkte schlagartig etwas ruhiger. Der Drops ist gelutscht, dachte Schulte. Jetzt drehen die Profis auf und machen unsere Jungs platt. Aber was war das? Was zum Teufel machte denn dieser Schiedsrichter da? Holzer ging nicht etwa zur Mittellinie, wie zu erwarten gewesen wäre. Nein, er wedelte wie eine Windmühle mit den Armen und schüttelte den Kopf. Die Bielefelder Spieler liefen zu ihm, bildeten einen dichten Pulk um ihn herum und schrien auf ihn ein. Doch der Mann in Schwarz war unnachgiebig. Selbst der Linienrichter fasste sich an den Kopf, als der Schiedsrichter auf Abseits entschied. Einen Videobeweis konnte man natürlich bei diesem Spiel nicht abrufen und so konnten die Bielefelder schimpfen, sie konnten Gift und Galle spucken – die Schiedsrichterentscheidung war bindend. Es gab Abstoß vom Tor der Heidentaler und das Spiel war plötzlich nicht wiederzuerkennen. Die Profis spielten nun nicht nur ihre überlegene Kondition aus, nun lenkte pure Wut ihre Aktionen. Ein Heidentaler Spieler nach dem anderen wurde nun Opfer der körperlichen Unterlegenheit. Die Pfeife des Schiedsrichters bleib nicht mehr still. Jede Aktion der Bielefelder wurde abgepfiffen, es kam kein zusammenhängender Spielzug mehr zustande. Schultes Nerven wurden böse strapaziert. Linus, der neben ihm mehr zappelte als stand, war überhaupt nicht mehr zu beruhigen. Nur Fritzmeier schien das alles nicht zu berühren. Er schaute vielmehr, für den alten Landwirt ein lebenslänglich eingeübter Reflex, in den Himmel und studierte die Wolken. „Chibt chleich 'n Schauer", brummte er und nahm den letzten Schluck aus der Bierflasche. In diesem Moment zückte der Schiedsrichter zum ersten Mal die rote Karte gegen einen Bielefelder. Ein Mann weniger, aber auch das nützte den Heidentalern nichts. Sie gingen immer stärker in die Knie und hätte der Schiedsrichter nicht alles getan, um den Spielfluss zu bremsen, das Ergebnis wäre bereits zweistellig. Im gleichen Maße, wie die Kraft der Amateurfußballer schwand, wuchs die Wut der Profis. Fünf Minuten später flog der nächste Bielefelder vom Platz. Linus, durch sein zartes Alter noch unverdorben und als aktiver Jugendfußballer auch ein ausgewiesener Fachmann, sagte empört: „Aber das war doch gar kein Foul. Der hat den doch sauber vom Ball getrennt."

„Bist du wohl ruhig!", schimpfte Schulte. „Ist doch gut für uns."

Sein Enkel schaute ihn prüfend an. Wahrscheinlich hatte er gerade die letzten kindlichen Illusionen über die Erwachsenen im Allgemeinen und über seinen Opa im Besonderen verloren.

Nur noch wenige Minuten zu spielen. Eine Verlängerung würden die Heidentaler nicht überleben, schon rein körperlich nicht.

Der Bielefelder Trainer machte den Eindruck, jeden Moment auf den Platz rennen und den Schiedsrichter vom Feld prügeln zu wollen. Dann donnerte ein Bielefelder den Ball mit brachialer Gewalt nach vorn.

Der Ball prallte einem bedauernswerten Heidentaler gegen die Brust, der ging zu Boden, während der Ball wieder in Richtung des Bielefelder Tores kullerte. Ein Heidentaler Spieler bekam das Leder direkt vor seine Füße, nahm seine letzte Energie zusammen und lief mit dem Ball in Richtung Tor. Aber so schnell er auch lief, zwei Bielefelder Abwehrspieler waren schneller und kurz vor der Strafraumgrenze lernte der Heidentaler den bitteren Geschmack des Rasens kennen. Eine saubere Abwehraktion fanden die Bielefelder Fans und klatschten Beifall. Doch …, was denn jetzt? Es gab einen Pfiff und der Schiedsrichter zeigte auf den Elfmeterpunkt. Wieder Rudelbildung, wieder ließ Frank Holzer keinen Einwand gelten. Ein Heidentaler trat an – der Bielefelder Torwart hielt. Doch wieder pfiff der Schiedsrichter und zeigte erneut auf den Punkt. Wiederholung. Angeblich habe sich der Torwart zu früh bewegt. Nun herrschte Lynchstimmung bei den Bielefelder Spielern und den mitgereisten Fans. „Das pfeift doch heute kein Mensch mehr!", schrie der Bielefelder Trainer sich die Kehle wund. Wieder lief der Heidentaler Spieler an, trat mit aller noch verbliebenen Kraft hinter den Ball – und der zappelte im Netz. Sekunden später pfiff der Schiedsrichter ab und rannte um sein Leben, er erreichte die Kabine nur knapp.

Zwanzig Minuten später waren Jupp Schulte, Linus und Anton Fritzmeier auf dem Weg zu Schultes Auto, um wieder zurück ins Dorf zu fahren. Sie beeilten sich, denn die Wolken wurden immer dichter und dunkler. Jeden Moment konnte der Regen herunterprasseln. Immer wieder trafen sie auf feiernde, johlende, ihr Glück kaum fassen könnende Heidentaler Bürger, denen der drohende Regen völlig gleich war. Jung und Alt, männlich wie weiblich, alle trunken vor Siegestaumel. Auf dem Parkplatz angekommen, wollte gerade eine kleine Gruppe niedergeschlagener Bielefelder Fans neben Schultes Auto einen Kleinbus besteigen.

„Na Jungs", begrüßte Anton Fritzmeier den traurigen Haufen. „Pech chehabt, was?"

„Pech?", ein Mann in Schultes Alter schrie den alten Landwirt fast an: „Das war kein Pech. Wir sind so was von verpfiffen worden. Dieser Schiedsrichter wollte, dass wir verlieren. Das ganze Spiel war ein Skandal und müsste eigentlich wiederholt werden. So eine Sauerei!"

„Stimmt dat?", fragte ein leicht schockierter Fritzmeier später im Auto. „War dat wirklich Betruch?"

„Na ja", antwortete Schulte nach einigem Zögern. „Wer weiß das schon so genau."

2

Seit fünfunddreißig Minuten war Günther Sauer ein reicher Mann.

Zärtlich strich er über das weiche, schwarze Leder seines flachen Aktenkoffers. Es war nicht der Koffer selbst, der ihn so glücklich machte, sondern dessen Inhalt. Es nahm ihm fast den Atem, als er an die vielen großen Geldscheine dachte. Ganz frische Banknoten, die noch knisterten, die noch nicht von tausend

Händen abgegriffen waren. Banknoten im Wert eines Einfamilienhauses. Mit zitternden Fingern klaubte er einen dünnen Zigarillo aus einer dunkelroten Schachtel und zündete es an. Nach einigen Zügen wurde er langsam ruhiger.

Er unterdrückte den Impuls, zum wiederholten Male den Koffer zu öffnen und hineinzuschauen. Nicht hier auf der Straße, wies er sich selbst zu recht. Nicht, wenn du beobachtet werden kannst. Er zwang sich, so lässig wie möglich durch die Bielefelder Altstadt zu gehen. Bummeln, sagte er sich. Du musst aussehen wie Einer, der einfach einen lockeren Nachmittagsbummel macht. Okay, es war nicht gerade das Wetter für einen entspannten Bummel. Regen und Sturm waren in diesen Tagen, es war Anfang März, mehr die Regel als die Ausnahme. Er zog den Kopf zwischen die Schultern, schlug den Mantelkragen hoch und so langsam wie seine Nerven dies zuließen, ging er Richtung Bielefelder Westen. Bereits nach wenigen Metern spuckte er den Zigarillo, den ein dicker Regentropfen nass und unbrauchbar gemacht hatte, achtlos auf den Bürgersteig.

Vor etwa einer Stunde war er den Weg umgekehrt gegangen. Er hatte sein Auto, einen uralten grellroten Škoda Octavia, irgendwo in der Nähe des Siegfriedplatzes geparkt und sich zu Fuß in die Altstadt aufgemacht. Da hatte sich in seinem Köfferchen neben der Packung Zigarillos nur der Wettschein befunden. Klein und völlig unscheinbar, aber ungeheuer wertvoll. Mit Magenkrämpfen hatte er das Wettbüro betreten und versucht, den Wettschein so lässig wie möglich auf den Tresen zu legen. Immer in der Hoffnung, dass niemand ihm ansah, wie flau ihm zumute war. Ein junger Angestellter hatte den Schein entgegengenommen, ihn mehrfach überprüft und war dann zu seinem Computer gegangen, um die Daten des Wettscheines einzugeben. Daraufhin war er aufgesprungen und mit dem Schein in der Hand in ein Hinterzimmer gestürmt. Sauer hatte immer wieder erregte Männerstimmen hören können, die klangen, als würden sie streiten. Irgendwann kam der junge Angestellte zusammen mit einem anderen, etwas älteren Mann wieder nach vorn. Sauer wurde aufgefordert, seinen Personalausweis vorzulegen. Als der überprüft war, hatte der Ältere resigniert mit den Achseln gezuckt und seinen Mitarbeiter angewiesen, die Summe auszubezahlen. Sauers Herz schlug Salti, als der Angestellte zu einer Art Automat ging, den Wettschein in einen Schlitz steckte und der Apparat kurz darauf begann, einen Geldschein nach dem anderen auszuspucken. Zweihundertachtzigtausend Euro, so viel Geld hatte Günther Sauer noch nie in seinen dreiundsechzig Lebensjahren auf einem Haufen gesehen. Wie in Trance hatte er die Scheine in den Koffer gepackt, mit zittriger Hand einen Beleg signiert und dann das Wettbüro verlassen. Draußen auf der Straße war er nach einigen hastigen Schritten stehen geblieben, um wieder einen klaren Gedanken fassen zu können. Sein erster Impuls war gewesen, in eine der zahlreichen Kneipen der Altstadt zu gehen, um die Nerven zu massieren. Doch dann war der Drang, eine möglichst große Distanz zwischen dem Wettbüro und sich selbst zu schaffen, immer stärker geworden. Fast fluchtartig war er dahingestürmt. Erst als er die trostlose Unterführung des Ostwestfalendamms durchschritten hatte, war er wieder zur Besinnung gekommen.

Wieder zurück im Bielefelder Westen stellte sich ein Glücksgefühl ein. Er war so reich wie noch nie in seinem Leben. Schon bevor er den Gewinn abgeholt hatte, waren seine Gedanken nur um dieses Thema gekreist. Was würde er mit all dem Geld anfangen? Ein Haus kaufen? So etwas kam für einen wie ihn, den seine Freunde den *Windhund* nannten, nicht infrage. Günther Sauer war nicht der Mann, der den Rest seines Lebens mit Vorsicht und Vernunft vergeuden würde. Er wollte leben, wollte Spaß haben, es so lange richtig krachen lassen, bis ein völlig erschöpfter Schutzengel eines Tages den Stecker rausziehen würde. Fast wollüstig malte er sich seine Zukunft in den schönsten Farben aus. Dass es immer noch regnete, dass die Feuchtigkeit ihm aus den Haaren ins Gesicht tropfte und sein Mantel immer schwerer an ihm hing, war ihm nicht bewusst. Doch auf Höhe des Cafés *Wunderbar* verdunkelte ein Gedanke sein Gemüt, wie eine aus dem Nichts kommende Wolke an einem Sonnentag. Das Geld war zwar in seinem Koffer, aber es gehörte ihm nicht. Und immer stärker drängte sich die Frage in den Vordergrund, wie der Mann, dem der Gewinn eigentlich zustand, wohl reagieren würde. Es war nur eine Frage von Stunden, bis er bemerkte, dass der *Windhund* ihn hintergangen hatte. Und dann?

Als Sauer die Fahrertür des altersschwachen Škodas aufschloss, wusste er, was zu tun war. Verschwinden würde er. So schnell wie möglich und so weit weg wie nötig.

3

Es regnete und regnete und das seit Wochen. So eine graue Suppe, die da draußen herrschte, machte schwermütig. Außerdem verbrachte sie seit Tagen die Zeit in ihrer neuen Wohnung mit Tapeten abreißen, Wände streichen und Farbreste von Fußleisten kratzen. Das waren sowieso schon Arbeiten, die jedes Zufriedenheitsgefühl niedermachten. Und dann noch dieser widerliche Dauerregen.

„Kind, du musst dir deine neue Wohnung erarbeiten", hatte ihre Mutter ihr geraten. Meine Mutter, Zoé Stahl schnaubte, die hatte zu allem einen guten Rat. Na, sagen wir einen Rat, korrigierte sie ihren Gedanken.

Ihre Mutter und sie, ja, das war auch so eine Geschichte. Nachdem diese sich damals von Zoés Vater getrennt hatte, arbeitete sie eine Zeit lang in Detmold und ordnete ihr Leben neu. Ohne Zoé, die war bei ihrem Vater in Hamburg geblieben.

Ihre Mutter war gegangen, alleine, sie hatte der Großstadt und der Familie den Rücken gekehrt und sich für dieses Kaff, für dieses Detmold entschieden. Anscheinend hatte Zoés Mutter viele schöne Momente in dieser Stadt erlebt, denn sie redete oft über diese Zeit. Sie hatte jemanden kennengelernt, einen Polizisten. Ihre Mutter hatte den Namen mal erwähnt. Zoé hatte ihn vergessen.

Als Zoé ihr am Telefon berichtet hatte, dass sie jetzt in Lippe eine neue Anstellung bekommen habe, da kam die Mutter ins Schwärmen.

„Detmold, die schönste Stadt, die ich kenne", hatte sie erfreut gerufen. „Kind, dort hatte ich die glücklichste Zeit meines Lebens."

Zoé wusste, was jetzt kam. Ihr war die Hommage, die ihre Mutter dieser Stadt entgegenbrachte, schon immer auf die Nerven gegangen.

„Das war früher", hatte Zoé missmutig geantwortet. „Heute ist dieses Dorf der Inbegriff der Langeweile."

„Dorf, also Kind, ich bitte dich …", hatte ihre Mutter erneut zu einer Jubeltirade angesetzt. Doch Zoé beendete wütend das Telefongespräch. Sie wollte weder Kind genannt werden, noch wollte sie die nächste Lobhudelei auf dieses lippische Kaff hören. Zoé wollte nicht in die Provinz, nicht nach Detmold und auch in keine andere Kleinstadt. Doch was sollte sie machen? Sie war Beamtin, jung und ungebunden dazu, da war es manchmal nicht so einfach mit der Ortswahl des Arbeitsplatzes.

Vor Kurzem war hier in Detmold unverhofft eine Stelle frei geworden. Ein Kollege war von heute auf morgen, im Rahmen eines EU-Austauschprogrammes, nach Bulgarien oder Rumänien versetzt worden. Wohin genau wusste Zoé nicht. Das war ihr auch egal. Doch sie war sicher, dass sich für so einen Austausch keiner freiwillig gemeldet hatte. Also eine Strafversetzung, vermutete sie. Und was war diese neue Stelle für sie? Was hatte sie angestellt, um auf diesen Arbeitsplatz versetzt zu werden? Detmold oder Bulgarien? Wo ist der Unterschied, fragte sich Zoé resigniert. Auf die Schnelle fiel ihr keiner ein. Für sie waren beide Orte eine Höchststrafe. Dabei hatte sie sich nichts zuschulden kommen lassen und doch wurde sie, wie sie es empfand, strafversetzt. Strafversetzt nach Detmold.

Drei Jahre war sie in Köln Staatsanwältin auf Probe gewesen. Immerhin: Köln! Ihr Plan danach war es gewesen, die Welt kennenzulernen. Daher wollte Zoé, nach dieser Anstellung als Beamtin auf Probe, so schnell wie möglich in eine andere bundesdeutsche Metropole wechseln. Sie liebte die Hektik, die Emsigkeit und sogar das Laute der großen Städte.

Doch dann wurde die Stelle in Detmold frei und der Generalstaatsanwalt hatte ihr ziemlich unmissverständlich zu verstehen gegeben: „Die oder keine, Frau Stahl."

Zoé hatte sich dieser Offerte widerwillig gebeugt. Als sie dem Angebot ihres Chefs zugestimmt hatte, war der plötzlich nicht mehr streng gewesen, sondern hatte ihr hocherfreut die Hand geschüttelt und ihr eine glänzende Karriere in Aussicht gestellt. In diesem Moment war Zoé sicher, dass der Generalstaatsanwalt gerade ein Problem weniger hatte und froh darüber war, dass er die Stelle in Detmold endlich besetzt hatte. Und sie war dem Kerl auf den Leim gegangen.

So ihren Gedanken nachhängend starrte Zoé durch die Fensterscheibe der Terrassentür in die Dunkelheit. Dicke Regentropfen prasselten unaufhörlich gegen das

Glas. Und wieder packte Zoé das Selbstmitleid. Die Dauerbaustelle in ihrer Wohnung, das widerliche Wetter, die fremde Stadt, in der sie niemanden kannte, all das zusammengenommen, war für Zoé der Inbegriff der Ungemütlichkeit. Diese Atmosphäre war kaum noch zu ertragen, fand sie.

Zoé kramte in ihrer Arbeitshose nach einer zerknüllten Packung Zigarillos. Fingerte einen heraus und steckte sich den Tabakstängel in den rechten Mundwinkel. Dann sah sie wieder durch die Fensterscheibe der Terrassentür nach draußen. Der Regen hatte noch einmal an Intensität zugelegt. Sollte sie wirklich da draußen ihrer Sucht frönen? Oder besser ihren gerade getätigten Schwur brechen und in ihrer Wohnung rauchen?

Niemals, bestätigte sie sich mit fester Stimme ihren vor drei Tagen gefassten Beschluss, der da lautete: Rauchen? Nicht in dieser Wohnung!

Zoé zog den Zigarillo wieder aus ihrem Mundwinkel und versuchte, ihn zurück in die Schachtel zu stopfen, was natürlich nicht gelang. Ärgerlich zerdrückte sie den Glimmstängel und warf ihn in den Mülleimer.

Verdammtes Detmold! Zoé hatte das Gefühl, dass sie immer schwermütiger wurde. In den letzten Tagen hatte sie durch erhöhten Fernsehkonsum ihre Einsamkeit zu bekämpfen versucht. Also griff sie auch heute auf dieses scheinbar bewährte Mittel zurück. Doch es gab keinen Programmbeitrag, an dem sie wirklich Interesse hatte.

Bei der Diskussionssendung „Hart aber fair" beendete Zoé ihren Rundgang durch das Programmangebot. Gerade leitete der Moderator, Frank Plasberg, die Schlussrunde mit einem kleinen Videospot ein. Es wurde Innenminister Seehofer gezeigt, der der Bundeskanzlerin ob dieses neuen Virus, Corona, den Händedruck verweigerte. Die Runde lachte.

„Zum Ende dieser Sondersendung ‚Hart aber fair‘ mit dem Thema: *Zwischen Hysterie und begründeter Angst vom 2. März, was nehmen Sie, meine Damen und Herren, als Erkenntnis mit aus dieser Runde?*“

Zuerst antwortete Professor Dr. Bandelow, ein renommierter Angstforscher und Psychiater: „Man sollte mit gesundem Fatalismus an die Sache gehen und denken, dass schon nichts passieren wird. Ich denke, das kann man vielen Leuten ans Herz legen“, versuchte er den Druck aus der Situation zu nehmen.

Als Nächstes äußerte sich Frau Dr. Johna, Mitglied des Vorstandes der Bundesärztekammer, zu dem Thema: „Ich habe mitgenommen, dass es, so glaube ich, sinnvoll ist, die Situation jeden Tag neu zu bewerten, weil sie sich schnell verändern kann. Zum jetzigen Zeitpunkt brauchen wir uns, glaube ich, überhaupt keine Sorgen zu machen. Das kann sich aber ändern.“

Der NRW-Gesundheitsminister Karl Josef Laumann bedankte sich bei Plasberg artig, dass die Sendung einen kleinen Beitrag dazu geleistet habe, dass sich die Leute nicht ganz so viele Sorgen machen müssten. Ansonsten würde er sich jetzt öfter die Hände waschen.

Genervt schaltete Zoé den Fernseher wieder ab. Dieses Corona-Virus war seit einigen Tagen mehr und mehr ein Thema in den Medien. Aber wenn man den

Fachleuten, die gerade ihre Meinung zum Besten gegeben hatten, Glauben schenken konnte, dann lautete die Quintessenz: ernstnehmen, aber nicht die Pferde scheu machen. Hin und wieder mal die Hände waschen und die Selbigen weniger schütteln, ansonsten locker bleiben.

Neben dem beschissenen Alltag, den Zoé gerade durchlebte, war dieses Thema Corona auch keine Erleichterung für sie. Sie beschloss, die Strategie ‚Fernsehen gegen Niedergeschlagenheit' nicht weiter zu ihren Lösungsansätzen zu zählen. Sie musste raus, raus aus dieser ungemütlichen Wohnung, weg von dieser Baustelle. Mit Menschen reden, das wäre jetzt genau das Richtige. Und wo fand man Menschen, wenn man neu in einer Stadt war? Genau, sie hielten sich in Kneipen auf. Eine gute Kneipe, das war fast immer eine Lösung.

Eine halbe Stunde später stapfte Zoé entschlossen durch den Regen den Bandelberg hinunter. Die junge Frau zog den dicken Parka enger um ihren Körper, so konnte sie sich einigermaßen vor dem Regen und dem nasskalten Wind schützen. Während Zoé die Straße entlangtrottete, starrte sie auf den regennassen Asphalt. Dabei fluchte sie unentwegt vor sich hin. Die Unflätigkeiten, die die Frau dem Sauwetter entgegenschleuderte, wurden jedoch immer wieder von einem Satz unterbrochen, den sie wie ein Mantra zwischen die Schimpftiraden platzierte. Es lautete: „Irgendwo in dieser verdammten Stadt muss es doch eine Kneipe geben."

Es gab einige. Das musste Zoé Stahl wenige Minuten später zugeben. Sie hatte keine besondere Vorstellung, was für eine Art Lokal es sein sollte, in dem sie ihr Bier trinken wollte, und so nahm sie eine der ersten Gaststätten, die an ihrem Weg lagen. *Cosmo Lounge* stand auf einem beleuchteten Schild geschrieben. Zoé fackelte nicht lange. *Cosmo Lounge,* klingt gut, dachte sie und trat entschlossen ein.

Eine Minute später blätterte sie bereits in einer Getränkekarte. Zoé trank Bier! Meistens jedenfalls. Heute stand ihr der Sinn nach etwas anderem, nach Sonne, nach Karibik. Genau, bei diesem Scheißwetter war ein Cocktail genau das richtige Getränk, um das Lebensglück zurückzuholen. Sie entschied sich für einen Caipirinha. Zwar nicht Karibik, aber immerhin Südamerika, dachte Zoé, als sie den ersten Schluck des fruchtig süßen Limettencocktails genoss.

Sie stand an der Theke und musterte die Gäste. Ein Mann unbestimmten Alters, der sie stark an einen Fernsehschauspieler erinnerte, fiel ihr auf.

In einem der dritten Programme wurde derzeit eine Kultserie aus den Achtzigerjahren wiederholt, *Monaco Franze, der ewige Stenz.* Und genau an diesen Kerl erinnerte Zoé der Mann, der sie mittlerweile mit seinen Blicken auszog.

Schleimiger Typ, dachte Zoé. Und ging nach draußen, um zu rauchen. Während sie ihren Zigarillo anrauchte, hing sie weiter ihren Gedanken nach. In der Fernsehserie, die sie sich angesehen hatte, war der Typ, dieser *Monaco Franze,* erst Kommissar und später Privatdetektiv gewesen.

Wäre ja verrückt, wenn der Mann da, dieser Schulte

wäre, dieser Hauptkommissar, den ihre Mutter immer wieder erwähnte, dachte Zoé. Doch nein, das konnte wirklich nicht sein. Dieser Schulte, der musste deutlich älter sein als der Kerl da drinnen.

Der Glotzer war irgendwas zwischen vierzig und fünfzig Jahre alt. Der Typ wirkte ziemlich aus der Zeit gefallen mit seiner Bundfaltenhose, Sakko und einer Lederkrawatte aus den Achtzigern. Das ganze Outfit wurde von der Frisur noch getoppt. Die Haare zu lang, der Seitenscheitel zu exakt.

„Darf ich mich dazustellen?", wurde Zoé aus ihren Gedanken gerissen. Vor Schreck ließ sie ihren Zigarillo fallen. Als der in der Pfütze zu ihren Füßen landete, war ein kurzes leises Zischen zu hören. Der ist hin, dachte Zoé und blickte noch eine Sekunde auf die im Wasser dümpelnde Rauchware. Dann bückte sich der Mann, der ihr den Blutdruck vor wenigen Sekunden auf zweihundert getrieben hatte, um das braune Etwas aus der Wasserlache zu fischen und es ihr mit den Worten: „Ich glaube, den sollten Sie nicht mehr weiter rauchen", unter die Nase zu halten.

Zoé blickte in das lässige, arrogante Grinsen dieses *Monaco Franze*. Der kramte jetzt in seiner Sakkotasche und förderte eine Schachtel *Ernte 23* zutage. Er klappte den Deckel auf und bot ihr eine Zigarette an.

Zoé rauchte normalerweise nur Zigarillos. Aber *Ernte 23,* das hatte was. Die hatte ihr Opa damals schon geraucht. Da war es natürlich naheliegend, dass auch Zoés erste Zichte eine *Ernte 23* gewesen war. Denn leichter als bei ihrem Opa war an die verbotene Ware nicht heranzukommen. Zoé nahm eine aus der Schachtel und ließ sich von dem Kerl Feuer geben.

„Henry Fischer", sagte der Mann, als der das silberne Feuerzeug zuschnappen ließ.

Zoé verstand nicht „Wie bitte?", fragte sie verdattert nach.

„Henry Fischer", antwortete der Mann. „Ich heiße Henry Fischer."

„Ach so, ja", Zoé nickte und nahm einen tiefen Zug. Sie wollte nicht mit dem Mann reden und versuchte, Distanz zu schaffen. Doch das schien diesen *Monaco Franze* nicht weiter zu stören.

„Sind Sie zum ersten Mal hier in diesem Lokal?", fragte er.

Zoé antwortete nicht. Sie rauchte.

„Warum ich frage?", gab die Nervensäge sich Zoés vermeintliche Antwort selbst.

Zoé rauchte.

„Na, ich habe Sie noch nie hier gesehen". Er grinste frech. „Und Sie wären mir aufgefallen."

Zoé drückte ihre Zigarette in einem Aschenbecher aus, der auf einem Tischchen stand. „Ich gehe wieder rein", sagte sie knapp.

Hastig warf auch der Mann seine Zigarette in den Ascher und eilte ihr hinterher. „Ich auch", sagte er scheinbar völlig unbekümmert und schob ein „Scheiß Wetter" nach.

Zoé ging zurück an die Theke und trank den letzten Schluck aus ihrem Glas.

So als würden sie sich schon hundert Jahre kennen,

stellte sich der Mann zu ihr und bestellte bei dem Kellner, der gerade vorbeiging. „Noch zwei Caipi", sagte er betont lässig und hob zur Bekräftigung zwei Finger wie ein Victoryzeichen in die Luft.

Zoé starrte den Mann verblüfft an. Wie dreist war der denn, fragte sie sich und laut sagte sie zu ihrem Gegenüber: „Was machen Sie hier eigentlich?"

Der blähte kurz die Backen und ließ geräuschvoll die Luft entweichen. „Ach, ich war mit einem Geschäftspartner verabredet." Er zuckte mit den Schultern. „Aber ich schätze, der kommt nicht mehr. Ich habe schon zehn Mal versucht, ihn zu erreichen. Der Kerl meldet sich einfach nicht. Ziemlich unangenehme Geschichte." Es folgte eine bedeutungsvolle Pause, die mit einem Seufzer beendet wurde. „Das wird Ärger geben", sagte er mit einem traurigen Ton in der Stimme. „Aber, na ja, heute kann ich da eh nichts mehr machen."

Der Kellner stellte zwei Cocktails auf den Tresen. „Gehen die auf deinen Deckel, Heinrich?", fragte er. Der Angesprochene nickte, nahm sein Glas und sagte dann aber fast im Plauderton: „Mit einer schönen Frau aus Brasilien wollte ich schon immer mal einen Cocktail trinken. Prost!"

4

Wieder warf Günther Sauer einen Blick in den Rückspiegel. Hatte er seinen Verfolger endgültig abgehängt? Oder nur aus den Augen verloren? Bei diesem Dauerregen war es nicht leicht, hinter sich etwas zu erkennen. Er beschleunigte den Škoda, so gut es ging, wurde aber umgehend durch eine rote Ampel in Höhe der Kreispolizeibehörde Detmold wieder ausgebremst. Nervös hämmerte er mit den Fingern auf das Lenkrad, warf immer wieder einen Blick in den Spiegel. Aber der taubenblaue Ford Mondeo Kombi war nicht zu sehen. Während er quer durch die Detmolder Innenstadt gefahren war, hatte ihn dieses Auto verfolgt. Mal näher, mal weiter entfernt. Sauer, ohnehin mit den Nerven am Ende, fühlte sich verfolgt. Zwei, vielleicht auch drei Straßen, okay, aber durch die ganze Stadt? Das konnte kein Zufall sein. Und sein knallroter Škoda war natürlich auch leicht zu verfolgen, wie ein Leuchtfeuer stach er aus dem grauen, weißen und schwarzen Einerlei der anderen Autos heraus.

Als die Ampel umsprang, drückte er das Gaspedal durchs Bodenblech. Der Škoda heulte auf, konnte aber kaum schneller fahren, weil sich vor ihm eine Schlange gebildet hatte. Wieder ein hastiger Blick in den Rückspiegel. Kein taubenblaues Auto zu sehen. Sauer atmete tief durch. Langsam beruhigte er sich. Offenbar hatte er sich die Verfolgung doch nur eingebildet. Er würde dringend etwas für seine Nerven tun müssen, nahm er sich vor. Aber erst wollte er mit dem Polizisten Jupp Schulte sprechen. Er hatte sich umgehört und wusste nun, dass Schulte nicht mehr in der Kreispolizeibehörde arbeitete.

Günther Sauer brauchte dringend Hilfe, und die würde er hoffentlich bei diesem ungewöhnlichen Polizisten finden, der ihm schon mehrfach aus der Patsche geholfen hatte.

Es war nicht mehr weit bis zu der ehemaligen Gaststätte *Obernkrug,* in der Schultes neue Dienststelle untergebracht war. Sauer beschloss, den Octavia nicht direkt vor der Gaststätte zu parken, um den Verfolger nicht dadurch auf seine Spur zu locken. Aber gab es ihn überhaupt? Immer noch war hinter ihm kein taubenblauer Ford Mondeo zu sehen. Trotzdem, dachte er, sicher ist sicher. An der großen Kreuzung Bielefelder Straße/Heidenoldendorfer Straße fuhr er auf den Parkplatz eines kleinen russischen Supermarktes. Von hier aus war es zwar noch ein kleiner Fußmarsch, aber per pedes würde er nicht so auffallen, wie mit dem leuchtendroten Škoda. Falls er wirklich beobachtet wurde, würde man ihn vermutlich in dem Supermarkt suchen. Bei diesem Gedanken lachte er schadenfroh in sich hinein. Er war bereits wieder, da die Gefahr offenbar nur eingebildet war, auf dem Wege zu einem gewissen seelischen Gleichgewicht. Kurz überlegte er, ob er den schwarzen Aktenkoffer, der unter dem Beifahrersitz versteckt lag, mitnehmen sollte, entschied sich aber dann dagegen. Zu gefährlich, ihn mitzuschleppen. In diesem alten Auto lag er sicherer. Kein Autoknacker dieser Welt würde darin ein kleines Vermögen vermuten. Ein feiner, aber kalter Nieselregen empfing ihn auf dem Parkplatz. Sauer schlug den Mantelkragen hoch und machte sich mit eingezogenem Kopf auf den Weg.

Auf der Höhe des kleinen Arnimsparks überquerte er die viel befahrene Bielefelder Straße. Fußgänger waren hingegen so gut wie keine unterwegs, was sicherlich dem Regen geschuldet war. Auf dem Bürgersteig der anderen Seite angekommen, blieb er kurz stehen, schaute sich um und … erschrak. Ein taubenblauer Ford Mondeo fuhr in diesem Augenblick an ihm vorbei. Am Lenkrad saß ein kleiner Mann mit Sonnenbrille, was angesichts des Nieselregens völlig absurd war, und schaute ihn aufmerksam an. Für Sekunden stand Sauer schreckensstarr im Regen, unfähig sich zu bewegen. Er sah, wie der Mondeo abbremste und nach links in die schmale Gasse *Am Heidenbach* einbog, genau da, wohin auch Sauer wollte. Es war völlig ausgeschlossen, dass der Mann mit der Sonnenbrille dies wusste. Er wollte sicherlich dort, vielleicht vor der Bäckerei, anhalten, um Sauer dort aufzulauern. Sauers Schockstarre ließ nach und er begann zu laufen. So schnell er konnte. Der Sonnenbrillenmann würde einige Zeit brauchen, um einen freien Platz zu finden. Dann musste er noch aussteigen. Dies alles würde Zeit kosten. Diese Zeit musste Sauer für sich nutzen und an ihm vorbeikommen. Es waren nur noch hundert Meter bis zum *Obernkrug,* das musste doch zu schaffen sein. Trotz seiner dreiundsechzig Jahre fühlte sich Sauer noch gut in Schuss. Er trug den Spitznamen *Windhund* nicht ohne Grund. Er achtete nicht auf den Regen, rannte durch tiefe Pfützen, war schon an der Bäckerei vorbei, als er sah, dass der Mondeo einen Parkplatz gefunden hatte und sein Fahrer dabei war, auszusteigen. Sauer beschleunigte noch einmal, obwohl seine Lunge bereits jetzt zu zerspringen drohte. Dann sah er die Natursteinfassade des *Obernkrugs* vor sich. Noch fünfzig Meter. Er wagte nicht, sich nach seinem Verfolger umzuschauen. Noch dreißig Meter. Dann endlich hatte er die unterste Stufe der Treppe, die zum Eingang führte, erreicht. Ein Gefühl von Triumph schwappte hoch, ließ ihn die Anstrengung vergessen und mobilisierte letzte Kräfte. Auf der Plattform direkt vor dem Eingang angekommen, konnte er der Versuchung nicht widerstehen, sich nach seinem Gegner umzusehen. Was er sofort bereute. Denn etwa zwanzig Meter vor der Treppe stand ein kleiner Mann mit einem viel zu großen Mantel und mit Sonnenbrille, hielt den rechten Arm hoch, wobei seine Faust direkt auf Sauer zeigte. Und nicht nur seine Faust, sondern auch der Lauf einer Pistole. Als Sauer gerade den letzten und rettenden Satz zur Eingangstür machen wollte, löste sich der Schuss.

Die fünf Beamten, die in der ehemaligen Kneipe ihren Dienst versahen, saßen bei einer Besprechung zusammen. Zumindest nannten sie es so, wenn sie wieder mal nicht wussten, was sie tun sollten und sich, dank fehlender Aufgaben, zu einer Runde Kaffee trafen. Die vier Männer und die eine Frau waren Verdammte, Verstoßene, Ausgesonderte. Allesamt Querköpfe, die nicht in das normale Schema des Polizeiapparates passten und damit zum Störfaktor geworden waren. Jedenfalls hatten ihre Vorgesetzten dies so empfunden und sie in diese sogenannte Dienststelle abkommandiert, die von ihren Insassen anfangs verächtlich, mittlerweile liebevoll *Lippisch-Sibirien* genannt wurde.

Manfred Rosemeier, der sich wie kein anderer hier gemütlich eingerichtet hatte, stellte gerade eine neue Kanne Kaffee auf den Tisch. Adelheid Vahlhausen zeichnete, ohne sich am Gespräch der anderen zu beteiligen, eine Skizze ihrer neuen Wohnung, um die Position der Möbel festzulegen. Hubertus von Fölsen, der Grandseigneur der Truppe, berichtete begeistert, dass er nun endlich einen Verlag für sein Buch gefunden habe. Marco van Leyden lungerte wie immer schlecht gelaunt auf seinem Stuhl und warf hin und wieder einen bissigen Kommentar ein. Jupp Schulte, der einzige Einheimische, machte sich ebenfalls über das Buch von Fölsens, in dem es um eine Reform der Polizeiarbeit in NRW ging, lustig. Rosemeier, der an solchen Debatten kein Vergnügen fand, stellte sich vor das Fenster.

„Was für ein Mistwetter", sagte er nach einer Weile. „Regen, Regen. Wo kommt das ganze Wasser nur her und wo will es eigentlich hin?"

Da die anderen ihn mit dieser philosophischen Frage allein ließen, starrte er weiter in den Regen und auf die Treppe, die zum Hauseingang führte.

„Was macht der denn da?" Plötzlich wirkte der sonst immer so entspannte Rosemeier aufgeregt. „Warum rennt der denn so? Wegen des bisschen Regens?"

Die anderen redeten einfach weiter. Niemand achtete auf das, was Rosemeier kommentierte.

„Der kommt hierher", rief Rosemeier, immer lauter werdend. „Wer das wohl ist?"

„Von wem redest du denn?", wollte Schulte genervt wissen.

„Von diesem Mann, der, wie von tausend Teufeln gehetzt, durch den Regen läuft, direkt auf uns zu. Muss jede Sekunde hier reinplatzen. Und da kommt noch einer. Häh, der trägt ja eine Sonnenbrille. Und dass bei dem Wetter."

Nun war auch Schulte aufmerksam geworden und stellte sich neben Rosemeier. Fast direkt vor ihnen nahm gerade ein Mann im Mantel die letzten Stufen der Treppe. Aber anstatt direkt die Tür zu öffnen, blieb er auf dem Podest vor der Tür stehen und schaute sich um. Dort stand zwanzig Meter von ihm entfernt eine weitere Person.

„Was macht der denn?", rief Rosemeier so aufgeregt, dass sich nun auch Marco van Leyden neben ihn stellte. Alle zusammen sahen sie, wie der kleine Mann in seine Manteltasche griff, plötzlich eine Pistole in der Hand hielt und damit direkt auf den Mann zielte, der auf dem Podest stand. Alle zuckten zusammen, als der Schuss fiel. Sofort drehte sich der Sonnenbrillenträger um und rannte davon. Wie ein Blitz startete van Leyden, um ihn zu verfolgen. Schulte folgte ihm sofort. Dem zusammengekrümmten Körper des Opfers, das stark blutend direkt vor der Tür lag, wich er aus. Um den würden sich die Kollegen schon kümmern, dachte er und beeilte sich, mit dem viel jüngeren und besser trainierten van Leyden Schritt zu halten. Doch der war schon weit voraus. Vor der *Bäckerei Hallfeld* traf Schulte auf seinen Kollegen, der sich wütend im Kreis drehte und nach dem Mann suchte, der wie vom Erdboden verschluckt war. Schulte lief die Bielefelder Straße nach links und van Leyden nach rechts. Irgendwann gab Schulte auf und kehrte zurück zum Parkplatz vor der Bäckerei. Van Leyden traf kurz darauf ein und schüttelte ebenfalls frustriert den Kopf. Auf dem Parkplatz standen mehrere Autos. In keinem der Autos saß eine Person.

„In der ganzen Zeit ist von hier kein Auto gestartet", sagte Schulte. „Entweder ist er zu Fuß gekommen oder er hat sein Auto bei der Flucht stehen lassen. Ich mache mal sicherheitshalber von allen Autos, die hier herumstehen, ein Foto mit dem Handy."

Dann gingen die beiden Männer zurück zum *Obernkrug*. Auf dem Podest kniete Adelheid Vahlhausen neben dem unbekannten Mann, auf den geschossen worden war. Sie hatte ihn auf die Seite gedreht und drückte ein Handtuch oder etwas Ähnliches an seine Schulter. Um seinen Oberkörper herum hatte sich eine große Blutlache gebildet. In der ehemaligen Kneipe stand Hubertus von Fölsen und telefonierte.

„Er lebt", sagte Adelheid Vahlhausen. „Aber er ist nicht bei Bewusstsein. Ich versuche, die Blutung zu stillen. Von Fölsen ruft gerade den Notarzt."

„Kennt einer diesen Mann?", fragte Rosemeier und schaute seine Kollegen an. Einer nach dem anderen schüttelte den Kopf. Auch Schulte. Aber bei ihm entsprach das nicht der Wahrheit. Er kannte den Mann mit dem mächtigen Schnauzbart, kannte ihn sogar schon recht lange.

5

Sollte er oder sollte er nicht? Henry Fischer hatte lange überlegt, was wohl der richtige Weg wäre. Sollte er den *Windhund* suchen oder nicht? Aber 10 000 Euro, die er dem Kerl anvertraut hatte, wollte er nicht in den Wind schreiben und auch nicht das Geschäft, das mit den 10 000 Euro verknüpft war. Nein, da konnte er die Füße nicht stillhalten. Nein, dazu war er zu sehr Lipper. Wenn es um Geld geht, Sparkasse. Da kannte er keine Verwandten.

Doch wie sollte er vorgehen? Wenn der *Windhund* verschwunden war, dann war der sicher untergetaucht. Sein Entschluss stand fest. Er musste ihn ausfindig machen. Aber wo sollte er anfangen? Zunächst stellte sich die Frage, „Wie hieß der *Windhund* überhaupt mit bürgerlichem Namen?". Henry Fischer musste überlegen. Alle nannten den Kerl nur *Windhund*. Nach reichlichem Nachdenken fiel ihm der Name ein. Günther hieß der Mann, Günther Sauer.

Zunächst hatte Henry Fischer seinen Kumpanen immer wieder angerufen. Doch der hatte das Handy wohl abgeschaltet oder der Akku hatte keinen Saft mehr. Naheliegend wäre es, den *Windhund* zu Hause aufzusuchen. Leider wusste er nicht, wo der Kerl wohnte. Darüber hatten sie nie geredet.

So kam Henry Fischer also nicht weiter. Die nächste Maßnahme, die Henry in Erwägung zog, war die, sich an den Orten umzusehen, an denen der *Windhund* sich oft aufhielt.

Also bummelte Henry durch die Stadt, durchstöberte die Cafés. Anschließend ging er mehrfach über den Wochenmarkt. Auch hier hatte er den *Windhund* nicht angetroffen. Er versuchte es bei Rudolf an der Brat-wurstbude. Eine der Frauen, die dort arbeitete, kannte Henry. Der gab er seine Telefonnummer und bat sie, ihn anzurufen, sobald der *Windhund* auftauchen würde.

Am späten Nachmittag hatte Henry alle Möglich-keiten, die ihm einfielen, abgearbeitet. Den *Windhund* aber hatte er nicht gefunden.

Henry sah auf die Uhr. Heute war *Champions League*. Es spielte unter anderem der *FC Bayern* gegen den *FC Chelsea*. In dem Wettbüro, das Henry Fischer betrieb, war heute sicher einiges los. Da musste er auf jeden Fall noch mal nach dem Rechten schauen. Er selbst stand nicht hinter dem Tresen und nahm die Tippscheine entgegen. Für solche niederen Arbeiten hatte er ein paar Aushilfskräfte eingestellt, die sich etwas zu ihrem kargen Einkommen dazu verdienten.

Es gab an solchen Tagen wie diesem zwar mehr An-drang als an normalen Wochentagen, doch die Angestell-ten würden auch heute nicht ins Schwitzen kommen. Denn die meisten Wetten wurden online aufgegeben. Selbst bei einem so kleinen Krauter wie ihm. Und ge-nau da lag das Problem. Die großen Anbieter steckten Unsummen allein in die Werbung. Gegen eine solche Übermacht konnte ein Mann wie Henry Fischer nicht anstinken. Er musste seine Kundschaft in der Region su-chen, musste interessante Wettangebote lancieren. Da-rin lag seine geringe Chance, etwas Geld zu verdienen.

Aber Henry Fischer hatte größere Ziele. Er wollte den Bodensatz der Wettanbieter verlassen. Er wollte ins Mittelfeld. Doch schon das war ein fast aussichtsloses Unterfangen. Vielleicht schwieriger als von dort, also dem Mittelfeld, in die Spitzengruppe zu kommen.

Das Mittelfeld der Wettanbieter wurde vom organisierten Verbrechen beherrscht. Nicht alle Büros waren in der Hand der Mafia oder anderer verbrecherischer Organisationen, aber viele. Henry Fischer wollte aufsteigen, er wollte richtiges Geld verdienen, weg von den Brosamen – hin zum Kuchen.

Als er in das Ladenlokal seines Wettbüros eintrat, liefen einige Fernseher, auf den verschiedenste Sportwettkämpfe zu sehen waren. Henry Fischer überlegte. Der *Windhund* war doch auch Fußballfan. Wo sah der sich eigentlich immer die Spiele an?

Hinter dem Tresen agierte eine Frau, die den Mann kannte, nach dem Henry den halben Tag vergeblich gesucht hatte. „Sag mal, Elvira, du kennst doch diesen Günther Sauer, oder?", fragte Henry sie.

„Wen?", die Frau runzelte ihre Stirn.

„Na, den *Windhund*", versuchte Henry es erneut.

„Ach den, sag das doch gleich." Dann, nach kurzem Nachdenken, schob sie nach: „Günther Sauer heißt der? Hm, da kennt man jemanden schon über zwanzig Jahre und weiß nicht mal den richtigen Namen von dem Mann. Ja, klar kenne ich den *Windhund*. Was ist mit dem?"

„Ich such ihn", entgegnete Henry. Um es dringend zu machen, schob er nach, „ich krieg noch Geld von ihm."

„Geld", der Frau verschlug es einen Moment die Sprache. „Geld. Bist du wahnsinnig Chef! Wie kannst du dem *Windhund* Geld leihen? Was meinst du wohl, warum der *Windhund Windhund* heißt?"

Sie schüttelte verständnislos den Kopf. „Dem *Windhund* Geld leihen, unfassbar."

„Na egal", entgegnete Henry patzig. „Ich hab's ihm nun mal geborgt, das kann ich jetzt nicht mehr rückgängig machen."

Die beiden schwiegen einen Moment.

„Weißt du, wo ich den Kerl finden kann?", stellte Henry die nächste Frage.

Elvira zuckte mit den Schultern. „Keine Ahnung, so gut kenne ich ihn jetzt auch wieder nicht."

Ein Mann, der vor einem Geldautomaten saß, hatte das Gespräch anscheinend belauscht, denn er nuschelte: „Heute spielt doch Bayern, die Spiele von denen guckt der *Windhund* sich mit absoluter Sicherheit an. Du musst mal zum *Alten Schlachthof* gehen, zu dem Bowlingcenter, das ist doch hier gleich um die Ecke. Da gibt es verschiedene Gruppen, die sich da regelmäßig die Spiele ansehen. Zu einer Truppe von denen geht der *Windhund* regelmäßig hin. Der ist mit Sicherheit heute da. Ein Bayernspiel lässt der sich nicht entgehen."

„Elvira, gib dem Mann was zu trinken!", rief Henry Fischer seiner Angestellten zu. „Ich muss noch mal weg!"

6

„Ich denke, wir sollten die Kollegen vom K1 informieren", sagte Adelheid Vahlhausen in die Stille hinein. Immer noch standen sie um den reglos daliegenden Körper des angeschossenen Mannes herum, während sie auf den Notarzt warteten. Da ihr niemand antwortete, übernahm sie die Initiative und hängte sich ans Telefon.

„Maren Köster ist schon unterwegs", verkündete sie, als sie mit einer Decke und einem kleinen Kissen zurückkam. Sie bettete den Kopf des Mannes darauf und legte die warme Decke über ihn. Fast im gleichen Augenblick hörten sie das Martinshorn. Sekunden später hielt der Notarzt vor der Treppe, dicht gefolgt von einem Krankenwagen, und hastete zu ihnen hoch. Während er kniend den Mann untersuchte, machte Adelheid Vahlhausen Fotos vom Verletzten aus allen möglichen Perspektiven. Schulte grübelte über mögliche Zusammenhänge zwischen dem ihm bekannten Mann und aktuellen Entwicklungen im kriminellen Milieu Lippes. Von Fölsen beobachtete aufmerksam das Wirken des Notarztes, der gerade versuchte, die Blutung zu stoppen. Dabei machte von Fölsen den Eindruck eines Ausbilders bei einer Prüfung, der darauf achtgab, dass sein Lehrling keinen Fehler fabrizierte. Marco van Leyden, der einfach nie untätig sein konnte, suchte bereits die Umgebung ab, um das Projektil zu finden. Manfred Rosemeier ging zurück in die ehemalige Gaststube und schenkte sich einen Kaffee ein.

Dann gab der Notarzt den Rettungssanitätern einen Wink und richtete sich auf. Die beiden Sanis zogen dem Verletzten vorsichtig den blutgetränkten Mantel aus, legten ihn auf eine Trage, brachten ihn in den Krankenwagen und brausten wieder mit Martinshorn davon. Mit spitzen Fingern nahm Adelheid Vahlhausen den Mantel an sich.

„Der Kerl hat mehr Glück als Verstand gehabt", sagte der Notarzt, als er wieder aufrecht stand. „Durchschuss in der rechten Schulter. Ging glatt durch, wahrscheinlich ein Vollmantelgeschoss. Dummerweise hat das Projektil dabei ein größeres Blutgefäß verletzt. Deshalb der hohe Blutverlust und auch die Ohnmacht. Die medizinischen Einzelheiten erspare ich Ihnen. Genaueres kann man auch erst sagen, wenn der Mann wirklich gründlich untersucht worden ist. Befragen werden Sie ihn aber erst mal nicht können, das kann ich schon mal sagen."

Während der Arzt seinen Koffer zusammenpackte, fuhr ein blau-weißes Polizeiauto vor, aus dem zwei Frauen in Zivil ausstiegen und zu ihnen kamen. Eine Frau von Mitte fünfzig mit langen roten Haaren, sehr fit und sehr energisch wirkend und eine jüngere blonde Frau, die deutlich entspannter daherkam. Schulte kannte sie beide sehr gut. Die Blonde war Pauline Meyer zu Klüt, seine ehemalige Mitarbeiterin, als er noch Leiter der Mordkommission in Detmold vor. Vor seiner Strafversetzung. Neuerdings war Pauline auch mit Schultes Tochter Ina befreundet. Ihm war immer noch nicht so richtig klar, welcher Art diese Freundschaft war. Aber er mochte diese freundliche und natürliche junge Frau. Maren Köster, die Rothaarige, war seine Nachfolgerin geworden. Mit dieser immer noch attraktiven Frau verband ihn eine sehr lange Beziehung. Zwei Jahre lang waren sie sogar ein Paar gewesen, das hatte aber nicht gut funktioniert. Immer wieder hatten die beiden einander angezogen und abgestoßen. Und das würde sich wohl auch bis ans Ende ihrer Tage nicht mehr ändern. Schulte ahnte, was jetzt kommen würde.

„Das hier fällt in unsere Zuständigkeit", blaffte Maren Köster ihn an. „Nur, damit das gleich klar ist."

Dabei hatte Schulte noch gar nichts Gegenteiliges gesagt. Niemand kannte ihn so gut wie diese Frau, und vermutlich hatte sie ihm angesehen, dass seine Gedanken ihrer Ermittlung bereits ein paar Schritte voraus waren.

„Ist ja gut", brummte Schulte und fühlte sich ertappt.

Maren Köster wandte sich an den Notarzt. Der gab in knappen Worten seinen Bericht ab und verwies für alles Weitere auf seine Kollegen im Detmolder Klinikum. Danach stieg er in sein Auto und ließ die Polizisten allein. Maren Köster übernahm nun die Initiative. „Kennen wir die Identität dieses Mannes?" Diese Frage von ihr ging zwar an alle, aber sie schaute dabei Schulte an.

Als Schulte nur mit den Schultern zuckte, mischte sich Adelheid Vahlhausen ein, die mittlerweile die Taschen des Mantels untersucht hatte.

„Hier ist sein Personalausweis. Der Mann heißt Günther Sauer und wohnt in der Südholzstraße in Detmold."

Marco van Leyden hatte seine Suche nach dem Projektil aufgegeben und baggerte nun Pauline Meyer zu Klüt an, von Maren Köster argwöhnisch beobachtet.

„Hatte er sonst noch irgendwas Interessantes in seinen Manteltaschen?", wollte Köster wissen. Adelheid Vahlhausen schüttelte den Kopf.

„Nur einen Autoschlüssel, Zigarillos, Taschentücher und ein Feuerzeug."

Wieder warf Maren Köster Schulte einen langen, prüfenden Blick zu.

„Was ist mit dir, Jupp? Du siehst aus, als läge dir etwas auf der Seele. Los, raus damit. Mir kannst du nichts vormachen."

Doch Schulte blieb verschlossen.

„Mit mir ist nichts", antwortete er mit leicht trotzigem Tonfall. „Ich weiß über diesen Mann auch nichts wirklich Bedeutendes. Okay, ich habe ihn schon ab und zu mal gesehen. Hatte dienstlich mit ihm zu tun. Er hat kein Fettnäpfchen ausgelassen und ist immer wieder auf die Nase gefallen. Hält sich für einen Schlauberger. Ist er aber nicht. Mehr weiß ich auch nicht."

Ihr spöttischer Blick ließ keine Fragen offen, sie glaubte ihm kein Wort.

„Und ich werde mich auch nicht bemühen, mehr zu erfahren", legte Schulte nach. „Das ist dein Fall, ganz klar. Ich mische mich da nicht ein. Verlass dich drauf!"

Daraufhin wandte sie sich wieder an die ganze Runde.

„Okay, ich brauche eure Zeugenaussagen. Ihr habt schließlich alle den Schützen und die Tat gesehen.

Kommt, wir gehen jetzt ins Warme. Dort schildert mir einer nach dem anderen, was er oder sie gesehen hat."

Dann wies sie Pauline Meyer zu Klüt an, die sich gerade lachend der Zudringlichkeit durch Marco van Leyden erwehren musste: „Die Spurensicherung muss jeden Moment kommen. Ich überlasse das alles dir. Ach ja, bitte kümmere dich auch darum, dass der Verletzte im Klinikum Polizeischutz erhält. Schließlich läuft der Schütze noch frei herum und wer weiß, was der jetzt unternimmt, um sein Werk zu vollenden."

7

Rosemeier war heute, wie fast jeden Morgen, der Erste der Sondereinheit *Think-Tank* in Heidenoldendorf.

Verantwortlich hierfür war der ehemalige Staatssekretär Erpentrup, der mit dieser Standortwahl und einigen anderen arglistigen Maßnahmen einen persönlichen Rachefeldzug gegen seinen Lieblingsfeind, Polizeirat Schulte, eingeleitet hatte, um ihn endgültig zu demontieren.

Auf den Zug, den der damalige Staatssekretär ins Rollen gebracht hatte, waren gleich noch mehrere andere Führungskräfte der nordrhein-westfälischen Polizei aufgesprungen und hatten ebenfalls Beamte, die sie loswerden wollten, in diese Abteilung versetzen lassen.

„Wieder so ein regnerischer Tag", brummelte Rosemeier, als er zum Briefkasten ging, um die Post zu holen. Ein bisschen Sonne würde seinem Gemüt guttun.

Doch der Tag brachte mal wieder nur schlechtes Wetter und wieder keine Post, das dachte Rosemeier noch, als er den Schlüssel im Schloss des Kastens drehte.

Doch mit der Vermutung, keine Post, hatte sich Rosemeier diesmal geirrt. Im Briefkasten lag ein Brief. Die erste Zustellung seit drei Monaten, wenn man mal von der Gewerkschaftszeitung der Polizei absah. Er drehte den Briefumschlag aus Umweltschutzpapier in seinen Händen.

„Sieht nach was Offiziellem aus", knurrte Rosemeier, warf noch einen Blick auf die verregnete Umgebung und zog sich dann fix zurück in den gemütlichen, warmen Schankraum des *Obernkruges.*

Hier angekommen, schaltete er wie jeden Morgen das Radio ein, machte sich einen Kaffee, kramte nach seinem Taschenmesser und öffnete das Kuvert. Doch bevor er das Dokument aus der Hülle zog, um es zu lesen, nahm Rosemeier einen ordentlichen Schluck. Lieber erst mal was trinken, dachte er, bevor mir die Nachricht, die uns hier erreicht hat, auf den Magen schlägt. Post von Behörden enthielten nie gute Nachrichten, das war Rosemeiers feste Überzeugung. In manchen Dingen war er nun mal Pessimist. Und das zu Recht, wie sich eine Minute später herausstellte. Nach der Lektüre des Schreibens faltete Rosemeier das Blatt wieder zusammen und steckte es zurück in den Umschlag. Den warf er dann mit mürrischem Gesichtsausdruck auf die Theke. Über dieses Schreiben würde man reden müssen. Heute war ein Scheißtag, befand er und schüttete den mittlerweile lauwarmen Kaffee in den Ausguss.

8

Als Schulte die Treppenstufen zu seiner Dienststelle hinaufstieg, konnte er eine leise Beklommenheit nicht unterdrücken. Dort, wo gestern der angeschossene Mann in seinem Blut gelegen hatte, erinnerte ein großer, dunkler Fleck an das brutale Geschehen. Schulte mied diese Stelle, auch wenn keine Gefahr bestand, dadurch wertvolle Spuren zu verwischen. Es war einfach ein Akt der Pietät. Er hätte das Gefühl gehabt, den armen Mann noch einmal zu verletzen, wenn er einfach platt und gedankenlos darüber gelatscht wäre.

Wie immer war Schulte der Letzte, der zum Dienst erschien. Es gab ja keine wirkliche Aufgabe für sie. Nach dem Willen des Innenministeriums sollten sie nur unhörbar und unsichtbar bleiben, bis zu ihrer Pensionierung. Bis man sie dann endlich mit einem Blumenstrauß und ein paar warmen Worten ins Vergessen schicken konnte. Als seien sie nie da gewesen. Manfred Rosemeier war der Einzige in der Truppe, der sich damit abgefunden und sich mit den neuen Verhältnissen arrangiert hatte. Sein freundliches, positives und flexibles Gemüt schaffte es spielend, stets das Beste aus jeder Situation zu machen. Schulte beneidete seinen Kollegen um diese Fähigkeit, die ihm selbst vollkommen abging. Am stärksten litt Marco van Leyden, der Jüngste und Ehrgeizigste unter dieser Verbannung aus dem regulären Polizeiapparat. Er machte stets den Eindruck eines Vulkans, der jeden Moment in die Luft fliegen kann. Hubertus von Fölsen hatte der Ministerialbürokratie diese

Strafversetzung bis heute nicht verziehen und setzte alle Energie daran, es ihr heimzuzahlen. Das Instrument seiner Rache war ein Buch, in dem er gnadenlos, wie er sagte, die Fehler der Polizeiarbeit in Nordrhein-Westfalen aufzeigen und Vorschläge für eine dringend notwendige Reform machen wollte. „Wenn dieses Buch veröffentlicht wird, dann werden Köpfe rollen", versprach er jedem, der es hören und der es nicht hören wollte.

Adelheid Vahlhausen wirkte gelegentlich wie ein Geist, wenn sie fast geräuschlos ihre Tage verbrachte. Sie zog sich stundenlang in ein ehemaliges Gästezimmer des *Obernkrugs,* das sie sich als Büro eingerichtet hatte, zurück. Nur selten kam sie zu einer Kaffeerunde in die ehemalige Kneipe herunter und sprach mit den Kollegen. Schulte hatte sich schon mehrfach große Sorgen um sie gemacht. Er mochte diese stille, enorm kluge und ernsthafte Frau, die, wie er wusste, immer noch unter den Folgen eines harten Alkoholentzugs litt. Neuerdings war ihm aber aufgefallen, dass Adelheid Vahlhausen etwas lebendiger wirkte, dass sie wieder Ziele hatte und sich auf die Zukunft freuen konnte. Das mochte damit zusammenhängen, dass sie in Kürze Schultes Nachbarin werden würde. Schulte, der seit über zwanzig Jahren als Mieter in einem Nebengebäude des Hofes von Anton Fritzmeier wohnte, hatte dies vermittelt. Anton Fritzmeier war ein alter Mann und wohnte mutterseelenallein im „Herrenhaus", wie er das Hauptgebäude seines Hofes gern nannte. Mit Treppensteigen hatte er es aber nicht mehr so und für ihn und seine bescheidenen Ansprüche war im Erdgeschoss

Platz genug. Das gesamte weiträumige Obergeschoss stand leer, mit herrlichem Blick auf die umliegenden Wiesen. Außerdem war Fritzmeiers Vorstellung von einem angemessenen Mietpreis für Adelheid Vahlhausen, die aus der Großstadt Münster kam, einfach atemberaubend günstig gewesen. Schulte freute sich auf die neue Nachbarin. Er fand es beruhigend, dass der alte Herr demnächst eine verantwortungsvolle Person im Haus hatte.

Als Schulte den ehemaligen Schankraum betrat, zapfte Manfred Rosemeier, der ihn hatte kommen sehen, bereits ein Tasse Kaffee für ihn.

„Haben die Leute von der Spurensicherung eigentlich schon das Projektil gefunden?", fragte Schulte, als er sich an einen der Tische setzte. Er selbst hatte gestern am späten Nachmittag nicht mehr so lange warten wollen, wusste aber von der Suche danach.

„Ja", antwortete Rosemeier und legte liebevoll jeweils einen kleinen Keks auf die verschiedenen Untertassen. „Haben sie."

„Und?", fragte Schulte ungeduldig. „Gibt es schon Erkenntnisse?"

Rosemeier zuckte mit den Schultern. „Keine Ahnung. Da musst du die richtigen Leute fragen. Den Kaffee wie immer?"

„Das weißt du doch", brummte Schulte. „Pechschwarz mit viel Zucker."

Er nahm einen Schluck Kaffee, wie immer viel zu hastig und verbrühte sich den Gaumen. „Wo sind denn die Kollegen?", fragte er mit vollem Mund, weil er sich den Keks in den Mund gestopft hatte, um den Schmerz zu betäuben.

Rosemeier zeigte wortlos nach oben.

„Die sitzen alle in ihren jämmerlichen Büros?", fragte Schulte und zog die Nase kraus. „Was sie da wohl den ganzen Tag machen?"

„Was sollen sie denn sonst machen?" Rosemeier wandte ihm den Rücken zu, weil er nun wieder hinter der Theke stand und einige gebrauchte Kaffeetassen abspülte. „Es gibt doch nichts zu tun für uns. Wir beide könnten eigentlich mal wieder nach Mallorca fahren, meinst du nicht auch?"

Schulte grinste. Im vergangenen Jahr hatten er und Rosemeier sich selbst ermächtigt, für einige Zeit auf der Insel Ermittlungen anzustellen. Es waren schöne, aber vor allem für Schulte auch gefährliche Tage gewesen, bei denen er einiges einstecken musste.

„Ich hänge meinen Arsch nicht mehr so gern in den Wind", antwortete er. „Bin froh, dass ich das im letzten Jahr alles gut überstanden habe. Das sollen jetzt Jüngere machen. Ich habe mir oft genug im Dienst die Fresse polieren lassen. Ich bin raus."

„Na ja", lachte Rosemeier, „'ne Schönheit warst du ja noch nie. Da konnte man nicht viel kaputtmachen."

Schulte murmelte irgendein Schimpfwort und trank den Rest Kaffee. Dann stand er auf, wobei er ein Stöhnen nicht ganz unterdrücken konnte, verließ den Schankraum und stieg die Treppe hoch, um ebenfalls in seinem Büro zu verschwinden. Dort griff er sofort zum Telefon und rief Maren Köster an.

„Gibt es schon ein Ergebnis über das gefundene Projektil?", fragte er und bemühte sich, dabei möglichst beiläufig zu klingen. Aber Maren Köster kannte ihn einfach zu gut.

„Warum willst du das wissen?", fragte sie lauernd anstelle einer Antwort.

„Weil ...", Schulte war auf diese Frage nicht vorbereitet, „na ja, das interessiert einen doch schließlich, wenn direkt vor der eigenen Nase ein Mann angeschossen wird. Der wollte ja offensichtlich zu uns. Ich denke, das ist schon Grund genug, sich Gedanken zu machen."

„Allerdings", sagte sie. „Und das ist genau der Punkt, der mich interessiert: Warum wollte der Mann zu euch? Und warum war es einem anderen derart wichtig, dies zu verhindern?"

„Frag ihn doch einfach danach. Er müsste doch mittlerweile wieder ansprechbar sein."

„Eben nicht", antwortete sie. „Die Ärzte haben ihn abgeschottet. Er ist wohl noch zu schwach für eine Befragung. Frühestens morgen oder sogar noch später. Wir sind also vorerst auf Spekulationen angewiesen. Wahrscheinlich weißt du mehr als ich. Ich würde meine Pension darauf verwetten, dass der Mann zu dir wollte."

„Zu mir?", Schulte gab sich überrascht. „Aber warum das denn?"

„Das will ich ja gern von dir wissen. Zu wem kann er denn sonst gewollt haben? Du hast doch selbst gesagt, dass du schon häufiger mit ihm zu tun hattest. Von deinen Kollegen kennt ihn keiner. Also raus mit der Sprache: Was verbindet dich mit diesem Mann?"

„Maren, du bist komplett auf dem Holzweg. Ich weiß nicht viel mehr als du. Und das bisschen, was ich weiß, habe ich dir bereits erzählt. Du weißt, ich würde dich nie anlügen."

„Noch so ein Spruch und ich lege auf", lachte sie. „Wenn du nicht helfen willst, muss ich dich eben offiziell zur Zeugenbefragung vorladen."

„Okay, aber bis dahin kannst du mir doch sagen, was du über das Projektil weißt."

„Schulte", stöhnte Maren Köster, „ich bin heilfroh, dass wir kein Paar mehr sind. Es wäre bei uns schon längst zu häuslicher Gewalt gekommen, und verlass dich drauf, das Opfer wärest du gewesen. Also: Es handelt sich um ein 9mm-Projektil mit Vollummantelung. Reicht dir das?"

„Danke! Denkt ihr daran, den Mann bewachen zu lassen? Wenn ihn jemand töten wollte, dann wird er es vielleicht im Klinikum erneut versuchen."

„Hältst du uns für Anfänger?", Maren Köster klang nun nicht mehr amüsiert. „Natürlich steht ein Polizist vor seinem Krankenzimmer. Wir haben unsere Hausaufgaben gemacht."

Um zehn Uhr trafen sich alle Kollegen wie fast jeden Morgen zu einer Lagebesprechung.

Berufsbezogene Themen gab der Alltag in dieser Abteilung fast nie her. Daher war diese dienstliche Morgenrunde mittlerweile zu einer Frühstückspause umfunktioniert worden, in der man sich mehr über Gott und die Welt unterhielt.

Dass die Polizisten, die hier im *Obernkrug* ihren Dienst taten, miteinander redeten, war nicht immer so gewesen. Noch vor einem Jahr saß man, wenn das überhaupt vorkam, gemeinsam am Tisch und schwieg sich an. Wenn gesprochen wurde, waren Streitereien öfter an der Tagesordnung gewesen, als konstruktive Gespräche.

Doch das hatte sich mittlerweile geändert. Die Leute von der Abteilung *Think-Tank* hatten sich zusammengerauft. Die versetzten Polizisten nannten ihre Abteilung aber nicht so. Sie begriffen sich als die Abgeschobenen, abgeschoben nach *Lippisch-Sibirien*.

Die Fünf waren vielleicht renitent, aufsässig und eigenwillig. Aber dennoch waren sie Polizisten, die ihr Handwerk beherrschten. Und sie waren kreativ.

Und da der alte Staatssekretär ihnen in der Vergangenheit keine Aufgaben gegeben hatte, hatte sich die Truppe aus *Lippisch-Sibirien* darangemacht, sich selbst Betätigungsfelder zu schaffen.

In der jüngeren Vergangenheit hatten sie erfolgreich zwei spektakuläre Kriminalfälle gelöst, die ohne ihre Akribie niemals aufgeklärt worden wären.

Die Entfernung des Staatssekretärs Erpentrup aus dem Staatsdienst schrieben sich die Verbannten aus Heidenoldendorf ebenfalls auf ihre Fahnen. Und Hubertus von Fölsen hatte im letzten *Polizeispiegel,* der Zeitung der Deutschen Polizeigewerkschaft, einen Artikel über eine nötige Polizeireform veröffentlicht, der allgemein beachtet und mit viel Wohlwollen bedacht wurde, aber nicht jeden Politiker erfreute.

Hauptkommissar Rosemeier, der Sohn eines Gastwirts aus dem Rheinischen, hatte sich neben seinen Polizeiaufgaben dazu bereit erklärt, den Schankraum des *Obernkruges* wieder in seiner ursprünglichen Form nutzbar zu machen. Seitdem sprudelte die Zapfanlage wieder.

So fanden hier mittlerweile außerhalb der Dienstzeit kleinere Kulturveranstaltungen statt. Eine Jazz-Band, die *Blue Dolphins*, hatte hier ihren Proberaum und montags traf man sich zum Kartenspielen.

Mit anderen Worten: Sie hatten sich zusammengerauft, sich Aufgaben organisiert, sich Freiräume sowie Möglichkeiten geschaffen, wie es sie sonst nirgendwo im nordrhein-westfälischen Polizeidienst gab. Die vermeintlich Verbannten hatten die Möglichkeiten, die *Lippisch-Sibirien* ihnen bot, erkannt und schätzen gelernt. Und jetzt, wo sich alles so schön zu fügen schien, kam dieser Brief. Der würde dafür sorgen, da war sich Rosemeier sicher, dass aus der heutigen Frühstücksrunde wieder eine Dienstbesprechung werden würde.

„Das Robert Koch Institut meldet, dass in Deutschland insgesamt 400 laborbestätigte SARS-CoV-2-Infektionen bekannt sind.

Im Landkreis Heinsberg (NRW) ist es durch Karnevalsveranstaltungen Mitte Februar zu zahlreichen Übertragungen gekommen", riss der Nachrichtensprecher des Senders WDR 4 Rosemeier aus seinen Gedanken.

Vierhundert Infizierte in Deutschland mit diesem Corona-Virus, dachte Rosemeier. Die nächste Hiobsbotschaft. Oder ist das jetzt wieder so eine Sau, die die Medien durchs Dorf treiben?

9

Die Mittagspause würde heute wohl ausfallen. Maren Köster fühlte sich gerade, als sei eine riesige Welle über sie hinweggegangen und hätte sie ein Stück mitgerissen. Bis zum gestrigen Nachmittag war es normaler Stress gewesen. Sie werkelte bereits mit ihrem sowieso nicht großen Team parallel an drei Fällen. Die Schüsse am *Obernkrug* ließen das Fass überlaufen. Verstärkung gab es auch keine. Auch wenn sich hier noch niemand mit dem Corona-Virus infiziert hatte, gab es doch schon die ersten Fälle, in denen Mitarbeiter in häuslicher Quarantäne bleiben mussten und als Arbeitskraft ausfielen. Sei es, weil sie tatsächlich Kontakt zu einer infizierten Person hatten oder sei es nur, weil sie verdächtig husteten und als potenzielle Virusträger vorsichtshalber eliminiert werden sollten. Die Ausfälle waren jedenfalls deutlich höher als sonst.

Nun saß Maren Köster als Leiterin des Ermittlerteams, das für die Verfolgung von Gewaltdelikten zuständig war, in ihrem kleinen Büro und schaute ihre beiden jungen Kollegen Pauline Meyer zu Klüt und Manuel Lindemann auffordernd an. Es war das ehemalige Büro von Jupp Schulte, der es vor fast drei Jahren wegen seiner Zwangsversetzung in den *Obernkrug* verlassen musste. Sie war nicht nur seine Nachfolgerin im Job geworden, sondern hatte auch Büro und Schreibtisch geerbt. Allerdings war der Raum kaum wiederzuerkennen. Während bei Schulte ein heilloses Chaos geherrscht hatte, war nun alles sauber, aufgeräumt und spiegelte das strukturierte, disziplinierte Wesen der Person wieder, die hier arbeitete. Manuel Lindemann räusperte sich: „Ich habe die Zeugenaussagen der Kollegen aus dem *Obernkrug* auf Gemeinsamkeiten hin untersucht. Viel Verwertbares ist dabei nicht herausgekommen. Was wir über den Schützen wissen, ist ziemlich dünn. Er ist verhältnismäßig klein, deutlich unter Eins-Siebzig und eher schmächtig. Er trug einen dunklen Regenmantel, der ihm etwas zu groß war und eine Sonnenbrille trotz des Regens. Daher konnten die Kollegen von seinem Gesicht wenig erkennen. Frau Vahlhausen meinte jedoch, der Mann habe etwas Wieselhaftes an sich gehabt. Was immer sie damit gemeint haben mag. Ach ja, der Mann hat eine ausgeprägte Stirnglatze."

„Alles in allem nicht gerade der Archetypus eines Killers", kommentierte Pauline Meyer zu Klüt. „So stelle ich mit eher meinen Steuerberater vor."

„Nur, dass dein Steuerberater bei Regen keine Sonnenbrille trägt und auf Leute schießt", schmunzelte Maren Köster. Dann wandte sie sich wieder an Lindemann.

„Das war es schon? War ja wirklich nicht sehr ergiebig."

„Aber eines fanden die Kollegen auffällig", schob Lindemann nach. „Der Mann war erstaunlich flink. Marco van Leyden schwört Stein und Bein, dass er keine Sekunde gezögert habe, um dem Mann hinterherzulaufen. Und wir wissen alle, wie sportlich van Leyden ist. Wer dem entkommen will, der muss verdammt gut zu Fuß sein. Und er wird wohl auch die Örtlichkeiten ganz gut gekannt haben. Denn einfach so im Nichts verschwinden, das schaffst du nur, wenn du weißt, wohin du dich bewegen musst. Vielleicht hilft uns diese Erkenntnis ein bisschen weiter." Überzeugt wirkte er allerdings nicht.

„Dass die Kollegen von der Spurensicherung das Projektil gefunden haben", warf Pauline Meyer zu Klüt ein, „ist ja schön und gut. Aber so ein vollummanteltes 9mm-Geschoss kann aus allen möglichen Waffen abgefeuert worden sein. Okay, aus der Fundstelle lässt sich ermitteln, von wo aus geschossen wurde. Aber das bringt uns auch nicht weiter, denn durch die Zeugenaussagen wissen wir das ja sowieso schon."

Eine Weile schwiegen alle. Maren Köster trommelte nervös mit den Fingerkuppen auf die Schreibtischplatte. „Mit anderen Worten", begann sie ihre Zusammenfassung, „hierbei handelt es sich um den dreistesten Mordversuch, den ich in meiner Laufbahn erlebt habe. Auf der Schwelle einer Polizeidienststelle, vor den Augen von fünf Polizisten, ich kann es gar nicht glauben. Wie kaltschnäuzig kann man sein?"

„Was mir zu denken gibt", kam es erneut von Lindemann, „ist, dass der Schütze gerade mal zwanzig Meter von seinem Opfer entfernt war und in aller Ruhe zielen konnte. Aber der Schuss war nicht tödlich, sondern hat das Opfer nur verletzt. Entweder war also der Täter ein sehr schlechter Schütze oder …"

„… oder er wollte den anderen nur daran hindern, in den *Obernkrug* zu gehen", sagte Pauline. „Ohne ihn zu töten."

„Aber warum?", fragte Maren Köster. „Welchen Sinn würde das ergeben?"

Wieder war es Lindemann, der sich nach einer Weile zu Wort meldete. „Vielleicht braucht er diesen Mann noch. Vielleicht will er etwas von ihm wissen. Ein Toter kann nicht mehr reden."

„Das leuchtet mir ein", Maren Köster war aufgesprungen und drehte eine Runde um ihren Schreibtisch. „Dann wird der Schütze aber nicht einfach aufgeben. Sicher will er nicht warten, bis die Polizei den Mann ausgequetscht hat und er sein kleines Geheimnis verraten hat. Nur gut, dass wir einen Posten vor das Krankenzimmer gestellt haben. Aber wenn du recht hast, dann bedeutet das auch, dass …"

„… wir es ganz im Gegenteil mit einem verdammt guten Schützen zu tun haben", Pauline sprach mehr zu sich selbst als zu den anderen. „Hätte er den Mann weiter in der Körpermitte getroffen, dann würde der das Ganze vermutlich nicht überlebt haben."

„Ganz genau", ergänzte Maren Köster. „Das wirkt nicht wie eine spontane Racheaktion. Gehen wir besser davon aus, es mit einem eiskalten und sehr geübten Killer zu tun zu haben. Keine schöne Vorstellung."

10

Das, was sich die Beamten der Abteilung *Think Tank* vom ersten Tag an gewünscht hatten, war eingetreten. Doch niemand im Team war erfreut darüber.

Der neue Staatssekretär, der Nachfolger von Erpentrup, hatte eine Entscheidung getroffen. Die Abteilung der Abgeschobenen in Heidenoldendorf würde Aufgaben bekommen.

Schulte nahm den Brief, den Rosemeier heute Morgen aus dem Briefkasten geholt hatte, noch einmal in die Hand und las ihn nun schon zum dritten Mal durch.

Sehr geehrte Damen und Herrn,

zunächst einmal möchte ich Ihnen für die Erfolge, die sie als junge, kreative Abteilung der nordrhein-westfälischen Polizei schon für sich verbucht haben, gratulieren.

Nur Ihrem Engagement ist es zu verdanken, dass zwei Verbrechen von enormer Tragweite aufgeklärt wurden. Sie haben bewiesen, dass so genannte „Cold Cases" eine wichtige Bedeutung in der Polizeiarbeit haben.

Einer meiner zukünftigen Schwerpunkte wird es sein, ungeklärte Fälle wieder aus der Schublade zu holen.

Bislang sind 168 der landesweit rund 1 100 ungeklärten Fälle aufbereitet, digitalisiert und in eine neue Datenbank aufgenommen worden. Die Spezialisten des Landeskriminalamts LKA in NRW sind bei rund 80 dieser Fälle von Betrug, Mord und Totschlag auf Ansätze gestoßen, mithilfe derer die jeweilige Tat möglicherweise doch noch aufgeklärt werden könnte.

Ihr beruflicher Alltag hat bewiesen, dass Sie, wenn es um die Lösung ungeklärter Kriminalfälle der Vergangenheit geht, eine Vorreiterrolle einnehmen.

Als die Abteilung Think-Tank vor einigen Jahren ge-

gründet wurde, fand ich die Entscheidung, die mein Vorgänger initiiert hat, innovativ und beeindruckend.

Jetzt, wo ich die Nachfolge von Herrn Erpentrup angetreten habe und mich noch dazu entschlossen habe, dem Thema „Cold Cases" eine besondere Aufmerksamkeit zu schenken, habe ich mich wieder an das, wie ich finde, großartige Projekt.

Als ich mich nun näher mit dem Konzept Think-Tank beschäftigte, musste ich zu meiner Verwunderung feststellen, dass Ihre Abteilung in keiner Weise in die Prozesse der NRW-Polizeiarbeit eingebunden ist. Ein für mich völlig unerklärlicher Fehler. Um diesen nun so schnell wie möglich zu beheben, werden Ihnen zukünftig verschiedene Aufgaben zugewiesen. Gleichzeitig habe ich die Absicht, Sie mit Ihrem Fachwissen dem LKA-NRW bei schwierigen Fällen beratend zur Seite zu stellen.

Um die unzureichende Vernetzung Ihrer Abteilung mit dem nordrhein-westfälischen Polizeiapparat schnellstmöglich zu kompensieren, wird ab sofort die Detmolder Staatsanwältin, Frau Zoé Stahl, Ihre Ansprechpartnerin und bis auf weiteres Ihre Führungskraft sein. Frau Stahl wird Sie auch mit Ihren neuen Aufgaben vertraut machen und als Schnittstelle zum Innenministerium fungieren. Sie wird in den nächsten Tagen in Ihrer Abteilung vorstellig werden, um erste notwendige Schritte mit Ihnen zu besprechen.

Mit freundlichen Grüßen
Dr. Friedrich Hansmeyer
– Staatssekretär –

„Zoé Stahl", Schulte zog die Stirn in Falten. „Von der Frau habe ich noch nie etwas gehört. Kennt die einer?"

Die Anwesenden schüttelten stumm den Kopf. Der Schock saß allen in den Knochen. Niemand hatte Lust zu reden. Alle hatten sich so schön eingerichtet hier in Heidenoldendorf und jetzt das.

„Glaubt es mir", unkte Rosemeier. „Aus *Lippisch-Sibirien* wird ein Arbeitslager."

11

Maren Köster kam ein paar Minuten später als verabredet zum Treffpunkt in der Detmolder Südholzstraße. Vor einem Mehrfamilienhaus stand ein weißer VW-Bus und davor zwei Männer und eine Frau, alle mit einem weißen Overall bekleidet. Maren Köster kannte die Frau und wunderte sich nicht über sie. Jeder aber, der zum ersten Mal vor diesem Gebirge von einer Frau stand und zu ihr hochschauen musste, fühlte sich beklommen. Renate Burghausen war Leiterin der Spurensicherung und unbestritten kompetent. Wer sich nach einigen Sekunden an den Anblick dieser großen Frau gewöhnt hatte, der war zum zweiten Mal erstaunt, wenn sie mit ihrer hellen Kleinmädchenstimme sprach. Diese Stimme passte ihr ebenso wenig wie der Overall, der überall spannte und jeden Moment zu platzen drohte.

Maren Köster hob entschuldigend die Hände, als wollte sie ihre Verspätung einem tückischen Schicksal oder der ganzen bösen Welt anlasten. Dann betraten sie das Mehrfamilienhaus, quälten sich drei Treppen hinauf und standen schließlich vor einer Wohnungstür, neben der ihnen ein Klingelschild mit dem Namen „Sauer" bestätigte, dass sie hier richtig waren.

„Eieiei", rief Renate Burghausen aus, als sie die ersten Schritte in die Wohnung gemacht hatte. „Das sieht ja aus wie bei …"

„Wie bei Jupp Schulte", lachte Maren Köster. „Bei dem sieht es in der Küche genauso aus."

Das kleine Wohnzimmer ließ kaum Platz für die vier Personen. Etliche nicht zusammengehörende Möbelstücke standen ohne jede Ordnung irgendwo im Raum, ein riesiger Fernseher nahm deutlich mehr Platz ein, als ihm zustand. Auf einem kleinen Tisch stand ein Teller mit Essensresten, eine leere Flasche Bier und ein mit Kippen übervoller Aschenbecher. Weiter gab es einen winzigen Schlafraum und ein ebenso kleines Bad. Renate Burghausen wirkte in diesen engen Räumen wie der Riese Gulliver im Liliputland, aber sie bewegte sich mit erstaunlichem Geschick an allen Hindernissen vorbei. Maren Köster ließ die Spezialisten ihre Arbeit machen, ging zurück ins Wohnzimmer und schaute sich um. Unter dem Fernseher, der auf einer kleinen offenen Kommode stand, sah sie eine große Menge DVDs. So etwas wie ein Bücherregal sah sie nicht. Eine Audio-CD lag auf einem Sessel. „Wir sind für die Liebe gemacht", der Kölner Band *Höhner*. Als sie sich die DVD-Sammlung anschaute, es handelte sich hauptsächlich um Action-Thriller, fand sie zu ihrem

Erstaunen zwischen ihnen ein einzelnes Buch. Zwei schlau aussehende Männer waren auf dem Buchdeckel zu sehen. Der Titel lautete: „Endlich reich – du musst nur wollen". Schmunzelnd legte die Polizistin das Buch wieder zurück. Sie war nur gekommen, um sich einen Eindruck von der Persönlichkeit des Mannes zu verschaffen, den man gestern angeschossen hatte. Diesen Eindruck hatte sie bekommen, den Rest würde Renate Burghausen mit ihren Leuten machen. Sie verabschiedete sich von der Kollegin und ihren Mitarbeitern und verließ die Wohnung. Auf dem Flur traf sie eine Frau mittleren Alters, die gerade mit einer Einkaufstüte im Arm die Treppe hochkam und sie etwas scheel anschaute. Vermutlich versuchte sie, sich die Polizistin als Geliebte ihres Nachbarn vorzustellen. Maren Köster nutzte die Gelegenheit, hielt der Frau ihren Dienstausweis unter die Nase und fragte: „Hatte Herr Sauer in letzter Zeit ungewöhnlichen Besuch? Gab es Streit? Ist ihnen sonst irgendwas an ihm aufgefallen?"

Die Frau, von dem Dienstausweis offenbar eingeschüchtert, schüttelte den Kopf. Anstelle einer Antwort fragte sie: „Ist was mit Herrn Sauer? Ist ihm was passiert?"

„Er hatte einen Unfall", antwortete Maren Köster unverbindlich. „Keine Sorge, es geht ihm gut. Wir wollen nur sichergehen, dass nichts anderes dahintersteckt als Pech. Wenn Ihnen noch etwas einfällt, dann rufen sie mich in der Kreispolizeibehörde an." Dabei reichte sie der Frau ihre Karte und verließ das Haus.

Kurz darauf saß sie in ihrem Auto, einem weißen

Saab 9-3, Aero Cabrio. Diesen gebrauchten kleinen Sportflitzer, Baujahr 2013, hatte sie im Vorjahr gekauft. War das ihre Version der Midlife-Crisis? Sie war sich da selbst unsicher. Aber wofür sollte sie sparen? Sie war alleinstehend, hatte keine Kinder und war Hausbesitzerin mit Mieteinnahmen. Sie konnte sich was gönnen und sie wollte es auch. Am ersten April würde sie fünfundfünfzig Jahre alt werden. In der Liebe war sie nicht sehr erfolgreich gewesen. Früher hatten sich viele Männer wegen ihrer einschüchternden Schönheit nicht an sie herangetraut. Von Jupp Schulte einmal abgesehen. Der hatte sie jahrelang angebaggert, bevor sie endlich für zwei Jahre ein Paar wurden. Aber so krachend, wie diese Beziehung gescheitert war, so flog ihr nach kurzer Zeit auch jede andere Liebschaft um die Ohren. Sie war offenbar nicht für enge Beziehungen gemacht. Sei es drum, tröstete sie sich, dann will ich es mir wenigstens schön machen. Sie drückte das Gaspedal durch, 250 Pferdestärken heulten laut auf, dann ließ sie die Zügel schießen.

12

Gedankenverloren spielte Schulte mit seinem Handy. War dieser Brief vom neuen Staatssekretär ein Schritt in die richtige Richtung oder würde jetzt, wo die Abteilung *Think-Tank* erneut in den Fokus der Landesregierung gerückt war, alles wieder stressig werden? Würden die Düsseldorfer nun wieder die Verwaltungsmacht an sich reißen oder hatten er und die Kollegen weiterhin freie Hand?

Und wer um Himmels willen war diese neue Staatsanwältin, diese Zoé Stahl? Klar, nach dem Abgang von Söder musste die Stelle neu besetzt werden. Das war ihm und allen anderen immer klar gewesen. Aber so eine Neubesetzung, die bekam man doch mit. Da wurden Namen gehandelt und noch lange vor der offiziellen Entscheidung wussten die betroffenen Behörden, wer den Zuschlag bekam. Wenn etwas funktionierte, dann waren es Connections und der Flurfunk.

Hoffentlich war diese Frau Stahl nicht so eine alte Ziege, die schon mit der Vermutung hierherkam, man würde sie nicht mitspielen lassen. Und überhaupt, Zoé, was war das denn für ein Name? Früher hatten die Frauen Ingrid, Ute, Christiane oder Elisabeth geheißen, aber Zoé?

Wahrscheinlich hatten die Oberen irgend so ein ahnungsloses Küken, das gerade den Vorbereitungsdienst zum Staatsanwalt absolviert hatte, nach Detmold weggelobt. Und dieses Küken hatte wahrscheinlich die Absicht, ausgerechnet in Lippe die Welt retten zu wollen.

Aber warum, überlegte Schulte. Warum so eine junge Frau? Normalerweise wurden solche Stellen innerhalb der juristischen oder der politischen Seilschaften ausgedealt. Warum nicht auch jetzt?

Schultes Handy plinkte. Dieses Zeichen kam immer, wenn irgendeine der Zeitungen, deren Artikel er morgens vor dem Aufstehen im Bett las, wieder etwas „Wichtiges" außer der Reihe zu vermelden hatte.

*„News vom 5. März 2020, 18.50 Uhr: 41 Menschen in Italien sind allein am Donnerstag an den Folgen des **Coronavirus** gestorben. Die Zahl der italienischen Todesopfer steigt somit auf 148. Auch die Zahl der **Infizierten** nahm am Donnerstag erneut stark zu. Bei über 700 Personen wurde das **Coronavirus** neu festgestellt. Die Zahl der **Infizierten** steigt somit auf 3858. Diese Zahlen teilte der italienische Zivilschutz am Donnerstag mit. Gute Nachrichten gibt es jedoch auch: Die Zahl der Genesenen stieg von 276 auf 414."*

Noch vor drei, vier Tagen hätte Schulte einer solchen Meldung keine weitere Beachtung geschenkt. Doch alle Welt redete mittlerweile über diesen neuen Virus. Seine Haltung zu der Epidemie, wie man den Ausbruch von Corona mittlerweile nannte, verunsicherte ihn. Waren das die Medien, die wieder einmal ihre Macht ausspielten und Stimmung machten oder war hier etwas Unglaubliches im Entstehen? Schulte war verunsichert.

Jemand klopfte an die Tür. Nanu, dachte er. „Besuch, wer wird das wohl sein?"

Während die anderen Kollegen sich in ihre Büros verzogen hatten, war Schulte nach der Dienstbesprechung am Tresen sitzen geblieben, hatte sich noch einen Kaffee eingeschenkt und sich seinen Gedanken hingegeben.

Nun erhob er sich und ging zur Tür, um nachzusehen, wer da draußen auf dem Flur stand. Doch die Mühe hätte er sich sparen können. Kaum hatte er sich von seinem Barhocker gewuchtet, trat eine schöne junge Frau in den Schankraum ein. Schwarze Locken, da-

61

bei aber relativ kurzes Haar und angezogen war sie, ja, angezogen war sie, wie er, wie Schulte. Jeans! Die der Frau unterschied sich nur dadurch, dass ihre Hose zehn Zentimeter oberhalb des rechten Knies quer über den Oberschenkel einen Riss aufwies. Ansonsten trug die Frau ein kariertes Herrenhemd und eine derbe Lederjacke.

Schulte starrte die junge Frau den Bruchteil einer Sekunde zu lange an. Dann sagte er: „Ich glaube, du hast dich in der Tür geirrt, Mädchen. Hier ist, anders als die Leuchtreklame draußen verspricht, keine Kneipe, sondern hier residieren ein paar Polizisten, die das Land NRW aufs Dorf abkommandiert hat."

Die Frau lächelte. „Stellen Sie sich vor, Herr Polizeirat Schulte. Genau diesen abkommandierten Polizisten wollte ich meine Aufwartung machen." Sie ging zu ihm hin, streckte ihm die Hand entgegen und sagte: „Zoé Stahl, ich bin die neue Staatsanwältin."

Schulte schlug ein „Okay, und woher kennst du meinen Namen?"

„Foto", kam die knappe Entgegnung.

Schulte nickte. „Setzt dich, ich sag den Kollegen Bescheid. Kann ich dir was anbieten?"

Die Staatsanwältin sah auf ihre Uhr. „Kein Bier vor vier", gab sie grinsend zum Besten. „Also einen Kaffee? Schwarz?"

Schulte stellte eine Tasse und eine Thermoskanne auf den Tisch. „Bedien dich, ich hole die Kollegen.

13

Maren Köster stoppte den Saab auf dem Parkplatz des *Alten Schlachthofs* an der Detmolder Wittekindstraße.

Sie hatte den Tipp von Schulte bekommen, dass sie hier mehr über das Umfeld Günther Sauers erfahren könnte.

„Hier war ich noch nie", sagte sie und schaute sich um.

„Ich schon", kam es von der Beifahrerseite. Pauline Meyer zu Klüt klopfte ihre Jackentaschen ab, um herauszufinden, wo sie das Handy verstaut hatte. Sie warf einen kurzen Blick auf das Display und steckte das Gerät dann wieder in die Innentasche ihrer Lederjacke. „Ich gehe hier ab und zu mit Freunden hin zum Bowlen."

„Zum was?"

„Bowling! Dieses Spiel, bei dem man versucht, mit einer dicken Kugel kleine Kegel umzuwerfen. Ohne dass dabei die Finger abreißen. Denn man …"

„Schon gut! Natürlich weiß ich, was Bowling ist. Nur habe ich dich bislang nicht damit in Verbindung gebracht."

Die jüngere Polizistin schaute ihre Vorgesetzte verblüfft an.

„Warum nicht?"

Maren Köster zuckte mit den Schultern.

„Keine Ahnung. Du bist doch eher so ein Naturtyp, oder? Draußen im Wald oder auf deinem Bauernhof, das passt. Aber in Bowling-Schuhen und mit einem

Glas Prosecco in der Hand ..., das kommt mir irgendwie fremd vor. Da kann man wieder mal sehen, wie man sich von Klischees leiten lässt. Die Menschen sind vielfältiger, als man oft glaubt."

Offenbar wusste Pauline nicht recht, ob sie sich damit zufriedengeben oder ob sie beleidigt sein sollte, denn sie blickte ihre Chefin auf dem Fahrersitz ratlos an.

„Sorry", warf Maren Köster schnell ein. „Das war blöd von mir. Ich möchte gar nicht wissen, welche Vorstellungen die Menschen von mir haben. Wahrscheinlich halten die Leute mich für eine kratzbürstige Tussi. Und vermutlich haben sie damit sogar recht. Komm, lass uns aussteigen und reingehen!"

An der Theke standen drei Männer, alle jenseits der sechzig, und unterhielten sich angeregt. Als die beiden Frauen den Gastronomiebereich betraten, verstummte ihr Gespräch. Maren Köster kannte dieses Verhalten. Es begegnete ihr, seit sie der Pubertät entwachsen war. Immer, wenn sie einen Raum betreten hatte, egal ob Gaststätte oder Amtsstube, egal ob Supermarkt oder bei einer Tatortbesichtigung, immer hatten Männer plötzlich alles andere vergessen und nur noch Augen für sie gehabt. Oft war sie davon genervt gewesen, manchmal hatte sie es genossen, heutzutage nahm sie es kaum noch zur Kenntnis.

Auf einem großen Fernseher lief gerade ein *Champions-League*-Fußballspiel. Maren Köster wusste nicht, wer da spielte, es war ihr auch gleichgültig. Fußball hatte für sie keine Bedeutung. Pauline war da ganz anders gestrickt, sie schaute ständig auf den Bildschirm, während sie sich mit ihrer Vorgesetzten unterhielt.

„Wer spielt denn da?", fragte Maren Köster leicht genervt. „Ist das wichtig?"

„Nein", Pauline schüttelte den blonden Lockenkopf. „Ist 'ne Wiederholung. Bayern gegen Chelsea. Aber wer interessiert sich schon für die Bayern?"

„Die drei Schlauberger an der Theke offenbar", erwiderte Maren Köster. „Die können sich gar nicht entscheiden, wohin sie ihrer Blicke richten sollen. Auf den Bildschirm oder auf dich."

„Ich glaube, die meinen eher dich", lachte Pauline. „Du bist der männermordende Vamp. Ich bin doch mehr das Trudchen vom Lande. Mich beachtet doch keiner."

„Da täusche dich mal nicht, Pauline, in drei Wochen werde ich fünfundfünfzig. Es heißt, dass eine Frau ab fünfundfünfzig nicht mehr gesehen wird. Sie ist praktisch unsichtbar."

„Das gilt aber todsicher nicht für dich", behauptete die Jüngere. „Du wirst immer ein Hingucker sein. Prost!"

Die Getränke waren eben gekommen und die beiden Frauen nahmen einen ersten Schluck.

„Wir sind ja nicht zum Spaß hier", nahm Maren Köster den Faden nach einer kleinen Pause wieder auf. „Ich gehe jetzt zur Theke und rede mal mit den Männern. Mal sehen, ob einer diesen Sauer kennt."

Sie stand auf und ging direkt auf die drei Männer zu. Die wirkten fast erschrocken, schienen ein schlechtes

Gewissen zu haben und erwarteten nun wahrscheinlich einen Anpfiff, weil sie die Frauen zu lange angestarrt hatten. Sie drückten sich jedenfalls wie Schutz suchend mit dem Rücken an die Theke, in banger Erwartung des Gewitters. Aber die Polizistin lächelte sie nur freundlich an, als sie direkt vor ihnen stand. Sie hielt den Männern ihren Dienstausweis unter die Nase und sagte: „Keine Sorge! Ich will Ihnen nichts Böses. Aber vielleicht können Sie mir weiterhelfen. Schauen Sie sich doch bitte mal dieses Foto an."

Sie zog ein Foto aus ihrer Handtasche und reichte es dem Mann, der ihr am nächsten stand. Der fasste das Bild nur mit den Fingerspitzen an, als befürchte er eine Infektion, dann schaute er misstrauisch darauf.

„Kennen Sie diesen Mann?", legte Maren Köster nach.

Ihr Gegenüber zögerte, wusste offenbar nicht recht, wie er sich verhalten sollte. Ohne auf die Frage der Kommissarin zu antworten, gab er das Foto an seinen Nebenmann weiter. Auch der schwieg. Der dritte Thekengast schaute ihm derweil neugierig über die Schulter. Er wirkte ein bisschen munterer als die beiden anderen, schaute die Polizistin herausfordernd in die Augen und sagte: „Möglich, dass der schon mal hier war. Aber hier kommen ja immer wieder neue Gesichter rein. Normalerweise ist hier nämlich viel mehr los als jetzt bei Corona. Unmöglich, sich die alle zu merken. Was ist denn mit dem Kerl? Wird der gesucht? Was hat er denn verbrochen?"

Seinem Blick nach zu urteilen, schien ihm diese

Frage ein echtes Bedürfnis zu sein, fand Maren Köster und wusste, dass sie auf der richtigen Spur war.

„Nichts hat er verbrochen. Wir wollen herausfinden, mit wem er sich so getroffen hat, in der Hoffnung, dass ein Bekannter dieses Mannes uns in einer etwas verzwickten Sache weiterhelfen kann. Also kennen Sie die Person auf dem Foto und wenn ja, können Sie uns etwas zu seinem Bekanntenkreis sagen?"

Der Mann, der so keck gefragt hatte, ging nun deutlich in die Defensive. Fast trotzig sagte er: „Was heißt schon kennen? Gesehen habe ich den Kerl schon mal, keine Frage. Hier an der Theke. Hat ab und zu mal ein Bier getrunken, das stimmt. Aber deswegen kenne ich ihn noch lange nicht. Oder wisst ihr mehr über ihn?", fragte er seine beiden Zechbrüder. Die schüttelten erwartungsgemäß den Kopf.

„Und Sie?", fragte Maren Köster nun den Mann, der hinter der Theke stand und Bier zapfte. Aber auch der schüttelte den Kopf.

„Schon mal gesehen, stimmt", brummte er. „Aber keine Ahnung, wie der heißt."

„Letzte Woche war er hier mit 'nem Kumpel", kam es nun kleinlaut von dem Mann, der als erster das Foto in der Hand gehabt hatte. „Ich habe die beiden nicht weiter beachtet, hier lief nämlich gerade ein spannendes Spiel in der Glotze. Aber ich habe zwischendurch mal gehört, dass er von seinem Kumpel mit irgendeinem Tiernamen angesprochen worden ist. Warten Sie mal, das war …"

„*Windhund*", rief der dritte Mann dazwischen. „Er

hat ihn *Windhund* genannt. Das ist mir auch aufgefallen. Aber mehr wissen wir tatsächlich nicht, Frau Polizeidirektorin."

„Hauptkommissarin", entgegnete Maren. „Ich danke Ihnen trotzdem. Darf ich 'ne Runde spendieren? Was trinken Sie?"

Als alle ihr frisches Glas in der Hand hielten und der Polizistin zuprosteten, räusperte sich der Mann, der bislang geschwiegen hatte, und bemerkte: „Übrigens, Frau Hauptkommissarin, vor rund zwei Stunden war schon mal einer hier und hat uns genau dieselben Fragen gestellt. Deshalb sind wir so ein bisschen irritiert gewesen. Sie verstehen? Der Mann war kein Polizist, jedenfalls hat er keinen Dienstausweis vorgezeigt. War so ein Schönling, so ein geleckter Affe von Mitte fünfzig, der jünger aussehen will, als er ist. Keiner, mit dem ich gern ein Bier trinken würde. Hilft Ihnen das weiter?"

14

In der Kneipe am Heidenbach wurde heiß diskutiert. Die plötzliche Aufmerksamkeit, die der Truppe *Lippisch-Sibirien* zuteilwurde, schätzte jeder der Verbannten unterschiedlich ein.

Das hitzige Gespräch über die zukünftige Rolle der Abteilung wurde durch einen Telefonanruf kurz unterbrochen. Hubertus von Fölsen nahm das Gespräch an. Redete erst freundlich, wurde dann mürrisch und am

Ende ärgerlich. Mit den Worten: „Gut, wir kommen", knallte er das Telefon auf den Tisch.

Diese heftige Reaktion ließ die anderen aufhorchen. „Was ist los?", brummelte Rosemeier.

„Die Köster will, dass wir alle antanzen, um uns ihre Verbrecherkartei anzusehen", maulte von Fölsen. „Als wenn wir uns die nicht auch hier zu Gemüte führen könnten. Aber nein, sie will, dass wir das in der Kreispolizeibehörde erledigen und dass eine ihrer Beamtinnen dabei ist. Lächerlich!"

„Na ja, dann gehen wir da in den nächsten Tagen mal vorbei", entgegnete Schulte dem aufgebrachten Kollegen gelassen.

„Falsch!", fauchte von Fölsen ihn an, als hätte Schulte diese Entscheidung angeordnet. „Die Dame wünscht unser augenblickliches Erscheinen."

„Sieh an, so eilig hat es unsere Maren", blieb Schulte locker. „Na, dann wird sie ihre Gründe haben."

„Ist ja klar, Schulte, dass Sie der Kollegin sofort beispringen", giftete von Fölsen weiter. Doch bevor Schulte etwas erwidern konnte, schaltete sich van Leyden ein.

„Wer ist denn die Kollegin, die uns bei der Besichtigung der Verbrecherkartei betreuen soll?", fragte er von Fölsen.

Der war etwas irritiert, dass van Leyden sich scheinbar auf Schultes Seite schlug und ebenfalls versuchte, Sachlichkeit in das Gespräch zu bringen. Da sein Ärger ihn jedoch noch voll im Griff hatte, kam von ihm die entsprechend patzige Antwort: „Na diese Bäuerin, diese Pauline Meier zu Klüt."

„Pauline!" Schulte hatte den Eindruck, dass van Leydens Gesicht einen leicht verklärten Ausdruck annahm, als der den Namen, aussprach. Wenn da nicht Sympathie im Spiel war.

„An sich passt mir dieser Termin auch nicht", plapperte van Leyden munter weiter. „Eigentlich wollte ich gleich noch laufen. Aber wenn die schöne Pauline uns ihre Aufmerksamkeit schenken möchte, na, da lasse ich doch alles stehen und liegen. Kommt Leute, die Kreispolizeibehörde ruft."

Er erhob sich, schnappte sich seine Jacke und winkte mit der Hand zum Gehen. Alle anderen wurden von der Aufbruchsstimmung, die van Leyden verbreitete, ergriffen. Selbst der eben noch so verärgerte von Fölsen griff nach seinem Mantel.

Habe ich da irgendwas nicht mitbekommen, fragte sich Schulte, der ziemlich verdattert den anderen hinterhertrottete. Was ist denn mit unserem Ekelpaket van Leyden passiert?

Als die Polizisten zwanzig Minuten später in einem, wie Schulte befand, viel zu großen Besprechungsraum saßen, jeder vor einem Bildschirm, die im Abstand von über zwei Metern aufgestellt worden waren, wunderte er sich schon wieder.

Doch noch bevor er eine Bemerkung zu der Raumausstattung machen konnte, kam ihm Pauline Meier zu Klüt, die einen Mundschutz trug, zuvor. „Wir in unserem Team nehmen die Corona-Pandemie sehr ernst. Daher haben wir uns, unabhängig davon wie unsere Politiker und Behördenleitungen mit der Problemstellung umgehen, überlegt, welche Präventionsmaßnahmen wir mit unseren Mitteln umsetzen können. Das Einhalten von Distanz ist eine dieser Maßnahmen. Daher gebe ich Ihnen auch nicht die Hand."

„Die kluge Pauline", kommentierte van Leyden das Gesagte und es wirkte keinesfalls ironisch. „Selbst mit der Maske siehst du noch gut aus", schob er nach.

Nachtigall, ick hör dir trapsen, dachte Schulte. Pauline Meier zu Klüt ging nicht auf das Süßholzraspeln des Kollegen ein. Sie erklärte das Prozedere. „Wir wissen natürlich, dass Sie alle Zugriff auf die Personendatenbanken haben, die wir Ihnen gleich präsentieren werden. Wir haben uns aber dennoch entschlossen, Sie beim Durchsehen der Daten zu beobachten. Manchmal nimmt das Unterbewusstsein etwas wahr, das dem Menschen verborgen bleibt oder sich erst viel später Bahn bricht, um zum Beispiel als plötzliche Erkenntnis die Realität zu gestalten."

„Schön gesagt", lobte van Leyden mit Blümchen in der Stimme. Woraufhin alle Anwesenden ihn ansahen, nur nicht Pauline Meier zu Klüt. Als Antwort auf die Reaktion seiner Kollegen grinste van Leyden dümmlich.

Pauline Meier zu Klüt reagierte weiterhin in keiner Weise auf die Offerte des Kollegen. Sie deutete auf einige Kameras, die sie hatte aufbauen lassen. „Ich werde Sie jetzt beim Betrachten der Personendaten genau beobachten. Damit mir aber wirklich nichts entgeht, werde ich, Ihre Zustimmung vorausgesetzt, Ihre Tätigkeit filmen und mir später noch einmal in aller Ruhe ansehen."

Nach zwei Stunden intensivster Durchsicht strichen die Kollegen aus Heidenoldendorf die Segel. Keiner der Personen, die ihnen die Datenbank präsentierte, konnten sie der Schießerei vor dem *Obernkrug* zuordnen.

Gute Stimmung fühlt sich anders an, dachte Zoé Stahl, als die Polizisten der Sonderabteilung sich wieder im Schankraum des *Obernkruges* versammelt hatten.

„Jetzt sind wir schon über zwei Jahre nach Heidenoldendorf abgeschoben und kein einziger Verantwortlicher hat sich bisher hier blicken lassen", maulte der jüngste Mann in der Runde, den die Staatsanwältin als Marco van Leyden einordete.

Als die Polizisten sich zu dieser Besprechung eingefunden hatten, war Zoé Stahl von keinem der Eintretenden begrüßt worden. Nicht einmal ein Kopfnicken hatte man für sie übergehabt. Aber dieser unverschämte Kerl wetterte sofort los und machte seinem Unmut Luft. Na, das konnte ja heiter werden, dachte Zoé.

„Deswegen bin ich ja nun gekommen", entgegnete sie kurz und bündig dem Polizisten, der mindestens zehn Jahre älter war als sie selbst.

Sie schien den richtigen Ton getroffen zu haben. Denn ihr Gegenüber verzog sein Gesicht zu einem schiefen Grinsen.

„Also Leute, damit das hier mal klar ist: Ich würde auch lieber in Köln, Düsseldorf oder Hamburg arbeiten, aber das kann man sich nicht immer aussuchen."

Zoé Stahl machte eine rhetorische Pause.

„Im Übrigen bin ich mir sogar sicher, dass auch Sie

alle ebenfalls gefragt wurden, ob sie zukünftig hier arbeiten wollten oder nicht. Und ich bin mir auch sicher,
dass Sie alle wahrscheinlich die gleiche Wahl hatten wie
ich. Nämlich keine."

Wieder schwieg die Staatsanwältin einen Moment
und blickte jede anwesende Person für einige Sekunden
an und fuhr dann fort. „Der Start unserer gemeinsamen
Zusammenarbeit hat also, in gewisser Weise für uns
alle, die gleiche Vorgeschichte. Eigentlich will niemand
hier wirklich arbeiten. Aber keiner konnte das Angebot,
welches man ihm machte, ablehnen. Für meine Person
gilt dazu verschärfend, dass man mir neben meiner Arbeit als Staatsanwältin auch noch gleich diesen Laden
hier aufs Auge gedrückt hat. So, und nun sind Sie dran,
meine Dame, meine Herrschaften."

„Seit es diese Abteilung gibt, haben uns die Verantwortlichen dieses Bundeslandes mehr oder weniger
nicht wahrgenommen", nörgelte ein gutaussehender
und elegant gekleideter älterer Herr, den Zoé Stahl als
Hubertus von Fölsen erkannte. „Man hat uns hierher
verfrachtet und dann nicht mehr beachtet. Ja, man hat
uns vom ersten Tag an das sichere Gefühl gegeben, ‚ihr
werdet nicht gebraucht'. Wir existieren zwar, kommen
aber im nordrhein-westfälischen Polizeiapparat, außer
als Haushaltsposten, nicht vor."

Von Fölsen machte einen verbitterten Gesichtsausdruck, fuhr dann aber in seinen Ausführungen fort.
„Also hat sich jeder von uns, bevor er beim Däumchen
drehen depressiv werden würde, eine Aufgabe gesucht.
Nur, um unserem Dienstherrn, quasi für die Alimen-

tierung die er ja nun mal leistet, etwas zurückzugeben. Auch wenn die Verantwortlichen in diesem Lande die von uns erbrachten Ergebnisse bislang nicht wirklich zu schätzen wussten."

„Das scheint nur bedingt zuzutreffen", entgegnete die Staatsanwältin. „Denn der neue Staatssekretär hält die Truppe, die sich hier versammelt hat, für durchaus kompetent und hat mir gleich den ersten Auftrag für Sie in den Rucksack gepackt."

„Na, da bin ich aber mal gespannt, was der Mann sich für uns ausgedacht hat", kam es von einem grauhaarigen Mann mit einem Gesicht, das so viele Falten aufwies, als gehöre es zu einem Hundertjährigen.

Okay, dachte Zoé, das müsste Rosemeier sein.

„Also gut, dann will ich die Katze mal aus dem Sack lassen", eröffnete sie die nächste Runde.

„Am 21. August 2004 wurde deutsche Fußball-Geschichte geschrieben – im negativen Sinn. Ein Schiedsrichter namens Robert Hoyzer manipulierte das Pokalspiel zwischen Paderborn und dem HSV. Ein riesiger Skandal."

Schulte nickte. „Daran kann ich mich erinnern."

„Der *DFB* und die Justiz ermittelten Anfang 2005 auf Hochtouren. Es gab Hausdurchsuchungen und drei Wettpaten wurden verhaftet", fuhr die Staatsanwältin fort. „Spieler gaben zu, Geld angeboten oder sogar angenommen zu haben. Manipulierte Partien mussten wiederholt werden, der *HSV* erhielt zwei Millionen Euro vom *DFB* als Entschädigung für das verschobene Pokalspiel. Zudem beschloss der Verband ein Wettverbot für alle im Fußball involvierten Personen. Als verspätete Reaktion führten *DFB, UEFA* und auch *FIFA* verschiedene Frühwarnsysteme ein. Der Erfolg dieser Systeme steht allerdings bis heute infrage. Meldungen über Manipulationen rund um den Erdball sind nach wie vor an der Tagesordnung."

Die Staatsanwältin vergewisserte sich, ob sie noch die Aufmerksamkeit der Truppe hatte und fuhr dann mit ihren Ausführungen fort. „Der bisher letzte Bericht der Polizeibehörde *Europol* macht nur wenig Hoffnung auf Besserung. Im Februar 2013 präsentierte die Behörde ihre Zahlen, wonach zwischen den Jahren 2008 und 2011 weltweit angeblich 380 Spiele manipuliert worden sind – auch ohne das Mitwirken Hoyzers. Um es klar zu sagen, die Mafia erschwindelt sich durch Wettbetrug jährlich horrende Summen. Man spricht von über einer Milliarde Euro weltweit, die sich verschiedenste Organisationen durch Spielmanipulationen einverleiben."

„Okay", meldete sich nun van Leyden. „Aber was hat diese Geschichte nun mit uns zu tun?"

„Ein ehemaliger Wettpate, den das *LKA* vor Kurzem hochgenommen hat, berichtete, vielleicht in der Hoffnung, dass seine Informationen sich strafmildernd auswirken würden, wie er Spiele manipuliert hat und wie die Wett-Mafia arbeitet. Dass *UEFA* und *DFB* die Manipulation nach dem Fall Hoyzer nun schärfer verfolgen, stört die Branche überhaupt nicht. Das größte Problem, sagte der Pate, war nie, die Spieler zu überzeugen. Die wirkliche Herausforderung bei der Spielmanipulation sei es, den Überblick zu bewahren in der Flut der Informationen. Und danach das durch Betrug erworbene Geld einzusammeln."

Die Staatsanwältin unterbrach ihren Bericht und zog einen dicken Stapel Akten aus dem Rucksack, um ihn auf den Tisch zu legen und dann noch einmal das Wort zu ergreifen. „Zudem soll der festgenommene Wettpate der heimliche Chef in einigen Filialen eines Wettanbieters im Ruhrgebiet gewesen sein – und so, unauffällig und an allen Warnsystemen vorbei, Wetten der Bande, der er angehört, platziert haben."

Die Staatsanwältin sah in die Runde, um anschließend fortzufahren. „Diese Fakten kennen wir aus den Akten der Bochumer Staatsanwaltschaft. Diese sind unter Verschluss. Doch der Anwalt des Beschuldigten, den das *LKA* festgenommen hat, plaudert vieles, Wahres wie Falsches, an verschiedensten Stellen aus. Dieses Plaudern gehört anscheinend zu seiner Verteidigungsstrategie. Was dabei Nebelkerzen sind und was real ist, kann das *LKA* bislang nur schwer einschätzen. Unter den vielen Informationen, die der Anwalt in die Welt hinausposaunt, gibt es auch Behauptungen, dass es im Umfeld der Wettmafia immer wieder zu Betrügereien unter den einzelnen Wettbüros kommt. Er berichtete auch von kleineren Bandenkriegen, die, so behauptet der Mann, schnell zu einem Flächenbrand werden könnten."

„Und was ist unsere Aufgabe?", fragte Rosemeier.

„Sie sollen versuchen, die Fakten herauszuarbeiten und die Strukturen aufzudecken, die nötig sind, um die in NRW agierenden Paten dingfest zu machen und vielleicht einen Teil des Betrugssumpfes auszutrocknen."

„Das ist natürlich gerade jetzt eine spannende Aufgabe, wo die gesamte Wettmafia kurz vor einer Krise steht", überlegte van Leyden.

„Wieso steht die vor einer Krise?", fragte Rosemeier.

„Na, ich habe heute Morgen gelesen, dass man das *Champions League* Spiel *Paris Saint Germain* gegen den *BVB* wegen dieser angeblichen Pandemie ohne Zuschauer stattfinden lassen will."

„Was für'n Quatsch", entgegnete Rosemeier. „Da geht es um viel Geld und dann ohne Fans, nee, das kann ich nicht glauben."

Er sah auf seine Armbanduhr. „Man, ist das spät geworden, gleich halb sechs. Wir arbeiten ja heute länger als wir müssen. Na, dann haben wir uns ein Feierabendbier aber redlich verdient. Was meinen Sie, Frau Stahl?"

15

Langsam, ganz langsam verschwand der wirbelnde Nebel und erste Konturen wurden deutlich. Auch Schwindelgefühl und Übelkeit ließen von Minute zu Minute nach. Jedenfalls solange er ruhig liegen blieb und sich nicht ruckartig bewegte. Günther Sauer hatte keine Ahnung, wo er war und warum er hier in diesem Bett lag. Wirklichkeit oder Traum? Er war sich da noch nicht sicher und versuchte, weitere Informationen zu gewinnen. Aber es war furchtbar anstrengend, die Augen lange aufzulassen, sich umzuschauen und seinen noch trägen Verstand zur Arbeit zu zwingen. Immer wieder gab er auf, schloss die Augen und fiel in einen kurzen, aber erholsamen Dämmerzustand. Die Wachphasen wurden von Mal zu Mal länger und die Wahrnehmung intensiver. Jetzt erkannte er die Schläuche, durch die er mit zwei Flaschen verbunden war, die über ihm hingen und auch den dunklen Schatten, den er schon die ganze Zeit neben seinem Bett mehr gespürt als gesehen hatte. Der Schatten war gar nicht so dunkel, ganz im Gegenteil. Eine komplett in Weiß gekleidete Person war es, die zwischen ihm und dem Fenster saß und dadurch einen Schatten warf. Die weiße Person war eine Frau und beim näheren Hinsehen wurde ihm klar, dass es sich um eine Krankenschwester handeln musste. Das kann alles nur ein mieser Traum sein, dachte er und versuchte, wieder einzuschlafen. Doch da sprach die Krankenschwester ihn an und ihre Stimme war so klar und real, dass sich seine Hoffnung in Luft auflöste.

„Na, Herr Sauer", sagte die Stimme, hell und jung, mit erkennbar osteuropäischem Einschlag. „Gehts langsam besser?"

Er drehte den Kopf ein wenig, um sie genauer anschauen zu können. Es war eine junge Frau, die ihn gleichzeitig prüfend und mitleidig ansah.

„Was ist los?", fragte er verwirrt zurück. „Warum bin ich hier?"

„Jemand hat auf Sie geschossen, Herr Sauer", antwortete die Schwester. „Das war Mittwochnachmittag. Nun ist Freitagmorgen."

„Wieso Freitagmorgen?", Sauer war nun völlig durcheinander. „Was war denn in der Zwischenzeit?"

„Da haben Sie geschlafen. Wie ein Kleinkind. Okay, wir haben dabei ein bisschen mit Medikamenten nachgeholfen. Aber nur zu Ihrem Besten. Hat ja auch gut funktioniert, denn nun sind Sie ja wieder auf dem aufsteigenden Ast, oder nicht?"

Sauer versuchte, in sich hineinzuhorchen, ob dem tatsächlich so war. Aber er bekam von seinem Körper noch keine klare Antwort. Viel mehr beschäftigte ihn das, was die Frau zuvor gesagt hatte.

„Man hat auf mich geschossen, sagen Sie? Ich kann mich an gar nichts erinnern. Bin ich schlimm verwundet?"

„Wie man's nimmt. Es ist nicht lebensbedrohend und Sie werden nach einiger Zeit wieder ganz der Alte sein. Aber eine Kleinigkeit ist Ihre Wunde auf gar keinen Fall. Obwohl Sie riesiges Glück gehabt haben. Das Geschoss ist ziemlich glatt durch Ihre Schulter gegangen. Das hätte auch ganz anders ausgehen können. Sie haben einen guten Schutzengel, Herr Sauer. Können Sie mir den mal ausleihen?"

„Aber wer …?", Sauer versuchte verzweifelt, seine Erinnerung wieder in Schwung zu bringen. Quälend langsam, aber deutlicher werdend kam sie zurück, überflutete ihn dann förmlich und aus der diffusen Ungewissheit wurde körperlich spürbare Angst. Die Krankenschwester schien erkannt zu haben, was ihn so stark bewegte. Im betont beruhigenden Tonfall einer gut geschulten Pflegekraft sagte sie: „Machen Sie sich keine Sorgen. Vor der Tür dieses Zimmers steht Tag und Nacht ein Polizist und passt auf, dass keiner hineinkommt, der nicht hier hineingehört. Das ist Routine in einem solchen Fall. Versuchen Sie einfach gar nicht daran zu denken."

Du hast gut reden, dachte Sauer. Ihn beruhigte das gar nicht. Doch in diesem Moment stand die Krankenschwester auf und fügte im Weggehen an: „Ich informiere jetzt den Oberarzt, dass Sie wieder ansprechbar sind. Er kommt gleich und wird Sie untersuchen. Haben Sie einen Moment Geduld."

Es dauerte dann doch so lange, dass aus Unruhe Panik werden konnte. Es gab für ihn jede Menge Stoff zum Nachdenken und zum Sorgenmachen. Jetzt war alles wieder da und ihm wurde schlagartig klar, dass seine Situation alles andere als beruhigend war. Der Mann, der auf ihn geschossen hatte, würde dies zweifellos wieder versuchen. Es konnte ja nur um das Geld gehen, dass er bei dieser verdammten Sportwette gewonnen hatte. Geld, das eigentlich nicht ihm gehörte, sondern dem Mann, in dessen Auftrag er diese Wette platziert hatte. Er war nur ein Strohmann gewesen und hätte den Gewinn abliefern müssen. Aber das hatte er nicht übers Herz gebracht und die riesige Summe lag immer noch in dem schwarzen Aktenkoffer unter dem Beifahrersitz seines Autos. Bei diesem Gedanken durchfuhr es ihn wie ein elektrischer Schlag. Das Auto stand ja nun schon seit Mittwochnachmittag vor diesem Supermarkt. Schutzlos jedem miesen kleinen Autoknacker ausgeliefert. Mit ihm das Geld. Und wie lange würde der Supermarkt das Auto überhaupt dort stehen lassen, ohne, dass der Abschleppdienst bestellt wurde? Wenn es erst mal abgeschleppt war, dann konnte alles passieren. Es konnte der Polizei in die Hände geraten, es war aber auch möglich, dass der erstbeste Mitarbeiter der Abschleppfirma den Wagen aufbrach und dabei zufällig das Geld fand. Sauer schüttelte sich bei diesem Gedanken, Hitzeattacken und Kälteschauer wechselte sich in atemberaubendem Tempo ab. Er musste hier raus! Es ging nicht an, dass er hier im Bett lag, während das Geld schutzlos war. Sauer stand kurz vor dem Zusammenbruch, als sich die Tür endlich wieder öffnete und ein großer, bulliger Mann um die fünfzig eintrat. Auch er ein Traum in Weiß. „Wannenmacher" und „Oberarzt" las Sauer auf dem Namensschild. Nach einem kurzen, professionell wirkenden Gruß nahm er ohne weiteren Kommentar einige Untersuchungen an Sauer vor, kontrollierte den Inhalt der Flaschen über dem Bett, setzte sich dann auf den Stuhl und fasste zusammen: „Sie haben wirklich unglaubliches Glück gehabt, Herr Sauer. Wäre der Schuss ein paar Millimeter weiter eingeschlagen, dann lägen Sie jetzt ein paar Stockwerke tiefer in einem ungemütlichen Kühlfach und nicht in einem kuscheligen Bett. So aber …"

„Ich muss dringend etwas erledigen, Herr Doktor", sagte Sauer mit viel Not in der Stimme. „Wann kann ich gehen?"

Der Arzt schaute ihn verblüfft an.

„Daran ist überhaupt nicht zu denken", antwortete er. „Sie werden mindestens noch eine Woche im Bett bleiben müssen. Und selbst dann müssen wir erst mal sehen, wie es Ihnen geht."

Sauers Panik nahm noch weiter zu.

„Aber das ist unmöglich", er schrie fast. „Sie können mich nicht gegen meinen Willen hier festhalten."

„Was möglich ist und was nicht, das überlassen Sie in medizinischen Fragen bitte mir", sagte der Arzt und ließ dabei keinen Zweifel daran, dass sein Urteil unumstößlich war. „Glauben Sie mir, wir halten hier niemanden fest, einfach nur so zum Spaß oder weil wir unsere Betten gefüllt haben wollen. Falls Sie es noch nicht mitbekommen haben, wir befinden uns in einer sehr kritischen Phase der Corona-Pandemie. Niemand weiß, was da auf uns zukommt. Alle Krankenhäuser sind alarmiert und bemühen sich verzweifelt, Kapazitäten freizuhalten für den Fall der Fälle. Wir brauchen jedes Bett. Da sind wir froh über einen Patienten, den wir guten Gewissens nach Hause schicken können. Aber dazu gehören Sie leider nicht, Herr Sauer. Also vergessen Sie es und entspannen Sie sich. Sie werden alle Kraft für Ihre Genesung brauchen."

16

„Steht diese Dreckskarre immer noch auf dem Parkplatz?", fragte der Leiter des Supermarktes an der Bielefelder Straße den Mitarbeiter, der soeben vom Parkplatz wieder zurück in den Markt und ins Büro seines Chefs gekommen war. Der nickte und sagte: „Ja. Der hat sich keinen Zentimeter von der Stelle gerührt. Steht jetzt schon seit Tagen da."

Der Marktleiter brummte mürrisch, während er auf den Bildschirm seines PCs starrte. Dann fragte er: „Hast du mal reingeguckt? Nicht, dass da einer drin liegt."

„Nein!", schmunzelte der Angestellte. „Das Auto ist leer. Nicht mal 'ne Einkaufstasche oder so was liegt auf den Sitzen. Aber vielleicht ist der Besitzer ja von uns aus noch woanders zum Einkaufen gewesen und dabei ist ihm irgendwas passiert. Schlaganfall oder so. Und ab ins Krankenhaus. Kommt ja vor. Da denkt dann natürlich keiner daran, so ein Auto abzuholen."

Der Marktleiter schaute ihn an, als hätte sein Mitarbeiter ihm gerade den Vorschlag gemacht, allen Kunden eine Runde Freibier zu spendieren. „Du kommst auf Ideen", sagte er, und man konnte ihm seine Zweifel anhören. „Ist mir aber alles egal. Die Mistkarre muss weg. Soll keiner sagen, ich hätte keine Geduld gehabt. Zwei Tage, ich glaub's nicht. Ich rufe jetzt den Abschleppdienst an. Soll der Typ, dem die Karre gehört, doch ruhig blechen. Hat Zeit genug gehabt."

Dann wedelte er herrisch mit der Hand, was seinem Mitarbeiter auffordern sollte, aus dem Büro zu verschwinden. Der Marktleiter suchte im Internet die Nummer des Abschleppdienstes heraus. Dann rief er an und erteilte den Auftrag. Zu seinem Ärger war das aber gar nicht so einfach.

„Ausgeschlossen", sagte die Frau vom Abschleppdienst. „Nein, heute Mittag schaffen wir das nicht mehr. Was glauben Sie denn, was hier manchmal los ist.

Die Detmolder parken doch, wo sie wollen. Es hagelt Anrufe von Geschäften und auch von Privatleuten, die wollen, dass wir ein Auto vor ihrer Tür wegschleppen. Wir sind bis über beide Ohren ausgelastet. Sie müssen schon etwas Geduld haben."

Der Marktleiter holte tief Luft, um sich zu beruhigen. „Klappt es denn wenigstens im Laufe des Nachmittags?", fragte er und bemühte sich um einen sachlichen Tonfall.

„Wir versuchen es", sagte die Frau und klang dabei, als hätte er ihr einen unsittlichen Antrag gemacht. „Aber versprechen kann ich gar nichts. Seien Sie froh, dass wir überhaupt noch arbeiten, trotz dieser Corona-Sache. Andere haben schon längst ihren Betrieb eingestellt."

17

„Corona-Virus: Robert-Koch-Institut rechnet bald mit Medikamenten. Man sei optimistisch, dass es in den nächsten Wochen Therapeutika geben werde", sagte der Präsident Lothar Wieler. „Das RKI meldet für Deutschland inzwischen 400 Infizierte", berichtete der Nachrichtensprecher des Radiosenders WDR 4. Und fuhr dann mit der nächsten Meldung fort: „Die Furcht vor Covid-19 beeinträchtigt mittlerweile die medizinische Versorgung, Schutzanzüge und Masken werden knapp."

„Corona, Corona, Corona! Ich kann es nicht mehr hören", brummelte Schulte. Er ging zum Radio und betätigte den Aus-Knopf. Nachdem er das Gerät zum Schweigen gebracht hatte, ging er zu seinem Schreibtisch und widmete sich den Unterlagen zur Wettmafia, die die Staatsanwältin ihm überlassen hatte.

Das Aktenstudium war nie Schultes Lieblingsarbeit gewesen. Als er noch der Chef des Dezernats für Gewaltverbrechen in Detmold gewesen war, hatte er seine Leute gehabt, die diesen Job übernommen hatten und ihm dann die wesentlichen Details zusammenfassten, um sie ihm in aller Kürze mitzuteilen. Das war ein Leben, dachte er. Hier in Heidenoldendorf lief das anders. Es gab keine klare Hierarchie. Zwar gab es nun die neue Staatsanwältin, der vom Ministerium die obligatorische Leitung übertragen worden war. Doch sie kam von außen und hatte darüber ihren Arbeitsschwerpunkt an der Heinrich-Drake-Straße. Diese Situation machte es fast unmöglich, die Rolle der Teamleitung zu übernehmen. Diese Aufgabe fiel jemanden aus der Truppe der Verbannten zu. Doch das war einfacher gesagt als getan, bei diesem Haufen hier in Heidenoldendorf, der sich aus Individualisten und Egozentrikern zusammensetzte.

Schulte sah sich da als einer unter vielen. In wenigen Minuten sollte eine weitere Dienstbesprechung stattfinden. Auf der Tagesordnung stand nur ein Thema: Wettbetrug. Schulte befürchtete chaotische Zustände. Resigniert packte er seine Unterlagen zusammen und machte sich auf den Weg zur Besprechung.

Die anderen Kollegen waren schon anwesend. Wieso waren die schon alle da? Schulte sah auf seine Uhr.

War er zu spät? Nein, war er nicht. Die neue Situation, endlich einen offiziellen Auftrag zu haben, schien alle zu motivieren.

Es gab keine langen Vorreden, van Leyden kam gleich zur Sache. „So kann ich nicht arbeiten", gab er unumwunden zum Besten.

Schulte wollte gerade zu einer bissigen Erwiderung ansetzen, da ergriff Adelheid Vahlhausen das Wort. Sie versuchte erst gar nicht, anders als Schulte es vorgehabt hatte, den Kollegen ob seiner allgemein bekannten destruktiven Art zu kritisieren. „Was hindert dich daran, dem Auftrag der Staatsanwältin nachzukommen?", fragte sie, an van Leyden gewandt.

„Ich habe das Gefühl, dass hier wie immer jeder für sich arbeitet. Nichts ist koordiniert. Wir verbrennen viel zu viel Zeit und Energie."

Keiner widersprach dieser emotional vorgetragenen Behauptung. Also fuhr van Leyden fort. „Daher schlage ich vor, wir bestimmen zunächst einen Teamleiter."

„Okay", antwortete Hubertus von Fölsen. „Und an wen denken Sie da? Wer ist Ihrer Meinung nach für diese Aufgabe am ehesten geeignet?"

„Adelheid", kam es von van Leyden wie aus der Pistole geschossen. „Adelheid Vahlhausen ist genau passend. Sie kann gut moderieren, hat Durchsetzungskraft und hat bewiesen, dass Sie auch in heiklen Situationen die Ruhe behält."

Von Fölsen, der natürlich der Meinung war, dass er die qualifizierteste Person für diese Rolle sei, schwieg einen Moment. Man merkte ihm Enttäuschung an. Doch dann räusperte er sich und straffte seinen Körper. „Mit der Entscheidung könnte ich leben", sagte er dann leise.

Schulte verstand die Welt nicht mehr. Was war hier los? Van Leyden, der Adelheid Vahlhausen bisher zu beleidigen und zu demütigen versucht hatte, schlug die Kollegin quasi als Chefin vor und Hubertus von Fölsen, der sich immer und für jede Aufgabe als der Beste einstufte, akzeptierte den Vorschlag, den van Leyden gerade gemacht hatte.

„Ich fasse es nicht, unser Jungspund übernimmt Verantwortung", griente Schulte und merkte gleich, dass van Leyden in Begriff war, in die Luft zu gehen. Daher setzte er schnell nach: „Guter Vorschlag, Kleiner."

Van Leyden entspannte sich. „Nenn mich nicht Kleiner, Opa."

Schulte ging auf die Retourkutsche seines Kollegen nicht ein. „Was ist, Adelheid, nimmst du die Wahl zur Chefin an?", fragte er stattdessen.

Adelheid Vahlhausen war rot geworden. Sie blickte in Richtung Rosemeier, der sich bisher nicht geäußert hatte, aber jetzt etwas vor sich hin brummte und dabei zustimmend mit dem Kopf nickte.

Diese Geste ließ die Anspannung, die Adelheid Vahlhausen im Griff hatte, von ihr abfallen.

„Ja, diese Aufgabe übernehme ich gerne. Danke für euer Vertrauen."

Die vier Männer klatschten. Doch Adelheid Vahlhausen hob beschwichtigend die Hände. „Geklatscht wird, wenn wir die Wettmafia versenkt haben. Jetzt fangen wir erst mal mit der Arbeit an."

Sie zog ein Flipchart, dass bislang in der hintersten Ecke der Kneipe verstaubte, hervor und fragte: „Jeder von euch hat sich doch bestimmt schon seine Gedanken zu dem Auftrag gemacht. Lasst uns doch zunächst mal sammeln, zu welchem Schluss jeder von euch gekommen ist und was er als Erstes zu tun gedenkt."

18

„Dieser verfluchte Schlauch!"

Günther Sauer schaute wütend auf den dünnen Schlauch, der von seinem Handgelenk zu einem Tropf führte, der über seinem Bett hing. Es war nur ein Schlauch, mehr nicht. Aber für Sauer war er die Fessel, die ihn ans Bett gebunden hatte. Und das war für ihn kaum auszuhalten. Hier zu liegen, untätig und hilflos, während draußen in Heidenoldendorf sein Auto mit einem Vermögen darin ungeschützt herumstand. Misstrauisch schaute er zum Nachbarbett, in dem ein steinalter Mann lag. Von ihm hatte Sauer bislang nur Schnarch- und Stöhngeräusche gehört, die klangen, als ginge es jeden Moment mit dem armen Mann zu Ende. Furchtbar.

Kurz darauf kam die Krankenschwester ins Zimmer, lächelte ihn freundlich an und fragte: „Wie geht es uns denn, Herr Sauer? Wieder besser? Sie sehen schon viel rosiger aus."

Sauer holte tief Luft, um seine ganze Verzweiflung deutlich zu machen, da schnitt sie ihm das Wort ab und sagte wieder lächelnd: „Sie haben einen Termin, Herr Sauer. Um 16 Uhr, also in einer Stunde, werden zwei Polizisten vorbeikommen und Ihnen ein paar Fragen stellen. Ist ja naheliegend bei Ihrer Art der Verletzung. Machen Sie sich keine Sorgen, ja? Ihr Zimmernachbar, der Herr Rommel, wird in zehn Minuten zu einer Untersuchung rausgefahren. Sie sind dann mit den Beamten allein und können frei sprechen. Aber jetzt ist erst mal Schichtwechsel. Für heute ist Feierabend. Der Kollege, der Herrn Rommel gleich holen wird, ist neu und heute zum ersten Mal auf dieser Station. Er ist noch jung, voller Tatendrang und wird sich gut um Sie kümmern. Bis morgen, Herr Sauer!"

Und schon huschte sie raus, schnell und geräuschlos, wie ein freundlicher, frischer Sommerwind. Sie hinterließ nicht nur ein Vakuum an menschlicher Wärme in dem tristen Zimmer, sondern vor allem Panik bei Günther Sauer. Polizei! Das fehlte ihm gerade noch. Auf gar keinen Fall wollte er sich in diesem stark geschwächten Zustand aushorchen lassen. Seine Widerstandskraft würde einfach nicht ausreichen, um zudringliche Fragen abzuwehren. Nein, beschloss er, soweit durfte er es nicht kommen lassen. Er musste hier raus, koste es, was es wolle. Raus und zu seinem Auto. Danach würde er irgendwo unterkriechen, egal wo, nur weit weg. An einem Ort, wo ihn dieser widerliche kleine Mann mit Sonnenbrille nicht finden konnte. Wie konnte er das schaffen? Den Schlauch aus dem Stecker am Handgelenk zu ziehen war die eine Sache. Aber wie sollte er den Polizisten, der vor seiner Tür Wache schob, überwinden? Er hatte keine Ahnung. Aber viel Zeit zum Überlegen gab es auch nicht. Fieberhaft zermarterte er sein müdes Hirn, aber welche Lösung ihm auch in den Sinn kam, sie zerbröselte, wenn er nur intensiver darüber nachdachte.

„Du hast es gut", murmelte er und schaute zu seinem Bettnachbarn. „Du schläfst die ganze Zeit und kriegst nichts mit von dieser Dreckswelt und ihren Sorgen."

Plötzlich hatte er eine Eingebung. Sie setzte ihn förmlich unter Strom, machte ihn ganz zappelig und verursachte sogar leichten Schwindel. Aber es war endlich eine Idee, die diese Bezeichnung auch verdiente, fand er und beschloss, sie sofort in die Tat umzusetzen. Vorsichtig drehte er den Verschluss des Schlauches aus dem Stecker, setzte sich aufrecht hin und wartete ab, bis der Schwindel nachließ. Er stand auf, wankte ein wenig, wurde dann aber sicherer und ging zum Schrank, in dem seine Klamotten lagen. Unterwäsche, Hose, Schuhe und Strümpfe. Hemd und Mantel fand er nicht. Wahrscheinlich wurden sie wegen der Blutflecken gleich aussortiert, dachte er. Egal, er zog sich alles an, was da war, das OP-Hemd behielt er an, die Schuhe nahm er in die Hand und ging zurück zum Bett. Einen kurzen Moment lang setzte er sich wieder, denn noch immer war sein Kreislauf im Stand-by-Modus und arbeitete nur auf allerniedrigstem Niveau.

Nun ging es weiter mit den Vorbereitungen. Er ging zum Bett des noch immer tief und laut schlafenden Herrn Rommels, klickte dessen Namensschild ab, machte dann das Gleiche bei seinem eigenen Bett und tauschte die Namensschilder aus. Nun war aus dem nichts ahnenden Herrn Rommel ein Herr Sauer geworden. Wenn der Krankenpfleger neu auf dieser Station war, würde ihm nicht auffallen, dass er den falschen Patienten vor sich herschob.

Dann ein neuer kleiner Schock. Wo war all das, was er in seinem Mantel gehabt hatte? Autoschlüssel, Kfz-Schein, Handy und Ausweispapiere? Wieder ging er zurück zum Schrank, suchte hektisch und fand dann einen großen, braunen Umschlag mit seinem Namen darauf. Sauer atmete erleichtert aus. In dem Umschlag fand er alles, was er vermisst hatte. Er verstaute den Umschlag ebenfalls unter der Bettdecke, legte sich darunter und zog die Decke bis zur Brust. Von der Hose war nichts zu sehen. Obenrum waren nur sein Kopf und das OP-Hemd zu erkennen. Auch den Schlauch befestigte er wieder am Handgelenk. Nun konnte er nur noch warten und hoffen, dass alles gut ging.

Endlich ging die Tür auf, ein junger Mann in weißer Pflegerkluft trat ein, grüßte freundlich und schaute prüfend auf die Namensschilder.

„Herr Rommel", sagte er zu Sauer, der dabei leicht zusammenzuckte, „wir haben einen Termin. Nur eine Untersuchung, nichts Schlimmes. Ich fahre Sie jetzt ins Labor. Bleiben Sie einfach entspannt liegen und genießen Sie die Fahrt."

Mittlerweile war der echte Herr Rommel offenbar aufgewacht und wunderte sich. Er versuchte, sich etwas aufzurichten und mit schwacher Stimme zu protestieren. Aber der Pfleger war zu sehr mit dem Manöver beschäftigt, Sauers Bett aus dem Zimmer zu schaffen. Zum echten Herrn Rommel sagte er nur: „Geduld, ich bin gleich zurück. Dauert nicht lange."

Dann schob er das Krankenbett mit dem falschen Mann darin durch die Zimmertür. Draußen auf dem Flur sah Sauer tatsächlich einen Polizeibeamten, der auf einem Stuhl vor der Tür saß. Er musste sich zusammenreißen, um nicht seinem Fluchtinstinkt zu folgen. So schenkte er dem Polizisten ein ziemlich misslungenes Lächeln, was aber einem kranken und leidenden Mann ganz gut zu Gesicht stand. Der Pfleger sagte fröhlich zu dem Beamten: „Keine Sorge, dies ist nicht Ihr Kunde. Der Herr Sauer liegt noch brav im Zimmer und lässt es sich gut gehen. Bis gleich!"

Es folgte eine wilde Fahrt fast durch das gesamte Klinikum. Zweimal fuhren sie sogar in einem Lift. Endlich, in einem langen Flur, in dem schon mehrere Betten „parkten", stoppte der Pfleger die Fahrt.

„So, Herr Rommel", sagte er und tätschelte Sauer die Hand. „Ich verlasse Sie jetzt. Meine Kollegin vom Labor wird Sie hereinholen, wenn es so weit ist. Wir sehen uns, wenn Sie fertig sind."

Sauer wagte kaum zu glauben, dass er nun freie Bahn hatte. Er wartete etwa eine Minute, drehte dann den Schlauch ab und stieg vorsichtig aus dem Bett. Schnell schlüpfte er in seine Schuhe, nahm den Umschlag an sich und machte sich auf, den Flur zu verlassen. Einem anderen Patienten, der ebenfalls vor dem Labor im Bett wartete und ihm voller Erstaunen dabei zusah, verriet er: „Muss nur mal fix aufs Klo. Kann nicht mehr warten."

Dann ging er, so schnell seine schwachen, wackligen Beine dies zuließen, davon.

„Stimmt so", sagte Sauer zum Taxifahrer und gab ihm einen Geldschein. Als er aus dem Taxi ausstieg, merkte er erst, wie schwach er auf den Beinen war. Er stand nun auf dem Parkplatz des Supermarktes in Heidenolden- dorf und schaute dem wegfahrenden Taxi nach. Wieder dieser Schwindel. Schnell machte er zwei Schritte hin zum nächstbesten parkenden Auto und lehnte sich da- ran. Einige eilig zum Supermarkt huschende Passanten schauten ihn befremdlich an, hielten ihn wahrschein- lich für betrunken. Sollten sie doch, dachte Sauer. Er hatte gerade ganz andere Sorgen. Denn so oft er sich auch umschaute, er konnte seinen alten Škoda nicht entdecken. Dabei war der doch normalerweise durch sein knalliges Rot immer schon von Weitem zu sehen, wie ein Leuchtfeuer in der Dunkelheit. Noch wagte er nicht, zum hinteren Teil des Parkplatzes zu gehen. Er fühlte sich einfach körperlich noch nicht dazu in der Lage. Seine Versuche, tief und ruhig durchzuatmen, brachten keine erkennbare Besserung. Wie sollte er ei- gentlich in diesem Zustand Auto fahren, fragte er sich bange. Immer wieder diese Blicke der Supermarktkun- den, von Mitleid bis Abscheu war alles dabei. Da stand er nun, ein Mann im besten Alter, mit seinem kecken und mächtigen gezwirbelten Schnurrbart. Eigentlich ein echter Kerl, der sich nicht die Butter vom Brot neh- men lässt, der dem Leben alles an Vergnügen abfordert, das es zu bieten hat. Aber jetzt hatte er dunkle Ringe unter den Augen, war totenblass und hielt sich verzweifelt an der Dachreling eines fremden Autos fest. Auch wenn er das OP-Hemd umgedreht und sorgfältig in die Hose gestopft hatte, sah er im höchsten Maße verdächtig aus. Wie aus einer geschlossenen Anstalt entlaufen, fand er.

„Kann ich Ihnen helfen?", fragte plötzlich eine Frauenstimme direkt neben ihm. Es war eine gebrochene, dünne Stimme und als er hinschaute, sah er eine ältere Dame, die einen vollen Einkaufswagen vor sich herschob. Hastig schüttelte Sauer den Kopf und stammelte: „Nein, nein. Alles gut. Vielen Dank!"

Die Frau glaubte ihm wahrscheinlich kein Wort, hakte aber auch nicht nach, sondern schob den Einkaufswagen weiter zu ihrem Auto. Sauer wurde spätestens jetzt klar, dass er sich nun von der stützenden Dachreling lösen und sich auf die Suche nach seinem Škoda machen musste. Sonst würde er zu einem öffentlichen Ärgernis werden und das konnte er gerade gar nicht gebrauchen. Langsam, ganz langsam richtete er sich wieder auf und machte erste tastende Schritte hin zur anderen Seite des Parkplatzes. Dort hatte er den Škoda abgestellt, erinnerte er sich nun wieder schwach. Direkt vor dem großen Werbeschild der SB-Bäckerei. Das Schild sah er schon von Weitem. Vielleicht noch fünfzehn Meter, dann würde er sein Ziel erreicht haben. Das musste doch irgendwie gehen, nahm er sich vor und biss die Zähne zusammen. Es gelang ihm besser als gedacht. Das Schiff schwankte, aber es sank nicht. Dann stand er an genau der Stelle, an der er den Škoda geparkt hatte. Alle Unsicherheit war verschwunden, er hatte sein Auto genau hier abgestellt. Und er hatte es abgeschlossen. Aber nun stand dort ein weißer Mercedes-Sprinter und kein knallroter Škoda. Sauer blinzelte, schüttelte immer wieder den Kopf, als wolle er dadurch wieder klare Sicht bekommen. Doch es änderte sich nichts an dem niederschmetternden Bild – sein Auto war weg!

19

„Telefon für dich!", rief Manfred Rosemeier. „Verdammt noch mal, nun geh doch endlich dran!"

Jupp Schulte saß in der Gaststube der ehemaligen Kneipe und hielt den Kopf auf beide Hände gestützt. Er war müde und ihm ging gerade so einiges durch den Kopf, was nichts mit seiner Arbeit zu tun hatte. Von einem Telefonanruf wollte er sich nicht aus seinen Gedanken reißen lassen. Die Kollegen saßen alle im Obergeschoss und arbeiteten an der neuen Aufgabe, die ihnen die Staatsanwältin gestellt hatte. Nur Rosemeier und Schulte saßen unten. Schulte, weil er keine Lust hatte, sich mit Sportwetten zu beschäftigen und Rosemeier, weil er die Pflege der Theke als seine eigentliche Berufung ansah. Endlich nahm er mit einem genervten Seufzer das Handy und meldete sich. Eine Sekunde später war Schulte hellwach.

„Günther Sauer hier", meldete sich der Anrufer. „Herr Schulte, Sie müssen mir helfen!"

Schulte kannte die Stimme gut und war schockiert, wie verzweifelt und gleichzeitig todmüde sie klang. So hatte er Günther Sauer, einen alten „Kunden" der Detmolder Polizei, noch nie erlebt. Eigentlich war Sauer ein munterer, immer optimistischer Dampfplauderer, der eher zu viel als zu wenig sagte. Immer ein wenig über der Spur, immer den Mund ein bisschen zu voll genommen – so kannte er Günther Sauer. Verzweiflung und Mattigkeit passte nicht zu ihm und das weckte schlagartig Schultes Interesse. „Was ist los?", rief Schulte aufgeregt. „Wo bist du denn? Im Krankenhaus?"

„Nein", antwortete Sauer. „Ich bin …, ach was, ich habe keine Zeit, Ihnen alles zu erklären. Das mache ich später. Jetzt stehe ich hier vor diesem kleinen Supermarkt an der Bielefelder Straße. Ganz bei Ihnen in der Nähe. Mein Auto ist weg. Und ich kippe gleich aus den Latschen. Bitte kommen Sie sofort. Mir ist so …"

Plötzlich brach die Stimme ab. Schulte schaute verblüfft das Handy an, als könne das Gerät ihm erklären, worum es ging. Aber dann riss er sich zusammen, sprang auf und ließ Rosemeier, der gerade hinter der Theke Gläser abtrocknete, allein in dem Gastraum.

„Hey, wo willst du denn hin?", hörte er Rosemeier rufen. Aber er gab keine Antwort, sondern hastete die Treppe hinunter zum Parkplatz vor seiner seltsamen Dienststelle. Er lief weiter bis zur Bielefelder Straße, überquerte sie ohne Rücksicht auf fahrende Autos, zwang zwei von ihnen zu einer Vollbremsung, achtete nicht auf deren wütendes Hupen und kam endlich auf den Parkplatz des Supermarktes an. Es dauerte ein bisschen, aber dann sah er einen Mann auf dem Asphalt sitzen. Ein Pärchen kümmerte sich um ihn.

„Lassen Sie mich mit ihm allein!", rief Schulte dem Ehepaar zu und hielt ihnen seinen Dienstausweis unter die Nase. Dann wurde ihm klar, dass er den Leuten Unrecht tat und schob nun etwas freundlicher nach: „Danke für Ihre Hilfe. Ich kümmere mich jetzt um den Mann."

Nicht wirklich befriedet zogen die beiden Hilfsbereiten von dannen.

Schulte fragte: „Kannst du aufstehen?"

Sauer schüttelte matt den Kopf. „Noch nicht. Dauert noch ein bisschen. Aber gleich gehts bestimmt wieder."

Schulte beschloss, nicht darauf zu warten, sondern setzte sich nun ebenfalls auf den Boden. Es war ihm gleich, was die Passanten von ihm denken mochten.

„Wieso bist du Idiot nicht im Krankenhaus, wo du hingehörst?"

Sauer schaute ihn mit trüben Augen an.

„Mir ist im Krankenbett eingefallen, dass mein Auto noch hier auf dem Parkplatz steht. Und ich hatte Angst, dass es abgeschleppt wird. Da bin ich aus dem Krankenhaus getürmt. Und nun ist es weg. Einfach weg."

Schulte verstand überhaupt nichts. Was war das für ein Unsinn?

„Was ist denn an der alten Klapperkiste so wertvoll? Okay, wenn ein Auto abgeschleppt wird, dann muss man es wieder auslösen. Kostet ordentlich Geld. Das ist ärgerlich, aber doch keine Katastrophe. Jedenfalls kein Grund, seine Gesundheit aufs Spiel zu setzen und aus dem Krankenhaus abzuhauen. Mein Gott, Sauer. Ich weiß ja, dass du manchmal ein ziemlicher Idiot bist, aber heute hast du dich selbst übertroffen. Wie kann ich dir denn jetzt helfen?"

Sauer hauchte mehr, als er sprach. „Schulte, Sie müssen mein Auto zurückholen. Das Geld gebe ich Ihnen später wieder. Es ist verdammt wichtig, glauben Sie mir. Es geht nicht nur um den Škoda. Es geht um viel mehr. Aber ich kann das jetzt nicht erklären. Bitte tun Sie mir den Gefallen. Die Fahrzeugpapiere und den Schlüssel habe ich hier." Er wies auf einen großen, braunen Umschlag, den er neben sich liegen hatte. Sein Blick wurde immer glasiger, es war, als würde er durch Schulte hindurch in die Ferne blicken. Plötzlich drehten seine Augen nach oben, er gab einen jammernden Ton von sich und sackte zusammen.

Schulte erschrak, dann wählte er hektisch die Nummer des Notarztes.

20

Maren Köster ging mit dem für sie typischen energischen Schritt den langen Flur des Krankenhauses entlang. Als sie vor dem Ziel ihres Besuches stand, dem Krankenzimmer von Günther Sauer, begrüßte sie den Polizeibeamten, der dort noch immer auf einem Stuhl sitzend Wache hielt.

„Alles klar, Herr Kollege?", begrüßte sie ihn. „Wie geht es unserem Schützling?"

„Der schläft friedlich wie ein Kleinkind, Frau Hauptkommissarin", antwortete der Polizist und stand höflich auf. „Er ist auch allein im Zimmer, Sie können also ungestört mit ihm sprechen. Sein Zimmernachbar ist gerade zu einer Untersuchung."

„Danke", sagte Maren Köster und machte dem Mann mit einer Handbewegung klar, dass er sich ruhig wieder setzen konnte. „Dann wollen wir mal."

Sie öffnete die Zimmertür und betrat den Raum. In einem Bett lag ein Mann, der die Bettdecke bis über die Ohren gezogen hatte, auf der Seite lag und offenbar schlief. Maren Köster seufzte. Jetzt musste sie den Kerl auch noch wecken, das gefiel ihr gar nicht.

„Herr Sauer!", rief sie vorsichtig, um keinen Schock auszulösen. „Hallo, Herr Sauer!"

Da der Mann als Antwort nur kurz und laut schnaufte, las die Polizistin erst einmal das Namensschild, das am Fußende des Bettes hing. Da stand schwarz auf weiß: Günther Sauer, geboren am 21. August 1957. Sie scannte das Zimmer ab, auf der Suche nach irgendetwas, mit dem sie diskret, aber wirkungsvoll Lärm machen konnte. Doch es blieb ihr nichts anderes übrig, als zum Krankenbett zu gehen und den Mann aus allernächster Nähe anzusprechen.

„Herr Sauer! Hier ist die Polizei. Ich möchte Ihnen ein paar Fragen stellen. Hören Sie mich?"

Wieder nur ein lauter, unwilliger Schnaufer. Jetzt reichte es ihr. Sie pfiff auf alle Regeln und rüttelte den Mann an der Schulter, bis er laut prustend und protestierend aufwachte. Er schreckte hoch, starrte sie mit wirrem Blick an und stammelte dann: „Was ist denn Schwester? Muss ich ins Labor?"

Maren Köster traute ihren Augen nicht. Dieser Mann war nie und nimmer der, den sie sprechen wollte. Das Häufchen Elend vor ihr war mindestens Mitte Siebzig, wenn nicht älter. Aber …, ihr wurde etwas schwindelig, das Namensschild. Das wies doch diesen Patienten ganz eindeutig als Günther Sauer aus. Wie war das zu erklären?

„Sie sind Herr Sauer?", fragte sie und ahnte die Antwort schon, bevor sie die Frage ausgesprochen hatte.

Der Mann schaute sie an, als zweifle er an ihrem Verstand. Dann schüttelte er den Kopf mit den grauen Haaren und sagte: „Sauer? Nein, Rommel ist mein Name. Wie der Wüstenfuchs, falls Sie wissen, wen ich meine. Wie kommen Sie auf Sauer? Was wollen Sie eigentlich von mir?"

„Ich fürchte, von Ihnen will ich gar nichts, Herr Rommel. Ein Missverständnis offenbar. Tut mir leid, dass ich Sie aufgeweckt habe. Schlafen Sie ruhig weiter, ich muss dringend mit dem Stationspersonal sprechen. Ich glaube, ich spinne." Den letzten Satz zerbiss sie wütend zwischen den Zähnen. Was war hier los?

„Können Sie mir das erklären?", pfiff sie den bedauernswerten Polizisten vor der Tür an. „Was ist denn hier passiert?"

Der arme Kerl wusste gar nicht, was sie von ihm wollte. Zu seinem Glück kam in diesem Augenblick ein Arzt vorbei, der schnell erkannte, dass hier Klärungsbedarf war.

„Kann ich helfen?", fragte er und schaute Maren Köster, die er als Unruhestifterin wahrnahm, misstrauisch an. „Mein Name ist Wannenmacher, ich bin der Oberarzt dieser Station."

„Auf ihrer Station scheint aber einiges durcheinanderzulaufen", giftete die Polizistin den bulligen Mann an. Als der sie nur fragend anschaute, erklärte sie ihm, wer sie war, was sie hier wollte und was sie gerade festgestellt hatte. Nun wurde auch der Oberarzt unruhig.

„Dann ist ja das ganze Labor-Ergebnis unbrauchbar", stellte er fest.

Maren Köster lachte, aber es klang alles andere als fröhlich.

„Das sollte Ihre kleinste Sorge sein", nahm sie dem Arzt jede Hoffnung, die Sache noch intern regeln zu können. „Ich denke eher, dass Ihre Leute reingelegt wurden und dass Sauer abgehauen ist. Was natürlich völliger Wahnsinn ist, denn er bringt sich dadurch selbst in große Gefahr. Wenn ihm jetzt was passiert, dann möchte ich nicht in Ihrer Haut stecken, Herr Wannenmacher. Was glauben Sie, warum wir hier einen Wachposten hingesetzt haben? Das machen wir doch nicht zum Spaß!"

Der Oberarzt war so irritiert, dass ihm so schnell keine Antwort einfiel. Der Polizeibeamte drückte sich verschüchtert an die Wand, offenbar in der Hoffnung, dann nicht mehr gesehen zu werden.

„Ich an Ihrer Stelle würde jetzt Himmel und Hölle in Bewegung setzen, um den Kerl zu finden", fuhr sie den Wachposten an, der immer noch wie paralysiert vor ihr stand. „Irgendjemand hier im Klinikum muss ihn doch gesehen haben. Der kann doch nicht einfach mit seinem OP-Hemd hier rauslaufen, ohne dass das jemandem auffällt. Sie durchsuchen jetzt seinen Schrank!"

Sofort machte sich der Polizist auf und ging in das Krankenzimmer.

„Und Sie …", gerade wollte sie auch dem Arzt eine Anweisung geben, als der schon sein Handy am Ohr hatte. „Ja …, wenn ich sofort sage, dann meine ich auch sofort", hörte sie ihn ins Telefon rufen. Der Arzt reagierte nun, nachdem die erste Verblüffung überwunden war, schnell und zielgerichtet. Bereits eine Minute später konnte er Maren Köster eine Auskunft bieten: „Er ist wirklich gesehen worden, wie er das Klinikum verließ. Aber das ist nicht so ungewöhnlich, wie Sie vielleicht glauben. Viele Patienten, die nicht bettlägerig sind, machen mal einen kleinen Spaziergang in der Anlage vor dem Haupteingang. Oder setzen sich auf eine Bank, um ein bisschen frische Luft zu schnappen. Wir sind schließlich kein Gefängnis. Und unten im Labor steht tatsächlich ein Bett mit dem Namensschild dieses Herrn Rommels, den Sie eben aufgeweckt haben. Dieser Sauer scheint ein ganz ausgebuffter Kerl zu sein."

In diesem Moment kam der Polizeibeamte aus dem Krankenzimmer zurück. Er wirkte bemitleidenswert, als er schicksalsergeben die Arme ausbreitete und sagte: „Nichts! Alles leer. Er hat seine ganzen Klamotten mitgenommen."

„Dieser Idiot", schimpfte Maren Köster. „Ich lasse sofort nach ihm fahnden. Und wenn wir ganz Detmold durchkämmen müssen."

Sie wählte die Zentrale ihrer Dienststelle und wollte

gerade mit ihren Anweisungen loslegen, als der Arzt einen Anruf bekam, kurz zuhörte und ihr dann aufgeregt mit den Händen fuchtelnd klarmachte, dass sie sofort das Gespräch beenden solle.

„Wir brauchen ihn nicht mehr suchen", sagte er, wirkte aber nicht erleichtert. „Er ist gerade in die Notaufnahme eingeliefert worden. Völlig kollabiert. Irgendjemand hat die Rettung angefordert."

Maren Köster atmete tief durch.

„Gott sei Dank", sagte sie leise. „Dann hat er noch Glück im Unglück gehabt. Die Sache hätte viel schlimmer ausgehen können. Kann man herausfinden, wer den Notarzt gerufen hat?"

Der Arzt nickte, telefonierte wieder und sagte dann: „Es war ein Mann, ein gewisser Herr Schulte. Er hat nicht viel gesagt, nur, dass er Polizist sei und dass der Notarzt sich beeilen solle. Nützt Ihnen das irgendwas?"

21

Mit einem unguten Gefühl schaute Schulte dem mit Blaulicht davoneilenden Rettungswagen hinterher.

„Was für ein verdammter Mist", fluchte er und meinte damit die Situation, in die er nun geraten war. Er machte sich Sorgen um Sauer, fragte sich, was hinter dieser ganzen Geschichte stecken mochte und hatte nicht die geringste Lust, dieses Auto abzuholen. Gleichzeitig wurde ihm klar, dass er wieder mal dabei war, sich abseits aller Dienstwege auf ungesichertes Gelände zu begeben. Angewidert betrachtete er den braunen Umschlag. Was hinderte ihn daran, diesen Umschlag bei Maren Köster abzuliefern und alles Weitere ihr zu überlassen? Es war ihre Zuständigkeit, ihr Revier, ihre Regeln. Doch er wusste, dass er das nicht tun würde.

„Schulte", sagte er zu sich selbst und schüttelte dabei den Kopf, „du bist ein Vollidiot."

Dann ging er zurück zu seiner bescheidenen Dienststelle. Rosemeier hatte die Theke schon sauber gemacht und war dabei, Feierabend zu machen. Die anderen Kollegen waren bereits gegangen, was Schulte ganz recht war. Er verspürte keinerlei Lust, irgendwelche Erklärungen abzugeben. Er zog seine Jacke an, fischte seinen Autoschlüssel vom Schreibtisch und verließ zusammen mit Rosemeier den *Obernkrug.*

Aber anstatt nach Haus zu fahren, lenkte Schulte seinen uralten Jeep Defender wie ferngesteuert in die Stadt und stand plötzlich auf dem Parkplatz vor der Notfallambulanz. Vor dem Eingang stand ein kräftiger junger Mann in einer Jacke, auf der Security geschrieben stand. Doch anstatt darauf zu achten, dass sich niemand unbefugt in die Ambulanz mogelte, starrte er auf sein Handy, las, schüttelte den kahl geschorenen Kopf und tippte dann etwas ein. Auf Schulte achtete er nicht und der ließ sich die Gelegenheit nicht entgehen und huschte, so flink er konnte, durch die große Eingangstür. Drinnen fühlte er sich sofort, als wäre er in einen Ameisenhaufen gefallen. Was für ein Gewimmel. Patienten saßen, standen oder liefen herum, medizinisches Personal hastete mit gestresstem Blick durch die Räume.

Schulte versuchte, sich zu orientieren. Dann sah er die Anmeldung, ging direkt darauf zu und stand am Ende einer Schlange von vier Menschen. Schulte besaß viele Talente, Langmut gehörte nicht dazu. Nervös tippelte er auf der Stelle, aber schneller ging es dadurch auch nicht. Irgendwann reichte es ihm. Er fummelte seinen Dienstausweis aus der Innentasche seiner Jacke, ging damit direkt an den protestierenden Leuten in der Schlange vorbei und hielt der erschrockenen Mitarbeiterin den Ausweis unter die Nase.

„Notfall!", sagte Schulte mit solcher Bestimmtheit, dass die arme Frau nicht zu widersprechen wagte. Er erkundigte sich nach dem Patienten Günther Sauer, der eben eingeliefert worden sei. Die Schwester verließ die Anmeldung und ging in einen Nebenraum. Während die Menschen hinter ihm ihrem Ärger über Schulte lauthals Luft machten, zeichnete er mit den Fingern Figuren auf den schmalen Tresen der Anmeldung und tat so, als höre er die ihm zugedachten Beleidigungen nicht. Endlich kam die Frau zurück, versuchte ein angestrengtes Lächeln und sagte: „Der Herr Sauer ist hier. Aber nicht zu sprechen. Er ist so sehr geschwächt, dass die Ärzte Angst um sein Leben haben. Er wird gerade in diesem Augenblick in ein künstliches Koma gelegt. Und wird erst wieder aufgeweckt, wenn sein Zustand sich stabilisiert hat. Sie können also im Moment nichts machen. Ich hoffe, ich konnte Ihnen damit helfen", sagte sie und winkte den Mann, der vor Ungeduld zappelnd hinter Schulte stand, zu sich.

Schulte wusste nicht so recht, was er nun machen

sollte, wusste nicht einmal genau, warum er hergekommen war. Aber es war auch klar, dass er hier nichts mehr ausrichten konnte. Sein Job würde es nun sein, dieses elende Auto von Sauer abzuholen. Dazu brauchte er aber einen zweiten Fahrer, weil er nicht mit Sauers Auto und seinem eigenen gleichzeitig fahren konnte. Er würde erst mal nach Haus fahren und dort seine Tochter Ina bitten, die Tour mit ihm zusammen zu machen. Als er den Jeep aufschließen wollte, hörte er sein Handy dudeln. Erstaunt sah er auf dem Display, dass es Maren Köster war, die anrief. Das konnte nichts Gutes bedeuten. Und die Stimmlage seiner ehemaligen Lebensgefährtin gab seiner Befürchtung recht.

„Jupp!", rief sie und klang dabei so humorlos wie eine Steuerfahnderin. „Wir müssen reden. Ich erwarte Dich umgehend in der Kreispolizeibehörde. Jawohl, du hast richtig gehört, ganz offiziell in der Dienststelle."

„Das geht nicht", wandte Schulte ein. „Es ist schon spät und ich habe gleich einen ganz dringenden Termin. Ebenfalls dienstlich. Lass uns morgen sprechen. Ich bin so um neun Uhr bei dir. Ist das okay?"

Er hätte wetten können, dass sie ihm in diesem Moment den Stinkefinger zeigte. Dann hörte er, wie sie knurrend antwortete: „Gut, wenn es nicht anders geht. Aber mach dir keine Illusionen, Jupp. Es wird kein gemütlicher Kaffeeklatsch. Zieh dich warm an."

Große Lust, mit ihrem Vater quer durch Detmold zu fahren und das Auto eines ihr völlig unbekannten Mannes abzuholen, hatte Ina nicht. Erst als Schulte ihr versprach, mit ihr und ihrem Sohn Linus in den nächsten Tagen Essen zu gehen, willigte sie ein. Schulte suchte in den Gelben Seiten die Nummer der Abschleppdienste heraus und erwischte gleich beim ersten Anruf den richtigen.

„Da müssen Sie sich aber beeilen, Mann", sagte der Mitarbeiter des Abschleppdienstes. „Es ist schon kurz vor sechs. Feierabend. Wir machen gleich die Bude dicht. Fünf Minuten kann ich ja warten, aber mehr ist nicht."

Schulte versprach, so schnell wie möglich zu kommen. Er knüppelte seinen Jeep über den Detmolder Nordring und erreichte um 18:10 Uhr den Hof des Abschleppdienstes in der Niemeierstraße. Der Mitarbeiter, den er eben am Telefon gehabt hatte, war gerade dabei, das Werkstor zu schließen, als Schulte mit einer Vollbremsung zum Stehen kam.

„Mann, Sie haben es aber verdammt eilig", brummte der Mann und sperrte das Tor wieder auf. „Hätten mich ja beinahe überfahren. Sind Sie das, der eben angerufen hat?"

Schulte stieg zusammen mit Ina aus dem Jeep aus und nickte.

„Na gut", sagte der Mitarbeiter und ließ die beiden auf den Hof. „Obwohl es ja eigentlich schon zu spät ist. Will mal nicht so sein."

Ina bedankte sich, weil Schulte daran natürlich nicht dachte. Der gutmütige Kerl schien damit zufrieden zu sein. Im Büro legte Schulte alle die Papiere vor, die er in dem braunen Umschlag gefunden hatte und die mit dem Auto Sauers zu tun hatten. Auch seinen eigenen Personalausweis legte er auf den Tisch. Der Mitarbeiter schaute sich alles aufmerksam an, dann runzelte er die Stirn und fragte: „Und die Vollmacht des Fahrzeugbesitzers?"

Schulte zuckte hilflos mit den Schultern. Eine Vollmacht hatte er nicht zu bieten.

„Ohne Vollmacht kann ich das Auto nicht rausgeben. Dann müssen Sie morgen mit Vollmacht wiederkommen."

„Aber der Besitzer liegt im Koma und das wird noch einige Tage dauern. Wie soll er mir da eine Vollmacht geben?"

Der gute Mann hinter dem Schreibtisch breitete in einer Geste des Bedauerns beide Arme aus und sagte: „Wenn er im Koma liegt, dann kann er doch sowieso nicht fahren. Wieso wollen Sie denn unbedingt heute das Auto noch mitnehmen?"

Schulte seufzte innerlich und versuchte, ruhig zu bleiben. Dann griff er in die Innentasche seiner alten Lederjacke und zog das scheckkartengroße blaue Kärtchen hervor, das ihm schon so oft Tür und Tor geöffnet hatte. Der Mann vom Abschleppdienst schaute sich die Karte mit Schultes Foto darauf genau, sah das Wort „Polizei" quer als Hologramm über der Karte erscheinen und starrte Schulte mit offenem Mund an.

„Polizei?", fragte er überflüssigerweise.

„Ja", bestätigte Schulte und bluffte: „Wir brauchen das Auto dringend zur Spurensicherung. Deshalb die Eile, Sie verstehen?"

Der Mann verstand und stellte sich nicht weiter quer. Er füllte ein Formular aus, ließ Schulte unterschreiben, hielt dann die Hand auf und sagte: „Das macht Zweihundertsechzig Euro für die Auslösung des Autos. Muss vor Abholung bezahlt werden. Rechnung geht nicht."

„Wie?", fragte Schulte entsetzt. „Auch wenn es für die Polizei ist?"

„Egal. Wir haben unsere Dienstleistung erbracht und dafür wollen wir Geld sehen. Ist doch logisch, oder?"

„Aber …", Schulte klopfte seine anderen Jackentaschen ab. „Ich habe überhaupt kein Geld dabei. Und meine Kreditkarte auch nicht. Was denn nun?"

„Dann gibt es eben kein Auto", sagte der Mann sehr bestimmt. „Kommen Sie morgen mit Geld wieder, dann geht alles klar."

Schulte fluchte und sah seine Tochter ratlos an. Die verdrehte leicht genervt die Augen, kramte in ihrem Rucksack und zeigte ihre Kreditkarte.

„Ausnahmsweise lege ich das aus", sagte sie. „Aber nur, weil wir sonst völlig sinnlos wie die Verrückten hierhin gerast wären. Wenn ich schon mein Leben riskiere, dann muss es sich wenigstens lohnen. Aber das Geld will ich spätestens morgen zurückhaben. Versprochen?"

Schulte blieb nichts anderes übrig, als zu nicken. Als der Škoda von Sauer zur Verfügung stand, warf Schulte sein eigenes Schlüsselbund Ina zu und erklärte: „Ich fahre die alte Kiste hier. Ist besser. Nimm du den Jeep. Aber fahr anständig. Nicht das mein Auto noch geblitzt wird. Ich würde ja zum Gespött der ganzen Polizei."

„Wo du doch bekannt dafür bist, dass du immer so vorbildlich fährst", schmunzelte seine Tochter. „Keine Sorge. Wir treffen uns auf dem Hof."

22

Ein bisschen beklommen fühlte Jupp Schulte sich schon, als er am nächsten Morgen zum Dienst fuhr. Aber diesmal war nicht die Dienststelle *Obernkrug* in Heidenoldendorf sein Ziel, sondern die Kreispolizeibehörde an der Bielefelder Straße am Rande der Detmolder Kernstadt. Maren Köster hatte ihn zur Besprechung gebeten.

„Von wegen gebeten", sagte Schulte zu sich selbst, während er auf den Parkplatz fuhr, „vorgeladen hat sie mich. Was die wohl wieder zu meckern hat, möchte ich wissen."

Dabei wusste er genau, dass er dies gleich erfahren würde. Maren Köster war nicht die Frau, die mit ihrer Meinung lange hinter dem Berg hielt. Das machte sie oft anstrengend, aber unter anderem dafür hatte Schulte sie immer geschätzt.

Als er die große Dienststelle betrat, sah er einige bekannte Gesichter. Zwei Jahre war er nun bereits strafversetzt, in den *Obernkrug*, nach *Lippisch-Sibirien*. Alles, was er hier sah, weckte Erinnerungen. Aber es blieben Erinnerungen, nicht mehr. Der Mensch gewöhnt sich doch verdammt schnell an das Neue, dachte er und fühlte sich trotz aller Ortskenntnis doch als

110

Gast. Nur als ihm Pauline Meyer zu Klüt auf dem Flur begegnete, wäre es fast um seine Distanz geschehen gewesen. Er hätte sie am liebsten zur Begrüßung in den Arm genommen. Doch rechtzeitig fiel ihm ein, dass dies noch nie zu ihren Gepflogenheiten gehört hatte, trotz der gegenseitigen Sympathie und dass dies in Zeiten der Corona-Pandemie nicht angesagt war. So blieb es beim freundlichen Small Talk.

„Ich habe schon gehört, dass Sie kommen, Herr Polizeirat", begrüßte ihn die junge Frau fröhlich.

„Wann gewöhnst du dir endlich mal an, mich zu duzen, Meyer?", erwiderte Schulte mit gespielt bösem Blick. „Ich bin nicht mehr dein Chef. Außerdem gehörst du ja seit einiger Zeit fast zur Familie, seitdem du mit Ina befreundet bist."

Vor einem Jahr hatte Schulte seine Tochter Ina händchenhaltend mit Pauline Meyer zu Klüt gesehen und war davon ausgegangen, dass die beiden nun ein Paar seien. Eine Zeit lang war er davon heftig irritiert gewesen. Nicht aus moralischen Gründen. Er hatte vielmehr zu seiner eigenen Verblüffung feststellen müssen, dass Pauline für ihn eine Art gefühlte Tochter war und sich die echte und die gefühlte Tochter als Liebespaar vorzustellen, das passte für ihn nicht. Doch dann hatte sich herausgestellt, dass Ina und Pauline einfach nur gute Freundinnen waren, nicht mehr und nicht weniger und Schultes Familienwelt war wieder in Ordnung.

„Ich bin ja mal gespannt, was deine Chefin mir gleich alles an den Kopf wirft", schmunzelte Schulte.

„Das Übliche", lachte Pauline, „Aktenordner, Briefbeschwerer, Locher, Dienstvorschriften …, womit frau in einem Büro ebenso werfen kann."

„Du hast vielleicht einen schrägen Humor", meinte Schulte, winkte ihr zu und ging weiter bis zu dem Büro von Maren Köster.

„Setz dich!", kam es wie ein Kommando von Maren Köster, als Schulte den akkurat aufgeräumten, sachlich aber geschmackvoll eingerichteten Raum betrat.

„Schön, dich zu sehen", versuchte sich Schulte an einem Kompliment zur Begrüßung. Er war aber nicht überrascht, als sie darauf mit keinem Wort einging, sondern ihn mit ernster Miene lange prüfend anschaute.

„Jupp", begann sie dann, „was geht hier eigentlich vor? Du willst mir weismachen, dass du mit diesem Günther Sauer nichts zu tun hast. Selbst wenn ich dich nicht schon so lange kennen würde, wäre mir schnell klar, dass du bluffst. Also raus mit der Sprache!"

Schulte hob in einer Geste der Hilflosigkeit beide Hände und setzte sein unschuldigstes Gesicht auf. „Maren, ich weiß gar nicht, wovon …"

„Ein guter Lügner warst du noch nie, Jupp. Und das wirst du wohl auch nicht mehr werden. Muss ich wirklich die Punkte aufzählen, die deine Verbindung zu Sauer deutlich machen? Okay. Er wird offenbar bedroht und flüchtet. Aber nicht irgendwohin, auch nicht zur normalen Polizei, nein, er flüchtet ganz gezielt zu dir. Zufall? Kann ich mir nicht vorstellen. Gestern will ich ihn im Krankenhaus vernehmen und bekomme zu hören, dass Sauer abgehauen ist. Dann kommt die Info, dass er irgendwo unterwegs zusammengebrochen ist und nun im Koma liegt. Und wer war es, der den Notarzt gerufen hat? Mit dem sich Sauer getroffen hat? Der offenbar als Letzter vor seinem Kollaps mit ihm gesprochen hat? Na? Wer denn wohl? Unser Jupp. Los, sag was dazu!"

„Was soll ich sagen? Stimmt ja alles, was du aufgezählt hast. Nur die Schlüsse, die du daraus ziehst, die stimmen nicht."

Sie schlug mit den sorgfältig manikürten Fingerspitzen einen schnellen Takt auf der Schreibtischplatte. Sie atmete tief durch und zischte: „Dann sag's mir! Erklär mir, worum es geht."

Schulte dachte kurz nach, dann begann er: „Ich glaube, es war im Jahre 2003, als ich Günther Sauer zum ersten Mal festgenommen habe. Vielleicht erinnerst du dich, es war die Zeit, in der dieser „Geiz-ist-geil-Slogan" wie eine Lawine über das Land kam. Sauer gaukelte damals den Leuten vor, er könne für sie ganz besonders günstige Schnäppchen ergattern, wenn sie ihm nur das Geld dafür im Voraus überlassen würden. Kaum zu glauben, aber eine Zeit lang hat das sogar geklappt. Bis ihm dann die ersten Opfer ans Leder wollten und ich ihn festgenommen habe. Sauer ist kein Verbrecher. Er ist ein Großmaul, ein superschlauer Alleswisser mit immer neuen, immer raffinierten Plänen, schnell ans große Geld zu kommen. Und dabei einer, der immer wieder in seine eigenen Fallen tritt, immer wieder auf die Schnauze fällt. Aber schon bei unserem ersten Zusammentreffen hat er mir, um seinen Kopf aus der Schlinge zu ziehen, einen verdammt guten Tipp gegeben. Der Tipp war so gut, dass wir damals einen dicken Fisch an die Angel bekamen. Du warst zu der Zeit gerade auf einem Lehrgang, deswegen hast du nichts davon mitgekriegt. Ach Gott, Maren. Wenn ich daran denke, wie jung wir noch waren, du und ich. Wenn du in deinen kurzen Röcken zur Arbeit kamst, dann haben bei mir alle Synapsen verrückt gespielt. Du warst …"

„Jupp", rief sie ihm zu, als wolle sie ihn aus einem Traum reißen. „Hör auf zu schleimen! Es geht hier nicht um uns, es geht um Günther Sauer. Also, ich höre."

„Sorry, die Erinnerung hat mich einfach übermannt", grinste er sie an. „Na ja, so hat sich das entwickelt. Mit der Zeit wurde Sauer für mich so etwas wie ein Informant. Er kannte einfach jeden aus den Kreisen, mit denen wir beruflich zu tun haben, hatte immer die Ohren weit geöffnet und keine Skrupel, diese Infos an mich weiterzugeben. Mit anderen Worten, es war eine Win-win-Situation, wie man so schön sagt. Er hat mir so manchen wertvollen Hinweis gegeben und ich …, ich habe dafür manchmal bei ihm beide Augen zugedrückt. So läuft das eben, das weißt du doch auch."

„Und aus dieser alten Verbundenheit hat sich Sauer zu dir geflüchtet, als er bedroht wurde?"

„Wundert dich das? Das war doch naheliegend. Aber bevor du weiterfragst: Es gab für mich keine Gelegenheit mehr, ihn nach dem Grund seiner Flucht zu mir zu fragen, wie du weißt. Also kann ich dir da nicht weiterhelfen."

Während Maren Köster darüber nachdachte, pustete sie immer wieder eine Strähne ihres vollen roten Haares aus der Stirn. Dann straffte sie sich und sagte: „Okay. Nehmen wir das mal so als gegeben hin. Aber jetzt zur Geschichte mit dem Notarzt. Wieso warst du wieder mit ihm zusammen?"

„Weil er mich angerufen hatte. Ganz kurz nur, und er hat um Hilfe gebeten. Er war auf diesem Parkplatz, von wo ihn der Notarzt auch geholt hat. Ich bin hin, waren ja nur ein paar Meter. Er ist aber nicht mehr dazu gekommen, mir was Substanzielles zu sagen, denn er ist vor meinen Augen zusammengebrochen. Sah aus wie tot. Ich habe den Notarzt gerufen, den Rest kennst du. Mehr weiß ich auch nicht."

Wieder schaute sie ihn lange misstrauisch an, als glaube sie ihm kein Wort.

„Ich bin da nicht so sicher", sagte sie dann, „aber erst mal nehme ich das so hin. Aber denk gar nicht erst daran, dieser Sache auf eigene Faust nachzugehen. Ich kenne dich doch. Das ist unser Fall und wir werden ihn lösen. Wenn wir deine Hilfe brauchen, dann melden wir uns. Aber bis dahin hältst du die Füße still!"

23

So, für heute reichte es. Heute Abend würde er es sich gemütlich machen. Schulte hatte sich im Zeitungsladen *Disse*, in Heidenoldendorf eingedeckt. Die *Süddeutsche* und die *Lippische Landeszeitung* hatte er sich gegönnt, um mal wieder ein paar gemütliche Stunden zu Hause zu verbringen.

In Heidental angekommen, deckte er sich den Abend-
brottisch mit Wurst und Käse aus Fritzmeiers Hofladen.
Er legte ein paar Tomaten und eingelegte Gurken dazu,
holte sich ein Detmolder Bier aus dem Keller und ließ
den Bügelverschluss klacken. Er schmierte sich ein But-
terbrot mit Leberwurst und Senf. Das Ganze garnierte
er noch mit ein paar Zwiebelringen und Streifen, die er
von einer eingelegten Gurke abschnitt. Der zu erwarten-
de Geschmack verursachte augenblicklich ein wohliges
Gefühl und er biss herzhaft in seine Stulle. Nachdem er
mit einem Schluck Bier nachgespült hatte, griff Schulte
zufrieden zur *Lippischen Landeszeitung.*

Zusammenfassung der aktuellen Lage des RKI.
- *Insgesamt wurden in Deutschland 3795 laborbestätigte
  SARS-CoV-2-Infektionen aus 16 Bundesländern bestätigt.*
- *Seit dem 09.03.2020 kam es in Deutschland zu acht
  Todesfällen in Zusammenhang mit COVID-19- Er-
  krankungen.*
- *Zwei weitere COVID-19-Todesfälle wurden bei deutschen Touristen einer Nilkreuzfahrt in Ägypten gemeldet.*
- *Alle Bundesländer haben beschlossen, ab Beginn der
  nächsten Woche Schul- und Kitaschließungen einzu-
  führen oder die Unterrichtsverpflichtungen aufzuheben.*

Das waren die ersten Meldungen, die er las. Corona,
immer nur Corona. Verdammt, es gab doch auch noch
andere Themen auf der Welt. Heute Morgen hatte ihm

ein Kollege eine Whatsapp geschickt. In der wurde er aufgefordert, jedes Mal, wenn er das Wort Corona hörte oder las, ein kleines Bier zu trinken. Hätte er den Rat befolgt, wäre er jetzt sternhagelvoll.

Schulte schreckte erschrocken aus seinen Gedanken. Die Tür war aufgeflogen und krachte mit der Klinke an die Küchenwand. Im nächsten Augenblick tobte Linus ins Zimmer. Gefolgt von einem Jungen, der anscheinend schon längere Zeit in der Sonne verbracht hatte oder aus einem Land aus Südeuropa kam. Er blickte Schulte mit aufgeweckten Augen an, sagte aber nichts. Das Reden übernahm Linus. „Opa, Anton hat gesagt, du sollst die hässliche rote Karre, diesen alten Škoda, woanders hinfahren. Die Kiste stünde andauernd im Weg", brachte der Junge noch ganz außer Atem hervor.

War das ein gemütlicher Abend?, überlegte Schulte. Auf die Frage gab es eine eindeutige Antwort. Nein!

„Soll Fritzmeier doch selber machen! Der Schlüssel steckt", entgegnete er mürrisch und wollte sich gerade wieder seiner Zeitung widmen, da setzte Linus erneut an: „Mama hat gesagt, Anton sollte sich nicht in das fremde Auto setzen. Er gehöre zur Risikogruppe."

Risikogruppe? Schulte verstand gar nichts mehr. „Mama meint, du solltest dich da auch nicht reinsetzen. Du würdest ebenfalls dazugehören."

„Wozu?", fragte Schulte verwirrt.

„Na zur Risikogruppe", entgegnete Linus. „Mama sagt, du seist auch nicht mehr der Jüngste."

„Was erzählt die denn für einen Quatsch!", entgegnete Schulte ärgerlich.

„Wieso Quatsch, wie alt bist du denn Opa", kam die kecke Frage von seinem Enkel. Die Behauptung, dass seine Mutter Quatsch redete, gestand er nicht einmal seinem Großvater zu.

Schulte, der merkte, dass sein Enkel und seine Tochter in der Altersfrage wahrscheinlich die besseren Argumente haben könnten, verhinderte mit einer drastischen Handbewegung die Weiterführung der Diskussion. „Komm, Linus, nerv mich nicht!", maulte er. „Fahr die Kiste selbst aus dem Weg. Das wirst du doch wohl noch können."

Linus strahlte. Er streckte seinem Kumpel den ausgestreckten Daumen hin. Der fremde Junge hatte sich die ganze Zeit aus dem Gespräch herausgehalten, staunte aber jetzt nicht schlecht, dass Linus selbst das Auto wegfahren durfte.

Die Jungen drehten auf dem Absatz um und rannten aus dem Zimmer. „Aber nur zur Seite fahren", rief Schulte hinter den beiden her. Keine Spritztour über den Hof."

Seine Tochter würde ihm den Kopf abreißen, wenn die erführe, dass er seinem Enkel gestattet hatte, ohne sein Beisein das Auto zu bewegen. Um sicherzugehen, dass Linus sich an seine Anweisung hielt, sah er zu, wie die Jungen ins Auto einstiegen und sich vorschriftsmäßig anschnallten. Nach der Durchführung dieser Sicherheitsmaßnahme startete Linus den Motor und fuhr den alten Škoda fünfzehn Meter neben die Scheune.

„Geht doch", brummelte Schulte und verschwand wieder in seine Wohnküche.

Er hatte gerade die *Lippische Landeszeitung* durchgeblättert, da stand Linus schon wieder in der Küche. Diesmal ohne seinen Kumpel. In der Hand hielt er einen kleinen schwarzen Aktenkoffer.

Schulte sah seinen Enkel fragend an. „Was willst du schon wieder?", fragte Schulte schon etwas ungehalten. Er wollte endlich seine Ruhe haben.

Doch Linus ließ sich nicht beirren. Er schob die Zeitungen vom Tisch, stellte den Koffer auf den freigewordenen Platz, ließ die Schnappverschlüsse klacken und öffnete den Deckel.

Schulte wollte nochmals protestieren. Doch als er den Inhalt des Koffers sah, stockte ihm der Atem.

24

Frank Holzer hatte einen langen Arbeitstag hinter sich gebracht und saß nun vor dem Fernseher in seiner Single-Wohnung. Sein Job als Krankenpfleger in einer der Kurkliniken Bad Salzuflens war manchmal hart, aber er machte nur einen Teil seines Einkommens aus. In seinem zweiten Leben war Frank Holzer ein viel beschäftigter Schiedsrichter. Einer, der auch in den oberen Klassen pfeifen durfte, keiner von denen, die sonntagsnachmittags „auf die Dörfer" mussten. Holzer war Inhaber der B-Lizenz, er hätte sogar in der 2. Bundesliga pfeifen dürfen. Aber so hoch hinaus wollte er gar nicht, dazu fehlte ihm der Ehrgeiz. Ihm ging es auch weniger um sportliche Lorbeeren, ihn lockte mehr das finanzielle Zubrot. Da konnte schon was zusammenkommen, wenn es gut lief. Aber im Moment lief nicht nur nichts gut, es lief überhaupt nichts. Corona hatte jede Form von Mannschaftssport unmöglich gemacht. Kein Spiel – kein Geld, so einfach war das. Genervt schaltete er den Fernseher aus, in dem fast nichts anderes mehr lief als Corona, Corona … und nochmals Corona. Er konnte es nicht mehr hören, wollte es nicht mehr hören. Das Pokalspiel *Arminia Bielefeld* gegen den totalen Underdog aus Heidental war das letzte Spiel vor dem großen Stopp gewesen. Zum Glück hatte er da noch mal richtig absahnen können. Nicht ganz legal, aber Geld stinkt bekanntlich nicht. Eigentlich hatte er mit einem großen Skandal gerechnet, seine Stellungnahmen, seine Dementis lagen bereits fertig auf dem Schreibtisch. Er würde vorgeben, von nichts etwas zu wissen. Seine Entscheidungen, so ungewöhnlich sie auch erscheinen mochten, waren Impuls-Entscheidungen in einem hektischen Spiel gewesen. Da kann man schon mal Fehler machen. Ihm Absicht zu unterstellen wäre absurd. Es würde dafür nie ausreichende Beweise geben.

Sein Hund wuselte um ihn herum, war unruhig. Höchste Zeit, mit ihm rauszugehen. Als Hundehalter durfte er ja draußen frei herumlaufen, selbst jetzt in der Phase nahezu totaler Kontaktsperre. Draußen empfing ihn kühle Luft. Am Morgen hatte es heftig gestürmt und wie aus Eimern geregnet. Der Nachmittag war freundlich und sonnig gewesen. Aber diese Herrlichkeit war nun schon wieder vorbei und Holzer beschloss, den Spaziergang so kurz wie möglich zu gestalten.

Er stand noch vor dem Haus, hatte gerade den Hund von der Leine gelassen, als plötzlich ein Mann neben ihm auftauchte. Ein kleiner, schmächtiger Mann, von dem kaum etwas zu erkennen war, außer einem irgendwie aus der Zeit gefallenen grauen Regenmantel. Auch sein ebenfalls grauer Hut machte die Gesamterscheinung nicht modischer. Holzer murmelte leise und lustlos ein „Guten Abend" und wollte weitergehen. Doch der Mann im Regenmantel kam direkt auf ihn zu, ignorierte alle Kontaktsperren und sagte: „Guten Abend, Herr Holzer. Schön, Sie hier zu treffen."

Holzer war verwirrt. Wer war dieser ebenso unscheinbare wie aufdringliche Kerl? Er beschloss, ihn grob abzuwimmeln: „Bitte halten Sie Abstand!", sagte er. „Sie wissen ja – Corona."

Er ging davon aus, damit ausreichend Unhöflichkeit gezeigt zu haben, um jeden Versuch, ihm ein Gespräch aufzuzwingen, im Keim zu ersticken. Doch der Graue ließ sich nicht beirren, blieb in unmittelbarer Nähe zu Holzer stehen und sagte: „Möglicherweise ist das bald Ihr kleinstes Problem. Auch wenn Sie mich nicht sympathisch finden, was natürlich schade ist, wäre es klug von Ihnen, mir ein paar Minuten Ihrer kostbaren Zeit zu opfern. Wir müssen reden."

„Wir müssen reden?" Holzer war lauter geworden, als er eigentlich wollte. „Worüber?"

Mittlerweile war der Regenmantel ihm noch nähergekommen. „Bleiben Sie ruhig! Ich will Sie ja nicht ausrauben. Im Gegenteil, ich will Sie vor Schaden bewahren. Aber das geht nur, wenn Sie mir zuhören."

Holzer pfiff nach dem Hund, der sich zu weit von ihm entfernt hatte, murmelte leise einen Fluch und sagte: „Ich höre. Aber machen Sie schnell, ich bin nicht sehr geduldig."

Der kleine Mann, der nun im Gleichschritt neben ihm herging, lachte kurz und begann: „Es geht um das Pokalspiel. Sie wissen schon. Da haben Sie ziemlich merkwürdige Entscheidungen getroffen. Wir …"

„Sind Sie vom *DFB*?", fragte Holzer ärgerlich. „Das sind dann aber auch seltsame Methoden, mir hier auf der Straße aufzulauern. Nach Presse sehen Sie jedenfalls nicht aus."

„Danke", erwiderte der andere, als habe Holzer ihm ein Kompliment gemacht. „Nein, ich bin weder das eine noch das andere. Ich vertrete die Interessen derjenigen, die durch Ihre Spielmanipulation massiv geschädigt worden sind."

„Ich habe nichts manipuliert", rief Holzer wieder viel zu laut. Auf diese Art Vorwürfe war er vorbereitet, nichts würde er zulassen. Der Mann im Regenmantel winkte ab, als sei Holzers Einwand ohne jede Bedeutung.

„Lassen wir das Geplänkel", sagte er. Sein Deutsch war einwandfrei, stellte Holzer fest, aber die Sprachmelodie wies doch darauf hin, dass Deutsch nicht seine Erstsprache war. Sein Begleiter fuhr fort: „Den Beweis einer Manipulation werden andere führen. Uns interessiert die Offenlegung ihrer Schuld auch nicht. Unser Interesse gilt dem Schaden, der uns entstanden ist. Wir haben viel Geld verloren. Wie und warum, darüber werde ich nicht mit Ihnen sprechen. Sie kennen die

Branche gut genug, um sich selbst ein Bild zu machen. Ich kann Ihnen aber versichern, dass wir durchaus in der Lage sind, unsere Interessen wirkungsvoll zu vertreten."

„Was genau wollen Sie von mir?", fragte Holzer nun deutlich vorsichtiger. Aber erst nach vielen weiteren Schritten kam die Antwort: „Reden wir nicht um den heißen Brei herum. Irgendjemand hat Ihnen viel Geld gezahlt, um dieses Spiel zu manipulieren." Er machte dabei ein Handzeichen, dass Holzer an einer Gegenrede hindern sollte. „Die Manipulation selbst, auch die Höhe der Summe, sind uns gleichgültig. Wir sind keine Moralapostel. Wir wollen von Ihnen nur wissen, wer Sie geschmiert hat."

„Ich …", Holzer wollte sich wieder verteidigen, aber erneut schnitt ihm der andere mit einer herrischen Geste das Wort ab.

„Machen Sie sich keine falschen Vorstellungen, Herr Holzer. Wenn ich gesagt habe, wir seien keine Moralapostel, dann gilt das in mehrfacher Hinsicht. Man könnte auch sagen, wir schrecken vor nichts zurück, Sie verstehen? Im Klartext: Wenn Sie nicht kooperieren, dann werden wir Sie dazu zwingen."

Holzers Vorsicht kippte um in blanke Wut. Er baute sich vor dem deutlich kleineren Mann auf und sagte: „Sie wollen mich also zwingen. Können Sie mir auch sagen, wie Sie das machen wollen? Schauen Sie sich mal an und schauen Sie dann mich an. Was sollte mich daran hindern, Sie hier auf der Stelle so zu verprügeln, dass Sie nie wieder auf die Idee kommen, mich zu belästigen?"

„Das hier."

Holzer schaute ihn verblüfft an. Dann blieb sein Blick an der Pistole hängen, die wie durch Zauberhand plötzlich aus den Untiefen des Regenmantels aufgetaucht und auf ihn gerichtet war. Erschrocken machte er einen Schritt zurück. Hektisch schaute er sich um. Sie standen im Halbdunkel einer kleinen Nebenstraße. Weit und breit kein Mensch. Jetzt erst erkannte er, dass ein Schalldämpfer auf dem Pistolenlauf steckte. Es würde wohl nur ein leises „Plopp" geben, sollte sein Gegenüber den Abzug drücken. Holzer fühlte eisige Kälte aufsteigen, er war wie gelähmt. Die Stimme des kleinen Mannes schien verändert, als er sagte: „So, das haben wir dann auch geklärt. Also, wer hat Sie geschmiert und wo finden wir ihn?"

25

Endlich war es soweit. Adelheid Vahlhausen hatte von Anton Fritzmeier den Schlüssel zu ihrer neuen Wohnung im Obergeschoss des Haupthauses bekommen und heute würde sie damit beginnen, ein gemütliches Heim nach ihren Vorstellungen zu gestalten. Sie wunderte sich immer noch, dass der alte Bauer damit einverstanden gewesen war, sich das Haus mit einer ihm fast unbekannten Frau zu teilen. Vielleicht erklärte sich diese Großzügigkeit aus Fritzmeiers Erfahrungen der beiden letzten Jahrzehnte. Zumindest hatte Jupp Schulte ihr das so zu erklären versucht. Bevor Schulte bei Fritzmeier als Mieter auf den Hof zog, war Anton Fritzmeier im ganzen Dorf verschrien als mürrischer Einzelgänger, dem man besser nicht zu nahe kam. Dann aber hatte sich zwischen ihm und Schulte eine echte Männerfreundschaft entwickelt, die Fritzmeier wohl als Bereicherung angesehen hatte. Als Jahre später auch noch Schultes Tochter Ina mit ihrem Baby auf den Hof kam, war Fritzmeier ebenfalls erst skeptisch gewesen. Doch dann hatte der Bengel, wie er Inas Sohn nannte, sein Herz im Sturm erobert. Zwei positive Erfahrungen, die aus dem knorrigen Solitärgewächs Fritzmeier einen aufgeschlossenen und großzügigen Mitmenschen gemacht hatten. Und so würde spätestens nächsten Monat Adelheid Vahlhausen auch auf dem Fritzmeier'schen Hof wohnen.

Doch zunächst kämpfte die Polizistin erst einmal mit den Tücken der Malerarbeiten. Schon wieder war die Abdeckfolie verrutscht. Adelheid Vahlhausen stand kurz vor der Verzweiflung. Dabei hatte ihr schon der Baumarktverkäufer von der Folie abgeraten.

„Lassen Sie das mit diesem Plastikzeug", hatte der Mann ihr geraten. „Ist nicht gut für die Umwelt und außerdem klappt das nie so richtig. Das Zeug kommt immer wieder hinter Ihnen her. Nehmen Sie lieber Malervlies. Das ist zwar etwas teurer, aber am Ende spart es viel Zeit und Nerven."

Sie hatte sich dann aber doch für die Folie entschieden, weil die entschieden billiger war. Jetzt, nachdem sie die Folie ausgelegt hatte, wusste sie, was der Verkäufer gemeint hatte. Immer wenn sie glaubte, die Folie am richtigen Platz zu haben, und dann einen Schritt zur Seite machte, verrutschte das dünne Material und gab wieder ein Stück Holzboden frei. Sie hatte versucht, die Folie festzukleben, doch nun riss sie an geklebten Stellen. Es war zum Heulen. Fluchend entschied sie sich, noch einmal zum Baumarkt zu fahren und sich nun wirklich das teure Malervlies zu kaufen.

Als sie das Haus verließ, beobachtete sie, wie Schultes Enkel Linus und ein weiterer Junge ein rotes Auto bestiegen und wenige Sekunden später damit neben die Scheune fuhren. Ihre erste Reaktion war, die Jungen zur Rede zu stellen. Doch da stoppten die Kids das Fahrzeug schon wieder und stiegen aus.

Adelheid Vahlhausen sah zu dem Gebäudetrakt des Hofes hinüber, in dem Jupp Schulte wohnte. Und siehe da, der stand am Fenster und beobachtete mit zufriedenem Gesichtsausdruck das Geschehen. Als die Jungen ausstiegen, reckte er sogar kurz den Daumen nach oben, signalisierte damit dem Enkel, seine Sache gut gemacht zu haben und verschwand dann in den Tiefen seiner Wohnung.

Dieser Schulte, dachte Adelheid Vahlhausen, lässt seinen Enkel, der fast noch ein Kind ist, mit einem Auto über den Hof fahren. Und wahrscheinlich liebte der Junge seinen Opa auch noch für dessen Großzügigkeit. Sie jedenfalls fand so was leichtsinnig. Und das würde sie ihrem Kollegen Schulte auch bei passender Gelegenheit noch mal „aufs Brot schmieren".

26

Welcher Film lief hier ab? Schulte hatte den Deckel des Koffers wieder zugeklappt. Hatte sich durchs Gesicht gewischt, als wolle er sich von imaginären Schweißtropfen befreien. Hatte den Deckel wieder geöffnet. Es war kein Traum, in dem Koffer lag eine Menge Geld.

„Bekomme ich dafür Finderlohn?", riss Linus ihn aus seiner Schockstarre.

„Wie? Was? Finderlohn?", brabbelte Schulte. Raufte sich noch einmal die Haare, fasste sich dann einigermaßen und wandte sich an seinen Enkel: „So Linus, jetzt erzählst du mir mal von Anfang an, wie du an diesen Koffer gekommen bist."

Er schob dem Jungen einen Stuhl hin. Bevor sie mit dem Gespräch begannen, fragte Schulte: „Magst du eine Cola?"

Natürlich mochte Linus. Also ging Schulte zum Kühlschrank, um seinem Enkel den Wunsch zu erfüllen. Der Junge nahm genüsslich den ersten Schluck, nicht ohne zuvor die süße Flüssigkeit in seinem Mund von links nach rechts zu schieben, um sie so noch einen Augenblick länger zu genießen. Schulte, der beobachtete, mit welcher Inbrunst Linus das Getränk genoss, dachte, manche Dinge ändern sich auch in fünfzig Jahren nicht. Dazu gehörte die Lust und der Genuss eines Dreizehnjährigen, der eine kalte Cola trinkt.

„Also Linus, erzähl doch mal von Anfang an", kam Schulte jetzt zur Sache. „Wie bist du an das Geld gekommen?"

„Na ja, du hattest doch gesagt, wir sollten den Škoda neben die Scheune fahren", begann der Junge und wurde gleich wieder von Schulte unterbrochen. „Wir, wer ist wir?", fiel er seinem Enkel ins Wort.

„Na Rafael und ich, wir waren doch vorhin bei dir und ..."

Wieder fiel Schulte seinem Enkel ins Wort. „Wer hat den Koffer gefunden? Du oder dieser Rafael?"

„Na, nun lass mich doch endlich mal ausreden", maulte Linus. „Du bist ja schlimmer als Mama. Bei dir kommt man ja gar nicht zu Wort."

„Okay Linus, entschuldige", sagte Schulte. „Ich bin, wie du sicher gerade merkst, ein bisschen aufgeregt."

Nicht auszudenken, wenn dieser Rafael gleich zu Hause erzählt, dass die beiden Jungen auf dem Fritzmeier'schen Hof einen Koffer voller Geld gefunden hätten, schoss es Schulte durch den Kopf. Doch den Gedanken behielt er für sich.

„Also Opa, jetzt hör auch zu! Erst soll ich alles erzählen und dann träumst du."

Schulte hob beschwichtigend die Hände. „Okay, okay, Junge, leg los!"

„Also", unternahm Linus einen neuen Anlauf. „Rafael und ich haben das Auto neben die Scheune gefahren. Die Kiste sah vielleicht vergammelt aus, gegen die ist deine Karre geradezu aufgeräumt." Schulte zwang sich zur Ruhe. „Wir hatten gerade den Škoda neben der Scheune geparkt, da kam Rafaels Vater vorbei, um ihn abzuholen. Der Vater war eine halbe Stunde früher da als vereinbart."

Gott sei es gepriesen und gepfiffen, dachte Schulte, der Freund von Linus hat das Geld nicht gesehen. Laut sagte er: „Okay und als Rafael weg war, was hast du dann gemacht?"

„Wie gesagt, mein Freund ist eine halbe Stunde zu früh abgeholt worden. Als Rafael weg war, wusste ich nicht so richtig, was ich machen sollte. Da habe ich aus Langeweile den Škoda aufgeräumt. Da war vielleicht eine Menge Müll drin, kann ich dir sagen … Na ja, und unter dem Beifahrersitz lag dieser Koffer."

„Okay Linus," sagte Schulte nachdenklich und kam dann mit der Forderung: „Linus, was ich dir jetzt sage, ist mir sehr ernst. Hier und jetzt schwörst du mir, dass dieser Koffer samt Inhalt unser Geheimnis ist. Bist du damit einverstanden?", fragte Schulte seinen Enkel mit aller Eindringlichkeit.

Der nickt. „Und Mama? Darf ich es Mama erzählen?", schob er dem Nicken kleinlaut hinterher.

Diesen Einwand akzeptierte Schulte. „Klar, wenn du willst, kannst du es ihr erzählen. Aber dann sage auch gleich, wenn sie Fragen dazu hat, soll sie sich an mich wenden."

Ein „Okay" kam lapidar über die Lippen des Jungen. Anscheinend war für ihn die Sache durch.

Schulte hielt ihm jedoch die Hand hin und Linus schlug zur Bestätigung des Paktes ein.

„Gut, dann wollen wir uns den Koffer mal vornehmen." Schulte holte ein paar Einweghandschuhe aus seiner Jacke, zog sie an und begann die Geldbündel vom Kofferboden auf den Kofferdeckel umzuschichten.

„Mann, das sind ja über zweihunderttausend Euro",
staunte er. An der rechten Seitenwand des Koffers war
ein elastisches Gewebe aufgenäht, eine kleine Seiten-
tasche. Ein kleiner hellgelber Zipfel lugte über den
Rand des Fachs heraus. Schulte fischte ein Blatt heraus
und las es. Dann pfiff er durch die Zähne.

27

Das einzig Spannende in diesem Kaff ist noch meine Arbeit, dachte Zoé Stahl, als sie aus ihrem Wohnzimmer-
fenster in die frühlingshaft anmutende Straße blickte.
Ihr Heim an der Bülowstraße war schön gelegen. Die
Wohnung selbst war das totale Chaos. Sie wohnte nun
schon über einen Monat hier, aber sie konnte sich in
den letzten Wochen einfach nicht dazu durchringen,
die Renovierungsarbeiten voranzutreiben.

Egal, dachte sie und schüttete ihren lauwarmen Kaf-
feerest in die Spüle. Ich fahre jetzt in den Baumarkt
und kaufe die nötigen Utensilien ein. Dann stelle ich
mein Auto bei der Staatsanwaltschaft ab und gönne
mir in irgendeiner Kneipe ein letztes Bier. Ab Montag
wird das dann ja wohl nicht mehr möglich sein. Ihr
ging das Gewese, das um diesen Virus gemacht wurde,
ziemlich auf die Nerven. Aber sie hielt sich mit Aussagen über die Sinnhaftigkeit der Maßnahmen zurück.
Sie war sich nicht sicher, was richtig und was falsch
war. Und einfach so drauflos schwadronieren, wie viele
Menschen das im Moment taten, wenn ihre Hand-

lungsfreiheit eingeschränkt wurde, das war einfach nicht ihre Art.

Zoé hatte das Gefühl, dass sie nichts geschafft bekam. Sie hatte begonnen, sich in der Staatsanwaltschaft zurechtzufinden. Hatte viel mit den Kollegen geredet, um sich zu orientieren. Und dann waren da ja auch noch die Leute in *Lippisch-Sibirien*. Um die musste sie sich ja auch kümmern. Sie hatte zwar ihren Antrittsbesuch gemacht und hatte die Vorstellungen des Staatssekretärs an die Truppe weitergegeben. Aber das war es auch schon. Ob nun an dem Thema Wettmafia gearbeitet wurde ober nicht, wusste sie nicht. Da musste sie Montag oder Dienstag unbedingt vorbeigehen und nach dem Rechten sehen.

Egal, Zoé schnappte sich ihren Autoschlüssel. Jetzt würde sie erst zum Baumarkt fahren und dann in die Kneipe gehen, dachte sie halbwegs vergnügt, als sie die Treppe nach unten lief.

Zehn Minuten später: Zoé Stahl wollte sich gerade einen Einkaufswagen aus der Vorrichtung ziehen. Viele Leute trugen beim Einkaufen schon Masken und sie überlegte, ob sie sich auch so ein Ding zulegen sollte, da wurde sie angesprochen. „Hallo, Frau Stahl!" Eine Dame, vielleicht fünfzig Jahre oder etwas älter, lächelte sie an. „Sind Sie auch dabei zu renovieren?"

Wer war die Frau? Verdammt, wer war das? Sie kam ihr bekannt vor. Richtig! Die Polizistin aus Heidenoldendorf.

„Frau Vahlhausen", gab sich die Staatsanwältin überrascht. „Ich hätte nicht gedacht, dass ich Sie hier treffe. Sind Sie Heimwerkerin?"

„Keineswegs, ich habe wahrscheinlich zurzeit ähnliche Aufgaben zu erledigen, wie Sie. Ich ziehe um und bin dabei, meine Wohnung zu renovieren. Ehrlich gesagt, die Arbeit hängt mir zum Halse raus", entgegnete die Polizistin.

„Geht mir ähnlich", meinte die Staatsanwältin. „Ich habe beschlossen, dass ich jetzt einkaufe und danach in eine Kneipe gehe, um was zu essen und zu trinken. Wird ja wohl für längere Zeit das letzte Mal sein. Haben Sie Lust, mir Gesellschaft zu leisten?"

Adelheid Vahlhausen überlegte. „Warum nicht, heute Abend schaffe ich sowieso nichts mehr."

Zoé Stahl sah auf die Uhr „Sagen wir um zwanzig Uhr dreißig in der *Cosmo Lounge*. Das ist die einzige Kneipe, die ich kenne."

„Abgemacht", freute sich Adelheid Vahlhausen.

Kaum hatte Zoé die Bar betreten, da wurde sie heute schon zum zweiten Mal angesprochen. Nein, diesmal wurde sie angequatscht.

„Was sehen meine alten Augen, die schöne brasilianische Cocktail-Königin."

Zoé verdrehte die Augen. Schon wieder dieser *Monaco-Franze*. Der schien hier zum Inventar zu gehören. Wie hatte ihn der Barkeeper beim letzten Mal noch genannt? Sie überlegte. Richtig, der *Schöne Heinrich*, ja, das passte zu dem Mann. Er war irgendwie ein Gockel, hatte einen gewissen altmodischen Charme, und war dabei gleichzeitig irgendwie … Zoé überlegte. Der Kerl war irgendwie schmierig.

„Der *Schöne Heinrich*", entgegnete sie. „Und, spendieren Sie mir wieder einen Caipirinha?"

„Sicher, ich muss doch noch Ihren Namen herausbekommen", lächelte der Mann breit.

„Na dann," Zoé gönnte dem *Schönen Heinrich* einen koketten Augenaufschlag. „Versuchen Sie Ihr Glück."

Gerade wollte der *Schöne Heinrich* den Drink bestellen, da betrat Adelheid Vahlhausen den Raum. „Entschuldigung, Frau Stahl, ich habe einfach keinen Parkplatz gefunden. Ich habe jetzt auch bei der Staatsanwaltschaft geparkt."

Das Grinsen des *Schönen Heinrich* wurde breiter und schmieriger. „Sieh an, Frau Stahl, da wären wir doch schon mal einen Schritt weiter." Und an Adelheid Vahlhausen gewandt, sagte er: „Das Auto auf dem Parkplatz der Staatsanwaltschaft abzustellen, das ist aber mutig."

Adelheid Vahlhausen verstand den Mann nicht, doch Zoé Stahl schaltete sich ein. „Darf ich vorstellen, der *Schöne Heinrich*. Dieser Mann versucht seit einiger Zeit herauszufinden, wie ich heiße und was ich mache. Wahrscheinlich auch, wo ich wohne. Das lässt er sich was kosten. Er wollte mir gerade einen Cocktail spendieren. Wollen Sie auch einen Caipirinha?"

Adelheid Vahlhausen schüttelte den Kopf. „Ich trinke keinen Alkohol. Ich nehme eine alkoholfreien Caipi, einen Ipanema."

„Na, mein *Schöner Heinrich*, dann zeig dich mal

großzügig. Du kennst unsere Wünsche ja jetzt", lächelte die Staatsanwältin ihren Galan an.

28

An diesem Morgen war die Stimmung bei Familie Schulte nicht die Beste. Linus hatte heute Geburtstag. Vierzehn Jahre war er geworden. Doch er musste diesen Jubeltag in kleiner Besetzung begehen. Obwohl er einst die Abmachung mit seiner Mutter getroffen hatte, dass die Anzahl seiner Geburtstagsgäste, die er einladen durfte, identisch sein sollte, mit der Anzahl seiner Lebensjahre, war nur ein Gast erschienen. Rafael, sein neuer Freund, war der Einzige, der gekommen war.

Die anderen Gäste hatten alle kurzfristig abgesagt. Heute Mittag war durch die Nachrichten gegangen, dass ab Montag die Schulen in NRW, aufgrund der Corona-Pandemie, bis zu den Osterferien geschlossen blieben. Linus hatte gejubelt. Doch die Freude währte nicht lange. Denn nur kurze Zeit nach dieser Meldung hatten die Eltern jener Kinder, die sich zu Linus Geburtstag angemeldet hatten, die Reißleine gezogen und den Kontaktbereich ihrer Nachfahren sofort stark eingegrenzt. Corona war die einhellige wie einleuchtende Entschuldigung gewesen.

Linus hatte vorgehabt, mit seinen Gästen Fußballgolf zu spielen. Er hatte lange überlegt, was er an seinem Jubeltag mit den Freunden unternehmen wollte und hatte alles selbst organisiert. Seit einigen Jahren gab es eine solche Anlage für Fußballgolf in Detmold. Es war die Erste in diesem Bundesland, hatte Linus im Internet recherchiert. Und er hatte auch herausgefunden, dass Fußballgolf Fußball, Golf und Minigolf kombiniere. Ein völlig neues Sportvergnügen hatte der Junge online gelesen. Wie beim Golf werden 18 Bahnen gespielt, die zwischen 30 und 210 Meter lang waren. Der Parcours hatte Hindernisse wie beim Minigolf und als Spielball wurde ein Fußball benutzt. Linus war begeistert. Das war das richtige Event an seinem Geburtstag.

Also hatte er sich vor einigen Wochen sein Fahrrad geschnappt und war zum Detmolder Flugplatz gefahren, hatte sich die Fußballgolfanlage angesehen, die Pommes getestet und anschließend fünfzehn Mal das „Kid's and Fun-Paket Plus" gebucht sowie eine Runde Fußballgolf. Als die Mitarbeiter ihm sagten, dass er noch nicht alt genug sei, um einen solchen Vertrag zu unterschreiben, hatte er stolz eine Vollmacht auf den Tisch gelegt, die seine Mutter unterschrieben hatte.

Heute um vierzehn Uhr hatte es losgehen sollen. Doch außer seinem neuen Freund Rafael war kein Besuch gekommen. Als sich herausstellte, dass wahrscheinlich wenige, vielleicht sogar keine weiteren Jugendlichen kamen, hatte der Vater seines Freundes sicherheitshalber gewartet, um seinen Sohn gegebenenfalls gleich wieder mit nach Hause zu nehmen.

Und gerade als Rafael mit hängenden Schultern wieder in das Auto seines Vaters einsteigen sollte, kam Linus' Mutter und unterbreitete den Vorschlag, dass man vielleicht trotzdem zum Fußballgolf fahren sollte. Man könne ja Deutschland gegen Italien spielen.

„Du meinst doch nicht etwa, du und ich spielen gegen Rafael und seinen Vater?", fragte Linus geradezu fassungslos.

Ina überlegte, ob man Schulte noch in das Spiel einbeziehen sollte.

„Okay", meinte Linus daraufhin, „dann sind aber die Bruschettas in der Unterzahl."

Gerade als der Junge diesen Einwand vorbrachte, kam Adelheid Vahlhausen auf den Hof gefahren, um ihre Wohnung weiter zu renovieren. Und ehe sie sich's versah, wurde sie trotz vehementer Proteste in die Mannschaft der Familie Bruschetta aufgenommen.

Nachdem Adelheid Vahlhausen zugesagt hatte, gingen sie zu Schulte und ließen ihm ebenfalls keine Wahl.

„Es spielt der *SC Neapel* gegen den *BVB*", gab Rafael den beiden Mannschaften eine Identität.

Während Ina noch nach ihrem Fotoapparat suchte, standen Linus, sein Freund Rafael und dessen Vater auf dem Hof herum und warteten darauf, dass es losginge.

In dem Moment tauchte Anton Fritzmeier auf. Umständlich kramte er sein Portemonnaie aus der Gesäßtasche und drückte Linus einen Zwanzigeuroschein in die Hand. „Herzlichen Chlückwunsch zun Cheburtstach, mein Junge. Und allet Chute. Hier hasse zwanzich Mark."

Fritzmeier kam immer noch mit Euro und Mark durcheinander. „Da kannse chleich mal einen auscheben."

Linus bedankte sich artig und steckte den Schein ein.

„Sach mal Junge, wieso machse dich eigentlich in den letzten Tagen so rar?", fragte Fritzmeier, als er seine Geldbörse wieder in seine Hosentasche fummelte.

„Mama sagt, ich soll dich im Moment in Ruhe lassen. Sie sagt, du und Opa, ihr wärt Risikopatienten. Es wäre nicht gut, wenn ihr mit Corona infiziert würdet."

„Son Quatsch, Junge. Sterben muss ich sowieso irgendwann mal. Dat kann man nich verhindern. Aber ich chehe bestimmt tot, wenn ihr mich nich mehr besucht. So alleine sein, dat habe ich mich abchewöhnt, seid ihr alle hier bei mich uffen Hof wohnt. Wenn ich keinen mehr zun Quatschen habe, dat wäre schlimm, da würde ich dran chaput chehen, dat chlaub mich. Also, komm man ruhich rüba, dat is schon in Ordnung. Um mich musse dich keine Chedanken machen. Ich passe schon auf mich auf."

Dann wandte sich Fritzmeier an den Vater von Rafael. Er schaute sich das Auto des Mannes an und sagte: „Du bist also der Papa von Rafael."

Der Mann nickte und streckte Fritzmeier den Ellenbogen entgegen, um ihn zu begrüßen. „Bodo Bruschetta, sehr erfreut."

Fritzmeier starrte den Mann verwundert an.

„Sach mal, so begrüßt ihr euch da unten in Italien? Dat hätte ich nich chewusst. Ich dachte immer, ihr würdet dat so mit ein paar Küsschen auf die Backe machen."

Linus lachte. Er stellte sich gerade vor, wie Bodo Bruschetta Fritzmeier auf die Wange küsste und dachte über die mögliche Reaktion des alten Bauern nach.

Dann erklärte er Fritzmeier: „Das ist doch der neue Corona-Gruß." Er führte dem alten Bauern vor, wie die Leute sich seit einigen Tagen begrüßten.

„Füßeln geht auch", schob er nach und demonstrierte es gemeinsam mit seinem Freund Rafael.

„So ein Quatsch, was sich die Leute da ausdenken", brummte der alte Mann. Dann sah er sich wieder das Auto von Bodo Bruschetta an, ging um den Wagen herum und besah sich das Nummernschild.

„Hm, Berlin, da war ich neulich auch mal. Is ne chanz schöne Stadt, aber ich war dann doch froh, als ich wieder zurück, hier bei uns in Heidental war. Hier chefällt et mir noch an Besten."

Fritzmeier schaute zufrieden über seinen Hof, und fragte: „Und du, Bodo, warum bisse von Berlin wechchezogen?"

Bodo Bruschetta schien zu überlegen. „Weißt du, Antonio ..., ich darf doch Antonio sagen?" Fritzmeier nickte großzügig.

„Kannse ruhich machen. Ich heiße zwar Anton, aber Antonio hört sich irgendwie jünger an."

„Weißt du, Antonio, Berlin, das ist ein Moloch. Viel Kriminalität und so. Und mein Sohn, der kommt jetzt in ein Alter, wo er bald seine eigenen Wege geht, wo er ein Mann wird. Und da habe ich mir überlegt, ich ziehe irgendwo hin, wo die Welt noch in Ordnung ist. Ein bisschen so wie bei uns in Italien, in Kampanien, auf dem Dorf, wo man ohne Probleme zu einem Mann heranwachsen kann, ohne Kriminalität und Jugendgangs und so. Ich habe mich also nach einer geeigneten Stadt umgesehen. Ja, und jetzt wohnen wir seit zwei Wochen hier in Detmold."

„'ne chute Entscheidung, Bodo", kommentierte Fritzmeier die Erklärung des Mannes, der wohl zwischen vierzig und fünfzig Jahre alt war. Er war ein mittelgroßer, untersetzter Mann, aber nicht dick. Bruschetta wirkte kräftig, so als könne er zupacken. Seine Haare waren schwarz, aber schon nicht mehr so dicht, wie wahrscheinlich noch vor zwanzig Jahren. Er hatte ein sonnengegerbtes Gesicht, eine mit den Jahren immer höher gewordene Stirn und einen aufgeweckten, listigen Blick.

„Und von wat lebste? Wat hasse für einen Beruf?" hatte Fritzmeier mit einem Blick auf den weißen VW Tuareg, an den Bruschetta sich angelehnt hatte, nachgebohrt. „Scheint dich ja nicht schlecht zu chenen, wenn ich dat Auto so ankucke."

Bruschetta blies die Backen auf und ließ dann hörbar die Luft entweichen.

„Ja, wovon lebe ich?", der Mann sah auf irgendeinen imaginären Punkt weit draußen in der Ferne. „Na, sagen wir es mal so, ich bin ein Geschäftsmann. Ich kaufe Gewerbeimmobilien, vorwiegend in der Gastronomie und verpachte sie. Von den Pachterlösen lebe ich. Ich bin sozusagen …", wieder blickte Bodo Bruschetta nachdenklich in die Ferne, suchte einen imaginären Punkt am Horizont und fuhr schließlich fort: „eine Art Makler."

Mittlerweile hatte Ina alles zusammengepackt und winkte. Auch Schulte und Adelheid Vahlhausen schienen bereit zu sein und so startete man zum Fußballgolf.

Eineinhalb Stunden später saß Team Schulte frustriert in der *Beachbar* des Soccerparks. Sie hatten haushoch verloren. Auch die Pommes wollten nach dieser Niederlage nicht so wirklich schmecken. Es war zwar nur ein Spiel, aber am Ende wollte eben doch jeder gewinnen. Dass die Bruschettas und Adelheid Vahlhausen Linus und seine Leute so dermaßen abgezogen hatten, tat weh.

„So beschissen habe ich mich das letzte Mal am 4. Juli 2006 gefühlt", brummte Schulte. „Als Fabio Grosso und Del Piero uns in der Verlängerung aus dem WM-Turnier gekickt hatten. Damals war dies das Aus vom Traum des Sommermärchens."

Als Linus und Rafael Schulte etwas perplex ansahen, sagte dieser nur lapidar: „Damals die Fußballweltmeisterschaft, hier in Deutschland, das war vor eurer Zeit."

Adelheid Vahlhausen lachte.

„Ja, da kann ich mich auch noch dran erinnern. War ein mieser Abend." Sie wischte sich eine Haarsträhne aus dem Gesicht, „aber heute, das mit euch, das hat Spaß gemacht. Es gibt nur einen kleinen Wermutstropfen. Ich bin beim Renovieren meiner Wohnung nicht mehr im Zeitplan. Morgen ist zwar Sonntag, aber da habe ich einen Termin, den ich nicht ausfallen lassen kann."

Sie schnaufte und machte eine abwiegelnde Handbewegung. „Na, dann muss ich sehen, dass ich es in der Woche irgendwie schaffe."

„Signora Vahlhausen", erwiderte Bodo Bruschetta.

„Was haben Sie für ein Glück, zukünftig auf diesem Hof wohnen zu dürfen. Bei diesen netten Menschen.

Ich bin auch noch dabei unser Haus einzurichten. Vielleicht kann ich mir bei Ihnen ein paar Ideen holen."

29

Das Wetter gab sich alle Mühe, Henry Fischers schlechter Laune zu trotzen. Seit gestern strahlte die Sonne vom wolkenlosen Himmel und vermittelte eine erste zarte Ahnung vom bevorstehenden Sommer. Doch für den eleganten Mittfünfziger, wie immer tadellos gekleidet und gut frisiert, spielte das Wetter heute keine Rolle. Ihm war in den letzten Tag das Glück zwischen den gepflegten Fingern zerronnen. Nun war er auf dem Weg zu dem Mann, der die alleinige Schuld daran trug. Was hatte ihn nur geritten, einen derart unzuverlässigen Typen wie diesen Günther Sauer für einen so wichtigen Job auszuwählen? Sauer – schon der Name reizte seine Magenschleimhäute. *Windhund,* so wurde Sauer von den Leuten genannt, die ihn gut kannten und wussten, wovon sie sprachen. Nomen est omen, dachte Fischer. Auch einen Spitznamen bekommt man nicht einfach so, dahinter steckt immer ein Stückchen Wahrheit. In einem Anflug von Eitelkeit fiel ihm in diesem Zusammenhang ein, dass auch er selbst in seinem Bekanntenkreis einen Spitznamen hatte. Den *Schönen Heinrich* nannte man ihn und, auch wenn Fischer mit der Umsetzung seines Vornamens Henry in Heinrich nicht wirklich glücklich war, so bügelte doch das Adjektiv davor alles wieder aus. Doch der erwärmende Gedanke an die eigene Vollkommenheit schwächte sich schnell wieder ab und machte Platz für die trübselige Stimmung, in der er hierhergekommen war, in das Parkhaus des Detmolder Klinikums an der Lemgoer Straße.

Fischer verriegelte sein Auto und verließ das Parkhaus. Er stieg einige Treppenstufen hinab und andere wieder hoch, bevor er eine kleine parkähnliche Fläche überquerte. Irgendwie war heute alles anders als sonst. Er war schon häufiger hier gewesen, hatte Verwandte oder Bekannte besucht, war selbst einmal Patient gewesen. Und immer hatten hier in diesem Grünbereich Patienten im Bademantel gestanden oder gesessen, hatten Zigaretten geraucht oder sich mit ihren Besuchern unterhalten. Heute war alles wie ausgestorben. Leicht verwirrt ging Fischer weiter. Seine Gedanken waren einzig und allein auf den Zweck seines Besuches gerichtet: den *Windhund* packen, ihn ausquetschen, die Wahrheit aus ihm herausprügeln, wenn es sein musste. Der Dreckskerl hatte ihn betrogen, ihn um die größte Gewinnsumme geprellt, die er jemals gewonnen hatte. Das verlangte nicht nur Aufklärung, nicht nur die Rückgabe des Geldes, das schrie nach Rache. Kurz vor dem Haupteingang des Klinikums blieb Fischer verblüfft stehen. Was war denn hier los? Quer über den Eingangsbereich war rot-weißes Trassierband gespannt worden. Zwei bullige junge Männer standen vor der Tür und machten ihm mit einer eindeutigen Handbewegung klar, dass er Abstand halten solle. Einer der Männer, die offenbar von einem Sicherheitsdienst waren, zeigte auf ein Schild, dass neben ihm stand. Fischer beugte sich etwas vor, um lesen zu können. Wegen der Corona-Pandemie sind ab sofort keine Krankenbesuche mehr gestattet, las er. Auch das Betreten des Klinikums ist unbefugten Personen untersagt. Die neuen Regeln galten ab heute, dem 16. März 2020.

Fischer schüttelte sich innerlich, hätte sich beinahe in den Arm gekniffen, um herauszufinden, ob dies einfach nur ein alberner Traum war oder tatsächlich Wirklichkeit.

„Bitte halten Sie den Abstand ein!", wies ihn einer der Sicherheitsmänner an und zeigte auf einen dicken roten Klebestreifen auf dem Pflaster. Erschrocken machte Fischer einen halben Schritt rückwärts, um sich hinter dieser Markierung in Sicherheit zu bringen.

„Das meint ihr doch nicht im Ernst, oder?", fragte er so provozierend, wie er konnte. „Verstehen Sie Spaß oder so was. Stimmt's? Leute, ich muss hier rein. Dringend!"

Er sah, wie die beiden breitschultrigen Männer ihre Körperhaltung änderten, wie sie sich anspannten, sich bereit für eine Auseinandersetzung machten.

„Wenn Sie ein ganz dringendes Anliegen haben, dann füllen Sie bitte diesen Antrag aus", flötete eine junge Frau, die eine Art Warnweste mit der Aufschrift „Klinikum Lippe" trug und ein Klemmbrett in den Händen hielt. „Wir prüfen das dann zeitnah."

Fischer starrte sie verständnislos an.

„Seid Ihr denn plötzlich alle verrückt geworden?", schimpfte er. Dann machte er entschlossen einen Schritt nach vorn auf den Eingang zu. Sofort standen die beiden Sicherheitshelden so nah vor ihm, dass er fast mit ihnen zusammengeprallt wäre. Fischer wich zurück. Da war kein Durchkommen, musste er erkennen. Gleichzeitig wurde ihm klar, dass er nach der nächsten falschen Bewegung vermutlich vor Schmerz schreiend auf dem Boden liegen würde. Ärgerlich winkte er ab, drehte sich um und ging schnellen Schrittes zurück zum Parkhaus. Er würde sich einen anderen Weg einfallen lassen müssen, um aus dem *Windhund* die Wahrheit herauszuquetschen.

30

Am Montagmorgen hatte Adelheid Vahlhausen zu einer Dienstbesprechung geladen, um erstens die Erkenntnisse, die die Kollegen zusammengetragen hatten, zu strukturieren und um zweitens die notwendigen Schritte des weiteren Vorgehens festzulegen.

Als Schulte den Gastraum im *Obernkrug* betrat, staunte er nicht schlecht. An jedem der Kneipentische saß nur eine Person. Hubertus von Fölsen trug eine Maske von der Art, wie sie sonst nur von Ärzten bei Operationen getragen wird.

„Was ist hier denn los?", fragte Schulte verwundert. „Habt ihr euch gestritten? Und was hat von Fölsen? Will er eine Bank überfallen?"

Rosemeier wirkte leicht genervt. „Das sind die neusten Maßnahmen der Landesregierung zum Eindämmung des Corona-Virus. Es ist heute Morgen schon ein

Erlass des Innenministeriums hier angekommen, der bestimmte Verhaltensregeln vorschreibt. Unter anderem die, dass am Arbeitsplatz eine Abstandsregel von mindestens zwei Metern gilt. Die Maskenpflicht wird diskutiert. Da schießt unser von Fölsen in vorauseilendem Gehorsam etwas über das Ziel hinaus."

Rosemeier fing sich für diese Aussage einen bösen Blick ein, während Schulte den Kopf schüttelte. „Unglaublich", sagte er. „Und so ein Tuch vorm Mund soll helfen?"

„Helfen oder nicht", nuschelte von Fölsen. „Was richtig und was unangemessen ist, stellt sich erst nach Corona raus. Ich vergebe mir jedenfalls nichts, mit so einem Ding herumzulaufen, wenn andere Menschen in der Nähe sind. Vielleicht reduziert sich die Ansteckungsgefahr ja durch solche Maßnahmen."

Schulte nickte. „Bist eben doch noch ein vernünftiger Kerl."

Von Fölsen war sich nicht sicher, ob diese Aussage anerkennend gemeint war oder ob Schulte sich über ihn lustig machte. Er konnte im Moment jedoch nicht zu einem abschließenden Ergebnis kommen, denn Schulte redete weiter. „Wenn die Corona-Maßnahmen sich als richtig und angemessen herausstellen sollten, werden wir das noch oft zu hören bekommen. Ist man am Ende der Meinung, sie waren überzogen, wird nicht mehr darüber gesprochen. Ich habe noch nie einen Politiker erlebt, der hinterher gesagt hat, ‚Mensch, da haben wir aber mit unserem Vorgehen doch ziemlich danebengelegen‘."

Rosemeier wiegte den Kopf. „Man weiß es nicht. Aber für uns, also für dich und mich kommt es noch besser. Wir beiden gehören nämlich zu der Gruppe der Risikopatienten. Nach der Besprechung kannst du gleich wieder nach Hause gehen. Für uns beide gilt Homeoffice."

„Was für ein Quatsch, Homeoffice. Wie soll das denn gehen?", zweifelte Schulte an der Aussage von Rosemeier.

„Ja, da kommt bald einer im Auftrag von Düsseldorf und richtet uns unseren Arbeitsplatz zu Hause ein."

„Die spinnen doch", Schulte tippte sich an den Kopf.

„Für dich kommt es noch dicker, Schulte", stichelte van Leyden. „Ab heute müssen alle Amüsierbetriebe, beispielsweise Bars, Clubs, Diskotheken, Spielhallen, Theater, Kinos usw. schließen. Da ist nix mehr mit immer lustig und vergnügt, bis der Arsch im Grabe liegt. Zu Hause bleiben ist angesagt."

Schulte schüttelte den Kopf. „Ich gehe nicht in Diskotheken", maulte er und ließ sich auf eine Bank vor einem leeren Kneipentisch fallen.

Adelheid Vahlhausen schlug vorsichtig mit ihrem Löffel an ihr Teeglas. „Kommt Leute, lasst uns anfangen. Wir haben viel zu tun und die Corona-Krise macht unsere Arbeit nicht gerade leichter. Herr von Fölsen, Sie wollten uns einen Überblick über die Rahmenbedingungen geben, denen sich Wettbüros in NRW unterwerfen müssen. Wie weit sind Sie damit?"

„Das ist ein Sumpf", schnaufte Hubertus von Fölsen. „Ich habe mir einmal die Glücksspielverordnung von

NRW vorgenommen und die mit der Realität verglichen. Dazwischen liegen Welten.

Sinngemäß ist in der Verordnung festgeschrieben, dass Wettvermittlungsstellen besondere Geschäftsräume sind. In denen darf der Konzessionsnehmer ausschließlich Sportwetten als Hauptgeschäft vermitteln. Insbesondere in einer Spielhalle oder einem ähnlichen Unternehmen, wie zum Beispiel einer Spielbank oder einer Gaststätte, in der Geld- oder Warenspielgeräte mit Gewinnmöglichkeit bereitgehalten werden, darf eine Wettvermittlungsstelle nicht betrieben werden. Die Erlaubnis für den Betrieb einer Wettvermittlungsstelle darf nur erteilt werden, wenn die Geschäftsräume nach ihrer Lage, Beschaffenheit und Ausstattung den Zielen des § 1 Satz 1 des Glücksspielstaatsvertrages nicht entgegenstehen."

Hubertus von Fölsen machte eine Kunstpause und sah in die Runde. Als niemand auf das Gesagte einging, fuhr er fort.

„Ich habe mir also daraufhin mal einige Wettbüros angeschaut und folgende Fakten festgestellt: Fast jedes Wettbüro verfügt auch über Geldspielautomaten in den Räumlichkeiten, die sie ihr Eigen nennen. Zumindest gibt es fast nie klare Trennungen zwischen jenen Bereichen, in denen Geldspielautomaten betrieben werden und solchen Räumlichkeiten, in denen gewettet werden kann. Unabhängig davon habe ich in den Wettbüros Softwarelösungen entdeckt, mithilfe derer es möglich ist, die Gewinne, zum Beispiel aus Fußballwetten, gleich wieder an einem PC zum Spielen einzusetzen, quasi also virtuelle einarmige Banditen."

147

Wieder kamen von den Kollegen keine Nachfragen, doch von Fölsen blickte in durchweg interessierte Gesichter.

„Kommen wir zu weiteren Punkten", fuhr er fort, „der Betreiber der Wettvermittlungsstelle muss sicherstellen, dass keine Minderjährigen in der Wettvermittlungsstelle anwesend sind. Auch hier werden, nach meinen Beobachtungen, keinerlei Anstrengungen unternommen, dieser Verordnung gerecht zu werden. Ich will Sie hier nicht mit dem Zitieren der gesamten Verordnung langweilen. Ich will aber kurz noch einige Punkte vortragen, bevor ich zu der eigentlichen Problematik komme. Die Vermittlung von Sportwetten, auch über Selbstbedienungsterminals ist in einer Wettvermittlungsstelle zulässig. Jedes Smartphone ist aber heutzutage im weitesten Sinne so ein Selbstbedienungsterminal. In der Wettvermittlungsstelle sind gut sichtbar Informationsmaterialien über die Risiken übermäßigen Glücksspielens, über glücksspielsuchtspezifische Beratungsangebote und Spielersperren sowie Sperranträge auszulegen. Solche Unterlagen habe ich in keinem der von mir besuchten Wettbüros gut sichtbar ausgelegt gefunden. Zur Kriminalitäts- und Suchtprävention ist die Wettvermittlungsstelle so zu gestalten, dass sie gut einsehbar ist; das Anbringen von Sichtschutz (Verkleben von Glasflächen) ist verboten. Aber sehen Sie sich mal die Schaufenster der Wettbüros an. Und obwohl es noch viele weitere solcher Verstöße gegen die Glücksspiel-Verordnung NRW gibt, will ich hier nur noch einen letzten Punkt aufführen. Nämlich den der Begrenzung der Anzahl der Wettvermittlungsstellen. Die Anzahl der Wettvermittlungsstellen der Konzessionsnehmer ist im Sinne des § 10a Absatz 5 Glücksspielstaatsvertrag in Verbindung mit § 13 Absatz 3 Satz3 Ausführungsgesetz NRW Glücksspielstaatsvertrag auf neunhundertzwanzig begrenzt."

Als das Team *Lippisch-Sibirien* diese Zahl hörte, lachten alle unisono los.

„Neunhundertzwanzig Wettbüros in ganz NRW, lächerlich, Kollegen! Ich wette, allein im Ruhrgebiet gibt es die zehnfache Menge an diesen Läden," ergriff Rosemeier das Wort. „Wie kann das sein? Wie kann so eklatant gegen Verordnungen verstoßen werden? Ich meine, klar, jede Kneipe ist, wenn man so will, ein illegales Wettbüro. Aber was Sie uns hier auftischen, Herr von Fölsen …" Rosemeier wiegte seinen Kopf von links nach rechts.

Der antwortete auch umgehend. „Grundsätzlich muss man zweierlei unterscheiden. Einmal gibt es von den Betreibern die bewussten Verstöße. Die lassen es darauf ankommen. Wenn Sie erwischt werden, backen sie kleine Brötchen, zahlen ein Ordnungsgeld und machen munter weiter, weil unterm Strich immer noch genug an Gewinnen überbleibt. Doch das wirkliche Zauberwort heiß ‚Albanien'."

Von Fölsen sah aufmerksamkeitsheischend in die Runde.

„Die meisten Wettbüros, auch große, die jeder aus der Fernsehwerbung kennt, haben ihren Firmensitz in Albanien. Dort haben sie ihre Konzessionen erworben.

Dann werden die dort erworbenen Berechtigungen dem EU-Recht angepasst und schon sind wir wieder in NRW. Zwar hat das Land NRW nur neunhundertzwanzig gültige Konzessionen vergeben, aber neben diesen Genehmigungen gibt es eben viele weitere Zulassungen, die aufgrund des EU-Rechtes parallel zu den neunhundertzwanzig NRW-Zulassungen geltendes Recht darstellen."

31

Bislang war Henry Fischers Leben eine einzige lange, ununterbrochene Glückssträhne gewesen. Jedenfalls in seiner eigenen Wahrnehmung. Er sah gut aus, hatte einen Schlag bei Frauen und war trotz sehr überschaubarer Bildung auch finanziell stets gut durchgekommen. Sicher, seine Geschäfte waren nicht immer im streng bürgerlichen Sinne seriös abgelaufen, aber er hatte nie wirklich gegen irgendwelche Gesetze verstoßen. Ein bisschen geschummelt, okay, aber das bereitete ihm keine Gewissensbisse. Nun war zum ersten Mal eines seiner Projekte nicht so abgelaufen wie geplant. Aber nicht, weil sein Plan schlecht gewesen wäre, sondern weil dieser verdammte Kerl ihn betrogen hatte. Dieser Günther Sauer, der jetzt im Klinikum Detmold lag und sich verwöhnen ließ. An den er gestern wegen dieser ebenso verfluchten Corona-Krise nicht herangekommen war, die er ebenfalls für das Scheitern seines Projektes verantwortlich machte. Wütend warf er die Tür seines Autos zu, verriegelte es und verließ den Carport. Er wohnte zur Miete im Dachgeschoss einer schönen Stadtvilla in der Detmolder Neustadt, ganz in der Nähe des Friedrichthaler Kanals. Eine höchst respektable Adresse, mit der man sich sehen lassen konnte, wie er fand. Es regnete leicht und Fischer eilte mit gesenktem Kopf zur Haustür. Zu seiner Verblüffung stand ein Mann direkt vor der Tür. Ein kleiner Mann, grau und unscheinbar. Die schmale Statur fast völlig verhüllt von einem dunklen Regenmantel, mit dem sich Fischer nur unter Androhung von Gewalt in die Öffentlichkeit getraut hätte. Ein altmodisches Ding mit einer Pelerine. Und der graue Hut auf dem vermutlich kahlen Kopf des Mannes, war auch nicht dazu angetan, Fischers Sympathie zu wecken. Das konnte nur einer der Zeugen Jehovas sein, dachte Fischer und ging bereits innerlich in Abwehrstellung.

„Da sind Sie ja, Herr Fischer", begrüßte der Fremde ihn und verstärkte damit noch Fischers Widerwillen. Denn nun war seine Hoffnung, dass der Kerl zu der Familie im Erdgeschoss wollte und nicht zu ihm, dahin. Fischer war bekannt für seine höfliche und stets charmante Art, aber nun überraschte er sich selbst, als er grob fragte: „Wer sind Sie und was wollen Sie von mir?"

Der kleine graue Mann lächelte verzeihend und sagte: „Nana, warum denn gleich so aufbrausend? Sie wissen doch noch gar nicht, warum ich hier bin."

Fischer verkniff sich die Bemerkung, dass ihn dies auch gar nicht interessierte und drängte sich an dem Mann vorbei zur Haustür. Die Tür aufschließen, schnell hineinhuschen, die Tür hinter sich zuschlagen und den aufdringlichen Kerl draußen im Nieselregen stehen zu lassen, das war sein Plan. Aber der Mann stellte sich mit einem schnellen Schritt zur Seite so vor die Haustür, dass Fischer sie nicht erreichen konnte. Was sollte das denn? Fischer verwarf den Reflex, seine körperliche Überlegenheit auszuspielen und den anderen einfach brutal zur Seite zu stoßen und fragte: „Hey, was soll das? Verdammt, wer sind Sie?"

„Ich würde Ihnen das ja gern alles erzählen, aber müssen wir das hier im Regen machen? Außerdem wollen Sie vielleicht nicht, dass Ihre Nachbarn hören, worüber wir sprechen. Ich schlage vor, wir gehen ins Haus und besprechen alles wie zivilisierte Menschen. Was meinen Sie?"

Fischer zerbiss einen Fluch, wusste aber auch nicht, was er gegen diesen Vorschlag einwenden sollte. Wütend, aber wortlos schloss er die Haustür auf, ließ die Nervensäge hinein und ging mit ihm zusammen die Treppe zu seiner Wohnung hoch.

„So", sagte Fischer, als sein ungebetener Besucher im Sessel saß. „Wer sind Sie und was wollen Sie?"

„Mein Name ist nicht so wichtig", antwortete der Mann, der seinen nassen Regenmantel und den ebenso nassen Hut immer noch trug, mit einem seltsamen Lächeln, das Fischer nicht einordnen konnte. War das nun devot oder ironisch? Auf jeden Fall irgendwie schmierig, fand er. Jetzt erst bemerkte er, dass dessen Aussprache einen leicht fremden Klang hatte, den er aber genauso wenig zuordnen konnte wie das Lächeln.

Die ganze Erscheinung war grotesk, fand Fischer. Einfach lächerlich. Wie die Karikatur eines Spießers. Vielleicht ein Steuerfahnder?

„Wir haben etwas gemeinsam, Herr Fischer", fuhr der Unscheinbare fort. „Nämlich das Interesse am Ergebnis des Pokalspiels Bielefeld gegen diese Dorfmannschaft aus Heidental. Ein äußerst erstaunliches, ja bedenkenswertes Ergebnis, wie ich finde. Damit konnte niemand rechnen, oder? Ich habe mir sagen lassen, dass die Profis aus Bielefeld die deutlich bessere Mannschaft waren und eigentlich hätten gewinnen müssen. Wären da nicht die sehr kreativen Eingriffe des Schiedsrichters gewesen, die letztlich das Spiel auf den Kopf gestellt haben."

Er machte eine Kunstpause, vermutlich um die Wirkung seiner Worte zu testen. Fischer spürte die ersten Hitzewellen aufsteigen und fragte sich, worauf dieses Gespräch hinauslaufen würde.

„Ich habe mir erlaubt, dem Schiedsrichter, einem zweifellos netten jungen Mann, ein paar Fragen zu stellen. Er ..."

„Moment", ging Fischer dazwischen, „ich will jetzt endlich wissen, mit wem ich es zu tun habe. Sonst werfe ich Sie einfach aus dem Fenster. Also raus mit der Sprache!"

Wieder dieses unangenehme Lächeln. Als wüsste der Kerl ganz genau, dass Fischer bluffte.

„Ich könnte Ihnen jetzt irgendeinen frei erfundenen Namen sagen", antwortete er und schaute dabei so unschuldig in die Welt wie ein Neugeborenes. „Aber diese

Spielchen können wir uns auch schenken. Es muss Ihnen genügen, wenn ich sage, dass ich im Auftrag der Firma hier bin, die durch Ihre Spielmanipulation betrogen worden ist. Wer das ist, können Sie sich leicht denken. Und damit bin ich auch schon beim Kern meines Anliegens. Wir wollen unser Geld zurück. Verstanden? Es geht uns nicht darum, hier ein großes Fass aufzumachen mit Polizei und so weiter. Geben Sie uns einfach die Gewinnsumme, die Sie durch Betrug erworben haben und Schwamm drüber. Wir sind kultivierte Leute und nicht nachtragend."

Fischer fühlte nun, wie die Hitzewelle ganz oben angekommen war und ihn leichter Schwindel erfasste. Die Vorwürfe seines Besuchers waren berechtigt, wie er sich eingestehen musste und die Forderung nach Rückerstattung des unrechtmäßigen Gewinns folgerichtig. Aber selbst wenn er dazu bereit gewesen wäre – er konnte das Geld nicht zurückgeben, weil er es nicht hatte. Das war in den Klauen dieses verfluchten Dreckskerls Sauer, der ihn betrogen hatte und an den er einfach nicht herankam. Doch dies alles seinem unappetitlichen Besucher zu erklären, dazu war er nicht bereit. Das würde auch nichts bringen, erkannte er. Also raus mit dem kleinen Scheißer! Er würde ihn einfach am Kragen fassen, aus dem Sessel zerren und ihn mit einem Fußtritt zur Tür hinauswerfen. Doch als Fischer mit einem schnellen Schritt zur Tat schreiten wollte, blickte er plötzlich in den Lauf einer Pistole. Sofort stand er still wie eingefroren, wagte nicht mehr, sich zu rühren.

„Eigentlich wollte ich mit Ihnen nur ein bisschen plaudern", sagte der Mann im Sessel und lächelte dabei so kindlich unschuldig wie die ganze Zeit schon. „Aber offenbar verstehen Sie mich besser, wenn wir auf diese Art kommunizieren. Dann eben so. Also, was ist jetzt mit dem Geld?"

Fischer fühlte nur noch Leere im Kopf, wusste nicht, wie und wo er anfangen sollte.

„Das Geld", stammelte er, „ist nicht da. Ich bin ebenso betrogen worden wie Ihre Firma. Das müssen Sie mir glauben."

Wie das Kaninchen vor der Schlange starrte er auf die Pistole, die weiter auf ihn gerichtet war, ohne jedes Zittern, ohne Gnade. Fischer glaubte, das Projektil im Lauf erkennen zu können, wusste aber gleichzeitig, dass dies völliger Unfug und nur seiner überhitzten Verfassung geschuldet war. Sekundenlang herrschte eisiges Schweigen. Dann durchbrach der Mann mit der Pistole die Stille und sagte: „Keine Ahnung, ob ich das glauben kann. Aber das ist auch Ihr Problem und nicht meines. Sie bekommen vierundzwanzig Stunden Zeit, um das Problem zu lösen. Morgen um diese Zeit rufe ich Sie an. Dann machen wir einen Treffpunkt aus und Sie geben mir die Summe. Und versuchen Sie nicht, mich zu betrügen oder etwa zu verschwinden. Wir sind, im Gegensatz zu Ihnen, keine Amateure und wir finden Sie, egal, wo Sie sich verkriechen. Also, morgen um …, sagen wir mal, 23 Uhr sehen wir uns wieder. Halten Sie sich bereit. Sie brauchen mich nicht hinausbegleiten, ich finde den Weg allein."

Damit erhob er sich, die Pistole weiterhin auf Fischer gerichtet, ging zur Tür und verschwand.

Henry Fischer blieb bewegungslos mitten im Raum stehen, hörte die leiser werdenden Schritte des Mannes auf den Treppenstufen, dann die zufallende Haustür und fragte sich, ob seine Fantasie ihm gerade einen bösen Streich gespielt hatte oder ob dies alles wirklich passiert war. Vierundzwanzig Stunden – wie zum Teufel sollte er in vierundzwanzig Stunden an das Geld herankommen? Er musste sich dringend etwas einfallen lassen.

32

Wie jeden Morgen war Schulte in sein Büro gefahren. Von dem von Rosemeier angekündigten Homeoffice war keine Rede mehr gewesen. Es wird eben alles nicht so heiß gegessen, wie es gekocht wird, dachte Schulte und machte sich an der Kaffeemaschine zu schaffen. Da betrat die neue Staatsanwältin den Raum. Schulte sah auf.

„Ah, unsere neue Chefin", grinste er schief. „Kaffee?" Die junge Frau nickte und setzte sich an einen Tisch. Eine Minute später balancierte Schulte zwei bis an den Rand gefüllte Kaffeebecher zu dem Platz.

„Schwarz ist doch richtig", vergewisserte er sich. „Schwarz wie deine Seele, Schulte", griente die Staatsanwältin ihn an und zog den Kaffeebecher zu sich hin. Schulte setzte sich an die gegenüberliegende Seite des

Tisches und sah die junge Frau lange an. Die ließ dieses Taxieren von Schulte ungerührt über sich ergehen.

„Komisch", sagte er nachdenklich und runzelte seine Stirn, sodass tiefe Falten entstanden. „Woher kenne ich dich?", überlegte er. „Sind wir uns schon mal begegnet?" Schulte wurde nachdenklich, dann melancholisch. „Es gab hier schon mal eine Staatsanwältin. Die hieß aber Müller-Stahl und war blond."

Zoé Stahl schüttelte amüsiert ihren Kopf und lächelte atemberaubend.

„Ja die Frau Müller-Stahl", sie hatte auf einmal einen schelmischen Gesichtsausdruck. „Reiner Zufall die Namensgleichheit. Dich habe ich letzte Woche das erste Mal gesehen", entgegnete sie mit einer Bestimmtheit, die keinen Widerspruch zuließ.

Schulte raufte sich die Haare. „Aber dieses Gesicht, woher kenne ich dieses Gesicht?"

So mit sich beschäftigt saßen sie sich einige Minuten schweigend gegenüber. Schulte grübelte und Zoé Stahl schmunzelte.

Irgendwann brach sie die Stille. „Wieso bist du hier, alter Mann?"

Schulte runzelte schon wieder die Stirn und echote: „Alter Mann?"

„Na ja, wenn du Mädchen zu mir sagst, bist du der alte Mann", erklärte sie Schulte ihre Wortwahl.

Schulte mochte Zoé Stahl auf Anhieb. Diese unkomplizierte Art, wie sie ihm und den Kollegen begegnete, das gefiel ihm.

Zoé Stahl zog einen Zigarillo aus ihrer abgewetzten

Lederjacke und schob ihn sich zwischen die Lippen. „Ich würde gerne draußen eine rauchen. Leistest du mir Gesellschaft?"

Schulte stand wortlos auf und folgte ihr vor die Tür. Hier standen zwei Stühle an einem wackeligen Tisch, auf dem ziemlich genau in der Mitte ein Aschenbecher drapiert war. Zoé Stahl zog ihn zu sich hin. Steckte sich den Zigarillo an und rauchte.

„Also noch einmal: Wieso bist du hier, alter Mann?", richtete sie erneut die Frage an Schulte.

Der wurde langsam sauer. „Was meinst du denn, wo ich sein sollte?", grantelte er.

„Na, zu Hause", kam die knappe Antwort. „Für dich und für Rosemeier ist Homeoffice angesagt."

Jetzt war Schulte auf hundert. „Sag mal, habt ihr sie nicht mehr alle? Mein Enkel hält ständig drei Meter Abstand und erklärt mir, ich sei noch zu jung zum Sterben. Meine Tochter verhält sich nicht anders und jetzt kommst du auch noch mit Homeoffice um die Ecke. Ich habe nicht mal einen Computer bei mir zu Hause stehen, noch verfüge ich über einen Internetanschluss. Kannst du mir sagen, wie das gehen soll mit dem Homeoffice?"

„Wird alles morgen geliefert", entgegnete die Staatsanwältin. „Du musst nur sagen, was du benötigst. Hast du einen Schreibtisch?"

Schulte nickte. „Als ich vor Jahren bei Fritzmeier in Heidental eingezogen bin, habe ich mir mal so etwas wie ein Arbeitszimmer eingerichtet, es aber nie benutzt. Wenn die Mädchen da waren, haben sie in dem Zimmer geschlafen und seit sie ausgezogen sind, ist das Zimmer so was wie eine Abstellkammer. Den Schreibtisch müsste ich erst frei räumen. Das würde Jahre dauern."

„Na, dann ist das ja jetzt eine gute Gelegenheit", gab Zoé Stahl zum Besten, „dann machst du am Baumarkt halt, holst dir jede Menge Mülltüten und morgen sehen wir uns wieder."

„Sehen wir uns? Willst du mich etwa besuchen und mein Arbeitszimmer inspizieren?"

„Quatsch", grinste Zoé Stahl. „Morgen gibt es die erste Videokonferenz. Aber wenn du Bier im Hause hast, schaue ich auch so mal gerne rein."

Sie drückte ihren Zigarillo im Aschenbecher aus und erhob sich. „Ich muss, ich habe noch einen Termin mit Adelheid."

Adelheid? Wer um Himmelswillen war Adelheid, überlegte Schulte.

33

Bei Henry Fischer hatte die Verzweiflung einen Punkt erreicht, an dem ihm jedes Risiko vertretbar erschien. Fast zwei Stunden lang hatte er zu Hause damit verbracht, sich die unsinnigsten Strategien auszudenken. Wie er es auch drehte und wendete, er musste einfach mit Sauer sprechen, ihn zwingen, das Geld herauszurücken. Koste es, was es wolle. Eine Alternative gab es nicht.

Nun war es kurz vor Mitternacht und er stand unschlüssig in einiger Entfernung vor der Ambulanz des Detmolder Klinikums. Noch immer hatte er keinen Plan und hoffte auf eine Eingebung oder ein zufälliges Ereignis, das ihn trotz Corona-Besuchssperre und Bewachung den Weg ins Klinikum und damit zu Sauer finden ließ. Vor der Ambulanz standen, genauso wie vor dem Haupteingang, immer noch Sicherheitsleute. Fischer fragte sich, woher plötzlich all diese übergewichtigen jungen Männer kamen. Wo hatten die eigentlich vorher gesteckt, bevor die Corona-Krise ihnen völlig neue Beschäftigungsmöglichkeiten bot? Irgendwie wirkten sie wie aus dem Hut gezaubert, als seien sie nur für diese Krise geklont worden. Fischer beobachtete das Kommen und Gehen der Rettungssanitäter, die problemlos durch die Sperre gelassen wurden. Dabei kam ihm ein Gedanke, so kühn und so verrückt, dass er unter anderen Umständen darüber nur gelacht hätte. Aber die Umstände waren nicht so, dass er eine Wahl hatte. Dumm war nur, dass diese Sanitäter immer in kleinen Gruppen auftraten, mindestens aber zu zweit. Da war einfach nichts zu machen, er würde sich etwas anderes einfallen lassen müssen.

Während Fischer sich den Kopf zerbrach, fuhr ein Rettungswagen vor, stoppte in der Nähe des Eingangs und blieb mit laufendem Motor stehen. Ein Mann in Sanitäterkleidung stieg aus, verzog sich in eine dunkle Ecke und steckte sich eine Zigarette an. Vielleicht wartete er auf einen Kollegen, erklärte sich Fischer dessen Verhalten und schaute ungläubig zu dem Rettungswagen, dessen Fahrertür offenstand und dessen Motor immer noch brummte. Konnte das wahr sein? Bot sich ihm hier eine Möglichkeit, mit der er nie gerechnet hätte?

Ohne weiter nachzudenken, lief er, immer bemüht, nicht ins Sichtfeld des rauchenden Fahrers zu kommen, zu dem Auto. Er kletterte hinein, löste die Handbremse und gab Gas. Neben ihm auf dem Beifahrersitz lag eine dieser rot-gelben Jacken der Rettungssanitäter. Im Rückspiegel sah er, wie der Sanitäter hektisch seine Zigarette wegwarf und hinter ihm herlief. Fischer gab noch mehr Gas und düste die Röntgenstraße hinab. Kurz vor der Kreuzung Lemgoer Straße fuhr er deutlich langsamer, ließ seinen mittlerweile keuchenden Verfolger ganz bewusst näher herankommen. Dann, als der Sanitäter ihn fast erreicht hatte, wendete er den Rettungswagen und fuhr mit Vollgas wieder zurück zum Eingang der Ambulanz. Der bedauernswerte Sanitäter, der sowie schon außer Atem war, hatte keine Chance, ihn wieder einzuholen. So schaffte Fischer es, mit großem Vorsprung das Auto vor dem Eingang zu stoppen. Er warf sich die herrenlose Sanitäterjacke über und lief zu den bulligen Männern der Security.

„Ganz eilig", rief er denen zu und niemand versuchte, ihn aufzuhalten. Im Vorraum, der zugleich Warteraum der Ambulanz war, versuchte er, sich anhand einiger Hinweisschilder zu orientieren. Zum Glück war in der Ambulanz fast kein Betrieb. Endlich ist Corona mal für etwas gut, da traut sich niemand hierhin, dachte Fischer und öffnete die große Tür an der Stirnseite des

Vorraumes. Schnell lief er weiter ins Innere des Klinikums. Als er auf eine Pflegerin traf, die ihn misstrauisch musterte, rief er ihr ebenfalls ein „Ganz eilig, keine Zeit" zu und stürmte weiter. Er verirrte sich kurz, lief einige Gänge wieder zurück und schaffte es schließlich bis zu der Station, auf der Günther Sauer liegen musste. Den Hinweis hatte er schon am Sonntag von einem Bekannten erhalten, der hier als Verwaltungsangestellter arbeitete. Nun konnte ihm nur noch die Nachtschwester ins Handwerk fuschen. Aber er traute seinen Augen kaum, in dem Glaskasten saß niemand. Offenbar war die Pflegekraft gerade in einem der Zimmer, um einen der Patienten zu betreuen. Umso besser, dachte Fischer und suchte nach der Zimmernummer, die sein Bekannter ihm genannt hatte. Als er sie gefunden hatte, holte er tief Luft, um sich zu stählen und öffnete die Tür. Im Zimmer glimmte ein schwaches Licht. Es war also hell genug, um das einzige Bett im Raum zu erkennen und den Mann, der darin lag. Angeschlossen an eine Unmenge von Schläuchen und Flaschen. Günther Sauer war mehr Teil einer großen Maschine, als eine eigenständige menschliche Person. Die gesamte Mund- und Nasenpartie war mit einer Plastikmaske verdeckt, über die Sauer offenbar beatmet wurde.

Fischer näherte sich dem Liegenden und versuchte herauszufinden, ob der ihn bemerken würde. Aber Günther Sauer zeigte keinerlei Regung. Er schien tief und fest zu schlafen. Ungeduldig und mit wachsender Panik ruckelte Fischer am Bett, in der Hoffnung, Sauer damit aufzuwecken. Aber nichts passierte. Auch nicht, als er

Sauer an die Schulter fasste und ihn leicht schubste. Der Mann erinnerte ihn mehr an eine Mumie als an einen lebenden Menschen. Dann schrie er ihn an: „Wach endlich auf, du verdammter Scheißkerl! Wo ist das Geld?"

Keine Reaktion des Patienten. Nicht mal ein Lidflattern, einfach gar nichts. Langsam wurde Fischer klar, dass er hier nichts erreichen würde. Er ließ Sauer in Ruhe und ging zum Schrank. Vielleicht, dachte er, liegen die Sachen, die man bei Sauer gefunden hatte, als auf ihn geschossen worden war, hier drin. Vielleicht auch das Geld. Er fand alles Mögliche in dem Schrank, aber kein Geld. Wütend knallte Fischer die Schranktür wieder zu und verließ das Zimmer.

Als er wieder an dem Glaskasten der Nachtschwester vorbeikam, saß dort eine Frau. Die schaute ihn verblüfft an, erhob sich und machte Anstalten, aus ihrem Dienstraum herauszukommen. Fischer wartete das aber nicht ab, sondern beschleunigte seine Schritte, wurde immer schneller und war ohne zurückzuschauen wieder an der Eingangstür der Ambulanz. Dort rief er den Securityleuten ein gestresst klingendes „Jetzt wird es aber höchste Zeit loszukommen" zu, bog um die nächste Ecke ins Dunkle und zog sich die Sanitäterjacke aus. Besorgt stellte er fest, dass mehrere Personen vor dem Rettungswagen standen und lebhaft debattierten. Es war aber dunkel genug, um mühelos an ihnen vorbeizuhuschen und zu verschwinden. Erst jetzt nahm sich Henry Fischer die Zeit, einen derben Fluch auszustoßen. Alles schien sich gegen ihn verschworen zu haben. Nichts klappte.

34

Es war ein gutes Gefühl. Sollte sich da so etwas wie eine Freundschaft anbahnen? Adelheid Vahlhausen hatte sich heute lange mit der Staatsanwältin unterhalten. In erster Linie über dienstliche Belange. Doch auch für einige private Themen hatten es Raum gegeben. Heute Abend hatten sich die beiden Frauen schließlich zu einer Wohnungsbesichtigung auf dem Fritzmeier'schen Hof verabredet. Die Staatsanwältin hatte vorgeschlagen, dass man vielleicht die beiden Wohnungen, also die von Adelheid Vahlhausen und die ihre, gemeinsam renovieren sollte, so könne man sich gegenseitig helfen und dann wäre es nicht so langweilig.

Als die beiden Frauen im Konvoi auf den Hof fuhren, lagen vor der Leibzucht, die Schultes Heimstatt war, mindestens fünfzehn prall gefüllte blaue Müllsäcke. Aber auch vor dem Eingang der zu Adelheid Vahlhausens Wohnung gehörte, lagen einige. Als die beiden Frauen aus ihren mittlerweile geparkten Autos ausgestiegen waren, deutete die Staatsanwältin auf die Leibzucht und fragte: „Wohnt da unser Schulte?"

Adelheid Vahlhausen nickte. „Ja, wieso?"

„Na, der musste sein Arbeitszimmer aufräumen, weil er heute Nachmittag sein Homeoffice eingerichtet bekommen hat", schmunzelte die Staatsanwältin. „Nachdem Schulte mir den Zustand seines Büros geschildert hatte, habe ich ihm geraten, dass er schnellstens in einen Baumarkt fahren und sich mit reichlich Müllbeuteln eindecken solle, um Raum für seinen Arbeitsplatz zu Hause zu schaffen. Der Mann scheint meinen Vorschlag beherzigt zu haben."

Adelheid Vahlhausen nickte und wunderte sich, dass Schulte ohne Widerstand die Vorgabe umgesetzt hatte. So kannte sie ihn gar nicht.

„Nun zeig mir mal deine Wohnung!", Zoé Stahl hakte sich bei ihr unter. „Ich bin schon ganz gespannt."

Gemeinsam gingen die beiden Frauen die wenigen Meter bis zur Tür des Hauptgebäudes, in dem auch Anton Fritzmeier wohnte. Fritzmeier war nicht zu Hause und so stiegen sie, ohne bei ihm einen Zwischenstopp einzulegen, direkt die breite, reich mit Schnitzwerk verzierte, aber knarrende Holztreppe hinauf ins Obergeschoss.

„Toll, diese alten Bauernhöfe", staunte die Staatsanwältin. Oben vor der schönen, alten Wohnungstür von Adelheid Vahlhausen angekommen, pustete sie kräftig durch. „Vielleicht sollte ich doch weniger rauchen", schmunzelte sie. Dann traten sie ein und von einem Raum in den nächsten.

„Was willst du denn?", fragte Zoé Stahl verblüfft. „Hier ist doch alles fix und fertig. Da gibt es doch gar nichts mehr zu tun."

Adelheid Vahlhausen blickte sich verwirrt um. „Das kann doch nicht sein", stotterte sie. „Gestern war da doch …", brach sie den Satz ab und inspizierte die Zimmer. Auf einem Fensterbrett fand sie einen Zettel.

Liebe Frau Vahlhausen,
meine Leute hatten heute auf der Baustelle nichts zu

tun. Da dachte ich mir, bevor die Männer Däumchen
drehen, mache ich Ihnen eine kleine Freude. Sollte etwas
nicht zu Ihrer Zufriedenheit sein, lassen Sie es mich wis-
sen. Es wird sofort in Ihrem Sinne geändert.

Bleiben Sie gesund.

Mit freundlichen Grüßen,

Bodo Bruschetta

„Da hat der Mann doch ...", Adelheid Vahlhausen war
fassungslos. Aber wie waren die Handwerker ins Haus
gekommen, überlegte sie.

Zoé Stahl hatte längst bemerkt, dass hier etwas nicht
stimmte. „Gibt es Probleme, Adelheid?", fragte sie vorsichtig.

Adelheid Vahlhausen blies die Luft aus ihren Lungen. „Na ja, wir haben am Samstag den Geburtstag
von Schultes Enkel gefeiert. Die meisten Kinder, die
der Junge eingeladen hatte, waren nicht gekommen.
Corona! Lediglich ein Freund Namens Rafael und dessen Vater waren erschienen. Die Jungen wollten Fußballgolf spielen und in Ermangelung anderer Kinder
wurden wir Erwachsenen verpflichtet, mitzumachen.
Nachher haben wir noch zusammengesessen und haben etwas gegessen. Dabei habe ich ein bisschen ge-
klagt, dass ich so viel Termine hätte, unter denen
die Renovierungsarbeiten leiden würden. Da hat der
Mann mir ganz unverbindlich seine Hilfe angeboten.
Aber dass der wirklich ein paar Handwerker vorbei-
schickt, davon bin ich nicht ausgegangen und das war
auch nicht abgesprochen. Und überhaupt: Wie sind

die Männer in meine Wohnung gekommen? Die war doch abgeschlossen."

„Vielleicht weiß Schulte etwas, ansonsten müssten wir den Vermieter fragen", schlug Zoé Stahl vor.

Schon auf dem Weg zur Leibzucht kam Schulte den Frauen entgegen. „Mensch Adelheid, da hattest du heute aber ein paar Männer am Start, die haben was weggeschafft", schwadronierte er. „Als sie bei dir fertig waren und auch noch alles aufgeräumt hatten, habe ich die gleich angeheuert, meine Rumpelbude auch noch auszuräumen. Das ging ruckzuck, da war das Zimmer leer."

Schulte freute sich. „Ich hätte Jahre dafür gebraucht. Ich hätte jedes Teil noch mal in die Hand genommen, es von links nach rechts gedreht und dann wahrscheinlich doch nicht weggeworfen. Dieses Problem haben mir die Männer dann abgenommen und als ich sie am Ende bezahlen wollte, sagten die, das sei alles schon erledigt."

An Zoé Stahl gewandt, feixte Schulte: „Gut, dass ich nicht auf deinen Rat gehört habe und im Baumarkt noch Müllsäcke gekauft habe. Die müsste ich jetzt alle wieder zurückbringen."

Adelheid Vahlhausen war immer noch fassungslos. „Schulte, das waren Männer von Bruschetta, die haben einfach meine Wohnung renoviert, ohne dass ich sie darum gebeten hätte." Die Polizistin hielt Schulte den Zettel hin, den sie gefunden hatte. „Und wie sind die da überhaupt reingekommen?"

Schulte zuckte mir den Schultern. „Vielleicht hat

Fritzmeier denen die Tür aufgemacht. Der räumt im Hofladen auf. Kommt, wir gehen hin und fragen ihn. Dann können wir da auch gleich unser Feierabendbier trinken."

Schulte wollte sich gerade in Bewegung setzen, da fragte er noch: „Oder wollt ihr euch erst noch mein neues Homeoffice ansehen?"

35

Er hatte alles versucht und war gescheitert. Henry Fischer wischte sich Schweiß von der Stirn und schaute zum hundertsten Mal auf seine teure Armbanduhr. Noch eine Stunde bis zum Ablauf des Ultimatums. Was dann passieren würde, wusste er nicht. Bestenfalls würde es zu einer weiteren Drohung kommen, endlich das Geld zurückzugeben. Schlimmstenfalls ... Fischer mochte gar nicht daran denken. Nach dem Fiasko gestern Nacht im Klinikum hatte er versucht, andere Wege einzuschlagen, Möglichkeiten auszuloten. Hatte alte Freunde angepumpt, um sich die Summe zu leihen, hatte Druck ausgeübt auf Leute, die ihm noch einen Gefallen schuldig waren. Aber er kam während des ganzen Tages gerade mal auf rund fünfzehntausend Euro und das war deutlich zu wenig, wenn man zweihundertachtzigtausend zurückzahlen muss. Selbst als Anzahlung wäre dies ein Witz und würde den Humor des Wettanbieters, und nur um den konnte es hier gehen, mächtig überstrapazieren. Fischer sah das tückischschmierige Lächeln des kleinen Mannes im grauen Regenmantel beinahe vor sich, musste sich immer wieder über die Augen wischen, um die Vision einer auf ihn gerichteten Pistolenmündung loszuwerden. Verdammt, es musste doch möglich sein, mit diesem unscheinbaren Kerlchen fertig zu werden, dachte Fischer und malte sich allerlei Gewaltaktionen aus, bei denen er seine körperliche Überlegenheit ins Spiel bringen konnte. Aber was, wenn der Schmächtige nicht allein kommen würde? Ganz kurz war auch die Idee aufgetaucht, die junge Staatsanwältin, die er vor Kurzem durch Zufall kennengelernt hatte, anzurufen und um Hilfe zu bitten. Doch was sollte er ihr sagen? Dass er ein Betrüger war? Ein Verlierer obendrein, der beim Versuch, ganz groß rauszukommen, geradezu lächerlich tief gestürzt war? Nein, das waren alles keine Lösungen.

Noch eine Dreiviertelstunde. Es wurde Zeit, dass er sich aus dem Staub machte. Am Ende seiner Überlegungen, seiner Suche nach einem Ausweg, war nur eine Option übrig geblieben: Er musste verschwinden, so schnell und so weit weg wie nur möglich. Um Günther Sauer und den verlorenen Gewinn würde er sich später kümmern müssen. Im Minutentakt schaute er nun auf die Armbanduhr, die Zeit verrann immer schneller. Sein Koffer lag bereits im Gepäckraum seines Autos, eine Reisetasche und ein Aktenkoffer mit allerlei wichtigen Dingen standen fertig gepackt im Wohnzimmer. Es konnte losgehen. Hektisch schaute er sich um. Hatte er etwas Wichtiges vergessen? Lag noch etwas herum, was einen Hinweis auf sein Reiseziel abgeben könnte? Nein, alles war gut. Die Wohnung war „sauber". Noch zwanzig Minuten. Er atmete tief durch, griff sich die Reisetasche und den Aktenkoffer und verließ seine Wohnung. Als er draußen die Garage öffnete, erschrak er beim lauten Geräusch des hochfahrenden Rolltores. Jetzt, mitten in der Nacht, würde man dies meilenweit hören. Meine Nerven, dachte er. Was war aus seinen Nerven geworden? Er hatte doch noch ausreichend Zeit zu verschwinden, redete er sich ein. Als auch Reisetasche und Aktenkoffer im Auto verstaut waren, ließ er den BMW langsam rückwärts herausrollen. Wieder machte das Rolltor einen Höllenlärm, als es sich schloss. Wieder krampfte sich Fischers Magen zusammen. Er wollte eben losfahren, Gas geben, alles hinter sich lassen, wieder nach vorn schauen, als ihm einfiel, dass er beim Verlassen des Hauses sein Handy auf eine Fensterbank an der Haustür gelegt hatte, um eine Hand für den Schlüssel freizubekommen. Wütend auf sich selbst schaltete er den Motor wieder ab, stieg aus und hastete zurück zur Haustür. Er fand das Handy, steckte es ein und lief zurück zu seinem Auto. Doch schnell stoppte er ab, blieb stehen, traute seinen Augen nicht. Vor der Fahrertür seines Autos stand ein Mann. Aber nicht irgendein Mann. Den scheußlichen dunklen Regenmantel erkannte Fischer sofort. Auch der Hut, mindestens ebenso hässlich, hatte sich in sein Gedächtnis eingebrannt. Die winzigen, leicht schräg gestellten Augen des Mannes funkelten leicht, als sie das Licht der Straßenlampe reflektierten. Der kleine Mann hatte beide Hände in den Manteltaschen vergraben, lehnte lässig am Auto, wirkte völlig entspannt, als hätten sie sich soeben als gute Nachbarn zufällig am Gartenzaun getroffen und fragte süffisant: „Na, wollen wir verreisen? Einfach so?"

36

Mutter und Tochter waren ganz allein auf weiter Flur, als sie früh am Morgen den Fußweg am Friedrichsthaler Kanal in Detmold bummelten. Um diese Uhrzeit war auch in normalen Zeiten noch nicht viel los, aber da nun wegen der Corona-Krise Kitas, Schulen und die meisten Betriebe geschlossen hatten, wirkte Detmold wie ausgestorben. Es war ein herrlicher Frühlingsmorgen, die Luft glasklar und frisch, aber es war nicht kalt. Das Kind, ein siebenjähriges Mädchen, hüpfte putzmunter auf einem Bein über den feinen Schotter und sang dabei selbst erdachte Lieder. Da die Grundschule verschlossen blieb, die alleinerziehende Mutter aber arbeiten musste, wollte sie ihre Tochter zu einer Freundin bringen. Corona-Besuchsverbote hin oder her – sie musste ja das Kind unterbringen. Da diese Freundin in der Gartenstraße wohnte, gingen Mutter und Tochter auf die schmale Brücke zu, die zur Musikhochschule führte. Das Mädchen hatte auf dem Schotterweg kleine Steinchen gesammelt und wollte diese von der Mitte der Brücke ins Wasser werfen. Ungeduldig von einem Fuß auf den anderen wippend, wartete die Mutter, bis das erledigt war. Plötzlich schien das Kind die Steine vergessen zu haben, schaute hoch konzentriert aufs Wasser und berichtete dann ganz sachlich: „Du Mama, hier unten schwimmt ein Mann im Wasser. Das ist doch bestimmt sehr kalt, oder?"

Die Mutter verdrehte genervt die Augen. Sie hatte es eilig, wollte weiter und hatte wenig Zeit für die Fantasien ihres Kindes.

„Nun komm schon! Wir müssen los."

Doch das Mädchen starrte weiter nach unten und sagte mit Nachdruck: „Aber wirklich, Mama. Komm doch mal her und guck selbst!"

Die Frau wusste, dass ihr nichts anderes übrig blieb, als Interesse zu zeigen. Sonst würde ihre Tochter bockig werden und sie würde noch mehr Zeit verlieren. Sie ging zu dem Kind und warf betont desinteressiert ebenfalls einen Blick auf die Stelle, wo ihre Tochter angeblich den schwimmenden Mann gesehen haben wollte. Fast im gleichen Augenblick stieß sie einen kurzen Schrei aus und schlug die Hände vor dem Gesicht zusammen. Sie schnappte sich einen Arm des Mädchens und zog es mit sich, ohne Rücksicht auf ihre lauten Proteste. Zum Glück musste sie mit dem wütend schimpfenden Kind nicht mehr weit laufen bis zu ihrer Freundin. Erst als sie es in guten Händen wusste und wieder allein vor dem Haus der Freundin stand, zückte sie ihr Handy und rief mit weichen Knien die Polizei an.

37

Hauptkommissarin Maren Köster und Pauline Meyer zu Klüt waren nicht die Ersten, die an der kleinen Brücke eintrafen. Der Notarzt war schneller gewesen und hatte bereits den Tod des Mannes festgestellt, der bäuchlings mit den Beinen auf der Uferböschung und mit Oberkörper und Kopf im Wasser lag. Als die beiden Polizistinnen eintrafen, kam er auf sie zu und sagte: „Ich bin kein Pathologe und will auch keiner Obduktion vorgreifen. Aber es gibt wohl keinen Zweifel daran, dass dieser Mann erst erschossen und dann ins Wasser gestoßen wurde. Mit anderen Worten, ich kann da nichts mehr machen."

Maren Köster bedankte sich und ging selbst ans Ufer des Kanals, um einen Blick auf den Toten zu werfen. Mittlerweile waren einige Fußgänger bedenklich nahegekommen und schienen ihre Neugier nicht mehr bremsen zu können.

„Pauline", rief Maren Köster ihrer Mitarbeiterin zu. „Sorg doch bitte dafür, dass die Leute nicht näher rankommen."

Fast zeitgleich stoppte ein weißer Mercedes Sprinter auf der Straße in Höhe der Brücke und blieb mit eingeschaltetem Alarmlicht stehen. Während zwei Männer mit Koffern ausstiegen und sofort damit begannen, den Fundort der Leiche mit Flatterband abzusichern, richteten sich die Augen aller anderen auf eine riesige Frauengestalt, die nun unvorteilhaft bekleidet mit dem weißen „Ganzkörper-Kondom" der Spurensicherung, aus dem Sprinter kletterte und mit leicht schlurfendem Schritt auf Maren Köster zukam. Die beiden Frauen wollten sich aus alter Gewohnheit die Hand geben, zogen diese aber schuldbewusst wieder zurück, als ihnen die Corona-Kontaktregeln bewusst wurden. Ein grüßender Blick musste genügen.

Maren Köster wusste die Sicherung des Tatortes in guten Händen, so konnte sie sich auf das nächste Fahrzeug konzentrieren, das direkt hinter dem großen Mercedes der Spurensicherung stoppte. Auch hier stieg eine Frau aus, aber die war in vieler Hinsicht der Gegenentwurf zu Renate Burghausen. Zwar nicht unbedingt klein, aber zierlich, gut aussehend, mehr frech als elegant gekleidet. Zoé Stahl, die neue Staatsanwältin, war Maren Köster bereits vorgestellt worden. Auch hier gab es keinen Handschlag, sondern nur ein freundliches Nicken. Die Hauptkommissarin brachte die Staatsanwältin auf den spärlichen Wissenstand, der ihr selbst zur Verfügung stand und wandte sich dann Renate Burghausen zu, die bis zu den Knien im Wasser stand, einen Gegenstand hochhielt und ihr zurief: „Ich habe die Brieftasche des Mannes in seiner Jacke gefunden. Ist allerdings total durchnässt."

Sie reichte das Lederteil an einen ihrer Mitarbeiter weiter, der am Ufer auf dem Trocknen stand. Dieser legte die Brieftasche auf ein großes Tuch und öffnete sie vorsichtig. Als er den Namen auf dem Personalausweis des Toten, im handlichen Scheckkartenformat las, waren Maren Köster und Zoé Stahl bereits bei ihm.

„Heinrich Fischer", las Maren Köster. Dann las sie

mit leiser Stimme vor: „geboren 1962. Nur knapp älter als ich."

„Heinrich Fischer ...", sagte Zoé Stahl leise, mehr zu sich selbst. „Wann habe ich diesen Namen schon mal gehört?"

Der Techniker legte den Personalausweis zu den anderen Gegenständen, die sie in der Kleidung des Toten gefunden hatten. Es war nichts dabei, was ihnen hätte weiterhelfen können, fand Maren Köster und ging zum Auto des Notarztes, in dem eine junge Frau saß.

„Sie haben die Leiche gefunden?", fragte Maren Köster die Frau, der man ansah, dass sie mit den Nerven am Ende war. Zum Erstaunen der Polizistin schüttelte sie den Kopf und sagte: „Nein! Nicht ich, sondern meine Tochter. Die hat Steinchen von der Brücke geworfen und dabei den ...," sie unterbrach sich kurz, „Toten gesehen. Ich wollte es ihr erst nicht glauben, aber dann ..."

Sie schüttelte sich und schniefte.

„Ich habe ihr ein Beruhigungsmittel gegeben", kommentierte der Notarzt. „Aber Sie können sie ruhig befragen, das schafft sie schon."

„Später", sagte Maren Köster und wandte sich ab. Von der Aussage der Frau versprach sie sich sowieso keine weiteren Erkenntnisse. Als sie wieder bei den Spurensichernden war, beobachtete sie, wie einer der Männer mit seiner Kamera den Toten, der immer noch in der Position lag, in der man ihn gefunden hatte, fotografierte.

„Wir holen ihn jetzt raus", rief Renate Burghausen Maren Köster zu.

Einer ihrer Mitarbeiter schob eine Art Liege unter die Füße des Toten. Dann hoben sie alle zusammen den leblosen Körper an, wobei Renate Burghausen vermutlich den Löwenanteil leistete, drehten ihn von der Bauchlage in die Rückenlage und hievten ihn mit großer Vorsicht auf die Liege.

Als Renate Burghausen ein paar Algen aus dem Gesicht des Mannes gewischt hatte, stieß Zoé Stahl einen kurzen Schrei der Überraschung aus. „Den kenne ich", rief sie bestürzt. „Den habe ich erst kürzlich gesehen. In einer Kneipe."

Sie schlug sich mit der flachen Hand vor die Stirn.

„Jetzt fällt mir auch ein, warum mir der Name so bekannt vorkam. So hat er sich mir vorstellt. Allerdings nicht als Heinrich, sondern als Henry Fischer. Shit! Das ist allerdings eine ziemlich unangenehme Überraschung für mich."

Maren Köster schaute die junge Frau wegen ihrer Ausdrucksweise verwundert an. Aber irgendwie passte das zusammen, dachte sie. Maren Köster fand in ihr ein bisschen von sich selbst wieder, von der jungen, von der unangepassten, der aufbrausenden, der oft auch unangenehmen Maren. Von der Maren, von der sie sich seit Jahren zu befreien versuchte. Sie wusste nicht recht, ob diese Wiedergeburt ihrer selbst ihr sympathisch war.

38

Ein Mordversuch, ein Toter, auf beide wurde geschossen. Gerade hatte Zoé Stahl angerufen und wollte Ergebnisse. Maren Köster blies empört die Backen auf. Dieser Heinrich Fischer war gerade mal einige Stunden tot. Und schon machte die Staatsanwältin Druck. Na, das konnte ja heiter werden mit dieser Frau Stahl. Wenn die zukünftig immer so eine Ungeduld an den Tag legen würde, dann Gute-Nacht-Marie.

Hexen konnten ihr Team und sie nun auch nicht. Man merkt, dass die Stahl noch ein ziemliches Greenhorn war, fand die Polizistin. Die brachte Hektik ins Spiel, wo es nicht nötig war. Aber tough war sie, das hatte Maren Köster sofort begriffen. Wenn diese Frau Stahl was wollte, dann würde sie das auch durchsetzen.

Der nächste Anrufer war in der Leitung. Die Polizistin sah aufs Display. Es war Renate Burghausen. Maren Köster nahm sofort ab. Noch bevor sich die Polizistin mit Namen melden konnte, kam die Frau von der Spurensicherung zur Sache.

„Hallo Frau Köster, ich kann Ihnen erste Ergebnisse vermelden."

Sie hörte sich gut gelaunt an, fand Maren. Ein gutes Zeichen.

„Na, dann legen Sie mal los, Frau Burghausen. Was haben Sie herausgefunden?"

„Dieser Günther Sauer, der vor ein paar Tagen in Heidenoldendorf angeschossen wurde und der Tote, Heinrich Fischer, wurden eindeutig mit der gleichen

Waffe perforiert", vermeldete die Frau von der Spurensicherung das wichtige Ergebnis.

Maren Köster pfiff durch die Zähne.

„Na, wenn das nicht mal eine spektakuläre Nachricht ist. Danke Frau Burghausen, damit ist klar, dass wir es hier mit einem weitaus komplexeren Fall zu tun haben, als zunächst angenommen. Leider kennen wir weder den Grund für die Tötung von Fischer, noch erkenne ich einen Zusammenhang zwischen diesem Sauer und Fischer. Fragen konnten wir bis dato keinen von beiden. Der eine ist tot, der andere liegt im Koma. Es ist zum Verrücktwerden. Aber dennoch danke für die Info und für Ihre Bemühungen, uns schnell Ergebnisse zu liefern."

„Dafür nicht, Kollegin Köster. Ist doch mein Job", gab sich Renate Burghauen bescheiden.

„Na, dann kann ich mich ja jetzt mal mit fremden Federn schmücken", sagte Maren Köster. „Ich kann jetzt nämlich bei unserer neuen Staatsanwältin die ersten Ergebnisse abgeben. Die hängt mir schon am Schlapp und erwartet, dass ich etwas liefere. Na ja, Geduld ist auch nicht gerade meine Stärke. Also noch mal: Danke! Wir hören voneinander."

39

„Lange nicht mehr gesehen."

Diese ironische Begrüßung kam von Zoé Stahl, als Maren Köster vor dem Haus eintraf, in dem Henry Fischer gewohnt hatte. Eine dieser schönen Stadtvillen, fand sie. Nicht zu groß und nicht zu klein, nicht protzig, aber auch nicht unscheinbar. In der Tat waren gerade mal ein paar Stunden vergangen, seitdem sich die beiden Frauen zuletzt gesehen hatten. Wieder war Maren Köster irritiert, konnte die lässige Art Zoé Stahls, die mit überkreuzten Beinen an ihr Auto gelehnt stand und einen brennenden Zigarillo in der Hand hielt, überhaupt nicht mit deren Status als Staatsanwältin unter einen Hut bringen. Eine Minute später tauchte auch der bekannte Mercedes Sprinter der Spurensicherung auf.

„Ich habe den Schlüssel", rief Renate Burghausen und ging voran zur Haustür. Sie war bereits im Treppenhaus, als ein älterer Mann im Flur auftauchte. Zoé Stahl stellte sich dem ungläubig staunenden Mann, der im Erdgeschoss der Villa wohnte, in ihrer Funktion vor, zeigte ihm den Durchsuchungsbefehl und stieg hinter Renate Burghausen die Treppe hoch.

„Was ist denn los?", fragte der völlig verwirrte Mann. „Wollen Sie zu Herrn Fischer? Der ist aber nicht da."

Maren Köster klärte ihn, so sanft es ihr möglich war, über das Geschehene auf. Der arme Kerl schnappte mehrfach nach Luft, schüttelte resigniert den Kopf und ließ sie das Team der Spurensicherung vorbei zur Treppe.

In der Wohnung von Henry Fischer sah es aus wie in der Werbebroschüre einer Möbelhandlung. Zwar keine besonders edlen Möbel, aber alles war akkurat, blitzsauber, tadellos aufgeräumt, aber eben auch ein wenig unpersönlich.

„Ja", hörte Maren Köster plötzlich die Stimme des alten Mannes an der Tür. „Er hat immer schön aufgeräumt. Wegen der ganzen Damenbesuche, müssen Sie wissen. Da war fast jeden Tag 'ne andere da."

„Ich komme gleich zu Ihnen", sagte Maren Köster und schob den Mann aus der Tür. „Bis dahin lassen Sie uns bitte unsere Arbeit machen."

Renate Burghausen nickte ihr dankbar zu und delegierte Aufgaben. Sofort verteilten sich ihre Mitarbeiter und nahmen sich die zugewiesenen Teile der Wohnung vor.

„Die hat ihre Leute aber gut im Griff", staunte Zoé Stahl. „Respekt."

Maren Köster wurde klar, dass sie hier im Augenblick nichts beitragen konnte und verließ die Wohnung. Unten im Flur klopfte sie an die Tür des alten Mannes, der sie auch gleich hineinkommen ließ. Sie forderte ihn auf, ihr alles über Henry Fischer zu erzählen, was er wusste. Für den Mann war dies die ultimative Aufforderung zu einer Generalabrechnung mit seinem ehemaligen Nachbarn.

„War schon ein komischer Heini", sagte er, während er für sich und die Polizistin eine Tasse Kaffee einschenkte. „Immer wie aus dem Ei gepellt, ganz der Gigolo. Seine Bekannten haben ihn immer den *Schönen Heinrich* genannt. Und dann die Frauen …, so was habe ich noch nie erlebt. Was der angeschleppt hat, unglaublich."

„Haben Sie von seinem Beruf etwas mitbekommen?", unterbrach ihn Maren Köster. „Waren auch deshalb mal Leute bei ihm? Er hatte ja offenbar ein kleines Wettbüro hier in Detmold."

Der Hausherr schüttelte den Kopf, nahm einen Schluck Kaffee und fuhr fort: „Nee, kann ich nicht sagen. Ein Wettbüro, sagen Sie? Was wird denn da gewettet?"

„Sportwetten", antwortete Köster. „Hauptsächlich Fußball, aber auch Pferderennen und so weiter. Davon wissen Sie nichts?"

Wieder schüttelte er den weiß behaarten Kopf.

„Nee, so dicke waren wir nicht. Ehrlich gesagt war ich auch immer ganz froh, wenn ich ihn nicht im Haus oder im Garten getroffen habe. Er war nicht so …, sagen wir mal, wirklich freundlich. Er hat zwar gegrüßt und so was, aber er war auch immer irgendwie so von oben herab. Dachte wohl, er wäre was Besseres. Meine Frau war manchmal verärgert wegen ihm. Ist ihm ja vielleicht am Ende auch nicht gut bekommen, diese Schnöseligkeit, oder?"

„Das wissen wir noch nicht", antwortete Maren Köster und trank den letzten Schluck aus ihrer Tasse. „Vielleicht kommen wir noch einmal auf sie zu, wenn Fragen auftauchen sollten, bei denen Sie uns behilflich sein können."

Zurück in der Wohnung Fischers traf sie auf eine gelangweilt wirkende Staatsanwältin.

„Nichts Aufregendes passiert, bislang", wurde sie von ihr begrüßt. „Sie suchen noch. Genau wie heute Mittag im Wettbüro dieses Herrn. Auch das war ja ein Schuss in den Ofen. Alles sauber, nichts Verwertbares. Ich gehe mal runter, eine rauchen."

Doch bevor sie gehen konnte, hörten sie die helle

Stimme von Renate Burghausen: „Kommen Sie doch bitte mal hierher, meine Damen!"

Sie folgten der Stimme ins Schlafzimmer. Frau Burghausen stand vor einem großen Kleiderschrank, der prall gefüllt war. Sie hielt eine schuhkartongroße Holzkiste in der Hand. „Schauen Sie mal!", sagte sie zufrieden. „Habe ich gerade hinter den Socken gefunden."

Sie hob den Deckel der Kiste ab und ließ Maren Köster hineinschauen. Die staunte, denn neben einem kleinen, altmodischen Oktavheftchen sah sie eine Menge großer Geldscheine.

„Das ist aber keine sehr einbruchssichere Methode, sein Geld aufzubewahren", bemerkte Zoé Stahl.

„Nein", ergänzte Maren Köster, die mittlerweile das Geld zählte. „Ich glaub' es nicht, das sind ja fünfzehntausend Euro."

„Eine schöne kleine Portokasse", lachte Renate Burghausen. „Hätte ich auch gern zu Hause."

Nachdenklich nahm Maren Köster sich das Oktavheft vor. In solche Hefte musste sie als Schülerin ihre Englischvokabeln schreiben.

„Offenbar eine Art Finanztagebuch", resümierte Maren Köster. „Er hat hier Geldzu- und Abflüsse eingetragen. Ganz beachtliche Summen zum Teil."

„Und was sind das für Kürzel?", fragte Renate Burghausen, die ihr locker über die Schulte schauen konnte. „Da, hinter den Summen."

„Tja", antwortete die Polizistin. „Wenn wir das wüssten, wären wir einen guten Schritt weiter."

Maren Köster überlegte. „Der Fischer hatte doch seinen Koffer im Auto. Der wollte doch mit Sicherheit untertauchen."

„Sie meinen das Fischer sehr überstürzt fliehen musste und das Geld einfach vergessen hat?", führte die Staatsanwältin den Gedanken fort.

„Wahrscheinlich hätte er seinen Fehler schnell bemerkt", spekulierte Maren Köster, „und wäre zurückgekommen. Aber dann ist ihm eine Kleinigkeit dazwischen gekommen."

„Ja", bestätigte Renate Burghausen mit schiefem Lächeln. „Ein kleines 9mm-Projektil mit Vollummantelung."

40

Homeoffice! Schulte saß fluchend vor dem Bildschirm seines Computers und starrte seit Minuten auf das Hintergrundbild. Da summte sein Handy. Sofort griff er danach, in der Hoffnung, es gäbe eine Nachricht, die ihn dazu veranlasste, zu den Kollegen nach Heidenoldendorf zu fahren. Und in der Tat, van Leyden hatte ihm eine Whatsapp-Nachricht geschickt. Hoch erfreut öffnete er sie und war augenblicklich enttäuscht. Die Nachricht enthielt ein Foto, auf dem ein offener Kühlschrank abgebildet war. Davor stand ein Mann. Er war nur von hinten zu sehen. In dem Kühlschrank, vor den Ablagefächern für die Speisen war ein großer Zettel geklebt, auf dem geschrieben stand: *Du hast keinen Hunger! Du hast nur Langeweile.*

„Sehr witzig", brummelte Schulte und fühlte sich doch ertappt. Er hatte auch schon über ein zweites Frühstück nachgedacht. Homeoffice war einfach nicht sein Ding. Also begann er über sich nachzudenken. Es war doch komisch, alle behaupteten ständig, dass er ein einsamer Wolf sei, ein Eigenbrötler. Und jetzt, wo das Paradies für Einzelgänger geschaffen worden war, das Homeoffice, da sehnte sich Schulte, der Prototyp des Einzelkämpfers, nach seinen Kollegen, selbst der blasierte von Fölsen und der sarkastische van Leyden fehlten ihm. Nach drei Stunden Einzelhaft im Homeoffice würde er sich sogar mit diesen beiden schwierigen Persönlichkeiten ein Büro teilen. Das wäre allemal besser, als hier in dieser Bude zu versauern. Wieder summte sein Smartphone, diesmal war es ein Anruf. Schulte frohlockte. Hurra, ein Kontakt zur Außenwelt. Er meldete sich sofort, bevor es sich der Anrufer vielleicht anders überlegen würde und er den Versuch der Kontaktaufnahme abbrach.

„Jupp, mein Lieber, ich wollte mal hören, wie es dir geht?" Es war Maren Köster, die diese Frage stellte.

„Hör bloß auf," grummelte Schulte „Diese Art der Arbeit ist nichts für mich. Ich muss raus in den Dschungel der Großstadt. Hier in meinem Arbeitszimmer in Heidental werde ich rammdösig."

„Dschungel der Großstadt", frotzelte Maren Köster, „wann warst du denn zum letzten Mal drin?"

„Egal, Maren, ich bin einfach schlecht drauf. Hier fällt mir die Decke auf den Kopf. Aber du hast doch sicher nicht angerufen, um mich leiden zu hören, oder?"

„Wie immer messerscharf kombiniert, mein Lieber. Ich brauche mal deinen Rat."

Schulte horchte auf. Das waren ja ganz neue Töne. Seit er die Kreispolizeibehörde Detmold verlassen hatte und Maren Köster dort die Chefin wurde, hatte diese alles getan, um Schulte nicht in ihrem Sandkasten spielen zu lassen. Schon der kleinste Versuch seinerseits, sich in einen Fall, den Maren Köster bearbeitete, einzubringen, hatte zu schwersten Verwerfungen geführt. Und jetzt brauchte die Kollegin einen Rat von ihm. Na, da war er aber mal gespannt.

„Also", berichtete Maren Köster, „wir haben in der Wohnung des *Schönen Heinrich* oder besser Henry Fischer, eine Hausdurchsuchung durchgeführt. In seinem Kleiderschrank haben wir eine Holzkiste entdeckt, in der fünfzehntausend Euro gebunkert waren. Außerdem lag in der Kiste ein kleines Oktavheft, in dem er ziemlich akribisch die Zu- und Abgänge von Geldbeträgen aufgezeichnet hatte. Meist hat er Kürzel wie zum Beispiel *IAR* oder *Wh* hinter die Beträge geschrieben. Aber ein sehr interessanter Posten ist da als Ausgabe aufgeführt. Der lautet: Schiri 28 000 Euro."

Da Maren Köster von Schulte nichts mehr hörte, fragte sie sicherheitshalber nach, ob er noch in der Leitung sei. Schulte nickte und bemerkte dann, dass Maren Köster das ja nicht sehen konnte. Er räusperte sich und sagte dann: „Ja klar, ich höre dir aufmerksam zu."

„Okay, Jupp, wenn ich das Wort Schiri lese, assoziiere ich mit diesem Begriff Fußball. So, und da kommst du ins Spiel."

„Falsch, Maren. Ich spiele schon längst mit", entgegnete Schulte.

Maren Köster klang augenblicklich genervt.

„Mann, Jupp, was soll das denn heißen? Läuft da was, vom den ich nichts weiß? Ich dachte, du wärst immer noch ein Freund und ein Kollege, aber du spielst dich auf, als wenn es ohne dich nicht ginge. Ich merke schon, es war ein Fehler, mit dir zu reden."

Bei Schulte läuteten alle Alarmglocken.

„Halt, Maren, warte!", rief er verzweifelt ins Telefon. „Nicht auflegen, ich kann alles erklären."

„Na, da bin ich aber neugierig", entgegnete Maren Köster mit einer Eiseskälte, dass Schulte das Gefühl hatte, er würde den Frost bereits an seinem Ohr fühlen.

„Okay, also es ist so, wir, die aus *Lippisch-Sibirien*, haben unseren ersten offiziellen Auftrag vom neuen Staatssekretär, dem Nachfolger von Erpentrup bekommen. Wir sollen uns um sogenannte *Cold-Case*-Fälle in der Wettszene kümmern. Das *LKA* ist an einigen Wettpaten dran und wir sollen denen zuarbeiten."

„Gut, Schulte, und was hat das mit meiner Bitte um Hilfe zu tun?", kam die immer noch stark unterkühlte Frage von Maren Köster.

Schulte räusperte sich. „Am besten kann man das verstehen, wenn ich dir eine kleine Episode aus der Fußballgeschichte erzähle. Am 21. August 2004 wurde nämlich deutsche Fußball-Geschichte geschrieben – aber im negativen Sinn. Der Schiedsrichter Robert Hoyzer manipulierte das Pokalspiel zwischen dem damaligen Drittligisten *SC Paderborn* und dem Erstligaklub *Hamburger*

SV. Als es am Ende 4:2 für *Paderborn* stand, waren die meisten Beobachter noch der Ansicht, dass der *HSV* ein Gurkenspiel abgeliefert hatte. Es gab sogar Spuckattacken der *HSV*-Fans gegen die Profis. Das war nach dem Spiel in den Medien der Aufreger dieser Partie, nicht etwa das Zustandekommen des Spielergebnisses. Die Begegnung war jedoch der Auslöser einer langen Reihe spektakulärster Wettskandale, die den deutschen Fußball monatelang in seinen Grundfesten erschütterten.

Die nach dem Hoyzer-Wettskandal folgenden Berichte der Polizeibehörde *Europol* machen bis heute nur wenig Hoffnung auf Besserung. Im Februar 2013 präsentierte die Behörde Zahlen, wonach in den Jahren 2008 bis 2011 weltweit 380 Spiele manipuliert worden sein sollen – auch ohne das Mitwirken Hoyzers. Und das ist eine beweisbare Zahl. Über Dunkelziffern möchte ich gar nicht nachdenken."

Maren Köster entgegnete etwas versöhnlicher: „Du meinst, dieser Fischer hat einen Schiedsrichter gekauft, um ein Spiel zu manipulieren?"

„Hoyzer hat damals für seine Dienste 67 000 kassiert. Für alle seine Dienste, nicht nur für die Spielmanipulation damals in Paderborn. Was ich dir jetzt sage, kann ich nicht beweisen. Es ist lediglich ein Verdacht, der meinem Bauchgefühl entspringt. Vor einiger Zeit hat es ein ungewöhnliches Pokalspiel bei uns in Heidental gegeben."

„Ja, ist klar", unterbrach ihn Maren Köster. „Wettskandal in Heidental! Diese Schlagzeile fehlt euch noch in eurem Dorf." Sie lachte.

„Kannst mich ja auslachen, Maren", erwiderte Schulte ziemlich gelassen. „Hat dein Fischer nur die Beträge und Kürzel aufgeschrieben oder auch das Datum, wann er das Geld ausgegeben hat?"

Jetzt hörte Schulte Maren Köster blättern. Es dauerte fast zwei Minuten, bevor sie sich wieder meldete.

„Du hast recht, Schulte, er hat auch die Ausgabedaten aufgeführt. Die 28 000 Euro wurden gesplittet. Sie setzen sich aus zwei Beträgen zusammen. Es wurden einmal 10 000 Euro und sieben Tage später noch mal 18 000 Euro entnommen."

Maren Köster nannte Schulte das Datum, an dem die Ausgaben von Fischer getätigt worden waren.

Der pfiff durch die Zähne.

„Maren, ich wette mit dir um eine Kiste Detmolder gegen eine Flasche Champagner, dass dieses Spiel *Heidental* gegen *Bielefeld* manipuliert wurde. Denn der Spieltag war der Samstag nach der ersten Zahlung. Die zweite Zahlung hat der Schiedsrichter kassiert, als das Spiel über die Bühne gegangen war. Die ganze Angelegenheit ist vielleicht nicht mit dem Hoyzerfall zu vergleichen – ich würde die Geschichte eher in die Kategorie Wettbetrug auf lippisch einordnen –, aber noch mal, und um im Bild zu bleiben, ich wette, ich habe recht."

„Okay, Jupp, nehmen wir mal an, du hast wirklich recht. Wie hieß denn der Schiedsrichter?"

Auch wenn Maren Köster das nicht sah, zuckte Schulte mit den Schultern.

„Keine Ahnung", entgegnete er dann lapidar. „Da musst du beim *DFB* oder bei der *DFL,* oder wer sonst dafür zuständig ist, anrufen und dir den Spielbericht schicken lassen. Vielleicht findest du ja auch im Internet Hinweise auf den Namen des Schiris. An dieser Stelle bin ich jetzt raus."

Maren Köster schwieg lange. Dann meinte sie nachdenklich: „Einen Versuch wäre es wert. Aber wie kann man dem Kerl beweisen, dass er manipuliert hat?"

„Achtundzwanzigtausend, Maren, entweder liegen die auch wieder im Schuhkarton oder im Kleiderschrank oder der Kerl hat sich vor Kurzem ein neues Auto gekauft. Vielleicht hat er das Geld ja sogar auf sein Sparkonto eingezahlt." Schulte machte eine bedeutungsvolle Pause, dann sagte er sibyllinisch: „Ich würde der Spur des Geldes folgen."

41

Pauline Meyer zu Klüt und Manuel Lindemann hatten Mühe, Schritt zu halten, als sie hinter ihrer Vorgesetzten herliefen. Maren Köster legte ein Tempo vor, als gelte es, einen Wettlauf zu gewinnen. Aber diese Ungeduld kannten die beiden schon von ihr und wunderten sich deshalb nicht mehr. Wortlos folgten sie dem stakkatohaften Klackern der Absätze, die über den Fliesenboden des langen Flurs einer der Bad Salzufler Kurkliniken eilten. Es klang wie ein auf höchstes Tempo eingestelltes Metronom. Am Ende des Flures öffnete Maren Köster die Tür eines Büros. Es war das Sekretariat der Klinikleitung. Sie gab ihren Mitarbeitern per Handzeichen zu verstehen, dass sie draußen warten sollten. Nach einigen Minuten kam sie wieder heraus und sagte: „Er kommt gleich, hat sein Chef gesagt. Höchstens fünf Minuten. Wir warten hier."

Aus den fünf wurden fünfzehn Minuten. Maren Köster ging nervös den Flur auf und ab, wie ein Tiger im Käfig.

Dann erschien ein großer, noch junger Mann in Krankenpflegerkleidung im Flur und kam auf sie zu. Sieht gut aus, schoss es Maren Köster durch den Kopf. Sie ging auf ihn zu und sagte: „Herr Holzer?"

Als der Mann dies bestätigte, stellte sie sich und ihre Mitarbeiter vor.

„Polizei?", fragte Frank Holzer ungläubig. „Aber warum denn? Was ist denn?"

„Frank Holzer", leierte Maren Köster ihr Sprüchlein herunter. „Sie stehen im Verdacht, Fußballspiele manipuliert zu haben. Außerdem werden wir Sie wegen Ihrer möglichen Beteiligung an der Ermordung von Heinrich Fischer, genannt Henry Fischer, befragen."

Nahezu synchron zu ihrer Ansage zog Manuel Lindemann ein Paar Handschellen hervor und zeigte sie demonstrativ vor.

Maren Köster belehrte Holzer über seine Rechte und forderte ihn auf, ohne Ärger mitzukommen.

„Sie wollen doch hier an Ihrer Arbeitsstelle kein Aufsehen erregen, oder?"

Doch Holzer gab nicht so schnell auf.

„Was soll das denn?", rief er so laut, dass der Flur ein Echo warf. „Ich komme nicht mit. Ich habe niemanden umgebracht. Sie können mich doch nicht einfach so mitnehmen. Wo sind wir denn hier?"

„Wir nehmen Sie nicht einfach so mit, Herr Holzer", sagte Maren Köster, „es liegen schwerwiegende Verdachtsmomente gegen Sie vor, die wir prüfen müssen."

„Und deswegen schleppen Sie mich hier raus wie einen verdammten Schwerverbrecher? Sie ruinieren meine berufliche Existenz. Nur weil Sie etwas überprüfen müssen? Das kann doch nicht Ihr Ernst sein. Ich will sofort einen Anwalt."

Bevor Maren Köster etwas erwidern konnte, mischte sich Pauline Meyer zu Klüt ein.

„Sie bekommen Ihren Anwalt, Herr Holzer", sagte sie ruhig. „Sobald wir in den Räumen der Kreispolizeibehörde sind. Und wenn Sie jetzt ganz einfach mitkommen, ohne dabei laut zu werden, dann brauchen wir auch keine Handschellen. Dann sieht das Ganze so harmlos aus, dass niemand auf dumme Gedanken kommt. Es liegt also ganz bei Ihnen."

Holzer sackte leicht in sich zusammen, straffte sich dann wieder und ging widerstandslos mit. Unterwegs konnte sich Manuel Lindemann aber eine Bemerkung nicht verkneifen: „Seien Sie froh, dass wir nicht von der Kripo Bielefeld sind. Ich glaube, dort sind einige Leute nicht sehr gut auf Sie zu sprechen seit diesem ominösen Pokalspiel."

42

Seit mehr als vierundzwanzig Stunden hatte Schulte niemanden mehr von Angesicht zu Angesicht gesehen. Seine Tochter Ina hatte ihren Sohn Linus bearbeitet, dass der seinen Opa zurzeit nur besuchen solle, wenn es wirklich wichtig wäre. Distanz okay, aber gar kein Kontakt zu Linus, das war unerträglich. Wenn Ina darauf bestand, würde er sich sogar eine Atemmaske kaufen. Hauptsache, er könnte wieder direkt mit Menschen und insbesondere mit seinem Enkel in Kontakt treten.

Und was war überhaupt mit Fritzmeier? Den hatte er auch schon zwei Tage nicht mehr gesehen. Schulte entschloss sich, sein Arbeitszimmer zu verlassen und einen kleinen Spaziergang über den Hof zu unternehmen. Vielleicht würde ihm ja eine Menschenseele über den Weg laufen, mit der er ein Schwätzchen halten könnte.

Vor dem alten Škoda des *Windhundes* blieb er stehen. Schon wieder kam er ins Grübeln. Der *Windhund* hatte ihm im Laufe der Jahre wirklich einige wichtige Informationen gegeben, die maßgeblich zur Verbrechensaufklärung beigetragen hatten. Vertrauen gegen Vertrauen hatten die beiden Männer sich jedes Mal geschworen. Doch jetzt stellte sich die Frage, ob er dem *Windhund* gegenüber das Versprechen einhalten sollte, das er ihm vor einigen Tagen gegeben hatte.

Jetzt gab es nicht nur einen angeschossenen Mann, jetzt gab es auch noch einen Ermordeten. Der Tote war Besitzer eines Wettbüros und in dem Auto des *Windhundes* hatte Linus einen Koffer voller Geld gefunden, das eindeutig bei einer Fußballwette gewonnen worden war.

Wenn Schulte diese Tatsachen zugrunde legte, musste er sich dann doch an sein Versprechen halten? Wäre es nicht auch im Sinne des *Windhundes,* wenn die Verbrechen aufgeklärt würden? Eines war ziemlich sicher: Der *Windhund* war legal an diesen Wettgewinn gelangt. Schulte hatte den Wettcoupon und die Auszahlungsquittung gesehen, die vom *Windhund* unterschrieben worden war. Es stellte sich einzig die Frage, woher der *Windhund* die zehntausend Euro hatte, die er als Wetteinsatz ins Spiel gebracht hatte. Schulte wusste es nicht. Unentschlossen umrundete er den Škoda. Dann fasste er einen Entschluss. Er rief Adelheid Vahlhausen und die Staatsanwältin an und bat die beiden Frauen um ein Gespräch.

Eine Stunde später betrat die Polizistin Schultes Garten, wo dieser schon Kaffeetassen auf den Tisch gestellt hatte.

„Fehlt nur der Kuchen, Jupp", lächelte Adelheid Vahlhausen.

Schulte zückte das Handy und rief noch mal die Staatsanwältin an. „Was kann ich für dich tun?", hörte Schulte wenige Sekunden später die Stimme von Zoé Stahl, die anscheinend schon im Auto unterwegs war.

„Sei so nett und halt bei einem Bäcker. Wir könnten zu unserer kleinen Besprechung noch etwas Kuchen gebrauchen."

„Geht klar", beendete die Staatsanwältin das kurze Telefongespräch.

„Das Mädchen ist in Ordnung", sagte Schulte zu Adelheid Vahlhausen, die „das Mädchen" unkommentiert hinnahm. Sie kannte Schulte mittlerweile.

Um die Zeit zu überbrücken, fragte Schulte: „Hat sich eigentlich die Geschichte mit der Renovierung deiner Wohnung aufgeklärt?"

Adelheid Vahlhausen nickte. „Das waren wirklich die Männer von diesem Bruschetta. Ich habe ihn am gleichen Abend noch angerufen, und er hat mir das bestätigt. Er wollte mir eine Freude machen. Ich wollte ihm natürlich Geld für die Männer geben. Nichts zu machen. Er hat es nicht angenommen. Ich solle es als kleinen Gefallen betrachten, hat er mir gesagt. Manchmal müsse man sich einfach helfen. Das sei doch selbstverständlich. Wegen einer solchen Kleinigkeit müsse man kein Aufheben machen. Und vielleicht käme einmal der Tag, da würde Bruschetta vielleicht die Hilfe von Adelheid Vahlhausen in Anspruch nehmen müssen. Er jedenfalls sei sich sicher, dass Adelheid Vahlhausen, genau so unkompliziert helfen würde, wie er es getan hätte."

„Und wie sind die Männer in deine Wohnung gekommen?", setzte Schulte interessiert nach.

„Keine Ahnung", Adelheid Vahlhausen zuckte mit den Schultern. „Das habe ich Bruschetta auch gefragt. Er konnte es sich angeblich ebenfalls nicht erklären, was natürlich Unfug ist. Das ist schon alles ein bisschen spooky, findest du nicht auch? So ein bisschen erinnert mich der Mann an *Michael Corleone:* ‚Es ist nur ein kleiner Gefallen.' Du weißt schon, der Pate."

Schulte nickte. „Um ehrlich zu sein, daran habe ich auch schon gedacht."

„Ich habe mich sogar an den Polizeicomputer gesetzt und mal nachgeschaut, ob es da Hinweise zu Bruschetta gibt", gestand Adelheid Vahlhausen.

„Und", fragte Schulte interessiert nach.

„Nichts, es gibt nicht den kleinsten Hinweis auf den Mann. Er hatte in Berlin einen Wohnsitz. Jetzt hat er sich in Detmold angemeldet. Das war's. Der Kerl ist nicht einmal zu schnell gefahren, der taucht wirklich nirgendwo auf."

Die Staatsanwältin kam auf den Hof gefahren, stieg aus und deutete mit dem Zeigefinger auf den eingepackten Kuchen.

Als sie eine Viertelstunde später die Zimtschnitten des Zuckerbäckers *Dahlhaus* verdrückt und dazu Kaffee getrunken hatten, kam die Staatsanwältin zur Sache. „Also, warum hast du uns herbestellt?"

Schulte stand wortlos auf und ging ins Haus. Wenige Augenblicke später kam er mit einem speckigem, an den Kanten abgestoßenen Lederkoffer nach draußen. Er schob die Kaffeetassen zur Seite, stellte ihn auf den Tisch und klappte den Deckel auf.

Verwundert starrten die beiden Frauen auf das Geld.

„Was soll das?", brach die Staatsanwältin das Schweigen.

Schulte berichtete den beiden Frauen die ganze Geschichte. Erklärte, wie er an das Geld gekommen war, warum er bis jetzt den Mund gehalten hatte und wieso er sich nun doch dazu entschlossen hatte, die Staatsanwaltschaft und Adelheid Vahlhausen in Kenntnis zu setzen.

Zoé Stahl nickte. „Okay, bis zu diesem Zeitpunkt ist deine Geschichte plausibel. Aber wie soll das jetzt weitergehen?"

Schulte zuckte mit den Schultern. „So einen richtigen Plan habe ich auch noch nicht. Gebt mir einen Tag Zeit, ich muss mir das alles noch mal durch den Kopf gehen lassen. Auf jeden Fall sollte das Geld sichergestellt werden. Ich werde gegenüber dem *Windhund* erst einmal so tun, als hätte ich es für ihn in Sicherheit gebracht. Ich habe einfach noch nicht den Überblick. Es gibt aus meiner Sicht noch einiges, was erkannt und aufgelöst werden müsste."

Zoé Stahl verzog nachdenklich ihr Gesicht. Und Schulte beobachtete sie wieder einmal fasziniert. Wo hatte er diese Frau schon einmal gesehen. Viele Gesten, die Stimme und die Mimik kamen ihm so bekannt vor und er konnte sie doch nicht einordnen. Es war, als hätte er eine Teilamnesie.

„Eins ist klar," riss die Staatsanwältin Schulte aus seinen Gedanken. „Der Fall, an dem die Kreispolizeibehörde arbeitet und die Thematik, mit der das Team *Lippisch-Sibirien* beschäftigt ist, gehören unter einen Hut. Der Mord, an dem die Detmolder gerade arbeiten, ist nur der Bodensatz. Da steckt mehr dahinter. Wir müssen die Ermittlungen breiter aufstellen. Ab sofort werden wir die beiden Abteilungen zusammenlegen."

Schulte wurde leicht hektisch. Während Adelheid Vahlhausen fragte: „Geht das denn so einfach?"

„Das kläre ich gleich mit dem Staatssekretär", gab die Staatsanwältin mit Bestimmtheit zum Besten.

„Und du verklickerst die Entscheidung Maren Köster", forderte Schulte die Staatsanwältin auf. „Ich bin da raus."

43

Die Corona-Krise begann an Schultes Nerven zu zerren. *Shutdown* war das Wort, das seit einigen Tagen von den Medien in die Welt posaunt wurde. Sollte ihm diese Einsamkeit nun über Wochen verordnet werden? Wenn dem so wäre, würde ihm nicht nur das Essen nicht mehr schmecken, nein, dann hätte er auch grundsätzlich keinen Spaß mehr am Leben.

Schulte versuchte, diese Gedanken aus dem Kopf zu bekommen. *Shutdown* hin oder her, dachte er. Ich gehe jetzt zu Fritzmeier und trinke einen Kaffee bei ihm. Der entsprechende Abstand war bei diesen beiden Männern sowieso kein Problem. Wenn sie sich auf einen Meter nahekamen, fühlte sich das bei ihnen schon wie kuscheln an.

Und dann fahre ich nach Detmold. Ich kaufe mir so eine bescheuerte Maske und Desinfektionsmittel. Anschließend sehe ich mir mal das Wettbüro des Toten, dieses Heinrich Fischers an.

Als Schulte an Fritzmeiers Küchentür klopfte, hörte er Fritzmeier schimpfen: „Dat wird aber auch Zeit, dat du mal vorbei komms. Ich dachte schon, du wills mich hier versauern lassen. Komm rein, et chibt Kaffee. Oder, wenne wills kannse auch ein Detmolder Pils haben."

So muss das Leben sein, dachte Schulte, als er eine Stunde später pfeifend zu seinem Auto schlenderte. Fritzmeier und er hatten die Weltlage besprochen, hatten Kaffee getrunken und Lippischen Pickert mit Leberwurst und Rübenkraut gegessen. Zum Abschied hatte Fritzmeier zu Schulte gesagt: „Jupp, ich bin vielleicht ein, wie nennen die im Fernsehen dat immer, ein Risikopatient, aber ich sage dich: Viel schlimmer als an dieset Corona zu sterben, is für mich alten Kerl, wenn ich hier den chanzen Tach alleine inne Küche sitzet. Außerdem, Unkraut verscheht nich. Damit kennt sich ein alter Bauer, wie ich et bin, aus."

Jetzt ging es Schulte wieder gut. Er strotzte vor Tatendrang. Seine schlechte Laune war wie weggeblasen.

Aber Schulte nahm Corona nicht mehr auf die leichte Schulter, wie er es bis vor einigen Tagen noch getan hatte. So wie er vorhin bei Fritzmeier ausreichend Abstand gehalten hatte, würde er sich auch zukünftig verhalten. Und er würde nicht nur für sich, sondern auch für Anton Fritzmeier eine Maske kaufen. Diese Pandemie muss ja wohl doch gefährlicher sein, als er zu Anfang vermutet hatte.

Wenn die Regierungen hier und auch in anderen Ländern die gesamte Wirtschaft lahmlegen, Schulen dichtmachen und selbst Polizeibeamte ins Homeoffice schicken, dann steckte da ja wohl doch eine gewisse Gefährdung dahinter. So weiter über die gegenwärtige Situation grübelnd, fuhr er Richtung Detmold und stellte sein Auto auf dem neuen *Park-and-ride*-Platz am Bahnhof ab. In den letzten Tagen hatte er sich einfach zu wenig bewegt. Er flanierte die Industriestraße Richtung Wittekindstraße entlang. Schön ist es hier nicht, dachte Schulte, als er seinen Blick schweifen ließ. Warum diese Wettbüros ihren Sitz ganz oft in Vierteln oder Straßen der jeweiligen Stadt ansiedeln, die in der Regel nicht auf der Sonnenseite der Gemeinde lagen, war ihm schon länger ein Rätsel.

Wo befand sich der Laden von diesem Fischer nur? Es war gar nicht so einfach, diesen zu finden. Dann bemerkte er endlich ein Hinweisschild. Es deutete auf ein Geschäftsgebäude in der zweiten Reihe hin.

Schulte beschlich ein seltsames Gefühl, als er die Einfahrt hinaufging. Instinktiv hielt er sich dicht an einer hohen Ligusterhecke, die einen Parkplatz einfriedete. Von der Straße aus war dieser nicht einsehbar. Vorsichtig spähte Schulte um die Heckenkante. Nichts, der Platz war leer. Schulte ging weiter Richtung Eingang. Hier sah er sich gewissenhaft um. Zunächst bemerkte er nichts Auffälliges. Doch dann, er wollte seine Inspektion gerade beenden, da blieb sein Blick an einem dünnen, unscheinbaren grauen Kabel hängen. Es schmiegte sich in eine Mauerfuge und man musste schon genau hinsehen, um es wahrzunehmen. Schulte verfolgte den Verlauf. Zwischen Mauer und Vordach wurde die graue Litze nach oben geführt. Schulte pfiff durch die Zähne. Na, dann wollen wir doch mal sehen, was sich am Ende dieser Strippe befindet. Schulte ging bis zum anderen Ende des Platzes, um auf das Vordach blicken zu können. Er sah nichts. Seltsam, dachte Schulte und ging zurück zur Eingangstür. Zwei Meter davor blieb er wieder stehen und untersuchte die Stahlprofile, auf den die Glasscheiben lagen, die als Dach dienten. „Na bitte", brummelte Schulte, als er eine Aussparung sah. Da war was. Doch Schulte war zu klein, um hineinzusehen. Also beschloss er, zurück zum Parkplatz zu laufen, um sein Auto zu holen. Auf die Kühlerhaube des alten Land Rovers konnte man ohne Weiteres hinaufklettern. Beulen würde Schulte bei einer solchen Aktion nicht in die Motorabdeckung drücken. Ein echtes Eisenschwein eben, dieses Auto. Doch nach wenigen Metern hatte Schulte dann eine andere Idee. Er ging zurück, zückte sein Handy, hob es hoch, hielt die Kameralinse vor die Aussparung und drückte auf den Auslöser. Das Foto, welches er gerade geschossen hatte, erfüllte all' seine Erwartungen. In dem dunklen Rechteck des Profileisens war die Linse einer kleinen Überwachungskamera zu erkennen.

44

Der Mann, der in das Vernehmungszimmer geführt wurde, hatte einen hochroten Kopf.

„Es ist eine Sauerei, wie in diesem Land unbescholtene Bürger behandelt werden", schimpfte er.

„Ob es sich bei Ihnen um einen unbescholtenen Bürger handelt oder nicht, das wird sich noch herausstellen", sagte Maren Köster, die mittlerweile zusammen mit Pauline Meier zu Klüt das Zimmer betreten hatte.

„Bitte nehmen Sie doch Platz", sagte sie im freundlichen Ton zu dem Mann. „Ihr Name ist Frank Holzer. Ist das korrekt?" Der Mann nickte.

„Sind Sie sicher, dass Sie Holzer heißen?", fragte die andere Frau, offenbar die Chefin. „Ich denke, der Name Hoyzer passt besser zu Ihnen."

„Das ist eine Unverschämtheit", brüllte der Mann Maren Köster an. „Ich will meinen Anwalt sprechen."

„Ihren Anwalt? Ja, den werden Sie brauchen. Kein Problem, den können sie gerne anrufen".

„Jetzt mal alle mit der Ruhe", meldete sich nun wieder Pauline Meier zu Klüt zu Wort. „Natürlich können Sie jederzeit einen Anwalt hinzuziehen. Ich mache ihnen jedoch folgenden Vorschlag: Das, was jetzt stattfindet, ist eine Befragung. Bleibt es bei einer solchen, können Sie in einer Stunde nach Hause gehen. Wir zeichnen das Gespräch, welches wir jetzt mit Ihnen führen, auf. Damit haben wir ein ungekürztes Protokoll. Falls Sie wirklich einen Anwalt benötigen sollten, hat der dann die Möglichkeit, sich alles anzuhören und wenn wir Sie zu etwas genötigt haben sollten, was nicht der Gesetzeslage entspricht, dann ist diese Verfehlung beweisbar und kann nicht für das weitere Verfahren genutzt werden. Sollte aus der Befragung ein Verhör werden, mache ich Sie sofort darauf aufmerksam und Sie können augenblicklich mit einem Anwalt in Kontakt treten. Sie dürfen auch jederzeit die Befragung unterbrechen und umgehend einen Anwalt hinzuziehen. Was meinen Sie, Herr Holzer, sollen wir es erst einmal so versuchen? Wenn Sie sich nichts vorzuwerfen haben,

dann werden Sie uns das sicher glaubhaft darlegen können und Sie verlassen dieses Gebäude in einer Stunde
als freier Mann."

Der Mann nickte. „Ich habe nichts zu verbergen. Wir
machen das so." Er versuchte, selbstsicher aufzutreten,
doch das gelang ihm nur bedingt, bemerkte Pauline
Meier zu Klüt. Vielleicht hat er auch vor irgendeiner
Sache Angst, die nichts mit der Verhörraumsituation zu
tun hat, überlegte sie.

„Also gut, ich schalte das Mikrofon ein." Der Mann
nickte noch einmal zustimmend.

„Befragung Frank Holzer, Freitag den 20.03.2020,
14.00 Uhr. Anwesend Frank Holzer, Hauptkommissarin Maren Köster und Oberkommissarin Pauline Meier zu Klüt. Herr Holzer, Sie sind damit einverstanden,
dass wir die Befragung aufnehmen?"

Frank Holzer nickte.

Pauline Meier zu Klüt sprach auf Band, „Herr Holzer beantwortet die Frage mit einem Kopfnicken, das
ich als ‚ja' interpretiere." An den Mann gewandt, sagte
Sie: „Beantworten Sie meine Fragen zukünftig bitte mit
Worten, da es sich lediglich um eine Tonaufzeichnung
handelt."

Jetzt ergriff Maren Köster das Wort. „Herr Holzer,
Sie wundern sich sicher, dass Sie dieses Gespräch mit
uns führen sollen. Ich werde Ihnen ein paar Gründe
nennen. In Detmold ist ein Mann umgebracht worden.
Genauer gesagt, er wurde erschossen. Ein Zweiter, auf
den ebenfalls geschossen wurde, liegt im künstlichen
Koma. Und jetzt fragen Sie sich sicher, wieso wir der

Meinung sind, dass Sie mit diesen Mordfällen etwas zu tun haben."

Holzer nickte, sah dann auf das Mikrofon und sagte: „Ja, das frage ich mich wirklich."

„Bei der Durchsuchung der Wohnung des Toten haben wir eine sogenannte schwarze Kasse mit viel Geld gefunden. In der Kiste, in der das Geld lag, befand sich auch ein kleines Oktavheft. Sie wissen schon, eine Art Vokabelheft. Und in diesem kleinen Büchlein hat der Tote Heinrich Fischer akribisch genau aufgeführt, wer wann Geld bekommen hat. So, und jetzt kommen Sie ins Spiel."

Holzer rutschte nervös auf seinem Stuhl herum.

„In diesem Heft stehen Sie als Empfänger von 28 000 Euro. Gezahlt wurde dieser Betrag in zwei Raten. Einmal flossen 10 000 Euro vor dem Fußballspiel *DJK Heidental* gegen *Arminia Bielefeld,* das Sie als Schiedsrichter geleitet haben und weitere 18 000 Euro wurden nach dem Spiel an Sie gezahlt."

„Was, da steht mein Name?", wütete Holzer los. „Dieser Fischer ist oder besser gesagt, war ja wohl nicht ganz dicht." Holzer merkte, dass er dabei war, in eine Falle zu tappen und versuchte gegenzusteuern. „Wie kommt der Kerl zu solchen Behauptungen. Ich kenne den doch gar nicht."

Jetzt lügt aber einer, dachte Pauline Meier zu Klüt und machte sich eine Notiz. So auffällig, dass es Holzer einfach merken musste. Was diesen auch gleich noch etwas angespannter werden ließ.

„Nun ja, Herr Holzer", zog Maren Köster das Gespräch wieder an sich. „Nachdem wir in diesem Büchlein auf Sie gestoßen sind, haben wir natürlich ihre Konten überprüft."

„Was haben Sie?", brüllte Holzer jetzt los. „Es gibt immer noch so etwas wie ein Bankgeheimnis! Das ist illegal."

„Geschenkt, Herr Holzer, geschenkt. Wenn eine Straftat vermutet wird und der Staatsanwalt mitspielt, dann rücken die Banken mit allen Informationen raus, die wir wissen wollen." Maren Köster zog ein paar Blätter aus einem Aktenstapel und schob ihn zu Holzer. „Sehen Sie selbst."

Sie half Holzer beim Blättern durch den dünnen Ordner. „Hier haben wir die Genehmigung der Staatsanwaltschaft und hier die Bankauskunft. Muss ich Ihnen tatsächlich erläutern, was wir gefunden haben?"

„Jetzt will ich einen Anwalt haben", fuhr ihr der Mann ins Wort. „Ich lasse mich von Ihnen nicht über den Tisch ziehen."

„Okay, Herr Holzer, haben Sie jemanden, der Sie vertritt? Ansonsten haben wir eine Liste mit Strafverteidigern, da können Sie sich gerne einen aussuchen. Wir geben Ihnen jetzt die Möglichkeit, ein Telefonat mit einem Rechtsbeistand zu führen. In einer Viertelstunde bringen wir dieses Gespräch dann zu Ende. Bislang haben wir Ihnen lediglich einen Überblick über einen Teil unserer Informationen gegeben und Ihnen damit mitgeteilt, dass wir diese kennen. Sie selbst haben sich, wenn ich das richtig sehe, noch nicht zu dem Tatbestand geäußert."

Maren Köster und Pauline Meier zu Klüt verließen den Raum. Sie riefen nach ihrem Kollegen, der Holzer bei dem Telefonat bewachen sollte. Die beiden Frauen setzten sich in Marens Büro und zogen ihre Masken ab, um einen Kaffee zu trinken.

„Ganz schön gewagt, dass du behauptet hast, sein Name würde in dem Büchlein stehen", bemerkte Pauline Meier zu Klüt.

Maren Köster zuckte mit den Schultern. „Das wird am Ende des Tages keine Rolle spielen. Dann wird er eher alles dafür tun, um im Knast bleiben zu dürfen."

Nach der abgesprochenen Pause fanden sich die Polizisten wieder im Vernehmungsraum ein.

„Und?", fragte Pauline Meier zu Klüt freundlich „Haben Sie einen Anwalt erreicht?"

Holzer nickte. „Ja, und er hat mir gesagt, ich solle nichts mehr sagen, bis er hier in der Kreispolizeibehörde eingetroffen ist und mir beistehen kann."

„Gut", sagte Maren Köster. „Dann schweigen Sie mal. Ich werde diese Zeit nutzen, um Ihnen meine Befürchtungen bezüglich Ihrer Person mitzuteilen."

Der Mann wollte aufbegehren. Doch Maren Köster schnitt ihm das Wort ab. „Wenn Sie das, was ich zu sagen habe, nicht hören wollen, können Sie sich ja die Ohren zuhalten. Ich würde ihnen jedoch raten, ganz genau zuzuhören, denn es geht darum, ob Sie in ein paar Tagen noch lebendig oder schon tot sein werden."

Holzer wurde blass.

„Also", begann Maren Köster von Neuem. „Wir vermuten, dieser Fischer, der *Schöne Heinrich*, wie er genannt wurde, ist von einem Killer umgebracht worden. Wir wissen, dass der zweite Mann, der noch im Koma liegt, von einer Kugel verletzt worden ist, die genau aus jener Waffe abgefeuert wurde, die auch bei der Ermordung Fischers benutzt wurde. Wir gehen weiter davon aus, dass der Killer nicht erkannt werden will. Das heißt im Umkehrschluss, jeder, mit dem der Mörder im Zusammenhang mit seinem Auftrag persönlich in Kontakt tritt, muss sterben."

Mehr musste Maren Köster nicht sagen. Denn Holzer wurde leichenblass. Tausende kleine Schweißperlen bildeten sich auf seiner Stirn. Er stand kurz vor einem Kreislaufzusammenbruch.

„Ja, ja, ja," brüllte Holzer mit Tränen in den Augen. „Ich gebe zu, ich habe das Spiel *DJK Heidental* gegen *Arminia Bielefeld* verpfiffen. Ja, ich habe das Geld von Fischer bekommen. Und das Schlimmste ist, der Killer war bei mir und hat mich massiv bedroht. Bitte, ich brauche Ihre Hilfe."

45

Eigentlich lief es mit der neuen Staatsanwältin genauso, wie Maren Köster sich eine Zusammenarbeit mit der Judikative immer vorgestellt hatte. Diese Frau Stahl begegnete ihr wertschätzend, höflich und auch verbindlich. Und doch war da etwas, das die Polizistin der Staatsanwältin gegenüber immer wieder auf Distanz gehen ließ. Nach dem Telefongespräch, das sie gerade mit Zoé Stahl geführt hatte, saß Maren Köster an ihrem Schreibtisch und sortierte ihre Gefühle. Die Staatsanwältin hatte um ein Gespräch gebeten. In der Mittagszeit hatten beide Frauen keine Termine und so hatten sie sich auf elf Uhr dreißig verabredet.

Zoé Stahl war pünktlich. Den Kaffee, den ihr Maren Köster angeboten hatte, nahm sie gerne. Nach dem ersten Schluck kam die Staatsanwältin, ohne lange um den heißen Brei herum zu reden, zur Sache.

„Wie Sie vielleicht wissen, Frau Köster", eröffnete Sie das Gespräch, „hat die Abteilung in Heidenoldendorf von Düsseldorf eine komplexe Aufgabe übertragen bekommen. Die Gruppe soll alte Fälle, bei denen es sich um das Thema Wettbetrug im weitesten Sinne handelt, neu bewerten und wenn die handelnden Ermittler es als sinnvoll erachten, sollen sie die Ermittlungen erneut aufnehmen."

„Okay", äußerte Maren Köster sich bedenklich.

Jetzt bin ich aber mal gespannt, dachte sie und verspürte eine beachtliche Portion Misstrauen. Versuchte diese Emotion jedoch nicht nach außen zu kehren.

„Da ich sowohl mit Ihrem Fall vertraut bin, als auch mit der Leitung der Heidenoldendorfer Gruppe betraut," referierte die Staatsanwältin weiter, „bin ich, was beide Fälle angeht, auf dem jeweils neuesten Stand".

Sie machte eine rhetorische Pause, um Maren Köster die Möglichkeit der Erwiderung zu geben. Doch die schwieg und signalisierte Aufmerksamkeit.

„Lange Rede, kurzer Sinn" fuhr Zoé Stahl mit ihren Ausführungen fort, „gestern habe ich mir alle Unterlagen noch einmal angesehen und neu bewertet. Dabei bin ich zu der Einschätzung gekommen, dass es eine Menge Überschneidungen gibt. Dies hat mich dazu veranlasst, mich mit dem Innenministerium in Verbindung zu setzen, um mir das Okay für die Zusammenführung der beiden Ermittlungen zu holen."

Maren Köster blies Luft aus ihrer Lunge. Die Vorstellung, dass ihr früherer Kollege Schulte, anarchisch wie eh und je, jetzt wieder in ihrem Fall herumwuselte und einen Alleingang nach dem anderen starten würde, machte sie nicht gerade glücklich.

„Die Teamleitung der Heidenoldendorfer Gruppe hat Frau Vahlhausen übernommen. Wenn Sie, Frau Köster, sich also bereit erklären, meinen Vorstellungen zu folgen, dann würde ich Sie bitten, sich mit der Kollegin in Verbindung zu setzen, um die Aktenlage auszuwerten und um die nötigen nächsten Schritte festzulegen", schlug die Staatsanwältin vor.

Okay, dachte Maren Köster, Schulte ist also nicht die federführende Person. Und mit Adelheid Vahlhausen hatte sie bisher zwar wenig Berührungspunkte gehabt. Aber dort, wo eine Zusammenarbeit stattgefunden hatte, war diese ohne Probleme über die Bühne gegangen.

„Können Sie sich mit meinem Vorschlag anfreunden, Frau Köster, oder hegen Sie Bedenken?"

Na prima, war der erste Gedanke, der Maren Köster kam. Die Staatsanwältin machte ihr ein Angebot, dass sie nicht ablehnen konnte. Gab ihr aber gleichzeitig das Gefühl, den Prozess gestalten zu können. Nicht dumm, die Kleine.

„Habe ich eine Wahl?", fragte sie nach ihren Überlegungen.

„Wenn Sie einen anderen Vorschlag haben, reden wir darüber", entgegnete Zoé Stahl.

Du kleines Biest, lag Maren Köster auf der Zunge. Doch sie hielt sich besser zurück und überlegte ihr weiteres Vorgehen.

Dann ergriff sie noch einmal das Wort, denn das, was sie noch zu sagen hatte, musste raus. „Bei aller Wertschätzung meinem alten Kollegen gegenüber, aber eines bereitet mir immer noch Ungemach: Bisher tauchte mein alter Kollege Schulte immer wieder unangekündigt in meinem Vorgarten auf und zertrat oft die zarten Pflänzchen der Ermittlungsarbeit, die meine Leute und ich zuvor mühevoll gesät hatten."

Die Staatsanwältin grinste schief. „Ich kann Ihnen natürlich nicht versprechen, dass unser aller Kollege nicht auch dieses Mal irgendwann über den Zaun steigt und wieder auf den Pflänzchen herumtritt. Doch ich denke, Adelheid Vahlhausen hat die Truppe und auch Schulte gut im Griff. Das verringert die Gefahr seiner Alleingänge."

Nochmals lies Maren Köster Luft aus ihrer Lunge entweichen. Sie nickte. „Gut, versuchen wir es. Ich schlage vor, ich setzte mich zeitnah mit Adelheid Vahlhausen und Ihnen zusammen. Dann legen wir die gemeinsame Marschrichtung fest."

46

„Herr Sauer, hören Sie mich?" Immer wieder diese Stimme. Sie kam immer wieder, wurde lauter und klarer. Zum Teufel mit ihr, er wollte seine Ruhe haben, wollte wieder wegsickern, zurück in den warmen Frieden eines tiefen Schlafes. Tief und traumlos. Doch diese Stimme ließ nicht locker. Er öffnete die Augen einen kleinen Spalt, schloss sie aber gleich wieder, weil das Licht zu grell war. Günther Sauer wachte nicht aus seinem normalen Schlaf auf, er wurde aus dem künstlichen Koma zurück an die helle, grelle und unbarmherzige Oberfläche dieser Welt geholt. Er wehrte sich, wollte nicht, aber irgendwann hatten sie ihn soweit und er lag mit offenen Augen und wiedererwachtem Verstand im Krankenbett. Auf einem Stuhl neben seinem Bett saß ein bulliger Mann in komplett weißer Tracht. Auch wenn Sauers Denkfähigkeit erst zu einem Viertel wiederhergestellt war, wusste er, dass es sich um einen Arzt handeln musste. Der schaute ihn immer wieder prüfend an.

„Alles in Ordnung, Herr Sauer?", fragte der Arzt. „Mein Name ist Doktor Wannenmacher und ich bin hier der Oberarzt. Es ist Samstag, der einundzwanzigste März. Wie geht es Ihnen jetzt?"

Sauer hatte keine Ahnung, wie es ihm ging. Darüber musste er sich erst mal Gedanken machen und das war gerade gar nicht so einfach. Selbst das Sprechen fiel ihm nach dieser langen Zeit totaler Schweigsamkeit schwer. Es war mehr krächzen als sprechen, als er äußerte: „Was war los? Wo bin ich?"

Der bullige Arzt lächelte ihn an und klärte ihn auf.

„Seit fast zwei Wochen?" Sauer war sich immer noch nicht sicher, ob dies alles Realität oder Traum war. „Ich war solange im Koma?"

Der Arzt nickte und erläuterte: „Sie waren so geschwächt, dass wir keine andere Wahl als das künstliche Koma hatten. Und das war auch gut so. Jetzt sind Sie wieder wohlauf. Jedenfalls machen uns Ihre Werte Mut. Sie werden wieder ganz gesund, versprochen. Aber nur, wenn Sie von nun an vernünftig sind und keine Dummheiten mehr machen. Haben Sie Vertrauen zu uns, wir wollen nur Ihr Bestes."

Sauer brauchte eine Weile, um auch dies zu verkraften. Dann stand der Arzt auf und sagte: „Ich muss jetzt zu den anderen Patienten. Die Pflegerin kommt gleich. Die wird sich um Sie kümmern. Wir sehen uns heute Abend bei der Visite. Bis dann."

Schritt für Schritt kam Sauers Verstand wieder in Schwung. Wie ein großes, eingerostetes Rad, das erst klemmt, sich dann laut knirschend in Bewegung setzt und langsam beschleunigt, bis es volle Geschwindigkeit erreicht hat. Er schaute sich um und stellte fest, dass er allein im Zimmer lag. Allein, aber alles andere als frei. Eine Menge Schläuche verbanden ihn mit hängenden Plastikflaschen und irgendwelchen Messgeräten. Da er noch sehr schwach war, versuchte er erst gar nicht, die Bettdecke wegzuziehen und nachzuschauen, wie er untenherum aussah. Hätte er das getan und dabei festgestellt, dass er eine Art Pampers trug, wäre es um sein sowieso stark angeknackstes Seelenheil völlig geschehen gewesen. Zu seinem Glück blieb er einfach so liegen, wie er aufgewacht war.

Plötzlich quoll ein Gedanke hoch, breitete sich aus und ließ sich nicht mehr abschütteln. Das Auto – das Geld – Schulte. Diese Kombination elektrisierte ihn förmlich und machte ihn unruhig. Dabei war ihm gar nicht wirklich klar, worum es ging. Es dauerte und dauerte, bis ihm die Zusammenhänge wieder bewusst wurden. Dann wäre er am liebsten aus dem Bett gesprungen, aber schon der Versuch, die Arme anzuheben, scheiterte an seiner entsetzlichen Schwäche. Er fühlte sich erbärmlich, hätte heulen können, sackte ab in ein tiefes Loch und fiel schließlich in einen unruhigen Traum. Er spürte nichts davon, dass die Pflegerin kurze Zeit darauf zu ihm kam, die Instrumente kontrollierte und die Bettdecke glattstrich.

47

Heute würde die erste gemeinsame Besprechung stattfinden. Die Polizisten des Kommissariats Gewaltverbrechen der Kreispolizeibehörde Lippe trafen sich mit den Polizisten der Sonderabteilung *Lippisch-Sibirien*, wie diese mittlerweile von jedem Mitglied der Exekutive NRWs genannt wurde.

Und die Polizisten kamen nicht etwa in einem der Besprechungsräume der Kreispolizeibehörde Lippes, sondern im großen Saal der Außenstelle *Obernkrug* zusammen. Schließlich musste gewährleistet sein, dass die nötigen Abstände zwischen den einzelnen Polizisten gewahrt blieben. Corona ließ grüßen. An diesem legendären Treffen durfte natürlich Schulte, das war ihm sofort klar, nicht fehlen.

„Scheiß was auf Risikoperson", hatte er zur Staatsanwältin gesagt. „Es gibt Dinge im Leben, die darf man einfach nicht verpassen. Schon gar nicht diese Besprechung. Endlich gehören wir wieder dazu, nachdem man uns völlig vergessen hatte."

„Vergessen?" Die Staatsanwältin lachte. „Keine Sorge. Diese Abteilung ist in der gesamten NRW-Polizei berühmt und berüchtigt. Die kennt jeder."

Langsam trudelten die Kollegen von der Bielefelder Straße im *Obernkrug* ein. Auch Rosemeier hatte sein Homeoffice unterbrochen. Er hatte alkoholfreies Bier im Anstich. Als alle anwesend waren, ergriff Adelheid Vahlhausen das Wort. Gemeinsam mit Maren Köster stellte sie den Fall vor und erörterte den Ermittlungsstand. Im Anschluss daran referierte die Teamleiterin der Abteilung *Lippisch-Sibirien* über die ihnen vom Innenministerium übertragenen Aufgaben und das bisherige Vorgehen in dieser Angelegenheit. Adelheid Vahlhausen schloss ihren Bericht mit der Ankündigung eines Referats, das Marco van Leyden halten sollte.

Der ließ sich auch nicht lange bitten, sondern erläuterte souverän Fakten und Zahlen. So berichtete er zunächst, dass in Deutschland formal alle im Internet platzierten Sportwetten bei einem privaten Wettanbieter quasi illegal seien, man sich also auf jeden Fall in einer rechtlichen Grauzone bewege.

Sportwetten privater Anbieter würden im Moment nur geduldet, weil es vielerlei gerichtliche Mängel gegeben habe. Der Europäische Gerichthof habe sich dahingehend geäußert, dass man Sportwetten-Anbieter nicht damit bestrafen könne, ihnen die Lizenz zu verweigern, weil derzeit einige gerichtliche Verfahren ausgesetzt wurden. Alleine auf dem quasi legalen Sportwetten-Markt, so referierte van Leyden weiter, würden aktuell ca. 500 Milliarden Euro umgesetzt. Bei der Größenordnung dieser Beträge sei es also kein Wunder, dass Wettbetrug längst zu einem florierenden Geschäftszweig der organisierten Kriminalität geworden sei. Anschließend ging van Leyden direkt auf Vorgehensweisen beim Wettbetrug rund um den Fußball ein.

„Gerade Spiele, die in der Öffentlichkeit nicht so einen hohen Stellenwert haben, sind exakt deshalb oft Gegenstand hoher Wetten", referierte er. „Siehe das Spiel *DJK Heidental* gegen *Arminia Bielefeld*. Platziert werden solche illegalen Wetten zwar auch in Deutschland, aber vor allem auf dem asiatischen Markt. Gesetzt wird bei Sportwetten mittlerweile auf fast alles, Eckbälle, Freistöße, Gelbe Karten und so weiter und so fort. Diese Vorgehensweise macht das Betrügen einfacher."

Hier unterbrach van Leyden, um kurz Luft zu holen.

„Aber das alles, was ich bis jetzt berichtet habe, ist trallala. Mir ist der Draht aus der Mütze geflogen, als ich mich in den Sumpf der illegalen Wettbüros begeben habe. Ich will hier nicht alle Widerwärtigkeiten erörtern. Die perfidesten Wetten in unserer Region sind die bei illegalen Autorennen. Da kannst du nicht nur auf Sieg setzen, sondern auch, ob das Rennen von der Polizei gestoppt wird, ob ein Unfall passiert, wo ein Unfall passiert und darüber hinaus, ob den Fahrern dieser illegalen Rennen ein tödlicher Unfall widerfährt oder nicht. Sogar, ob ein unbeteiligter Passant ums Leben oder zu Schaden kommt, wird hier den Quoten unterworfen. 2018 stieg die Zahl der Toten bei illegalen Autorennen auf fünf. Die Polizei in NRW hat in den ersten drei Monaten des Jahres 2019 mehr solcher illegalen Rennen geahndet, als im gesamten Vorjahr. Ich möchte nicht wissen, wie viele Autoverrückte ihr Leben lassen mussten, weil sich irgendwelche windige Typen durch Manipulation einen Wettvorteil verschafft haben. Denn bei solchen Wetten geht es um richtig viel Geld. Und noch ein kleiner Hinweis zum Schluss: An diesen Wettmachenschaften bei illegalen Autorennen ist bis jetzt keine Polizeibehörde dieser Welt dran, um diesen Verbrechern das Handwerk zu legen."

48

Maren Köster war zwar keine explizite Langschläferin, aber der Montagmorgen war auch für sie stets eine Herausforderung. Es war neun Uhr und sie betrat gerade das Krankenzimmer von Günther Sauer. Bei Dienstbeginn hatte sie die Nachricht bekommen, dass Sauer vernehmungsfähig sei, und sie hatte sich sofort auf den Weg gemacht. Von dieser Vernehmung hing viel ab, schließlich war dieser Mann ihre einzige authentische Quelle. Und sie hatte bereits viel Zeit dadurch verloren, da sie Sauer bislang nicht befragen konnte. Pauline Meyer zu Klüt, die sie begleitete, blieb, an eine Fensterbank gelehnt, stehen, während Maren Köster zwar direkt auf Günther Sauer zuging, aber doch in einigem Abstand vor seinem Bett stehen blieb. Beide Frauen trugen die vorgeschriebene Gesichtsmaske und fühlten sich damit unwohl.

„Ich darf Ihnen leider nicht die Hand zum Gruß geben", begann sie das Gespräch mit einem schiefen Lächeln. „Sie wissen ja …, Corona."

„Nee, weiß ich nicht so richtig", erwiderte Sauer, dessen Stimme bereits wieder ihre volle Kraft erreicht hatte. „Aber man hat mir von diesem Corona erzählt und dass sich in den letzten zwei Woche die Welt komplett verändert hat. So richtig glauben kann ich es noch nicht."

„Das kann ich mir gut vorstellen", sagte Maren Köster verständnisvoll.

Sie zog einen Stuhl zu sich und setzte sich, immer noch im gebührenden Abstand, ans Bett.

„Herr Sauer, Sie haben eine schlimme Zeit hinter sich, aber ich hoffe, es gelingt uns gemeinsam Ihr Problem zu lösen."

„Mein Problem?", fragte Sauer. „Was für ein Problem?"

„Na ja", erwiderte Maren Köster erstaunt über diese Frage. „Immerhin hat jemand ganz gezielt auf Sie geschossen. Und wir wissen noch nicht, wer das war, warum er das getan hat und, ob er das wieder tun wird, sobald sich eine Gelegenheit dazu ergibt. Also, ich würde das an Ihrer Stelle schon als Problem sehen, finden Sie nicht?"

„Das war irgendein Spinner", sagte Sauer und drehte sich zur anderen Seite. „So was kommt vor. Der hat mich längst vergessen. Ich kenne ihn jedenfalls nicht."

Maren Köster glaubte, nicht richtig gehört zu haben. Sie schaute verblüfft zu ihrer Kollegin, aber auch die zuckte nur ratlos mit den Schultern.

„Dann sollten Sie aber wissen", fuhr sie mit leichter Schärfe in der Stimme fort, „dass in der Nacht von Mittwoch auf Donnerstag letzter Woche ein gewisser Heinrich oder auch Henry Fischer ermordet worden ist."

Wie vom Blitz getroffen, drehte Sauer sich wieder um und starrte ihr, sichtbar schockiert, ins Gesicht.

„Der *Schöne Heinrich*?", fragte er mit belegter Stimme. „Ermordet?"

„Ja", setzte Maren Köster ihre Aufklärung fort. „Er wurde erschossen. Und jetzt halten Sie sich gut fest: Er wurde mit derselben Waffe erschossen, mit der auch Sie angeschossen wurden. Zufall? Wohl kaum. So viel zu der Frage, ob Sie ein Problem haben oder nicht."

Da Sauer nicht antwortete, sondern sie weiterhin anstarrte, als schaue er in sein offenes Grab, stellte sie die nächste Frage: „Es ist nun wirklich nicht zu übersehen, dass Sie diesen Heinrich Fischer oder den *Schönen Heinrich*, wie Sie ihn nennen, gut gekannt haben. Streiten Sie das bitte gar nicht erst ab. Was hatten Sie mit ihm zu tun? Wo ist die Verbindung?"

„Ich …", Sauer stammelte und unterbrach sich selbst. „Ich habe ihn ab und zu mal in der Kneipe getroffen, mehr nicht. Der *Schöne* …, also Henry, war schon ein auffälliger Typ. Er war immer wie aus dem Ei gepellt, fand sich selbst am schönsten. Eigentlich war er ein Großmaul, aber bei vielen Leuten kam das gut an. Vor allem bei den Frauen, da hatte er wirklich ein Händchen. Aber viel mehr weiß ich von ihm auch nicht. Wie gesagt, eine lose Thekenbekanntschaft, mehr nicht."

„Machen Sie mir nichts vor", fuhr Maren Köster ihn nun scharf an. „Ich habe schon Hunderte Verhöre geführt und glauben Sie mir, ich merke es, wenn jemand blufft. Und Sie bluffen so schlecht, dass es schon wehtut. Überlegen Sie gut, Herr Sauer. Wenn irgendwer Sie vor einem weiteren Mordanschlag schützen kann, dann sind wir das. Wir sind nicht Ihre Gegner, wir sind Ihre Chance aufs Überleben. Ist Ihnen das nicht klar?"

Wieder wandte Sauer sein Gesicht ab. Es dauerte eine Weile, bis er das Gespräch fortsetzte. „Okay, ich habe ab und zu kleine Jobs für ihn gemacht. Er hatte ja diese Agentur für Sportwetten und da fielen schon mal kleinere Arbeiten an. Botengänge, ein bisschen Büroarbeit, Handwerkeraufgaben und so weiter. Nichts Aufregendes. Aber er hat meistens gut bezahlt und ich brauchte immer Geld. So kommt man zusammen, auch ohne, dass man befreundet ist."

„Aha", fasste Maren Köster ironisch zusammen. „Und bei einem dieser kleinen Jobs haben Sie sich einen gemeinsamen kleinen Feind zugezogen, der auch vor Mord nicht zurückschreckt? Herr Sauer, ich sage Ihnen auf den Kopf zu, dass Sie und Henry Fischer irgendwas gedreht haben und dass Sie damit irgendjemandem böse auf die Füße getreten sind. So böse, dass er nun versucht, Sie beide aus dem Weg zu schaffen. Bei Fischer hat er das bereits geschafft, bei Ihnen wird er das mit großer Wahrscheinlichkeit erneut versuchen, sobald Sie hier raus sind.“

Doch Sauer zeigte keine Reaktion. Er lag weiterhin auf dem Rücken, starrte Löcher in die Zimmerdecke und sprach kein Wort. Also versuchte Maren Köster es mit einem anderen Thema: „Sie haben nun zweimal versucht, mit meinem Kollegen Schulte Kontakt aufzunehmen. Was Sie beide verbindet, ist mir bekannt, darüber wollen wir jetzt nicht sprechen. Mich interessiert vielmehr, was der jeweils aktuelle Anlass war. Was wollten Sie bei ihm, als Sie angeschossen wurden und was, als Sie hier ausgebüxt und auf diesem Parkplatz zusammengebrochen sind? Und kommen Sie mir nicht damit, dass Sie ihn nur mal sehen wollten, weil er so ein hübscher Kerl ist.“

Aber Günther Sauer hatte dichtgemacht, die Vorhänge zugezogen. Sie kam nicht mehr an ihn heran. Nach einer ganzen Weile angespannten Schweigens stand sie auf, stellte den Stuhl wieder dahin, wo sie ihn hergeholt hatte und machte Anstalten, den Raum zu verlassen. Als sie sah, dass Sauer sich allein dadurch sichtbar entspannte, ging sie wieder näher an ihn heran und raunte: „Machen Sie sich nichts vor, Herr Sauer. Sie sind nicht nur Opfer eines Problems, Sie sind Teil eines Problems.

Und uns sind Sie noch lange nicht los. Ich verspreche Ihnen, wenn Sie hier rauskommen, dann werden Sie mehr Zeit im Befragungsraum der Kreispolizeibehörde verbringen als zu Hause. Und ob Sie es glauben oder nicht, es wird zu Ihrem eigenen Besten sein. Denken Sie mal darüber nach. Ich wünsche Ihnen gute Erholung."

49

Einen Vorteil hat so ein Homeoffice, dachte Schulte, man kann sich nach dem Mittagessen mal eine Stunde aufs Ohr hauen. Merkt ja keiner. Solange er das Telefon hörte oder dieses nervige Geräusch, wenn sein Dienst-PC eine Videokonferenz ankündigte, war alles gut. Er konnte ja jederzeit wieder aufstehen. Sein Hund stöberte derweil allein draußen herum. Auf dem großen Hof war er gut aufgehoben und Linus hatte meist ein Auge auf ihm. Da er nicht zur Schule musste, wusste er nicht so recht, was er mit sich und seiner neuen, schier endlos erscheinenden Freizeit anfangen sollte. Aber seinen Opa ließ er weitgehend in Ruhe. Nicht nur mittags wegen Schultes Siesta. Die Pubertät war nun nicht mehr ein gelegentlich aufflackerndes Phänomen, sondern ein beherrschendes Element im Fühlen und Denken des Jungen geworden. In dieser Lebensphase verliert ein Opa vorübergehend dramatisch an Attraktivität. Aber Linus hatte ja seinen neuen Kumpel Rafael und war somit gut versorgt.

Aus dem Küchenfenster sah Schulte Anton Fritzmeier zu, der gerade das Pflaster vor dem Eingang seines Hofladens fegte. Der Hofladen war geschlossen und offenbar hatte Fritzmeier Langeweile. Wo nimmt dieser alte Kerl nur seine Energie her? Diese Frage stellte Schulte sich nun bereits seit vielen Jahren und war immer noch nicht zu einem Ergebnis gekommen. Fritzmeier schien unerschöpfliche Ressourcen zu besitzen. Sein Akku lud sich aus einer Quelle, die Schulte nicht kannte, immer wieder neu auf, wenn er, was selten vorkam, mal eine kurze Schwächephase hatte. Kopfschüttelnd legte Schulte sich aufs Sofa und dämmerte langsam weg.

Er hatte vielleicht eine Viertelstunde eher gedöst als geschlafen, als es klingelte. Das Geräusch kam nicht von seinem Telefon, nicht vom PC, es kam von der Haustür. Wahrscheinlich Linus, dachte Schulte. Oder Fritzmeier, der ein Schwätzchen halten will. Leise fluchend stand Schulte auf, strich sich mit den Fingern eine Haarsträhne aus dem Gesicht, suchte seine Hausschuhe und schlurfte dann zur Tür.

Draußen stand ein Mann in Schultes Alter, von etwa gleicher Körpergröße, aber schlanker. Ein mächtiger Seehund-Schnurrbart zierte ein von einem ausschweifenden Leben gezeichnetes Gesicht. Schulte kannte dieses Gesicht eigentlich nur lebhaft und solariengebräunt. Aber nun war es blass und unter den Augen lagen dunkle Schatten.

„Der *Windhund*", rief Schulte erstaunt aus. „Was machst du denn hier? Ich dachte, du liegst noch im Tiefschlaf."

Er machte einen Schritt zur Seite, um Günther Sauer hereinzulassen.

„Komm schnell rein! In letzter Zeit wird ja schon mal auf dich geschossen, wenn du mich besuchen willst."

Offenbar fand Sauer das nur begrenzt lustig, denn er sagte dazu nichts. Er folgte Schulte in die Küche.

„Darf ich eigentlich gar nicht", kommentierte Schulte sein Verhalten. „Du weißt ja – Corona."

„Wenn sich hier einer in Gefahr begibt, dann bin ich das", erwiderte Sauer und suchte sich im Schult'schen Chaos einen freien Stuhl. „Ich habe schließlich vierzehn Tage in Quarantäne gelegen, sogar im Einzelzimmer und hatte keine Gelegenheit, mich irgendwo anzustecken. Sie sind der potenzielle Virusüberträger, nicht ich."

Schulte winkte ab und setzte sich ebenfalls. „Erzähl!", befahl er. „Was führt dich zu mir?"

Sauer sah ihn erstaunt an.

„Das fragen Sie? Mein Auto will ich holen. Sie haben es doch abgeholt, oder? Wo ist es?"

Schulte schaute ihn prüfend an. „Kannst du überhaupt fahren? Du siehst eher aus, als würdest du gleich vom Stuhl kippen. Brauchst du einen Kaffee? Übrigens, wieso haben sie dich eigentlich schon rausgelassen?"

Sauer schüttelte den Kopf und sagte: „Das sieht schlimmer aus, als es ist. Geht schon. Und aus dem Krankenhaus bin ich auf eigene Verantwortung entlassen worden, gegen den ärztlichen Rat, wie das so schön heißt. Also, wo ist das Auto?"

Schulte drückte den Rücken durch, bevor er antwortete: „So nicht, mein Lieber. Wir können nicht einfach so zur Tagesordnung übergehen. Du kommst zu mir, warum auch immer, und wirst vor meinen Augen angeschossen. Da interessiert mich schon, welche Rolle ich dabei spielen sollte. Dann brichst du aus dem Krankenhaus aus, eine echte Wahnsinnsaktion, und rufst wiederum mich zur Hilfe, als es dir dreckig geht. Ich rette dir vermutlich das Leben, weil ich ohne Zögern den Notarzt gerufen habe, dann haue ich mir die Zeit um die Ohren, um deine Klapperkiste von Auto abzuholen und muss auch noch das Geld für die Auslösung vorstrecken. Meinst du nicht, dass ich das Recht habe, ein bisschen mehr zu erfahren?"

„Schon möglich", antwortete Sauer und wirkte leicht verlegen. „Aber lassen Sie uns das ein andermal in Ruhe besprechen. Ich habe jetzt absolut keine Zeit. Also, die Schlüssel bitte."

Wieder schaute Schulte ihn lange an.

„Willst abhauen, stimmt's? Untertauchen. Weil du Angst hast, dass dieser kleine Mann mit dem scheußlichen Regenmantel wiederkommt. Weil der immer noch nicht hat, wonach er sucht. Liege ich richtig?"

„Bullshit!", rief Sauer. „Es ist mein Auto und ich will es wiederhaben. So einfach ist das. Ich bin Ihnen dankbar dafür, dass Sie es geholt haben und das Geld werden Sie in den nächsten Tagen auch zurückbekommen. Aber damit ist's auch gut. Bauschen Sie hier nicht irgendwas auf, wo nichts aufzubauschen ist."

Kopfschüttelnd stand nun auch Schulte auf und schlurfte zu einem Schrank, in dem er seine Lebensmittelvorräte aufbewahrte. Er kam zurück und überreichte Sauer ein Schlüsselbund.

„Hier! Werde glücklich damit, du Blödmann. Aber beschwer dich nicht, wenn du tot über deinem Lenkrad hängst. Mit einem sauberen Loch in der Stirn. Der kleine Mann im Regenmantel kann ziemlich gut schießen, glaub mir. Er hat dich nicht verfehlt letztens, er wollte es genauso haben. Warum auch immer."

Sauer hielt es offenbar nicht für nötig, darauf zu antworten. Mit eisiger Miene nahm er die Schlüssel entgegen.

„Das Auto steht in der Scheune, die du da vorn siehst", erklärte Schulte. „Das Scheunentor ist offen, du musst es nur zur Seite schieben. Viel Glück!"

Schulte sah ihm hinterher, bis Sauer in der Scheune verschwand. Dann wandte er sich kopfschüttelnd vom Fenster ab. Er wartete auf das Geräusch eines abfahrenden Autos, aber das kam nicht. Minutenlang nicht. Stattdessen kam Sauer zurück. Er wirkte völlig aufgelöst.

„Wo ist der Koffer?", rief er. „Was haben Sie mit dem Koffer gemacht?"

Schulte blieb völlig gelassen. „Du meinst den schwarzen Aktenkoffer, der in deinem Auto versteckt war?"

„Ja, verdammt. Wo ist der?"

„War er denn so wichtig, dieser Koffer?", fragte Schulte provozierend.

„Das geht Sie gar nichts an", schrie Sauer. „Ich will den Koffer wiederhaben."

Nun wurde auch Schulte laut und herrschte den *Windhund* im Befehlston an: „Halt den Mund und setz dich hin! Jetzt hörst du mir mal zu. Und zwar ohne mich zu unterbrechen."

Als Sauer saß und ihn wütend anstarrte, drehte Schulte eine Runde um den Küchentisch, bevor er loslegte. „Ich habe den Koffer ganz zufällig gefunden. Ich habe nicht danach gesucht. Das musst du mir einfach glauben. Aber ich bin dadurch jetzt in der Lage, mir so einiges zusammenzureimen. Halt die Polizei nicht für dümmer, als sie ist. Du weißt, dass Henry Fischer tot ist?"

Sauer nickte wortlos, Schulte fuhr fort: „Dann brauchst du nicht viel Fantasie, um dir auszumalen, was dir bevorsteht. *Windhund,* ich habe in dem Koffer viel, viel Geld gesehen und auch diesen Wettschein. Mag ja sein, dass diese Sportwette im formalen Sinn legal abgelaufen ist und das Geld dir tatsächlich zusteht. Dir oder Fischer oder euch beiden. Aber das sieht der kleine Mann mit dem Regenmantel offenbar ganz anders. Und nur auf den kommt es jetzt an."

Schulte wartete ab, welche Reaktion seine Worte hervorriefen. Aber Sauer schwieg und schaute nur böse auf den Küchentisch.

„Das Geld sollst du kriegen, wenn es dir zusteht. Dein Auto sowieso. Die alte Kiste steht hier mächtig im Weg. Aber das Geld ist zurzeit bei mir besser aufgehoben als bei dir, glaub mir. Ich kann es besser schützen."

„Wo haben Sie es denn versteckt?"

„Das musst du nicht wissen. Was du nicht weißt, kannst du auch nicht ausplaudern. Es muss genügen, dass es in Sicherheit ist, basta. Wer nicht in Sicherheit ist, bist du. Ich hatte in den letzten Tagen genug Zeit, um ein bisschen über dich und deine Situation nachzudenken und kann nur sagen, dass ich ums Verrecken nicht in deiner Haut stecken möchte. Um deine nächste Geburtstagsparty musst du dir keinen Kopf mehr machen, dass könnte sich bis dahin erledigt haben. Es sei denn, du wirfst endlich das bisschen Verstand an, was dir noch geblieben ist und kooperierst mit uns."

Sauer zupfte nervös an seinem gewaltigen Schnurrbart, als wolle er damit dessen Wachstum beschleunigen. Dann schaute er zu Schulte hoch und fragte: „Und was erwarten Sie von mir?"

Schulte drehte eine neue Runde um den Tisch.

„Wir müssen den Regenmantelkiller und eventuell auch die Leute, die hinter ihm stehen, aus der Reserve locken. Wer oder was könnte der Köder sein, nach dem sie schnappen? Du! Nachdem dein *Schöner Heinrich* tot ist, werden sie sich, da wette ich meinen Arsch drauf, erneut für dich interessieren. Für dich gibt es jetzt zwei Möglichkeiten, wenn du das alles überleben willst."

Erst nach einer kurzen Kunstpause sprach er weiter: „Entweder ich verhafte dich hier auf der Stelle und nehme dich in Schutzhaft. Dann wärst du erst mal verhältnismäßig sicher. Aber das können wir nicht lange aufrechterhalten und irgendwann stehst du wieder vor dem alten Problem. Verstehst du?"

Schulte stoppte seine Runden um den Tisch herum und blieb direkt hinter dem sitzenden Sauer stehen.

„Oder, und dies hielte ich für die bessere Variante, du stellst dich als Köder zur Verfügung. Du …"

„Köder?", Sauer schlug mit der flachen Hand auf die Tischplatte. „Mich hat beim Angeln immer schon das Schicksal des Köders gestört. Selbst wenn der Fisch anbeißt und sich dann wieder losreißt, geht der Köder dabei drauf. Da passt was nicht. Vergessen Sie es!"

Schulte wartete kurz, bis sich Sauer wieder etwas beruhigt hatte.

„Ich gebe zu, du hast in etwa die Wahl zwischen Pest und Cholera. Ist beides wenig reizvoll. Aber deine Überlebenschance wird signifikant größer, wenn es uns mit deiner Hilfe gelingt, diesen Killer zu fassen. Sonst wirst du für den Rest deines Lebens, und das kann unter Umständen sehr kurz sein, nachts von kleinen Männern im Regenmantel träumen. Du hast die Wahl. Mein Vorschlag lautet: Du zeigst dich kurz in der Öffentlichkeit und bleibst dann eisern in deiner Wohnung. Ist ja heutzutage nichts Ungewöhnliches. Corona-Quarantäne eben. Fällt keinem auf. Wir stellen dir Tag und Nacht eine Wache vor die Tür und greifen sofort ein, wenn es brennt. Das ist alles nicht so richtig gesetzeskonform, gebe ich zu. Genauso wenig wie dein Besuch hier während der Corona-Kontaktsperre. Aber was Besseres fällt mir nicht ein. Was meinst du?"

Resigniert blickte Sauer zu ihm hoch und sagte entmutigt: „Schulte, Sie sind ein verdammter Drecksack."

Lachend klopfte Schulte ihm auf die Schulter und sagte: „Damit hast du den Nagel genau auf den Kopf getroffen, mein Lieber. Ich hätte es nicht schöner ausdrücken können."

50

Günther Sauer sah aus dem Fenster seiner kleinen Wohnung in der Südholzstraße. Viel zu sehen gab es nicht, denn seine Fernsicht wurde vom Dach des gegenüberliegenden Hauses begrenzt. Auf der Straße war es ruhig wie nie zuvor, obwohl es ein Werktag war und zu dieser Uhrzeit normalerweise der beginnende Feierabendverkehr von der Lageschen Straße her genervt hätte. Heute nicht. Heute fuhr nur gelegentlich ein Auto vorbei, es war still wie sonst am Sonntagvormittag. Der Corona-*Shutdown* hatte die ganze Welt in Watte gepackt, es war unwirklich, aber auch faszinierend. Da alle in ihrer Bude hockten, fiel es scheinbar niemandem auf, dass den ganzen Tag über ein Auto vor dem Haus stand, in dem ein Mann in Zivil saß und so tat, als würde er den Stadtplan studieren. Auch, dass alle paar Stunden ein Wechsel stattfand, ein anderes Auto mit einem anderen Fahrer die Rolle übernahm, bekam niemand mit. Sauer wusste nicht recht, was er von dieser polizeilichen Obhut halten sollte. War es wirklich zu seinem Schutz gedacht oder zu seiner Überwachung? Sauer traute diesem Schulte alles zu. Und würde diese Art von Personenschutz auch funktionieren, wenn es brenzlig wurde? Sauer war sich da nicht so sicher.

Er öffnete eines der beiden Fenster und ließ eine Wolke von Zigarettenqualm nach draußen entweichen. Dann schaute er sich resigniert um. Wohnst du noch oder lebst du schon? Dieser Werbespruch ging ihm durch den Kopf. Wohnen als Ausdruck von Lebensart und Erfolg, so war das ja wohl gemeint. Auf seine Wohnung übertragen, wäre das Grund genug für eine tiefe Sinnkrise, fand er und zeigte diesem Slogan innerlich den Stinkefinger. Das einzig respektable Möbelstück war der große Fernseher, der Rest war eher trostlos. Wenn Günther Sauer mal eine Frau von sich überzeugen konnte, dann hatte er es tunlichst vermieden, sie mit in seine Wohnung zu nehmen. Sein Liebesleben hatte sich stets irgendwo anders abgespielt. Ihm selber war das Chaos seiner Wohnung eigentlich völlig schnuppe. Das verband ihn mit Schulte, bei dem es nicht besser aussah. In diesem Punkt waren die beiden Männer Seelenverwandte. Aber sonst? Konnte er Schulte wirklich trauen?

Sauer ließ vor seinem geistigen Auge die Begegnungen mit Schulte Revue passieren. Der erste Zusammenprall der beiden geschah, als Sauer den Geiz-ist-Geil-Trick kultiviert und dadurch kurzfristig eine Menge Geld verdient hatte. Das war 2003. Unglaublich, wie selbst gebildete Menschen ihren Verstand in den Leerlauf schalten, wenn eine fette Rendite winkt. Aber seine Glückssträhne endete, als Schulte auftauchte. Vielleicht war das aber auch ganz gut gewesen, denn einige seiner Opfer waren offenbar zur Besinnung gekommen und wollten ihm ans Leder. Nur die Festnahme durch Schulte hatte ihn damals vor der Rache dieser Leute bewahrt. Dumm nur, dass Schulte ihn unter Druck gesetzt und ausgequetscht hatte wie eine Zitrone. Mit dem Ergebnis, dass Sauer ihm einen verdammt heißen Tipp gegeben hatte. Einen Tipp, der ihn in der ostwestfälischen

Unterwelt zum Freiwild gemacht hätte, wenn Schulte nicht so diskret damit umgegangen wäre. Dieser Polizist war ein seltsamer Vogel, fand Sauer. Schulte konnte hartnäckig sein wie ein Terrier und hatte eine sehr eigenwillige Auffassung von seiner Arbeit. Aber auch ein Typ, der zu seinem Wort stand. So hatte sich im Laufe der Jahre eine seltsame Beziehung zwischen ihnen entwickelt. Schulte war Feind und Freund zugleich, hatte ihn etliche Male aus der Patsche geholfen, aber im Gegenzug auch von Sauer profitiert. Denn Sauer, der stets zwischen den beiden Polen legal und illegal hin- und herpendelte, der nahezu jeden in dieser diffusen Halbwelt kannte, war eine zuverlässig sprudelnde Quelle für Schulte gewesen. Dafür hatte er häufig beide Augen zugedrückt. Sauer würde für Schulte nicht durchs Feuer gehen. Aber er hatte schon Schlechtere kennengelernt als diesen Bullen.

Diesmal aber war alles anders. Diesmal ging es nicht um Informationen, sondern um Geld. Um viel Geld, das sich leider nun im Besitz von Schulte befand. Wollte Schulte das Geld für sich behalten? Je mehr Sauer darüber nachdachte, desto einleuchtender erschien ihm dieser Verdacht. Es konnte gar nicht anders sein. Schulte schlug mit seinem angeblichen Plan gleich mehrere Fliegen mit einer Klappe. Er hatte Sauer vertröstet, wusste ihn gut von der Polizei überwacht und konnte in aller Ruhe das Geld irgendwo in Sicherheit bringen. War es denn all die Jahre wirklich eine Win-Win-Beziehung gewesen? Hatte nicht Schulte deutlich mehr von ihrer Zusammenarbeit profitiert? Sauers Sympathie für

Schulte wurde von Minute zu Minute stärker vom Gift seines Verdachtes zersetzt und löste sich dann völlig auf. Übrig blieb Wut. Wut auf Schulte, der ihn reingelegt, der seine Macht als Polizist schamlos ausgespielt hatte. Aber das würde Günther Sauer nicht mit sich machen lassen. Er verließ seine Wohnung, stieg das Treppenhaus hinunter und schaute vorsichtig aus der Haustür. Auf der anderen Straßenseite, aber mit guter Sicht auf Sauers Haus, stand ein Auto, in dem ein Mann mittleren Alters saß und sich gerade eine Zigarette ansteckte. Sauer schloss die Haustür und ging wieder zurück in seine Wohnung. Er hatte genug gesehen. Die Bullen waren immer noch da und würden es sofort merken, wenn er das Haus verließe. Er würde sich etwas einfallen lassen müssen.

Fast vierundzwanzig Stunden lebte Günther Sauer nun bereits mit dem nagenden Verdacht, dass Jupp Schulte ihn betrügen wollte. Die Nacht war nicht erholsam gewesen, dabei sollte er, das hatte ihm der Oberarzt im Klinikum noch mit auf den Weg gegeben, so viel schlafen wie möglich, um sich endgültig zu erholen. Aber wie konnte er schlafen, wenn ihn alle paar Minuten der Gedanke an Schultes Verrat aufschreckte? Erst gegen morgen war er in einen unruhigen Schlummer gefallen. Als er um neun Uhr aufstand, fühlte er sich wie zerschlagen. Seine Wunde schmerzte und der Kreislauf verweigerte jegliche Mitarbeit. Erst eine Tasse Kaffee brachte ihn wieder etwas in Schwung. Aber so richtig schmecken wollte ihm nichts. Er würgte gerade mal einen Toast mit Marmelade hinunter, bevor er wie ein gefangenes Tier seine Kreise im Wohnzimmer, beziehungsweise dem, was Sauer für ein Wohnzimmer hielt, zog. Mehrmals lief er durchs Treppenhaus und schaute neugierig durch einen Spalt der Haustür auf die Straße. Immer noch, quasi wie eine Spukerscheinung, parkte dort ein Auto, alle paar Stunden ein anderes. Und immer saß ein Mann darin, dem man die Langeweile und den Ärger darüber, diesen trostlosen Überwachungsjob machen zu müssen, ansah.

Als Sauer am Nachmittag wieder nachschaute, stand dort ein tiefergelegter alter Audi und am Steuer saß ein Mann, von dem Sauer nur die erstaunlich breiten Schultern erkennen konnte, denn eine aufgeschlagene Bildzeitung ließ keinen Blick auf sein Gesicht zu. Erst als sich Sauer ein paar Schritte hinauswagte und den Typen von der Seite anschaute, konnte er etwas von der Panzerknacker-Visage seines Beschützers erkennen. Probehalber winkte Sauer ihm zu, aber der Polizist in Zivil bemerkte ihn nicht und las weiter konzentriert in der Zeitung mit den vier großen Buchstaben. Wenn dieser Bulle tatsächlich so unaufmerksam ist, wie es hier den Anschein hat, dann dürfte es kein unlösbares Problem sein, aus dem Haus zu verschwinden, ohne bemerkt zu werden. Dann konnte Sauer den Plan durchziehen, der ihm schon seit Stunden durch den Kopf geisterte. Daran, dass unter diesen Umständen der Regenmantel-Killer ebenfalls unbemerkt ins Haus kommen könnte, mochte er lieber nicht denken. Er lief die Treppe wieder hoch und verschwand in seiner Wohnung. Dort schnappte er sich das Handy und wählte die Nummer von Jupp Schulte. Es dauerte eine Weile, bis Schulte sich mit einem schnoddrigen „Ja?" meldete. Sauer hielt es ebenfalls nicht für nötig, sich mit Namen vorzustellen. Sofort schoss er die erste Frage ab: „Haben Sie das Geld schon verjubelt oder liegt es noch unterm Kopfkissen?"

Einige Sekunden Stille. Dann fragte Schulte: „Sauer? Bist du das, Sauer? Verdammt, kannst du dich nicht melden, wie sich das gehört?"

Na, du bist ja auch nicht gerade ein gutes Vorbild, dachte Sauer, blökte aber: „Was ist denn nun? Kann ich noch ruhig schlafen oder nicht?"

„Keine Ahnung, wie dein Schlaf ist. Ich schlafe jedenfalls wie ein Kleinkind. Du weißt doch: Ein gutes Gewissen ist das beste Ruhekissen. Denk mal drüber nach! Übrigens kannst du so ruhig schlafen wie ich auch", antwortete Schulte. „Bei mir kommt nichts weg. Ist das alles, was du wissen wolltest? Dann kann ich ja wieder auflegen. Habe auch noch was anderes zu tun, als dummes Zeug zu schwätzen. Ich bin hier nicht privat, ich bin im Homeoffice, vergiss das nicht."

Sauer holte tief Luft. Jetzt kam es drauf an. „Das ist ja der Grund, weshalb ich anrufe. Schulte, Sie sollten sofort zu mir kommen. Im eigenen Interesse. Ich muss Ihnen etwas zeigen, was Sie interessieren wird. Sie kennen ja die Qualität meiner Tipps. Habe ich Sie schon mal enttäuscht? Es geht um eine verflucht heiße Sache. Sie erfahren als Erster davon."

„Nun mach hier keinen Eiertanz", mahnte ihn

Schulte. „Du kannst mir doch am Telefon sagen, worum es geht."

„Nein", erwiderte Sauer und versuchte, seiner Stimme einen möglichst festen Ton zu geben. „Das geht nicht übers Telefon. Ich muss Ihnen das zeigen, sonst werden Sie die Bedeutung nicht erkennen."

„Und du bist sicher, dass sich dieser Aufwand für mich lohnt?", fragte Schulte. Er schien keine große Lust zu haben, aufzustehen, sich ins Auto zu setzen und in die Detmolder Südholzstraße zu fahren.

„Unbedingt", trompetete Sauer hinaus. „Ich würde zu Ihnen kommen, aber das geht ja schließlich nicht. Mein Kindermädchen draußen vor der Tür würde Alarm schlagen. Außerdem wäre ich sowohl auf dem Hinweg wie auf dem Rückweg akut gefährdet. Wollen Sie das auf Ihre Kappe nehmen?"

Er hörte Schultes Brummen, danach dessen Antwort: „Nee, will ich nicht. Auf meine Kappe passt auch keine weitere Sünde mehr drauf. Aber glaub nicht, dass ich dich vermissen würde, wenn dir etwas passiert. Also gut, ich habe noch eine Kleinigkeit zu erledigen. Ich fahre in einer Viertelstunde los und bin dann so in zwanzig Minuten später bei dir. Falls der Detmolder Feierabendverkehr mir keinen Strich durch die Rechnung macht. Stell schon mal ein Bier kalt. Aber nicht so 'ne billige Plörre, verstehst du?"

Sauer atmete erleichtert auf, als er das Handy vom Ohr nahm. Er musste sich beeilen. Je eher er losfuhr, desto besser. Aber vorher musste er noch irgendwie diesem bildzeitungslesenden Bullen aus dem Weg gehen.

Wenn Schulte in etwa fünfunddreißig Minuten hier auftauchen sollte, dann würde er vor verschlossener Tür stehen.

Sauer warf sich eine warme Jacke über, spürte dabei wieder schmerzhaft seine noch immer nicht vollständig verheilte Wunde und eilte die Treppe hinunter. Er öffnete die Haustür nur einen Spalt und lugte vorsichtig hinaus. Der Polizist stand vor seinem Audi und stritt sich ganz offensichtlich mit einem anderen Mann, von dem Sauer wusste, dass er einer seiner Nachbarn war.

„Sie können doch nicht den ganzen Tag hier rumstehen und den Parkplatz blockieren", schimpfte der Nachbar. „Was wollen Sie eigentlich hier? Sie sehen mir ganz so aus, wie einer, der kleinen Mädchen Bonbons anbietet. Ich glaube, ich rufe mal besser die Polizei."

„Ich bin die Polizei", rief Sauers Aufpasser. „Mein Name ist Volle. Wachtmeister Volle."

Aber sein Kontrahent lachte nur laut.

„Wenn so einer wie Sie Polizist ist, dann bin ich Angela Merkel. Jetzt machen Sie endlich den Parkplatz frei, sonst rufe ich wirklich die Polizei."

Das würde wohl noch eine Weile so weitergehen, dachte Sauer und erkannte seine Chance. Er huschte an den beiden Streithähnen vorbei, sah im Heckfenster des Audis ein großes Schild mit der Aufschrift Volle Pulle und beeilte sich, zu seinem Auto zu kommen. Er hatte den alten klapprigen Škoda weiter hinten an der Straße parken müssen. Erst als er den erreicht hatte und hinter dem Lenkrad saß, ließ er etwas von dem Druck ab, der auf ihm gelastet hatte. Jetzt musste der Škoda nur noch anspringen, dann war alles gut. Aber auch das gelang und Sauer lenkte den Wagen mit einiger Mühe aus der engen Parklücke heraus. Als er endlich freie Fahrt hatte, gab er Gas und fuhr an den beiden nach wie vor laut streitenden Männern vorbei in Richtung Lagesche Straße. Dem taubenblauen Ford Mondeo, der zwei Plätze hinter seinem Škoda in der Parklücke gestanden hatte und der direkt nach ihm gestartet war, schenkte er keine Beachtung.

51

Den grauen Regenmantel hatte er schon zu Beginn der Fahrt auf den Beifahrersitz gelegt. Ebenso den Hut. Es war einfach zu warm an diesem Tag. Kein Wetter für den Mann, der so gern im Halbschatten blieb, der sich angewöhnt hatte, sein Gesicht möglichst nicht zu zeigen. Wenn ihn niemand kannte, konnte ihn auch niemand identifizieren. So einfach war das. Nun hatte er bereits eine volle Stunde in dieser Parklücke an der Südholzstraße gestanden und nichts war passiert. Das Auto seiner Zielperson, den lächerlichen knallroten Škoda Octavia, hatte er bereits gefunden und dahinter geparkt. Aber sonst gab es keine Spur von dem Mann, für den er sich aus rein professioneller Sicht interessierte. Persönlich stand er diesem Günther Sauer völlig desinteressiert gegenüber. Nichts an dem Mann fand er beachtens- oder bedenkenswert. Es war einfach nur ein Auftrag. Aber er hatte einen guten Ruf zu verlieren.

Den Ruf, seine Aufträge sauber durchzuführen, ohne dabei Spuren zu hinterlassen. Dafür musste er auch mal vollkommen unproduktive Stunden bei der Observation ertragen. Er war ein Großer in seiner Branche, weil er klein und unscheinbar war. So unscheinbar, dass er schon fast unsichtbar war. Niemand nahm ihn zur Kenntnis. Erst recht kam keiner auf die Idee, dieses graue „Männchen", diese menschgewordene Langeweile, in Verbindung mit einem professionellen Auftragsmörder zu bringen.

Fast bewegungslos saß er in seinem Auto und starrte auf den Eingang des Hauses, von dem er wusste, dass dort Günther Sauer wohnte. Mit nur geringem Interesse warf er ab und zu einen Blick zu zwei Männern, die sich direkt gegenüber der Haustür lautstark um einen Parkplatz stritten. Die beiden interessierten ihn nicht. Sein Gehirn lief energieschonend im Stand-by-Modus, es würde aber sofort auf volle Leistung schalten, sobald der richtige Impuls kam.

Und der kam, als ein Mann durch die Haustür nach draußen trat, sich prüfend umschaute, mit verdächtig schnellen Schritten an den beiden Streithanseln vorbeihuschte und in seine Richtung kam. Er erkannte Günther Sauer sofort, klappte die Sonnenblende runter, beugte sich seitlich zur Beifahrerseite und tat so, als krame er dort im Handschuhfach nach irgendetwas. Befriedigt nahm er zur Kenntnis, dass Sauer ihn nicht beachtete, in seinen Octavia einstieg, den Motor einschaltete und sich langsam aus der engen Parklücke hinausmanövrierte.

Als Sauer sein knallrotes Fahrzeug die Straße hinunterlenkte, fuhr der kleine Mann im taubenblauen Mondeo hinterher. Mit ausreichendem Abstand, wie es sich für einen Profi gebührt.

52

Schulte hatte sich Zeit gelassen. Es reizte ihn nicht besonders, sich mit Günther Sauer zu treffen. Vermutlich entpuppte sich der „heiße Tipp" als lauwarmes Gerücht. Aber es wäre verantwortungslos für einen Polizisten gewesen, sich nicht wenigstens schlauzumachen. Langsam trudelte sein mit Schlamm bespritzter Jeep Defender in die Südholzstraße ein. Da er direkt vor dem Haus Sauers keinen Parkplatz fand, musste er etwas weiter oben parken. Dort waren gleich zwei Plätze frei. Zu Fuß ging er die paar Meter bis zu einem Auto, das direkt gegenüber dem Hauseingang stand. Vor dem Auto stand ein breitschultriger Mann, der nervös eine Zigarette rauchte. Schulte traute seinen Augen nicht, als er den Mann erkannte: „Volle", rief er überrascht. „Wer hat dich denn hierhergeschickt?"

Schulte kannte Egon Volle, den, nach Meinung aller Kollegen, dümmsten Polizisten in Ostwestfalen, eigentlich nur in Uniform. Hier und jetzt, in Zivil und rauchend, wirkte er noch deplazierter als sonst. Volle starrte ihn verständnislos an und fragte verdutzt: „Wieso? Ich soll hier aufpassen, hat man mir gesagt. Dass keiner in das Haus reingeht. Und wenn, dann soll ich sofort hinterhergehen und ihn fragen, was er da drin zu suchen hat. Ist doch ganz einfach."

„Stand denn kein anderer zur Verfügung?", fragte Schulte und machte dabei aus seinem mangelnden Vertrauen in Volles Leistungsfähigkeit keinen Hehl. Doch sein Gegenüber plusterte sich auf und antwortete mit Stolz in der Stimme: „Ich bin für solche Aufgaben besser geeignet als andere. Dreißig Jahre Diensterfahrung, das haben nicht viele. Außerdem bin ich kräftiger als die meisten Kollegen und schon deshalb der richtige Mann, falls es Ärger gibt. Machen Sie sich darum mal keinen Kopf. Was haben Sie überhaupt hier zu suchen? Sie sind doch gar nicht mehr so richtig bei der Polizei."

„Volle, jetzt bringst du aber alles durcheinander", sagte Schulte und ließ den verblüfften Kollegen einfach stehen. Über die Schulter rief er ihm noch zu: „Ich gehe jetzt in dieses Haus und du musst nicht hinterherkommen und mich fragen, was ich dort will. Verstanden?"

Volle kratzte sich verwundert am Hinterkopf, ließ die Zigarette fallen und trat sie aus.

Schulte drückte das Klingelschild mit dem Namen Sauer und wartete darauf, dass der Türöffner surrte. Aber da surrte nichts, da passierte auch sonst nichts. Schulte wurde stutzig, schließlich musste Sauer doch zu Haus sein. Als er noch mal klingelte, diesmal deutlich länger und sich immer noch nichts rührte, wurde er unruhig. Nun drückte er auf alle Klingelschilder. Irgendwer würde schon den Türöffner bedienen. Und prompt kam das bekannte Surren. Eine Frauenstimme in der Gegensprechanlage fragte, wer denn da sei, doch da war Schulte schon im Treppenhaus. So schnell Übergewicht und Alter dies zuließen, hastete er die Treppen hinauf, bis er heftig atmend vor der Wohnungstür von Günther Sauer stand. Erneutes Klingeln konnte er sich sparen, also bollerte er an die Tür. Wieder geschah nichts. Aus der Tür der Nebenwohnung kam nun ein etwa zehnjähriger Junge und blickte Schulte prüfend, aber auch neugierig an.

„Der ist eben rausgegangen", sagte der Junge nach einer Weile, als er die vergeblichen Bemühungen Schultes ausreichend lange beobachtet hatte.

Schulte wandte sich ihm zu. „Weißt du das ganz genau? Wann war das denn?"

Der Junge überlegte. „Kann ich nicht genau sagen, aber 'ne kleine Weile ist das schon her. Er war auch ganz komisch, hat nicht mal Hallo gesagt, wie sonst immer. Ist einfach an mir vorbeigelaufen, die Treppe runter. Macht er sonst nie."

Langsam kam Schulte zu der Überzeugung, dass er von Sauer nach allen Regeln der Kunst reingelegt worden war. Aber, wenn er gegen jede Absprache das Haus verlassen wollte, warum dann dieser Anruf? Warum diese Geschichte mit dem angeblich ach so heißen Tipp? Schulte schlug sich mit der flachen Hand vor die Stirn. Natürlich wurde ihm nun klar, weil er freie Bahn brauchte. Freie Bahn, um sich den Geldkoffer zu holen, den Sauer noch immer bei Schulte vermutete. Sauer wusste ja nicht, dass Schulte den Koffer samt Inhalt der Staatsanwaltschaft übergeben hatte. Schulte schaute auf die Uhr und rechnete. Sauer müsste nun jeden Moment bei ihm zu Hause auf dem Hof eintreffen und versuchen, in Schultes Wohnung einzudringen. Wer weiß, wie er sich verhält, wenn ihm einer der anderen Hofbewohner dabei in die Quere kommt. Was, wenn sein Enkel … Schulte mochte gar nicht daran denken. Er musste sofort zurück. Den Jungen ließ er stehen und rannte aus dem Haus. Draußen riss er die Fahrertür von Volles Auto auf, zerrte den bulligen Polizisten fast heraus und schrie ihn an: „Der Mann, auf den du aufpassen solltest, ist weg. Warum hast du ihn nicht daran gehindert?"

Volle starrte ihn verblüfft, aber auch gekränkt an und antwortete: „Kann gar nicht sein. Ich habe keinen herauskommen sehen."

„Ach nee?" Schulte stand kurz vor einer Explosion. „Und hast immer gut aufgepasst, stimmt's? Hast dich durch nichts ablenken lassen?"

Auch Volle war nun ehrlich empört, als er im scharfen Ton parierte: „Natürlich. Aber da war gerade so ein Arschloch, der wohnt auch in diesem Haus, der hat mich angepöbelt, weil ich seinen Parkplatz besetzen würde. Kann ich mir doch nicht gefallen lassen als Beamter. Na, dem habe ich aber den Marsch geblasen, das können Sie mir glauben. Der hat keinen Mucks mehr …"

Schulte winkte nur noch ab, ließ Volle einfach ohne ein weiteres Wort allein und rannte zu seinem Jeep. Die Tür öffnen, hineinspringen, den Motor anwerfen und das Handy zur Hand nehmen, war eine einzige fließende Bewegung. Während sich Anton Fritzmeier meldete, fuhr Schulte bereits an. „Anton", rief er ins

Handy, „jeden Moment kommt ein Mann auf den Hof.
Wahrscheinlich mit einem knallroten Škoda. Der will
bei mir einbrechen. Bitte sieh zu, dass Linus nicht auf
dem Hof herumstreunt. Und bring dich selbst auch
in Sicherheit. Versuch' um Himmels willen nicht, den
Helden zu spielen. Hast du verstanden?"

53

Wütend legte Anton Fritzmeier den Telefonhörer weg.
Er hatte kein Wort vom dem verstanden, was Schulte
ihm soeben mitgeteilt hatte. Nur was von „nicht den
Helden spielen", war ihm im Gedächtnis geblieben.
Was sollte das heißen? „Warum kannsse nich in Ruhe
reden wie'n vernünftiger Mensch? Bis doch sonst nich
so hektisch", schimpfte Fritzmeier und meinte damit
Schulte. Er hatte nur begriffen, dass er aufpassen sollte.
Und mit Linus war auch was.

Kopfschüttelnd verließ er das Haupthaus, dass er nun
bald nicht mehr allein, sondern mit einer Untermieterin
bewohnen würde. Er wusste noch nicht wirklich, wie
er das finden werde, aber er sah auch die Vorteile, die
es ihm als alten Mann bringen würde. Als er draußen
auf dem weitem Hofplatz stand, sah er dort nichts, was
Schultes Unruhe erklären könnte. Alles lag im tiefen
Frieden, die untergehende Sonne läutete nach einem
wunderschönen Tag den Abend ein. Von Linus war
nichts zu sehen, aber durchs Fenster von der Wohnung,
in der Linus mit seiner Mutter Ina lebte, sah Fritzmeier

das Flackern eines Fernsehers. Fritzmeier wusste, dass Linus Besuch von seinem Freund Rafael hatte und offenbar lief bei ihnen der Fernseher. Gleich würde der Vater von Rafael kommen und ihn abholen. Er kam immer Punkt sechs Uhr mit seinem dicken Auto.

Lümmel, Schultes zotteliger Hund, jagte Hühner, gab dann aber auf, als er Fritzmeier sah und lief auf ihn zu.

„Na, du schwatter Teufel?", begrüßte ihn der alte Bauer und kraulte dem Hund das Fell. „Wat hasse wieder anchestellt?"

Er bekam keine Antwort, hatte aber auch keine erwartet. Stattdessen hörte er nun das Brummen eines Motors. Es wurde lauter und dann rollte ein knallroter Škoda Octavia auf den Hof. Roter Škoda? Da war doch was gewesen, fiel es Fritzmeier wieder ein. Davon hatte Schulte doch auch gesprochen. Und davon, dass er sich vor diesem Škodafahrer in Sicherheit bringen sollte. Das Auto fuhr am Hofladengebäude vorbei und stoppte direkt vor dem Anbau, in dem Jupp Schulte wohnte. Ein Mann sprang heraus und eilte zur Haustür. Schulte hatte, wie so oft schon, vergessen, die Tür abzuschließen. Nichts hinderte den Mann also, in die Wohnung hineinzukommen. Fritzmeier stockte kurz der Atem – es war alles ein bisschen schnell gegangen für ihn. Nun spürte er die Empörung aufsteigen, wie Quecksilber in einem Thermometer. Als die Hitzewelle oben ankam, brüllte Fritzmeier, alle Warnungen Schultes in den Wind schießend, quer über den Hof: „Hey Sie! Sofort raus da!"

Natürlich ließ der Eindringling sich davon absolut nicht einschüchtern. Er verschwand in der Tür und war nicht mehr zu sehen. Fritzmeier wusste kaum, ob das alles Traum oder Wirklichkeit war. Er schnappte kurz nach Luft, schwankte hin und her, wie er sich verhalten sollte. Verstecken und sich in Sicherheit bringen? Schließlich war er ein alter Mann und dem dreisten Kerl mit Sicherheit körperlich nicht gewachsen. Doch dann siegte Fritzmeiers Naturell – er warf alle Bedenken über Bord und blies zur Attacke. Laut brüllend lief er, so schnell er das noch konnte und seine Gummistiefel dies zuließen, über den Hof zur Wohnung Schultes. Lümmel, für den alles nur ein Spiel war und der sich offenbar köstlich amüsierte, lief ihm dabei immer wieder vor die Füße.

Fritzmeier riss die Wohnungstür auf, sah den Mann, der in Schultes Schrank herumwühlte und rief hinein: „Raus hier, du Heini! Aber sofort!"

Der ungebetene Besucher drehte sich zu ihm um und war offenbar erschrocken. Fritzmeier konnte sich schwach erinnern, den Mann mit dem beeindruckenden Schnauzbart schon einmal hier bei Schulte gesehen zu haben, wusste aber nicht, wo er ihn hinstecken sollte.

„Ich …", der Schnauzbärtige stammelte verlegen. „Ich war vorgestern hier zu Besuch und da habe ich was vergessen und das will ich mir nur holen. Keine Sorge, ich bin kein Einbrecher."

Fritzmeier glaubte ihm kein Wort. Aber er erinnerte sich jetzt genau, den Mann bei Schulte gesehen zu haben und auch mit Schulte über ihn gesprochen zu haben. Wie hatte Schulte ihn genannt? Fritzmeier kam erst nicht drauf, doch dann, als er Lümmel draußen kläffen hörte, fiel der Groschen. *Windhund* hatte Schulte ihn genannt.

„Soso, du *Windhund*", sagte er. „Wat hasse denn verchessen? Dein Kopp?"

Mittlerweile hatte der Eindringling sich wieder etwas gefangen. Als er aber nun seinen ungeliebten Spitznamen hörte, zuckte er zusammen und wirkte kurz verwirrt. Doch dann richtete er sich auf und kam zwei Schritte auf Fritzmeier zu. Der straffte sich ebenfalls, um für einen Angriff gewappnet zu sein. Dass er gegen den deutlich jüngeren und ihm körperlich überlegenen Mann keine Chance haben würde, kam ihm keine Sekunde in den Sinn.

„Hör zu, alter Mann", sprach der andere ihn an. „Ich will keinen Ärger. Aber ich muss hier etwas finden, davon hängt für mich extrem viel ab. Und nichts und niemand wird mich daran hindern, verstanden? Also, im eigenen Interesse: Tun Sie einfach so, als haben Sie mich nicht gesehen, dann passiert Ihnen auch nichts Böses. Zwingen Sie mich nicht zu etwas, was wir beide nicht wollen."

Fritzmeier war kurz sprachlos, dann polterte er los: „Ich soll ruhig zukucken, wie du hier die Bude ausräums? Dich ham 'se woll als Kind zu oft auffen Kopp chehauen, oder? Mach, datte hier rauskomms! Aber flott."

Der Schnauzbart kam ihm bedrohlich näher, stand

schließlich direkt vor ihm. Fritzmeier musste hochschauen, um dem Mann in die Augen sehen zu können. Er wich keinen Zentimeter zurück, aber langsam setzte sich bei ihm die Erkenntnis durch, dass er diesen Streit nicht gewinnen konnte.

Während Anton Fritzmeier sich innerlich darauf vorbereitete, im nächsten Moment geschlagen zu werden, hörte er, wie ein Auto auf den Hof fuhr und direkt vor der Wohnung von Ina und Linus hielt. Auch der Schnauzbartträger hatte es gehört und lauschte angespannt. Er schien Fritzmeier vergessen zu haben, denn er ging zur Wohnungstür und lugte vorsichtig hinaus. Da Inas Wohnung direkt neben der von Schulte lag, war der Fahrer des weißen VW Tuaregs gut zu sehen.

„Wer ist das?", fragte der *Windhund.* „Was will der hier? Und wohin geht er?"

Fritzmeier war mittlerweile ebenfalls an der Tür, um zu sehen, wer da zu seinem Enkel ging.

„Dat willsse wohl cherne wissen, was?", fragte er höhnisch. „Aber dat is nur der Vatter von Rafael. Bruschetta heißt der, oder so ähnlich. Der holt seinen Bengel hier ab. Macht er immer um diese Uhrzeit. Rafael issen Freund von Linus, der Enkel von unsern Jupp. Und chetz …"

Ohne den Satz zu beenden, machte Fritzmeier einen schnellen Satz nach vorn und war, ehe der völlig überraschte Eindringling reagieren konnte, schon draußen im Freien. Ebenso schnell war er an der Tür der Nachbarwohnung und huschte hinein.

Drinnen fand er Linus und Rafael vor dem Computer hockend vor. Rafaels Vater schaute ihnen über die Schulter.

„Komma schnell!", rief Fritzmeier dem Vater zu. „Hier chibts Ärger."

Bodo Bruschetta reagierte erstaunlich schnell, als sei es das Normalste der Welt, ohne Vorbereitung in eine Krisensituation zu geraten. Wortlos beeilte er sich, hinter Fritzmeier herzukommen, der bereits wieder auf dem Weg zu Schultes Wohnung war. Der Schnauzbart war immer noch da und durchsuchte unbeirrt den Schrank.

„So", rief Fritzmeier. „Chetz habbich Verstärkung mitchebracht. Also: Wat suchst du hier? Raus mitte Sprache!"

Als der *Windhund* sich nun zwei Männern gegenübersah, warf er resigniert beide Arme in die Luft und seufzte los: „Ich will hier wirklich nichts rausholen, was nicht mir gehört. Ich habe hier einen schwarzen Aktenkoffer vergessen. Der gehört mir und den brauche ich dringend. Noch mal: Ich bin kein Einbrecher. Das müssen Sie mir einfach glauben."

Fritzmeier hörte hinter sich ein Geräusch und sah, dass Linus und Rafael in der Tür standen und neugierig die Szene beobachteten.

„Es stimmt", meldete sich Linus ungefragt zu Wort. „Ich habe wirklich einen Aktenkoffer in seinem Auto gefunden und meinem Opa gegeben. Es war das Auto, das jetzt wieder hier auf dem Hof steht. Dieser alte rote Škoda. Eigentlich sollte ich davon nichts erzählen."

Jetzt erinnerte auch Fritzmeier sich wieder daran, dass dieses Auto tagelang in einer Ecke des Hofes gestanden hatte.

„Sieht so aus, als hättste recht", sagte er. „Da hasse aber Chlück chehabt. Wenn ich erst mal so richtig wütend cheworden wäre, dann …, chnade dir Chott."

„Und jetzt?", fragte der *Windhund.* „Wo ist nun mein Koffer?"

„Das klären wir, wenn Jupp zurück iss", antwortete Fritzmeier kategorisch. „Vorher packsse hier nix an. Komm, wir warten solange draußen auf ihn. Is ja schönes Wetter."

Wortlos, mit gesenktem Kopf ging der Schnauzbart hinter Fritzmeier her. Bruschetta und die beiden Jungen waren bereits wieder auf dem Hof und kümmerten sich um Lümmel, der sich sichtbar vernachlässigt gefühlt hatte. Bruschetta ließ sie kurze Zeit gewähren, dann ging er mit den Jungs zurück in die Wohnung, um Rafaels Sachen herauszuholen. Die Gefahr war offenbar gebannt und er wollte endlich nach Hause fahren.

„So", sagte Fritzmeier, als er mit dem *Windhund* allein war. „Wenne nich wills, dat ich die Polizei anrufe, dann sach chetz, wie das alles zusammenhängt. Du siehs nich aus wie'n Verbrecher, zuchecheben. Aber Jupp sieht auch nich aus wie'n Polizist, dat heißt also nix."

Er hatte seinen Befehl kaum ausgesprochen, als ein taubenblauer Ford Mondeo auf den Hof fuhr und direkt in der Hofeinfahrt stehen blieb.

„Wat is denn heute los?", fragte Fritzmeier. „Wer kommt denn noch alles?"

Der *Windhund* schien plötzlich noch nervöser zu werden, da ein kleiner Mann, nicht größer als Fritzmeier, aus dem Auto ausstieg und langsam auf sie zukam. Er trug eine Sonnenbrille, was angesichts der schon einsetzenden Dämmerung ungewöhnlich war.

„Kennsse den?", fragte Fritzmeier, bekam aber keine Antwort. Aus der Unruhe des Mannes neben ihm schien Panik geworden zu sein, denn er machte plötzlich einen Satz hin zur Wohnungstür von Schulte, huschte hinein und schlug die Tür hinter sich zu. Fritzmeier stand nun allein und blinzelte in die tief stehende Abendsonne, um den Ankömmling erkennen zu können. Als dieser bis auf zwei Meter herangekommen war, sprach Fritzmeier ihn an: „Wollen Se zu mir?", fragte er scheinheilig. Doch der kleine Mann schien sich nicht für ihn zu interessieren, sondern marschierte direkt auf die Wohnungstür zu. Dabei hielt er, Fritzmeier traute seinen Augen nicht, überraschend, wie durch Zauberei, eine Pistole in der Hand. Fritzmeier konnte keinen Finger rühren, schaffte es kaum Luft zu holen, vor Schreck.

Der Kleine wollte eben einen weiteren Schritt auf die Wohnungstür zu machen, als Rafael und sein Vater fröhlich plaudernd aus der Nachbarwohnung kamen. Als sie den Mann mit der Pistole sahen, blieben auch sie abrupt stehen. Aber das fand Fritzmeier nicht weiter erstaunlich. Völlig rätselhaft war die Reaktion des kleinen Mannes, als er Bruschetta sah. Er riss die Augen auf, als könne er nicht glauben, was er da sah, starrte Bruschetta an, als habe er den Leibhaftigen vor sich, als blicke er direkt ins Höllenfeuer. Bevor einer der anderen reagieren konnte, drehte er sich um die eigene Achse, rannte zurück zu seinem Mondeo und sprang hinein. Mit quietschenden Reifen wendete er und fuhr vom Hof.

Mit vor Staunen offenem Mund horchte Fritzmeier auf das sich abschwächende Motorgeräusch. Dann erst fand er wieder Worte. „Wat war dat denn? Chetz kapier ich charnix mehr."

Sekunden später rollte Schultes Jeep durch die Hofeinfahrt.

54

Schulte war stinksauer. Auf Egon Volle. Auf den, der diesen Volltrottel dorthin abkommandiert hatte. Auf Günther Sauer, der sein Vertrauen missbraucht hatte. Und irgendwie auch auf sich selbst, weil er sich hatte reinlegen lassen.

Wie immer, wenn man es eilig hat, standen alle Ampeln auf Rot und der Berufsverkehr war ausgerechnet an diesem Abend noch nicht abgeflaut. Es war zum Verzweifeln, aber Schulte blieb nichts übrig, als sich zu gedulden. Hoffentlich ging auf dem Fritzmeier'schen Hof nun nicht alles drunter und drüber. Wenn Fritzmeier mit Sauer aneinandergeriet, dann war alles möglich. Schulte wusste, dass Sauer eigentlich nicht gewalttätig war, aber in die Enge getrieben, reagieren die Leute schon mal anders als sonst. Schultes Sorgen waren nicht kleiner geworden, als er endlich die ersten Häuser des Dorfes Heidental passierte. Als er die Dorfmitte durchquert hatte, konnte er bereits in einiger Entfernung die Hofeinfahrt von Fritzmeier sehen.

In diesem Augenblick schoss ein taubenblauer Ford Mondeo förmlich aus der Einfahrt, bog nach links Richtung Dorfmitte ab und kam Schulte in einem Tempo entgegen, das jede Radarfalle in eine Schwindelattacke getrieben hätte. Schulte strengte seine Augen an, um zu erkennen, wer hinter dem Steuer saß. Es war nur ein Vorbeihuschen, der Hauch eines Augenblicks, aber Schulte hatte genug gesehen. Am Steuer des Mondeo saß ein kleiner, unscheinbarer Mann, der eine dunkle Sonnenbrille trug. Ohne diese Sonnenbrille hätte Schulte ihn nie erkannt, aber in dieser Kombination stand sofort das Bild des Mannes vor Schultes innerem Auge, der vor drei Wochen die Schüsse auf Günther Sauer abgegeben hatte. Was tun? Stoppen, wenden und hinterher? Schulte musste sich zwingen, diesem starken Polizistenreflex nicht zu folgen. Erst musste er wissen, was auf dem Hof geschehen war. Er bremste seinen Jeep ab, bereitete sich innerlich auf das Schlimmste vor und bog in die Hofeinfahrt ein.

55

„Jupp, dat chlaubse nich, wat hier chrade passiert is", begrüßte ihn Fritzmeier, noch immer ganz aufgedreht.

Mit Händen und Füßen schilderte Anton Fritzmeier, was in den letzten Minuten auf dem Hof vorgefallen war.

„Und dann …", Fritzmeier schien keine passenden Worte zu finden und gestikulierte umso wilder. „Dann hat der Kerl den Vatter von unsern Rafael hier chesehen und hat chekuckt, als wenner ins offene Chrab kucken würde. Der war vonne Rolle, sach ich dir. Und denn isser abchehauen, als wärn alle Teufel hinter ihm her. Dat hätteste sehen sollen, Jupp. Du chlaubses nich!"

Schulte nahm sich vor, nur die Hälfte von all dem zu glauben. Viel wichtiger erschien es ihm, sich nun Sauer vorzuknöpfen.

„Du Schwachkopf", legte Schulte los und baute sich vor Sauer auf.

Der machte erschrocken einen Schritt zurück.

„Fällt dir gar nicht auf, dass du dich immer dann in größte Schwierigkeiten bringst, wenn du meinst, eine besonders schlaue Idee zu haben? Offenbar ist dein bisschen Verstand komplett für das Wachstum deines Schnurrbarts draufgegangen. Mann, Sauer. Wolltest mich reinlegen, stimmt's? Wolltest ganz besonders schlau sein. Und jetzt stehst du hier und bist gerade dem Tod von der Schippe gesprungen. Deine Knie zittern ja immer noch. Andere Leute hast du dabei auch noch in Gefahr gebracht. Ist dir das überhaupt klar?" Schulte konnte sich gar nicht beruhigen. „Was nützen alle Sicherheitsvorkehrungen, wenn das zu schützende Objekt auf alle Absprachen pfeift?"

Zum ersten Mal wagte Sauer einen kleinen Widerspruch. „Der Typ, den ihr zu meiner Sicherheit abgestellt habt, ist aber ein kompletter Volltrottel gewesen. Der hätte mir sowieso nichts genutzt."

„Ich weiß, dass der Kerl das Hirnvolumen einer Fruchtfliege hat", schimpfte Schulte weiter. „Und ich werde auch nachhaken, wer diesen Einsatz zu verantworten hat. Aber wärst du in deiner Wohnung geblieben, hätte sich das nicht ausgewirkt. Die Gefahr ist durch deine Eigenmächtigkeit entstanden, nicht durch Versagen der Polizei."

Offenbar hatte er nun genug Dampf abgelassen, denn seine Körperspannung ließ sichtbar nach. „Ich bringe dich jetzt wieder zurück und dann tust du so, als stündest du unter strengster Corona-Quarantäne. Ich kümmere mich darum, dass du mit Lebensmitteln versorgst wirst. Und Klopapier bekommst du auch genug. Aber wenn du auch nur einen Fuß vor die Tür setzt, dann rühre ich keinen Finger mehr für dich. Verstanden?"

Dann wandte er sich Bodo Bruschetta zu, dem Vater von Rafael. Der hatte während Schultes Strafpredigt etwas abseits gestanden und sich mit dem Hund beschäftigt, der ihn immer wieder zum Spielen aufforderte.

„Jetzt erzählen Sie mal", sagte Schulte, „wie das Ganze aus Ihrer Sicht abgelaufen ist."

Bruschetta zuckte ratlos mit den Schultern.

„Viel gesehen habe ich ja nicht", sagte er in einem Ton, als müsse er sich dafür entschuldigen. „Ich komme aus dem Haus und sehe diesen kleinen Mann, der gerade mit einer Pistole in der Hand auf Ihre Wohnungstür zugeht. Der schaut zu mir rüber, wird blass und macht, dass er wegkommt. Keine Ahnung, warum."

„Haben Sie den Mann denn schon mal gesehen?"

„Nein. Aber vielleicht hat er mich mit irgendeinem

anderen verwechselt. Ich habe so ein Allerweltsgesicht, da passiert das oft. Ich vermute viel eher, dass der Mann sich schlichtweg erschrocken hat, als ich mit den beiden Jungs rauskam. Er war wohl total auf diesen Mann hier", dabei zeigte Bruschetta auf Sauer, „fixiert. Bis dahin hatte er es ja nur mit Herrn Fritzmeier zu tun, einem ziemlich alten und schwachen Mann, der ihm kaum gefährlich werden konnte. Aber nun war da plötzlich noch einer und dazu noch zwei Kinder. Das …"

„Wen meinsse denn mit alt und schwach?", fuhr ihm Fritzmeier erbost ins Wort. „Nich chefährlich werden …, ich chlaubs nich. Sei froh, dat dein Bengel dabei ist, sonst hättich dich chezeigt, wie chefährlich so ein alter Knacker sein kann. Keine Gewalt, wenn Kinder dabei sind, sach ich immer. Hasse noch ma Chlück gehabt. Aber kein Wort mehr von alt und schwach, hasse verstanden?"

Bruschetta schaute ihn irritiert an, wusste offenbar nicht recht, ob er das ernst nehmen sollte oder nicht. Dann fasste er sich wieder und fuhr fort: „Na ja, das war dann wohl etwas zu viel für ihn und er ist in Panik geraten. Eine andere Erklärung habe ich nicht. Oder, Rafael? Haben wir diesen Mann vorher schon mal gesehen?"

Rafael, der ebenso wie Linus leicht schockiert wirkte, schüttelte wortlos den Kopf. Bruschetta fuhr ihm mit der Hand durchs Haar und sagte dann zu Schulte: „Ich muss jetzt los. Wenn Sie eine Zeugenaussage brauchen, stehe ich natürlich gern zur Verfügung. Ciao."

Als der blendend weiße, blitzsaubere Tuareg mit

dem Berliner Kennzeichen vom Hof rollte, fragte sich Schulte wieder einmal, wozu ein Allradauto mit dieser hochempfindlichen Farbe gut sein soll. Autos dieser Art erinnerten ihn immer an die feinen Herren, die im dunkelblauen Maßanzug mit einem gelben Schutzhelm behütet, quasi als Bauarbeiter verkleidet, auf einer Baustelle den ersten Spatenstich für die Kamera zelebrierten. Für Schulte hatte das nie zusammengepasst, es war ihm stets wie eine Verhöhnung der echten Bauarbeiter erschienen. Mit dieser Art von Autos war es ähnlich. Sein eigener, seit Monaten nicht gewaschener Jeep, entsprach viel eher dem Bild eines echten Geländewagens, fand er.

„So, du Held", sagte er dann zu Sauer. „Wir beiden Hübschen fahren jetzt zu dir. Dein Auto bleibt hier stehen, dann kannst du damit auch keinen Unfug mehr machen."

Fritzmeier wies er an: „Stell schon mal ein Bier kalt! Bin gleich wieder zurück."

56

Marco van Leyden hatte seinem Ruf, ein kleines Computergenie zu sein, wieder einmal alle Ehre gemacht. Vor nicht einmal einer Stunde hatte Schulte aufgeregt beim *Obernkrug* angerufen und mit einem gewissen Stolz in der Stimme berichtet, dass sich am Wettbüro des Heinrich Fischer eine versteckte Außenkamera befände.

„Man muss die Bilder, die die Kamera aufgenommen hat, sofort sicherstellen. Wenn wir das nicht umgehend machen, kann es sein, dass die Aufnahmen über kurz oder lang automatisch gelöscht werden", machte er Druck.

Van Leyden hatte sich gekümmert und meldete Vollzug. Schulte war sprachlos. „Wie hast du das denn so schnell hinbekommen?", kam es nahezu fassungslos aus seinem Mund, als er wieder Worte fand.

„Frag nicht, Schulte, frag nicht. Hauptsache, du hast schnell deine Kameraauswertung, oder?", retournierte van Leyden mit einer gewissen Hochnäsigkeit in seiner Stimme.

„Okay, die Bilder haben wir", hielt Schulte noch mal fest. „Also pass auf: Ich habe an dem Tag, als der *Windhund* bei uns vor der Tür angeschossen wurde ..."

„Der *Windhund*?", fiel ihm van Leyden ins Wort.

„Na dieser Günther Sauer. Alle Welt nennt ihn *Windhund*, weil er so ein windiger Typ ist. Unzuverlässig, nicht richtig greifbar. Du verstehst? Also, als Sauer in Heidenoldendorf angeschossen wurde, da habe ich gleich nach dem Attentat alle Autos fotografiert, die in der Nähe vom *Obernkrug* standen. Wir sollten diese Bilder mit den Kameraaufzeichnungen abgleichen."

„Schulte, schick mir deine Aufnahmen doch mal rüber, dann erledige ich das eben", kam es hilfsbereit von van Leyden.

Als Schulte nun hörbar seufzte, wusste van Leyden, dass er ihn damit vor große technische Schwierigkeiten gestellt hatte. Schulte und moderne Kommunikationstechnik, das waren verschiedene Welten, die einfach nicht zusammenkommen wollten. Van Leyden gab ihm einige Tipps und nur fünf Minuten später hatte Schulte tatsächlich sämtliche relevanten Fotos verschickt.

„Prima, van Leyden, danke für die Hilfe", bedankte sich Schulte. „Wäre nett, wenn du die Autonummernschilder vergleichen würdest. Wenn es Übereinstimmungen gibt, kannst du mich ja anrufen." Schulte wollte auflegen, doch van Leyden hielt ihn davon ab.

„Stopp, nicht auflegen! Ich nehme eben den Abgleich vor."

Schulte war genervt. Ihm dauerte dieses Telefongespräch sowieso schon zu lange. Das wollte er gerade äußern, da hörte er van Leydens Stimme schon wieder.

„Also, es gibt eine Übereinstimmung. Vor der *Bäckerei Hallfeld* stand an dem Tag, als Sauer angeschossen wurde, ein Ford Mondeo. Dieses Auto stand auch zwei Mal auf dem Parkplatz vor dem Wettbüro. Ich habe das Nummernschild gecheckt. Es handelt sich um einen Mietwagen, der von einer Bielefelder Autovermietung zugelassen wurde."

Schulte verschlug es die Worte. „Van Leyden, wie hast du das denn so schnell geregelt?"

„Frag nicht, Schulte frag nicht. Wenn ich es dir erklären müsste, würdest du nach zwei Minuten sowieso nicht mehr zuhören."

Wo van Leyden recht hatte, hatte er recht, musste Schulte zugeben.

„Soll ich mir die Autovermietung mal vorknöpfen", fragte van Leyden engagiert. „So ein Risikopatient wie du sollte ja so wenig wie möglich durch die Gegend fahren und Leute kontaktieren. Nachher springst du uns noch kurz vor deiner Pensionierung von der Schippe. Daran würde nur Vater Staat verdienen und uns ginge eine Abschiedsparty durch die Lappen."

„Du mich auch", brummte Schulte.

„Wir sind ja jetzt ein Team", plapperte van Leyden weiter. Er hatte schon wieder das Thema gewechselt. „Die Kreispolizeibehörde Detmold arbeitet seit gestern unter unserer Ägide. Die Gunst der Stunde werde ich nutzen. Was meinst du, Schulte, ob ich die schöne Pauline mal frage, ob sie mit mir nach Bielefeld zu dieser Autovermietung fährt?"

Schulte wollte etwas erwidern. Doch noch bevor er zu Wort kam, beantwortete van Leyden die von ihm gestellte Frage schon. „Genau, das mache ich, ich frage sie." Dann beendete er das Gespräch.

57

Samstagmittag. Eigentlich war dies immer Schultes Zeit für einen kleinen Marktbummel. Nicht, dass er dort viel einkaufen würde, nein, er mochte einfach die Atmosphäre des Detmolder Wochenmarktes, traf dort gern auf Bekannte, aß irgendwo eine Wurst und trank hinterher ein Bier in der *Braugasse*. Aber die einstige Braugasse war nun für immer und ewig geschlossen, was Schulte als herben kulturellen Verlust für Detmold ansah, und eine richtige neue Stammkneipe hatte er noch nicht gefunden. Doch was ihm vollkommen die Freude am Marktbesuch nahm, war der Zwang, sich eine Gesichtsmaske umzubinden. Sicher, den Sinn und Zweck erkannte er schon, respektierte auch diese Maßnahme, aber da für ihn der Markt nur Vergnügen war und keine Notwendigkeit, blieb er ihm jetzt einfach fern. Stattdessen fuhr er wieder einmal in die Südholzstraße.

Erst nach dem dritten Klingeln hörte er die Stimme von Günther Sauer in der Gegensprechanlage: „Wer ist denn da, verdammt?"

„Ich bin's!", rief Schulte zurück. „Dein Schutzengel. Mach sofort die Tür auf oder ich komme mit dem Sondereinsatzkommando wieder!"

Er hörte ein unwilliges Brummen, dann surrte der Türöffner. Nachdem Schulte sich keuchend die drei Treppen hinauf gequält hatte, empfing ihn Sauer bereits in der offenen Wohnungstür.

Schulte schaute ihn von oben bis unten an und schüttelte den Kopf, während er an Sauer vorbei in die winzige Wohnung ging. „Lässt du jeden so einfach reinkommen, nur weil er sagt: Ich bin's? Bei diesen Gegensprechanlagen klingt doch fast jede Stimme gleich. Was, wenn ich nun der Killer gewesen wäre? Dann wärst du jetzt schon von allen irdischen Qualen befreit und könntest dir einen netten Platz auf einer Wolke suchen."

Schulte musste unwillkürlich husten, da ihn der Geruch von kaltem Zigarettenrauch fast umwarf.

Sauer schloss die Tür und folgte ihm wortlos. Er

schien ziemlich durcheinander zu sein, wirkte ungepflegt und übermüdet. Selbst der mächtige Walross-Schnurrbart hing an beiden Seiten mutlos herab.

„Geht dir wohl nicht so gut, was?", fragte Schulte und setzte sich auf das schmale Sofa, ohne dazu aufgefordert worden zu sein.

Sauer räumte wortlos zwei leere Bierflaschen von einem speckigen Sessel und setzte sich ebenfalls.

„Sieht ja schlimmer aus als bei mir", stellte Schulte lakonisch fest, als er umher schaute. „Und das will was heißen. Tu mir einen Gefallen und räum diesen ekligen Aschenbecher vom Tisch, sonst kommt mir mein Frühstück wieder hoch."

Sauer stand auf und trug den Aschenbecher, der in der Tat fast überquoll, in die Küche. Dann kam er schlurfend wieder zurück. Schulte hatte derweil nach einem Buch gegriffen, das auf dem Boden vor seinen Füßen lag und betrachtete den Titel.

„Endlich reich – du musst nur wollen", schmunzelte Schulte. „Geiler Titel. Und nach der Lektüre dieses schlauen Buches hast du dann mit Sportwetten angefangen? Und hast gleich beim ersten Mal eine so große Summe gewonnen? Dann hat sich dieses Buch ja wirklich gelohnt. Kannst du mir das mal ausleihen?"

Sauer schaute ihn verdrießlich an. „Was soll dieser Besuch?", fragte er. „Angst, dass ich wieder abhaue?"

„Von mir aus kannst du machen, was du willst", sagte Schulte, wobei er aber deutlich die Stimme verschärfte. „Strafrechtlich liegt ja nichts gegen dich vor. Zumindest bis jetzt noch nicht. Aber ich habe so verflucht wenig Lust, kurz darauf bei deiner Obduktion dabei sein zu müssen. Weißt du, wie einer aussieht, dem man den halben Kopf weggeschossen hat? Gut, bei dir wäre das nicht so schlimm, dich würde man immer noch am Schnurrbart erkennen. Aber wirklich attraktiver macht dich so ein halber Kopf nicht wirklich."

Sauer verdrehte genervt die Augen: „Also, was soll das jetzt werden?"

„Ich habe hin- und herüberlegt und bin zu der Überzeugung gekommen, dass du hier nicht sicher bist. In dieses Haus kann jeder reinkommen. Man muss nur auf alle Klingeln drücken, irgendeiner wird schon den Türöffner drücken, ohne groß vorher nachzufragen. Dagegen ist der Polizeischutz vor der Tür machtlos. Ganz davon abgesehen, dass ich deiner Vernunft auch nicht viel zutraue. Dieser kleine Mann mit der Sonnenbrille wird dir auf den Fersen bleiben. Und er wird dich kriegen, irgendwann und irgendwo, wenn wir ihn nicht vorher aus dem Verkehr ziehen. Aber das geht nun mal nicht mit einem Fingerschnippen. Ich bin guter Hoffnung, nun eine brauchbare Quelle anzapfen zu können. Aber die Quelle ziert sich noch. Das kann etwas dauern. In der Zwischenzeit müssen wir dich woanders in Sicherheit bringen. Und ich habe da auch schon eine Idee."

„Schutzhaft?", fragte Sauer. „Da mache ich nicht mit. Ihr habt nichts …"

„Nein", antwortete Schulte und machte mit den Händen eine besänftigende Geste. „Keine Schutzhaft. Auf dem Hof meines Vermieters ist viel Platz. Soweit ich weiß, steht da noch das alte Zimmer von

Fritzmeiers Sohn leer. Ich werde mit Fritzmeier sprechen, ob du da für einige Zeit wohnen kannst. Glaub mir, ungemütlicher als hier bei dir ist es da auch nicht. Und da habe ich dich Tag und Nacht unter Kontrolle. Außerdem können wir dich dort viel effektiver bewachen. Was meinst du?"

Günther Sauer zögerte eine Weile, dachte wohl angestrengt nach. Plötzlich schüttelte er den Kopf und sagte: „Schulte, ich weiß, dass Sie mich zu einem Lockvogel machen wollen. Sie sind sich also ganz sicher, dass dieser widerliche Kerl nicht lockerlassen wird, bevor er mich erledigt hat?"

„Du musst dich jetzt entscheiden. Die Gefahr für dich ist auf dem Hof nicht größer, eher im Gegenteil. Und ist es nicht auch in deinem Interesse, wenn wir diesen kleinen Mistkerl möglichst schnell in die Finger kriegen? Es liegt an dir."

58

„Wir ham cheschlossen!", donnerte es Schulte entgegen, als er durch die Tür des Hofladens trat. Er sah Anton Fritzmeier, der sich gerade über eine Kiste bückte und irgendetwas darin sortierte.

„Weiß ich", antwortete Schulte und kam näher. Der alte Bauer richtete sich ächzend auf und schaute ihn an.

„Ach, du bisses. Sach dat doch chleich! Beinah hätt ich dich wat annen Kopp geworfen."

„Oh, da habe ich aber Glück gehabt. Anton, hast

du gerade einen Moment Zeit? Ich muss mal mit dir sprechen."

„Wat Ernstes?", fragte Fritzmeier. „Hasse Mist chebaut? Brauchsse den Rat eines alten, weisen Mannes?"

„Wie man's nimmt", sagte Schulte ausweichend. Dann zeigte er auf einer der vielen Bierkisten, die hinter der Kasse standen. „Ich gebe uns ein Feierabendbier aus, einverstanden?"

Fritzmeier hob die Augenbrauen.

„Muss ja 'ne wichtige Anchelegenheit sein, dasse vorher 'n Bier brauchs. Aber warte, ich hol lieber welche aussen Kühlschrank. Leg dat Cheld schon mal hier auffen Tisch. Nich, dasse dat nachher noch verchisst. Ich kenn dich doch."

Schulte sah ihm schmunzelnd nach, als Fritzmeier in den kleinen Nebenraum ging, der ihm als Kühlhaus diente. Fritzmeier tat immer so, als sei er auf jeden Cent angewiesen und als drohe ihm sonst der sofortige Hungertod. Dabei war Fritzmeier vermutlich deutlich besser situiert als Schulte selbst. Er hatte in den letzten Jahren einige Ländereien sehr vorteilhaft verkauft und auch der Hofladen trug seinen Teil zur Deckung der laufenden Kosten bei. Aber Jammern gehört ebenso zwingend zu den Leidenschaften eines lippischen Bauern wie Pickert und Wacholder.

Wortlos tranken beide den ersten Schluck Bier. Dann räusperte Schulte sich und sagte: „Anton, ich habe da was eingestielt, ohne dich vorher zu fragen. Wenn du jetzt böse wirst, kann ich das gut verstehen. Aber ich hoffe, wir können uns trotzdem einigen."

263

„Oh, oh!", rief Fritzmeier. „Chetz kommt's aber knüppeldicke."

Schulte berichtete nun von seinem Gespräch mit Günther Sauer und machte Fritzmeier auch mit dem wenig beruhigenden Hintergrund der gestrigen Ereignisse auf dem Hof bekannt.

„Der wollte den Kerl mit den Schnauzbart echt umnieten?", fragte Fritzmeier ungläubig. „Hier auf meinen Hof? Bisse sicher?"

Schulte nickte und fuhr fort: „Und er wird es wieder versuchen. Solange bis er es geschafft hat. Es sei denn, wir sind schneller als er. Anton, ich will diesen Killer hierherlocken. Ich werde dafür sorgen, dass dieser Hof die bestmögliche Bewachung bekommt. Ich spreche mit Ina, sie muss irgendwas mit ihrer Arbeitszeit regeln, um besser auf Linus aufpassen zu können. Wenn das nicht klappt, dann nehme ich den Jungen zu mir. Aber das alles geht nur, wenn du einverstanden bist. Was meinst du?"

Fritzmeier kratzte sich am Hinterkopf.

„Die alte Bude von Egon meinst du, oder? Müsste aber ersma cheputzt werden. Da hat jahrelang keiner drin chewohnt."

„Das ist nicht nötig. Putzen soll Sauer selbst, wenn er will. Aber heißt das, du bist einverstanden?"

Fritzmeier zuckte mit den Schultern. „Wat soll ich machen? Iss doch für'n chuten Zweck, oder?"

Schulte fühlte sich unendlich erleichtert, sah sich aber doch verpflichtet, Fritzmeier auf die Gefahren hinzuweisen.

„Anton, dein Mut in allen Ehren, aber du riskierst dabei Kopf und Kragen, das muss dir klar sein."

Fritzmeier lachte.

„Weisse Jupp, der Kopp is schon zweiundachtzig Jahre alt. Ob er noch ma durchen TÜV kommt, is nich sicher. Und der Kragen is sowieso schmutzig. Wat riskier ich also?"

59

Schulte war genervt. Wenn er so hätte arbeiten können, wie er es gewohnt war, dann wäre er jetzt nach Bielefeld gefahren, um die Autovermietung zu checken. Diesen Job musste er im Moment van Leyden überlassen.

Scheiß Corona, schimpfte Schulte vor sich hin.

Wenigstens wollte er Pauline Meier zu Klüt mitnehmen, versuchte Schulte seine gedankliche Anspannung zu lockern. Wenn die dabei war, dann würde schon nichts schiefgehen. Mit dieser Frau hatte Schulte Jahre lang zusammengearbeitet. Die hatte es drauf, da würde nichts misslingen.

Das Telefon riss ihn aus seinen Gedanken. Er sah auf das Display. Van Leyden. Was wollte der Kerl jetzt schon wieder? War etwas schiefgegangen?

„Ja", meldete sich Schulte knapp.

„Pauline hatte keine Zeit, mit nach Bielefeld zu kommen", plauderte Schultes Kollege. „Die Köster scheint in ihrem Laden ein strammes Regiment zu führen. Bei denen in der Kreispolizeibehörde setzt du dich anscheinend nicht mal eben so ins Auto und fährst mit einem Kollegen nach Bielefeld, um eine neue Spur in dem Fall zu verfolgen", schwatzte van Leyden weiter. Schulte war kurz davor, den Kerl anzuschreien. Ja, machte denn hier jeder was er wollte?

„Nein", regte sich van Leyden auf. „Da wird erst eine Sache zu Ende gebracht. Und dann kommt der nächste Schritt. Ja, wo bleibt denn da die Spontanität?"

Hatte der Kerl einen Lattenschuss? Schulte war kurz vor dem Durchdrehen. Allein die Tatsache, dass sein Kollege plapperte wie zehn Fischweiber, hatte zur Folge, dass Schulte ihn noch nicht angeschrien hatte. Weil er einfach nicht dazwischenkam. Aber mit dem Geschwafel war jetzt Schluss. Doch während Schulte seine Lungen füllte, um eine lange Schimpftirade folgen zu lassen, schwatzte van Leyden schon wieder los.

„Ich habe die Angelegenheit mit der Autovermietung also auf moderne Art geregelt."

Schulte ließ Luft entweichen. „Moderne Art?", raunzte er. „Was heißt das?"

„Na, ich habe den virtuellen Weg nach Bielefeld eingeschlagen und habe so einiges zutage gefördert." Van Leyden machte eine kurze rhetorische Pause, die Schulte dazu nutze, seine Ungeduld laut zu äußern.

„Van Leyden, zieh hier keine Show ab. Erzähl, was hast du unternommen und vor allem, was hast du rausbekommen", blaffte er.

„Okay, okay, Schulte, bleib geschmeidig", versuchte van Leyden seinen Kollegen zu beruhigen. „Also das Auto wurde von einem gewissen Ottokar Meiersfeld gemietet. Der Mann ist achtzehn Jahre alt und wohnt in Detmold. Ich wette tausend Euro, dass dieser Bengel ein Strohmann ist. Der hat das Auto für jemanden anderes gechartert. Na, wie auch immer, der Kollege Lindemann ist auf dem Weg zu ihm. Ich habe mir inzwischen mal die Daten des Mondeos genauer angesehen. Der Autoverleiher hat in seine Autos eine Software installiert, so ein kleines nettes GPS-System, das immer genau anzeigt, wo sich die verliehenen Autos gerade befinden. Und das Beste ist, dieses System gibt nicht nur Auskunft über den jeweiligen Standort der Autos, nein, die Autovermietung speichert die Routen auch für einen Monat. Das ist zwar illegal, aber wer hat, der hat und wo kein Kläger, da kein Richter."

„Du meinst", fragte Schulte nun ziemlich konsterniert, „die Autovermietung hat Aufzeichnungen über jeden ihrer vermieteten Wagen auf ihrer Festplatte."

„Genau", kam es selbstverliebt von van Leyden. „Und seit fünfzehn Minuten hat diese Aufzeichnungen nicht nur die Autovermietung, sondern sie liegen auch auf einem russischen Server, auf dem ich ein paar Terabyte Speicherplatz gemietet habe."

„Mann, van Leyden, russischer Server, irgendwann gehst du noch mal wegen Vaterlandsverrat in den Knast", stöhnte Schulte.

„Lockerbleiben", erwiderte van Leyden unbekümmert. „Aber damit du Bescheid weißt, der russische Server ist das einzige gesetzeskonforme an der ganzen Aktion. Wir müssen die Maßnahme jetzt noch vom Kopf auf die Füße stellen. Kriegst du das hin, Schulte?

Du hast doch bei der kleinen Staatsanwältin einen großen Stein im Brett. Um meine Arbeit nachgelagert zu
legalisieren, brauchen wir eine Hausdurchsuchung bei
der Autovermietung."

„Gut gemacht, van Leyden!" Schultes Wut und seine
Zweifel waren wie geblasen. Er strotzte auf einmal vor
Energie. „Ich kümmere mich, du hörst von mir."

60

Als sie aufwachte, glaubte sie einen Moment lang jeden ihrer Knochen zu spüren. Doch schon nach einer
Sekunde wusste sie, dass das definitiv nicht der Fall
war. Ihr rechter Arm fehlte, so kam es ihr vor, aber
sie versuchte, ihn zu bewegen. Da, wo sie ihr Gehirn
im Allgemeinen verortete, war jetzt nur ein Kribbeln
angesiedelt. Sie war auf dem harten Küchenstuhl vor
Erschöpfung eingeschlafen. Dabei hatte sie sich so
ungünstig auf die Tischplatte gebettet, dass ihr Oberkörper die ganze Zeit auf ihrem Arm gelegen hatte.
Dadurch war natürlich jegliche Durchblutung verhin-
dert worden, wodurch sämtliche Nervenstränge ihren
Dienst quittiert hatten. Als Folge verspürte sie in den
rechten oberen Gliedmaßen keinerlei Gefühl.

Jetzt, wo sie sich im Raum umsah, streckte die Realität ihre Fänge wieder nach ihr aus. Sie seufzte verzweifelt und versuchte, sich den Schlaf aus den Augen zu
reiben. Doch immer noch verweigerte ihr rechter Arm
jegliche Dienste.

Adelheid Vahlhausen war am Ende ihrer Kräfte. Morgen würde sie in ihre neue Wohnung auf dem Fritzmeier'schen Hof einziehen. Das hörte sich so unverbindlich an, dachte sie. Morgen würde sie umziehen, war die völlig falsche Formulierung. Morgen musste sie umziehen, zumindest aber musste sie ihre alte Wohnung räumen, denn schon am Sonntag, also übermorgen, das hatte Adelheid Vahlhausen ihrem Nachmieter zugesichert, konnte der damit anfangen, sein künftiges Zuhause zu renovieren.

Sie rieb sich ihren rechten Arm. Ganz langsam verzogen sich die imaginären Ameisen, das Kribbeln wurde schwächer. Jetzt gehorchten auch die Finger wieder. Zwar nur, wenn sie alle Willenskraft zusammennahm, aber immerhin, die Funktionalität der Hand stellte sich wieder ein.

Adelheid Vahlhausen sah auf ihre Armbanduhr. Sie musste sich sputen. Bedingt durch die Hektik der letzten Wochen hatte sie völlig vergessen, sich einen geräumigen Wagen zu leihen, um ihre Habseligkeiten morgen auf den Fritzmeier'schen Hof zu verfrachten. Sie griff nach ihrem Handy.

Nachdem sie von allen Detmolder und Lemgoer Autovermietungen eine Absage bekommen hatte, pfefferte sie ihr Telefon auf den Küchentisch. Das Display reagierte sofort. Es zeichneten sich Hunderte kleiner Risse auf der Scheibe ab. Adelheid Vahlhausen quittierte das Malheur mit einem derben Fluch.

Einen Moment dachte sie darüber nach, zum nächsten Supermarkt zu fahren und sich eine Flasche Wodka zu besorgen. Doch Sie blieb standhaft. Sie schnappte sich einen Umzugskarton und begann ihn mit Büchern zu füllen. Um die Kiste später auch noch tragen zu können, packte Adelheid Vahlhausen sie nur zur Hälfte mit schweren Gegenständen voll. Den restlichen Stauraum füllte sie mit Kleidungsstücken, Handtüchern und weiteren leichteren Gegenständen auf.

Weit nach Mitternacht waren alle Schränke leer. In ihrem Wohnzimmer türmten sich sechzig Pappkisten, fein säuberlich beschriftet mit Hinweisen auf den Inhalt.

Adelheid Vahlhausen dachte darüber nach, wie oft sie wohl mit ihrem Golf von Wohnung zu Wohnung fahren müsste, bis alle ihre Utensilien verfrachtet waren. Und da waren ja nicht nur die Umzugskisten. Ihre Möbel mussten ja auch noch transportiert werden. Ihr war zum Heulen.

Zwar hatte die Staatsanwältin ihr zugesichert, dass sie ihr beim Umzug helfen wollte, doch Zoé Stahl hatte nur einen Mini Cooper. Adelheid Vahlhausen war sich nicht sicher, ob man in der kleinen Karre überhaupt einen Umzugskarton unterbringen könnte.

Doch all das war ihr mittlerweile egal. Sie war hundemüde. Alles Weitere musste auf den nächsten Tag verschoben werden, wenn nötig auch ein schwieriges Gespräch mit ihrem Nachmieter. Jetzt war nur noch schlafen angesagt.

61

Zufrieden verriegelte Schulte die Tür des Haupthauses, in dem nun außer Anton Fritzmeier auch noch Günther Sauer wohnte. Schultes Gewissen war rabenschwarz, denn er brachte Fritzmeier in eine Gefahr, die er eigentlich nicht verantworten konnte. Aber der alte Mann hatte so bereitwillig zugestimmt, dass Schulte alle Bedenken über Bord geworfen und Sauer mitsamt zweier Koffer hierhergeholt hatte. Schulte war unsicher, ob Fritzmeiers Hilfsbereitschaft einfach nur mangelnde Risikoeinschätzung oder pure Abenteuerlust war. Fritzmeier traute er alles zu.

Mit der Staatsanwältin und auch mit Maren Köster hatte er über seinen Plan kurz gesprochen. Beide hatten nur genickt.

„So ganz genau will ich das gar nicht wissen", hatte Zoé Stahl ihn unterbrochen, als Schulte ihr ausführlich erklären wollte, was er vorhatte. „Was ich nicht weiß, kann man mir auch nicht vorwerfen. Mach, was du für richtig hältst."

Maren Köster hatte zwar mit wenig Begeisterung zugestimmt, fand Schultes Lösung aber immerhin praktikabler und effektiver als die Bewachung Sauers vor dessen Wohnung.

„Auf eurem Hof haben wir viel bessere Möglichkeiten, uns einzurichten als dort an der Straße", meinte sie. „Heute ist Samstag. Wenn Pauline und Manuel heute die Nachtwache übernehmen wollen, gut. Aber am Montag in aller Frühe will ich sie hier ausgeruht und tatendurstig im Dienst sehen. Nur eine Nacht, Jupp. Versuch gar nicht erst, die beiden zu mehr zu überreden."

Es war nach einem angenehm sonnigen Tag eine sternenklare, kühle Nacht geworden. Schulte ging einige wenige Schritte zum Hofladengebäude, das exakt gegenüber der Tür des Haupthauses lag. Pauline Meyer zu Klüt und Manuel Lindemann saßen dort auf einem Stuhl und schienen mit sich und der Welt zufrieden zu sein.

„Wenn es noch kälter wird, gehen wir in den Hofladen", sagte Pauline. „Von da aus haben wir die Haustür prima im Blick. Die ist ja schön beleuchtet."

Schulte warf ihr einen dankbaren Blick zu. Er hatte die beiden jungen Kollegen nicht lange bitten müssen, in dieser Nacht auf dem Hof Wache zu schieben. Immerhin in ihrer Freizeit. In der folgenden Nacht würde er diesen Job selbst übernehmen. Und danach würden sie weitersehen. Solange nicht wieder dieser Komplettausfall Volle zur Bewachung abkommandiert wurde, war ihm jeder Polizist der Kreispolizeibehörde recht.

„Ich fühl mich hier wie zu Hause", lachte Pauline. Schulte wusste, dass sie immer noch auf dem Bauernhof lebte, auf dem sie aufgewachsen war. „Artgerechte Haltung."

Lindemann sah nicht ganz so zufrieden aus. Für ihn war ein Bauernhof ähnlich exotisch wie eine Hütte im Dschungel.

„Wenn Ihr Hunger oder Durst habt", sagte Schulte und wies mit einer weit ausholenden Handbewegung in den gut ausgestatteten Hofladen, „dann nehmt euch einfach was und schreibt es auf. Ich bezahle das dann." Bevor er in seine eigene Wohnung ging, sagte er mahnend: „Bitte vergesst nicht, dass ihr es mit einem Profi zu tun habt. Der Mann mag zwar völlig unscheinbar aussehen, aber unterschätzt ihn bitte nicht. Ruft mich sofort an, wenn ihr was Verdächtiges bemerkt. Ihr könnt mich jederzeit wecken."

Er wusste, dass er sich auf beide blind verlassen konnte. In seiner Wohnung trank er noch eine Flasche Bier, schob eine Pink-Floyd-CD ein und legte sich in voller Montur aufs Sofa. Das erste Stück war noch nicht verklungen, als er in einen leichten, unruhigen Schlaf fiel.

Zwei Stunden später schreckte er hoch, als er ein Auto auf den Hof kommen hörte. Sofort sprang er auf, lief zum Küchenschrank, zog eine Schublade auf und holte seine Dienstwaffe heraus. Sekunden später stand er auf dem dunklen Hof und versuchte, etwas zu erkennen. Im schwachen Schein der Lampe vor Fritzmeiers Haustür stand ein Auto, welches ihm bekannt vorkam. Er lief zum Hofladengebäude, hörte aber schon von Weitem entspanntes Gelächter. Schulte staunte nicht schlecht, als er den Hofladen betrat und dort neben Pauline und Lindemann jemand vorfand, mit dem er nie und nimmer gerechnet hätte. Marco van Leyden grinste ihn an, als er Schultes verblüffte Miene sah.

„Was zum Teufel machst du denn hier?", fragte Schulte, nachdem er sich von der Überraschung etwas erholt hatte.

„Ich wollte eigentlich mit Freunden in eine Kneipe", antwortete van Leyden. „Aber das geht ja nun nicht mehr, Corona sei Dank. Na ja, und bevor ich vor Lange-weile sterbe, habe ich mir gedacht, besuchst du doch ein-fach mal die schöne Pauline, die jetzt ganz allein Wache schiebt. Ich wusste ja nicht, dass sie Verstärkung hat."

Pauline verdrehte die Augen, machte aber eher den Eindruck amüsiert denn genervt zu sein.

„Wenn du schon mal hier bist", fand Schulte, „dann kannst auch 'ne Weile bleiben und mit aufpassen. Ich leg mich dann wieder hin. Bin schließlich nicht mehr der Jüngste."

62

Was waren das für Geräusche? Wieso ertönten während des Musicals „Fürstin Pauline" die Glockentöne von Big Ben? Da hatte doch sicher mal wieder jemand sein Handy nicht abgeschaltet. Adelheid Vahlhausen ärgerte sich über solche Störungen. Dann, sie wollte sich gera-de wieder auf die Musik konzentrieren, da ertönte der Glockenschlag wieder. Und wieder und wieder. Jetzt war die Polizistin aus ihrem Traum in die Wirklichkeit zurückgekehrt. Sie lag auf ihrem Wohnzimmersofa.

Als sie an sich heruntersah, musste sie feststellen, dass sie noch ihre Arbeitsmontur anhatte. Anscheinend hatte sie es gestern nicht mehr bis zu ihrem Bett ge-schafft, so müde war sie gewesen.

Wieder der Big-Ben-Glockenschlag. Es war ihre Haustürklingel, die für diesen Lärm verantwortlich war. Oder besser gesagt, der, der immer wieder ununterbrochen auf den Klingelknopf drückte. Was war das denn für ein Idiot, dachte sie. „Wie spät haben wir es überhaupt?", nuschelte Adelheid Vahlhausen und sah auf ihre Armbanduhr.

Scheiße, dachte sie, heute muss ich umziehen und ich habe verschlafen. Wieder hörte sie das Sturmleuten. Das würde sicher Zoé Stahl sein.

„Ja, ja, ja, ich komme ja schon", rief sie und wankte zur Wohnungstür. Als sie öffnete, standen Linus und Rafael im Eingang.

„Mein Vater meint, unser Fußballgolf-Teammitglied würde heute Hilfe benötigen", grinste der dunkelhaarige Junge und Linus nickte bestätigend.

Noch bevor Adelheid Vahlhausen etwas dazu sagen konnte, plapperte Linus schon weiter. „Herr Bruschetta versucht, einen Parkplatz vor dem Haus zu organisieren und kommt dann mit einigen Männern, um auch zu helfen." Linus grinste. „Ach ja", plauderte er sodann weiter, „und Anton ist mit dem Trecker unterwegs. Er meint, die Möbel sollten besser auf dem Anhänger transportiert werden, der Transporter wäre zu klein für sperrige Teile."

Adelheid Vahlhausen war sprachlos. Und wenn du denkst, es geht nicht mehr, kommt von irgendwo ein Lichtlein her, fiel ihr ein Spruch ein, den sie früher oft von ihrer Mutter zu hören bekommen hatte. Aber konnte sie diese Hilfe annehmen? Bruschetta war schließlich für sie immer noch ein einziges großes Fragezeichen, aus dem sie nicht recht schlau wurde. So ganz koscher erschien er ihr nicht. Noch während sie versuchte, diesbezüglich einen klaren Gedanken zu fassen, kam er auch schon die Treppe herauf. Im Schlepptau hatte er zwei Männer, die auch als Schwergewichtsringer durchgegangen wären.

„Herr Fritzmeier hat uns gebeten, ihm und Ihnen bei Ihrem Umzug zu helfen, Frau Vahlhausen." Er lächelte die Polizistin freundlich an. „In Corona-Zeiten ist das Leben sowieso nicht einfach. Da muss man sich noch mehr helfen als sonst. Das ist doch klar und wir machen das gerne."

Bruschetta drehte sich zu den beiden Hünen um, die stumm nickten. „Sehen Sie, Frau Vahlhausen, wir brennen darauf, Ihnen zur Hand zu gehen. Doch erst einmal sollten wir uns stärken. „Ich habe noch einen meiner Männer zum Brötchenholen geschickt. Wenn der hier ankommt, gibt es erst mal ein Frühstück."

Adelheid Vahlhausen war immer noch sprachlos, da war schon wieder die Big-Ben-Türglocke zu hören. Im nächsten Moment hastete Zoé Stahl die Treppe herauf.

„Adelheid, entschuldige! Ich bin zu spät, ich wurde etwas aufgehalten." Die Staatsanwältin sah in die Runde. „Oh, Helfer hast du ja anscheinend genug."

„Zoé, ich muss noch etwas Dienstliches mit dir besprechen", kam die unerwartete Antwort von Adelheid Vahlhausen, ohne weiter auf das Gesagte einzugehen.

Sie zog die Staatsanwältin in die Küche und berichtete ihr, dass sie durch die Masse, die die Polizeiarbeit im Moment mit sich brachte, den Umzug nicht vernünftig geplant und durchstrukturiert habe. Dass sie keinen Transporter bekommen habe und dass sie an sich fest entschlossen sei, nur das zu machen, was unter diesen Umständen zu schaffen sei. Doch jetzt wäre dieser Bruschetta aufgetaucht, der Mann, der schon unaufgefordert ihre neue Wohnung renoviert habe. Mit Lieferwagen und drei starken Männern sei er vor fünf Minuten hier aufgelaufen. „Ein Gottesgeschenk", sagte Adelheid Vahlhausen.

„Ich weiß, was du meinst", entgegnete Zoé Stahl. „Aber wie du selber gesagt hast, es ist ein Gottesgeschenk. Fangen wir an, bevor es sich die Männer anders überlegen."

Als die beiden Frauen die Küche verließen, stand auch Anton Fritzmeier im Flur. Gerade biss er genüsslich in ein Mettbrötchen. Kauend grinste er Adelheid Vahlhausen an und meinte dann schmunzelnd: „Na, Mädchen, da staunsse, wa? Ich dachte, ich chreife dich bei deinen Umzuch mal ein bisschen unter die Arme. Und als Bodo", Fritzmeier deutete auf Bruschetta, „heute Morgen so bei mich aufen Hof rumstand, da habe ich den chleich mit einchespannt. Der hat ja sonst nix zu tun, außer seinen Bengel durche Chegend zu fahren." Fritzmeier nahm sich ein weiteres Mettbrötchen und schob dann nach: „Viele Hände, schnellet Ende. Das chilt bei uns auffen Bauernhof, so lange ich denken kann."

63

Oleg Tschernenko war froh, nicht in dieser Stadt leben
zu müssen, als er die Autobahn verließ und über die
Bundesstraße 1 nach Dortmund hineinfuhr. Das war
nicht seine Welt. Er war in den unendlichen Weiten
Sibiriens aufgewachsen, brauchte freie Sicht und frische
Luft. Selbst Bielefeld, wo er vorübergehend in der leer
stehenden Wohnung eines Bekannten wohnte, war ihm
eigentlich schon ein paar Nummern zu groß. Er war
mehr durch Zufall in Deutschland hängen geblieben.
Als seinerzeit die Sowjetunion zusammenbrach und
eine fast vollständig rechtlose Phase unter der Jelzin-
Regierung mafiöse Strukturen aufblühen ließ, hatte
Oleg Tschernenko seine Begabung entdeckt: Er konnte
nicht nur gut mit einer Handfeuerwaffe umgehen, er
hatte auch wenig Skrupel, diese einzusetzen. Einer seiner ersten „Jobs" hatte ihn nach Deutschland geführt.
Da er seine Aufträge stets sauber und zuverlässig abwi-
ckelte, ohne dabei Spuren zu hinterlassen, war er bald
ein gefragter Mann. So gefragt, dass er beschloss, „frei-
beruflich" zu arbeiten. Er war nicht billig, aber er war
sein Geld wert, fand er.

Nun war er auf dem Weg zu seinem aktuellen Ar-
beitgeber. Der Dortmunder war Besitzer einer ganzen
Kette von Wettbüros und baute sein Imperium ständig aus. Aber vor einiger Zeit war er betrogen worden.
Jemand hatte auf ein schier unmögliches Spielergebnis
gesetzt und, zur Verblüffung aller, gewonnen. Schnell
fand der Betrogene heraus, wer hinter der Spielmani-

pulation steckte. An dieser Stelle war Oleg Tschernenko ins Spiel gekommen. Einen Teil seiner Aufgabe hatte er flott und nachhaltig gelöst. Aber sein Auftraggeber wollte nicht nur Rache, er wollte auch sein Geld zurückhaben. Und das war immer noch im Besitz dieses kleinen Drecksacks, der eigentlich nur zwischengeschaltet worden war. Fast hätte Tschernenko den Kerl in die Finger bekommen, wäre da nicht dieses neue Problem aufgetaucht, dieser …, er mochte eigentlich gar nicht dran denken.

Kurz darauf saß er im weiträumigen Büro des Wettbürobesitzers. Der Mann, ein nicht großer, aber stämmiger Typ Mitte fünfzig, der in seinem teuren Anzug irgendwie verkleidet wirkte, schien überaus schlecht gelaunt zu sein. Er saß keine zehn Sekunden still, sprang immer wieder auf und drehte Runden auf einem wertvollen Orientteppich. Tschernenko wunderte sich, dass auf dem Teppich noch keine Spurrillen zu erkennen waren. Mit seiner dröhnenden Stimme im unverkennbaren Ruhrpott-Slang, der so gar nicht zum Ambiente des edel ausgestatteten Raumes passen wollte, herrschte er Tschernenko an: „Wo ist mein Geld?"

Tschernenko ließ sich so leicht nicht einschüchtern.

„Was wollen Sie? Der Hauptschuldige ist tot, es gibt keinerlei Spuren zu mir oder zu Ihnen. Dieser Teil des Auftrags ist voll und ganz erfüllt. Und diesen kleinen Mistkerl, den alle den *Windhund* nennen, den kriege ich auch noch. Ist nur eine Frage der Zeit."

„Der Kerl ist mir scheißegal", rief der Wettbürobesitzer. „Ich will das Geld zurückhaben. Wie stehts damit?"

279

Hier hatte Tschernenko nicht viel zu bieten.

„Er ist bei einem Bullen untergekrochen. Und dieser Bulle verwahrt das Geld für ihn auf. Schwierig, daranzukommen. Aber ich werde das schaffen, keine Sorge. Obwohl …"

Der Dortmunder stoppte seine Runden und schaute ihn prüfend an.

„Obwohl was?"

Tschernenko suchte nach den richtigen Worten, wollte nicht als feige gelten, konnte aber das neu entstandene Problem auch nicht einfach unter den Tisch fallen lassen.

„Als ich diesen *Windhund* fast soweit hatte, ist unerwartet ein Mann aufgetaucht. Sie werden ihn nicht kennen und müssen mir schon glauben, wenn ich Ihnen sage, dass in Berlin jeder, der sich im Milieu auskennt, sich hüten wird, diesem Mann in die Quere zu kommen. Ich habe bei einem Auftrag in Berlin mit ihm zu tun bekommen und weiß, dass diese Vorsicht ihren guten Grund hat. Dieser Kerl sieht aus wie einer, der seiner alten Nachbarin die Einkäufe abnimmt. Aber es gibt ganze Teile von Berlin, da läuft nichts gegen seinen Willen."

„Und wer ist dieser vermeintliche Wunderknabe?", fragte der Wettbürobesitzer mit unüberhörbarem Zweifel in der Stimme. „Und was macht der auf dem platten Land?"

„Er heißt Bodo Bruschetta. Keine Ahnung, ob das sein richtiger Name ist. Auf jeden Fall nennt er sich so. Warum er sich aber ausgerechnet an diesem Tag auf diesem Bauernhof herumgetrieben hat und warum er überhaupt in dieser Region ist, weiß ich nicht. Auf jeden Fall kann ich den nicht so einfach beiseiteschieben."

Der Dortmunder schien plötzlich mit den Gedanken ganz woanders zu sein. Er setzte sich hinter seinen Schreibtisch, nahm das Telefon zu Hand und sagte zu Tschernenko: „Ich muss mal kurz telefonieren. Aber allein."

Wortlos ging Tschernenko hinaus und wartete auf dem Flur geduldig darauf, wieder hereingebeten zu werden. Es dauerte und er hatte schon Sorge, völlig vergessen worden zu sein, als sich die Tür endlich wieder öffnet und er gerufen wurde.

Sein Auftraggeber drehte wieder eine Runde auf dem Teppich, die derben Hände hinter dem Rücken verschränkt. Wie beiläufig sagte er: „Ich habe mich gerade bei einem guten Bekannten in Berlin über diesen Bruschetta schlau gemacht. Der Kerl könnte mir tatsächlich gefährlich werden. Er betreibt in Berlin und Umgebung unter anderem auch etliche Wettbüros, ist also im selben Geschäftsfeld tätig wie ich. Wenn ich der Wettkönig von Westfalen bin, dann ist er das von Brandenburg. Was will er hier? Will er in meinem Revier wildern? Will er mich verdrängen?"

Tschernenko zuckte ratlos mit den Schultern.

Plötzlich stoppte der bullige Mann seine Runden, wandte sich ihm zu und sagte im Befehlston: „Ich kann es nicht drauf ankommen lassen. Dieser Bruschetta muss weg. Bevor er hier Schaden anrichtet. Also, Tschernenko, ihr Auftrag lautet: Das Leben dieses lächerlichen *Windhundes* ist mir schnuppe. Aber ich will das Geld

und wenn dieser Heini sich querstellt, dann …, wo ge-
hobelt wird, da fallen nun mal Späne, Sie verstehen?
Noch wichtiger aber ist mir dieser Bruschetta. Sie wissen, ich zahle gut, aber ich will auch professionelle Arbeit sehen."

Tschernenko sackte etwas in seinem Sessel zusammen, fühlte eine leichte Übelkeit aufsteigen. Vorsichtig sagte er: „Ich mache alles, was Sie wollen, aber an
Bruschetta traue ich mich nicht heran. Der ist zu gut
abgeschottet."

„Was?", der Wettbüro-Mann starrte ihn ungläubig an.
„Wozu zahle ich Ihnen denn so viel Kohle? Hat der kleine Kerl doch tatsächlich die Hose voll, wenn er nur an
diesen Bruschetta denkt. Ich glaube es nicht. Ich denke,
Sie sind ein Profi. Dann kann ich mir ja jeden x-beliebi-
gen Stricher vom Bahnhof holen und ihm eine Knarre in
die Hand drücken. Für deutlich weniger Geld."

Tschernenko sprang aus dem Sessel und baute sich
zu seiner ganzen Körpergröße von 1,69 m auf. Die
beiden standen sich gegenüber wie zwei kampfbereite
Pitbulls. Plötzlich drehte sich Tschernenko weg und
dachte laut: „Vielleicht gibt es eine andere Möglichkeit.
Als ich Bruschetta gesehen habe, da hatte er einen Jungen bei sich, der ihm verdammt ähnlich sah. Garantiert
sein Sohn. Wenn man nun …"

64

Heute Morgen hatte ihre Mutter ihr ein YouTube-Musikvideo gesendet. Zu sehen war eine Gruppe, *Hans im Glück,* mit einem Song über Detmold. Die Melodie bekam sie nicht mehr aus dem Kopf. Immer wieder summte sie den Refrain vor sich hin.

DTC, Detmold City forever in love, trag dich im Herzen, seit ich dich traf, DTC-Detmold City.

Zoé Stahl ärgerte sich darüber, dass sie den Text schon wieder summte und musste dabei zugeben, dass sie, seitdem sie mit ihrem Job hier in dieser Stadt begonnen hatte, von Tag zu Tag zufriedener wurde.

Die Antipathie gegen Detmold, die sie noch vor drei Wochen mit Inbrunst wie eine Monstranz vor sich hergetragen hatte, war verflogen. Ja, mehr noch, sie begann diese Stadt zu mögen. Ihr ging es so wie in dem Lied beschrieben. Lediglich die Kneipen, von denen ebenfalls in dem Song die Rede war, konnte sie nicht aufsuchen. Diese Facette Detmolds war momentan Corona zum Opfer gefallen.

Das Telefon störte sie beim Nachdenken. Es meldete sich ein Mann namens Erpentrup, Klaus Erpentrup. Der Name kam ihr bekannt vor. Richtig, der abgehalfterte Staatssekretär.

„Frau Stahl, darf ich mich kurz vorstellen", säuselte der Mann. Und fing gleich an, auf unangenehmste Weise Süßholz zu raspeln. Zoé Stahl fand ihn vom ersten Moment an unangenehm und schleimig.

Jetzt klopfte es an der Tür.

„Einen Moment bitte, Herr Erpentrup", unterbrach die Staatsanwältin. „Es klopft, ich bin gleich wieder für Sie da."

Sie deckte das Mikrofon des Hörers mit der Hand ab. Die Tür öffnete sich und Schulte trat ein. Die Staatsanwältin legte einen Finger auf die Lippen und wies mit einem Kopfnicken auf einen Stuhl. Schulte kam der Aufforderung nach und setzte sich, während Zoé Stahl den Hörer wieder in die Telefonierposition brachte.

„So Herr Erpentrup, jetzt bin ich ganz bei Ihnen. Was haben Sie auf dem Herzen?", gab sie sich ausgesprochen höflich.

Als Schulte den Namen hörte, macht er erst ein irritiertes Gesicht und verdrehte dann genervt die Augen. Zoé Stahl lächelte verschwörerisch. Sie führte das Telefonat weiter und hörte zu, was ihr Gesprächspartner zu berichten hatte.

„So, Sie sind für die Öffentlichkeitsarbeit beim *DFB* verantwortlich und sind noch dazu die rechte Hand des *DFB*-Präsidenten", wiederholte sie laut das Gehörte.

Erpentrup sprach jetzt etwas länger.

„Ja, Herr Erpentrup, da hat Ihnen Ihr Informant die richtige Auskunft gegeben. Die Sonderabteilung Heidenoldendorf arbeitet an alten Fällen, die mit Wettbetrug zu tun haben."

Wieder lauschte die Staatsanwältin ihrem Gegenüber.

„Ja, natürlich haben Sie recht, Herr Erpentrup, Spielmanipulationen gehören genauso wie Doping zur größten Bedrohung der ethisch-moralischen Grundwerte des Sports, da bin ich ganz ihrer Meinung. Nur so können wir Wettbetrug im großen Stil und im globalen Kontext konsequent begegnen."

Nach einer weiteren Minute, die sie zum Zuhören nutzte, sagte Zoé: „Nun, ich befürchte, da ist unser Polizeirat Schulte doch ganz unserer Meinung."

Erpentrup sagte etwas.

„Eine Hausdurchsuchung beim *DFB*?", Zoé Stahl sah Schulte bedeutungsvoll an. „Ja, da liegt mir ein Antrag vor", log sie. „Eine reine Formsache, Sie kennen das doch sicher aus Ihrer Zeit?"

Selbst Schulte hörte jetzt die aufgeregte, hektische Stimme seines alten Chefs, wenn auch nur Wortfetzen. Schulte kannte das, Erpentrup redete sich in Rage.

„Sie meinen, ich solle die Hausdurchsuchung unter den Tisch fallen lassen, wegen der möglichen schlechten Presse? Wie stellen Sie sich das vor, Herr Erpentrup."

Wieder drang Stimmengewirr an Schultes Ohr.

„Okay, Herr Erpentrup, ich rede mit Herrn Schulte, vielleicht können wir die Durchsuchung beim *DFB* ja erst mal hintanstellen", erwiderte Zoé Stahl.

Jetzt konnte Schulte Erpentrup deutlich verstehen. „Nein, Frau Stahl, ich bitte Sie, nichts diesem Schulte sagen! Der hasst mich."

„Herr Erpentrup", erwiderte die Staatsanwältin. „Ich weiß nicht, was Sie für Bedenken haben, aber ich kann den Polizeirat nicht außen vor lassen. Er hat mir den Antrag der Hausdurchsuchung vorgelegt, da kann ich jetzt nicht so einfach drüber weggehen, das müssen Sie verstehen. Aber der Schulte, das ist doch ein vernünftiger Mann, da machen Sie sich mal keine Sorgen."

Erpentrup wurde hektischer. „Bitte nicht Schulte, Frau Stahl, halten sie mir den vom Hals. Der Mann will mich ruinieren."

Weil ihr der Mann von Anfang an so dumm gekommen war, hatte sie ein kleines Spiel mit ihm gespielt. Doch auch wenn sie keinerlei Sympathie für Erpentrup hegte, wollte sie ihn nicht in die Verzweiflung treiben. Zoé Stahl bekam ein schlechtes Gewissen. Sie wollte den Mann beruhigen. Doch der hatte bereits aufgelegt.

Sie schnaufte. „Mann, Schulte, was hast du denn mit dem gemacht. Für Erpentrup bist du ja ein Monster."

„Das war er für mich zeitweise auch", entgegnete Schulte lakonisch. „Gott sei Dank ist diese Angelegenheit mittlerweile Geschichte. Aber wenn der Kerl ein bisschen leidet, dann kann und will ich eine klammheimliche Freude nicht verhehlen, das muss ich gestehen."

„Na gut, lassen wir das," winkte die Staatsanwältin ab. „Ich rufe ihn nachher noch einmal zurück und sage ihm, du würdest im Moment keinen Wert auf eine Hausdurchsuchung beim *DFB* legen, damit er wieder ein bisschen runterkommt."

„Muss das sein?", fragte Schulte mit einer gewissen Gehässigkeit.

„Was habt ihr beiden, du und dieser Erpentrup eigentlich miteinander? Wie viele Leichen sind bei euch im Keller? Und wieso mussten der ehemalige Staatssekretär und mein Vorgänger Söder gehen?"

Schulte winkte ab. „Das erzähle ich dir mal beim Bier, wenn die Kneipen wieder geöffnet haben."

„Okay, dann sag mir, was dich aus deinem Home-office in die ungesunde Welt treibt?", wechselte Zoé Stahl konsequent das Thema.

„Wir brauchen einen Hausdurchsuchungsbefehl für eine Autovermietung", erläuterte Schulte mit scheinheiliger Miene.

Die Staatsanwältin zog die Stirn in Falten.

„Wir haben herausgefunden, dass der gesuchte Mann, wahrscheinlich ein Auftragskiller, sich bei einer Autovermietung über einen Strohmann ein Auto gemietet hat", erklärte Schulte.

„Und da wollt ihr bei dieser Autobude gleich jeden Stein umdrehen? Ist das nicht ein bisschen so, wie mit Kanonen auf Spatzen schießen?", kam es zweifelnd von Zoé Stahl.

„Könnte man meinen", entgegnete Schulte und erzählte dann all das, was van Leyden preisgegeben hatte, ohne einmal den Namen des Kollegen zu erwähnen.

„Okay, aus illegal wird scheißegal", orakelte die Staatsanwältin. „Man, alter Mann, wenn euch da mal einer draufkommt, dann möchte ich nicht in eurer Haut stecken."

„Du sagst es doch, Mädchen, ich bin ein alter Mann. Ich habe einen breiten Buckel, den halte ich gerne hin, wenn wir diesen Killer zu fassen bekommen."

„Ich meine ja nur, Schulte", entgegnete Zoé Stahl versöhnlich. „Ich kümmere mich. In einer Stunde habt ihr den Wisch."

65

Es war Montagnachmittag. Normalerweise hätte Schulte jetzt seinen Schreibtisch verlassen, noch einen Kaffee oder ein Bier unten an Rosemeiers Theke getrunken, ein bisschen geplaudert und wäre nach Haus gefahren. So gehörte sich das. Jetzt, im Homeoffice, war alles anders. Ihm fehlte die Struktur. Alles war so undeutlich, wie verwischt. Es gab keinen richtigen Dienstbeginn, keinen anständigen Feierabend und zwischendurch wusste man auch nicht so recht, was zu tun war. Für Schulte war Homeoffice keine Option, die er freiwillig gewählt hätte. Ihm fehlte vor allem der Kontakt zu den Kollegen. Selbst ein Streit mit von Fölsen oder van Leyden wäre besser gewesen als dieses trostlose Starren auf den Bildschirm. Auch Telefongespräche waren kein Ersatz. Der Instinktmensch Schulte brauchte den Blick in die Augen, er musste die Reaktion seiner Gesprächspartner sehen, um sie interpretieren zu können. Am Telefon funktionierte das nicht. Jedenfalls nicht bei ihm.

Er trat hinaus auf den Hof und freute sich über das schlechte Wetter. Wenigstens etwas, dachte er. Wenn jetzt auch noch die Sonne strahlen und die Vögel zwitschern würden, dann wäre es noch trostloser, sich in der Wohnung aufhalten zu müssen. Nebenan hörte er Linus und Rafael lachen. So richtig coronakonform war das ja nicht, dass Rafael nach wie vor Linus besuchte. Schulte schaute auf die Uhr. Es war Fünf nach Sechs, jeden Moment würde Bruschetta kommen, um seinen

Sohn abzuholen. Der Mann war ein Muster an Pünkt-
lichkeit, eine Eigenschaft, die Schulte völlig abging.
Und prompt rollte auch schon der weiße Tuareg auf
den Hof. Bruschetta stieg aus, winkte Schulte zu und
wollte eben in die Nachbarwohnung gehen, um seinen
Sohn zu holen, als Schulte ihm zurief: „Sekunde bitte!
Ich habe da mal 'ne Frage."

Da beide Männer sich gleichzeitig in Bewegung setzten, trafen sie sich auf halber Strecke und standen etwas
irritiert voreinander.

„Wie begrüßt man sich denn jetzt?", fragte Bruschetta
und hielt beide Hände in einer Geste der Ratlosigkeit
hoch. „Die Hand geben, ist ja nicht mehr so angesagt."

„Keine Ahnung", meinte Schulte. „Dann reden wir
eben nur."

Da zwischen den beiden die Form der Anrede nie
wirklich geklärt worden war, eierten sie immer hin und
her zwischen dem Sie und dem Du. Eigentlich kannten
sie sich ja kaum, andererseits spürten beide eine irri-
tierende Seelenverwandtschaft, die sie sich aber nicht
erklären konnten.

„Wir müssen noch mal über diese Geschichte von
Freitag sprechen", sagte Schulte. „Sicher, wir können
uns darauf einigen, dass alles nur ein Missverständnis
war. Dass dieser Killer Sie tatsächlich verwechselt hat.
Aber ehrlich gesagt, glaube ich das keine Sekunde. Also
habe ich mich heute mal ein bisschen schlaugemacht
über den netten Papa des kleinen Rafael. Bin ja schließlich Polizist. Ich weiß, wo man solche Informationen
findet."

Bruschetta lachte. Er wirkte kein bisschen befangen und fragte: „Und? Wer bin ich?"

Doch Schulte blieb ernst, als er antwortete: „Offenbar ein Mann mit vielen Gesichtern. Einer, der seine Finger in allen möglichen Töpfen hat. Vorausgesetzt, in diesen Töpfen steckt Geld."

„Okay", fuhr ihm Bruschetta lachend dazwischen. „Bevor wir hier ein Verhör starten, gebe ich lieber alles zu. Jawohl, ich besitze ein paar Immobilien. Und ja, darunter sind auch Bars und Kneipen. Gibt es daran irgendetwas auszusetzen?"

„Grundsätzlich nicht", sagte Schulte. „Aber es sind auch zwei Bordelle darunter und eine ganze Kette von Wettbüros. Die …"

„Moment mal", sagte Bruschetta. „Ich besitze zwar diese Immobilien, das stimmt. Aber ich bewirtschafte sie nicht selbst. Die sind alle vermietet oder verpachtet. Ich hoffe doch sehr, dass meine Pächter nichts angestellt haben, oder? Wenn ich davon wüsste, dann würde ich natürlich den Vertrag sofort lösen. Aber ich denke nicht, dass so ein Schritt nötig ist. Oder hat die Polizei Hinweise, die ich nicht kenne?"

„Das vielleicht nicht. Aber wir haben Hinweise, dass ein Bruschetta in ein oder zwei Stadtteilen Berlins den Hut aufhat, wie man so sagt. Dass dort nichts läuft, was er nicht will."

„Das ist völliger Quatsch!", erwiderte Bruschetta. „Jetzt überschätzen Sie mich aber maßlos. Am Ende soll ich noch der Pate von Pankow sein, oder was? Vergessen Sie es, Schulte. Ich bin ein kleiner, aber zugegeben, erfolgreicher Geschäftsmann im Immobiliensektor. Nicht mehr und nicht weniger. Wenn sich mal irgendein Ganove an mir die Zähne ausgebissen haben sollte, dann habe ich deswegen kein schlechtes Gewissen. Ich kann mich wehren, wenn es sein muss. Deshalb bin ich aber noch lange kein Gangsterboss."

„Hatte sich denn dieser Typ am Freitag mal an Ihnen die Zähne ausgebissen?", fragte Schulte. „Sah ganz so aus, als hätte er plötzlich heftige Zahnschmerzen gekriegt."

Bruschetta zögerte eine Sekunde zu lange mit seiner Antwort. Schulte wusste nun, dass er auf dem richtigen Weg war.

„Mir begegnen natürlich eine Menge Leute", sagte Bruschetta. „Das ist nun mal so im Geschäftsleben. Die einen kommen, andere gehen. Die wenigsten spielen wirklich eine Rolle. Möglich, dass dieser Kerl etwas über mich in den falschen Hals bekommen hat. Und jetzt hat er zwei und zwei zusammengezählt und ist auf fünf gekommen. So geht das manchmal. Sie sollten keine Zusammenhänge konstruieren, die es nicht gibt, Schulte."

In diesem Moment kamen Linus und Rafael aus der Wohnung und stellten sich zu ihnen. Schulte war es nun nicht mehr möglich, weiterführende Fragen zu stellen. Er äußerte stattdessen: „Nun gut, ich nehme das erst mal so zur Kenntnis. Aber ich habe gerade nicht viel zu tun und werde die Zeit nutzen, noch ein bisschen weiter zu wühlen. Wer viele Steine aufhebt, der findet darunter irgendwann auch mal einen Regenwurm."

„Dann viel Glück mit den Würmern, Schulte", Bruschetta konnte schon wieder lachen. „Ich hoffe, Sie sind Angler."

„Nee", lachte Schulte. „Ich fische zwar oft im Trüben, aber ein Angler bin ich nicht. Ist mir zu aufregend, dieser Sport. Aber vielleicht können Sie mir bei Gelegenheit ja mal einen Tipp geben, wo die Fische am besten beißen."

Bruschetta schob seinen Sohn in Richtung Tuareg. Als er das Auto erreicht hatte, drehte er sich zu Schulte und bemerkte so beiläufig wie möglich: „Ich würde an Ihrer Stelle mal bei Wikipedia nachschauen, wer der Vorgänger von Michail Gorbatschow als Chef der Kommunistischen Partei war. Vielleicht beißt dann einer an."

66

Irgendwie hat diese Corona-Geschichte auch ihre Vorteile, dachte Linus, als er mit Rafael durch die Detmolder Bruchstraße zog – schulfrei. Seine Mutter hatte für beide Schutzmasken genäht und so konnten sie so tun, als würden sie einkaufen. Außer den sogenannten systemrelevanten Lebensmittelgeschäften hatten fast nur noch Eisdielen geöffnet. Irgendwie waren das wohl auch Lebensmittel. Während Linus sich ans Geländer des Schlossgrabens lehnte, um den vorbeiziehenden Mädchen hinterherzuschauen, ging Rafael zur nahe gelegenen Eisdiele. Als Linus frustriert feststellte, dass die hübschen Mädchen offenbar lieber in der häuslichen

Quarantäne geblieben waren, schaute er sich nach Rafael um. Vor der Eisdiele stand eine lange, weit auseinandergezogene Schlange von Menschen. Alle hielten brav den vorgeschriebenen Abstand ein. Rafael stand immer noch fast am Ende der Schlange und schien langsam ungeduldig zu werden, denn Linus sah, wie er nervös hin- und her trippelte. Schließlich gab Rafael offenbar auf und scherte aus der langen Reihe aus. Er hatte gerade ein paar Schritte auf Linus zu gemacht, als sich ein Mann ihm näherte und ihn ansprach. Linus, der wegen der Entfernung nichts verstehen konnte, wunderte sich. Alle Leute hielten Abstand, nur dieser Mann nicht. Was wollte der von seinem Freund? Auch die Körpersprache Rafaels machte deutlich, dass er von dieser Annäherung wenig erbaut war. Der Mann war nicht gerade groß, überragte Rafael kaum. Er trug einen grauen Regenmantel, obwohl es seit Tagen trocken war. Linus, ganz der Enkel von Jupp Schulte, entschloss, sofort einzugreifen. Er ging mit schnellen Schritten auf die beiden zu, wobei er mehrere Passanten umkurven musste. Als er nur noch fünf Meter entfernt war, bemerkte ihn Rafael und schaute ihm entgegen. Sofort folgte der Mann im Regenmantel seinem Blick, drehte sich auf der Stelle um und verschwand eilig in Richtung Marktplatz. Noch verwunderter als vorher erreichte Linus seinen Kumpel, der auch stark irritiert zu sein schien.

„Was wollte der denn von dir?", fragte Linus.

„Keine Ahnung", entgegnete Rafael und zog die Nase kraus. „Er wollte mir zeigen, wo es eine Eisdiele gibt, bei der man schneller an die Reihe kommt und wo das Eis sowieso besser schmeckt. Als er dich gesehen hat, ist er einfach abgehauen. Komisch."

„Einer dieser bösen Onkel?", fragte Linus.

„Nee", war sich Rafael sicher. „Der Typ hat noch nie mit einem Jungen in meinem Alter gesprochen. Der hat mit mir geredet wie mit einem Achtjährigen. So ein böser Onkel, ja ich weiß, welche Sorte du meinst, hätte das wahrscheinlich geschickter gemacht. Ist auch egal. Gegen Spinner kannst du sowieso nichts machen. War aber auf jeden Fall gut, dass du so schnell gekommen bist. Los komm, wir müssen zurück nach Hause. Mein Vater wartet nicht gerne."

Auf halbem Weg zur Fürstengartenstraße fiel Linus etwas ein: „Du, irgendwie kam mir dieser Mann bekannt vor. Dir auch?"

„Ja", sagte Rafael nachdenklich. „Mir auch. Ich weiß bloß nicht, wo ich den schon mal gesehen habe."

Vor der eleganten Stadtvilla in der Detmolder Fürstengartenstraße wartete bereits Rafaels Vater in seinem Tuareg auf die beiden. Bodo Bruschetta hatte am Abend noch einen wichtigen Termin, hatte Rafael erzählt. Aber erst musste sein Vater Linus vereinbarungsgemäß nach Heidental auf den Fritzmeier'schen Hof bringen und ihm lief offenbar die Zeit davon. So lange sie durch den dichten Feierabendverkehr im Detmolder Stadtgebiet fuhren, schwiegen alle. Rafaels Vater, weil er vermutlich in Gedanken schon bei dem Termin am Abend war, Rafael, weil er vielleicht nicht recht wusste, wie er seinem Vater von der Begegnung in der Innenstadt erzählen sollte. Linus selbst fand, dass es nicht seine Aufgabe war, davon zu berichten. Wahrscheinlich hatte das alles nichts zu bedeuten, außerdem wollte er nicht dastehen wie einer, der aus einer Mücke einen Elefanten macht. Diesen Spruch kannte er nämlich, hatte ihn oft von seiner pragmatisch denkenden Mutter zu hören bekommen. Aber dann, als sie den Nordring überquerten, um weiter Richtung Heidental zu fahren, räusperte sich Rafael und erzählte seinem Vater: „Da war gerade so ein komischer Kerl. Der hat mich angesprochen und der ..."

„Was?", Bruschetta wirkte wie elektrisiert. „Was wollte der?"

„Keine Ahnung", sagte Rafael. „Er hat mir nur gesagt, er wüsste eine bessere Eisdiele als die, vor der ich gerade stand. Die wollte er mir zeigen."

„Und?", sein Vater war immer noch in voller Alarmstimmung. „Was hast du ihm geantwortet?"

„Gar nichts. Der Mann war mir unangenehm. Zum Glück kam Linus sofort zu mir. Als der Mann Linus gesehen hat, ist er wie der Blitz verschwunden. Komischer Heini."

Die Erzählung seines Sohnes schien ihn stärker getroffen zu haben, als er nach außen zu erkennen gab.

„Linus, dafür hast du dir bei nächster Gelegenheit ein großes Eis verdient", bemerkte Bruschetta im Plauderton, der ihm aber nicht richtig gelang. So unaufgeregt wie möglich fragte er dann weiter: „Wie sah der Mann denn aus? Habt ihr ihn schon mal gesehen?"

„Ja", antwortete Rafael, „wir sind beide sicher, ihn

schon mal gesehen zu haben. Aber wir können uns nicht erinnern, wo und wann."

Nach kurzem Schweigen fasste Rafael nach: „Was glaubst du, was der Mann von mir wollte?"

Sein Vater überlegte lange, bevor er antwortete: „Das kann man natürlich nie so genau wissen. Wahrscheinlich hat das alles nichts zu bedeuten. Wo hattest du denn dein Portemonnaie, als er dir so nah kam?"

„In der Hand", antwortete Rafael. „Ich wollte mir ja ein Eis kaufen."

„Na ja", sagte sein Vater, „dann kannst du dich wohl bei Linus bedanken, dass der Kerl es dir nicht aus der Hand gerissen hat. War wohl ein Dieb."

Den Rest der Fahrt verbrachten sie schweigend. Erst als sie die Hofeinfahrt erreicht hatten, ploppte bei Linus die Erinnerung hoch.

„Jetzt weiß ich wieder, wo ich den Kerl schon mal gesehen habe", rief er triumphierend. „Hier auf dem Hof. Erinnern Sie sich, Herr Bruschetta? Wir kamen gerade aus unserer Wohnung, da stand dieser Mann neben Anton Fritzmeier. Als er uns gesehen hat, ist er abgehauen, als wäre der Teufel hinter ihm her."

„Bist du sicher?", fragte Bruschetta. Seine Stimme klang, als seien seine Sorgen in diesem Moment eher größer als kleiner geworden.

67

Jupp Schulte war ein analoges Fossil. Sicher, im Laufe der letzten Jahre war auch er gezwungen gewesen, sich mit den zweifelhaften Wundern der Digitalisierung zu beschäftigen. Vieles ging einfach nicht mehr anders. Aber wenn es sich irgendwie machen ließ, dann griff Schulte lieber auf altbewährte Recherchetechniken zurück. Seine Stärken lagen nun mal nicht im raffinierten Gebrauch von Suchmaschinen, auch die diversen Datenbanken der Polizei blieben ihm ebenso fremd und abschreckend wie die Oberfläche des Mars. Seine Kompetenz zeigte sich im direkten Gespräch, Auge in Auge, wenn es darum ging, einem Verdächtigen durch geschicktes Fragen genau das zu entlocken, was dieser mit aller Macht verheimlichen will. Oft fühlte Schulte sich nicht mehr zu Hause in dieser Polizei, wo seine Qualitäten nicht mehr gefragt waren, wo sie als rückständig belächelt wurden. Warum denn stundenlang einen Verdächtigen befragen, mit unendlicher Mühe seinen Panzer knacken, wenn man die Informationen einfach aus irgendeiner Datenbank abrufen kann? Nur, und das stellte Schulte immer wieder mit Befriedigung fest, dass eben nicht alles aus einer Datenbank herauszuholen war. Dass es immer noch den ‚Faktor Mensch‘ gab, mit allen seinen nicht kalkulierbaren Reaktionen und Reflexen, die selbst den raffiniertesten Profiler zur Verzweiflung brachten.

Heute, im Homeoffice, war ihm nichts anderes übrig geblieben, als sich seinem PC und Wikipedia anzuvertrauen. Es war diese merkwürdige Äußerung

Bruschettas, die ihm durch den Kopf ging: Suchen Sie den Vorgänger von Gorbatschow. Schulte hatte bereits in seiner Erinnerungskiste gekramt, hatte auch einige Namen gefunden, sie aber immer wieder durcheinandergebracht. Deshalb tippte er nun das Wort Sowjetunion in die Suchmaschine ein, öffnete den Wikipedia-Artikel und las. Unter der Überschrift Politik fand er eine Auflistung der KP-Parteiführer und sah, dass der Vorgänger von Gorbatschow Konstantin Tschernenko geheißen und gerade mal ein Jahr regiert hatte.

Schön und gut, aber mit dem Namen konnte Schulte auch nichts anfangen. Er kannte keinen Tschernenko und hatte auch wenig Lust, nun die diversen Datenbanken der Polizei nach diesem Namen durchzuforsten. Für so was gab es Leute wie Marco van Leyden, denen machte es Spaß, den ganzen Tag lang in diesen rechteckigen Flimmerkasten zu starren und irgendwelche kryptischen Zeichen und Ziffern einzugeben, die dann ebenso rätselhafte Ergebnisse erzeugten. Schulte hängte sich ans Telefon und rief van Leyden an, der heute ebenfalls in seiner Wohnung im Homeoffice saß.

„Wie heißt der Typ, nach dem ich suchen soll?", fragte van Leyden sofort. Schulte buchstabierte ihm den Namen.

„Aha", fasste van Leyden Schultes Anfrage zusammen. „Du willst das ja nicht ohne Grund wissen, stimmt's? Ist das etwa der Typ, der auf Sauer geschossen hat? Schulte, wo hast du denn schon wieder diesen Namen her? Manchmal bist du mir direkt unheimlich. Du scheinst ganz erstaunliche Quellen zu haben."

„Stimmt, mein Kleiner", erwiderte Schulte. „Und diese Quellen muss man pflegen, damit sie sprudeln. Dazu habt ihr jungen Höpper ja keine Zeit mehr, wenn ihr nur noch vor dem Bildschirm hängt. Dazu muss man raus, dahin, wo es manchmal wehtut, wo man sich auch locker die Karriere versauen kann. Aber das traut sich heute ja auch keiner mehr."

„Schulte, der düstere Prophet des Untergangs", lästerte van Leyden. „Du wirst die schöne neue Welt der Polizei nicht aufhalten. Ich melde mich, sobald ich was Brauchbares gefunden habe."

Du kleiner Klugscheißer, dachte Schulte und legte auf. Das Gefühl, von der jüngeren Generation förmlich überrollt zu werden, war nicht angenehm. Andererseits hatte er soeben wieder einmal den Nachweis erbracht, dass persönliche Beziehungen mindestens ebenso wertvoll sein können wie riesige Datensammlungen. Die Wahrheit wird wohl im Zusammenspiel der beiden Techniken liegen, fasste Schulte seine Gedanken zusammen und legte sich für ein kurzes Mittagspausennickerchen aufs Sofa.

Zwei Stunden später verließ er die Wohnung und betrat den Hof. Es war der 1. April und so fühlte sich auch das Wetter an. In der vergangenen Nacht hatte es sogar leicht gefroren und richtig warm geworden war es den ganzen Tag nicht. Aber einen kleinen Bummel über den Hof wollte er trotzdem machen. Die Sorge um die Sicherheit von Günther Sauer, aber auch der anderen Bewohner des Hofes, hatte seit gestern zugenommen. Als Linus ihm von der Begegnung an der Eisdiele berichtete und seine Vermutung über die Person dieses Mannes vorgetragen hatte, war es Schulte eiskalt den Rücken heruntergelaufen. Am liebsten hätte er Linus in eine Art Sicherungsverwahrung gebracht. Aber er wusste, dass der Junge das niemals mit sich machen lassen würde. Da war er eben wie der Opa.

Günther Sauer hatte sich zu Schultes Überraschung mit seinem Versteck abgefunden und klagte über nichts. Vermutlich immer noch eine Folge seiner Verletzung, erklärte sich Schulte diesen Zustand, der eigentlich für Sauer untypisch war. In einer Stunde würde Pauline Meyer zu Klüt kommen, ihn ablösen und die Bewachung übernehmen. Schulte war der jungen Kollegin dankbar, dass sie diesen langweiligen Job in ihrer Freizeit übernahm. Als er zurück in seine Wohnung wollte, sah er Linus, der gerade quer über den Hofplatz rannte. Er wollte offenbar nicht gesehen zu werden. Aber Schulte stellte sich ihm in den Weg.

„Na", fragte Schulte verärgert. „Wo kommst du denn jetzt her?"

„Von Rafael", krähte Linus, bei dem der Stimmbruch sich immer häufiger hören ließ. „Sein Vater hat mich gerade gebracht."

„Sag mal, gehts noch?", fragte Schulte. „Von Corona und dem *Shutdown* wollen wir ja gar nicht reden. Aber in der Nähe von Rafael solltest du dich nun wirklich nicht aufhalten. Denk dran, was du mir gestern Abend erzählt hast, über diesen Kerl vor der Eisdiele. Kapierst du nicht, dass ihr jetzt aufpassen müsst?"

„Du bist doch sonst nicht so pingelig", erwiderte

Linus. „Außerdem hat Rafael seit heute einen Aufpasser. Einen echten Bodyguard."

„Was?", fragte Schulte ungläubig. „Einen Bodyguard? Kein Aprilscherz?"

„Nein!", behauptete Linus. „Ein ziemlicher Schrank. Der folgt Rafael auf Schritt und Tritt. Der Mann weiß, was er tut. Ein Profi, sagt Rafael. Außerdem darf Rafael das Haus nicht verlassen. Hat ihm sein Vater aufs Strengste verboten."

„Na ja", brummte Schulte. „Wenigstens einer mit ein bisschen Vernunft. Aber das Gleiche gilt nun auch für dich. Du bleibst jetzt auch im Haus. Abmarsch!"

Schulte beschloss, alle paar Minuten nachzuschauen, ob Linus sich an die Vorgabe hielt. In einer halben Stunde würde Ina von der Arbeit kommen und auf ihren Sohn aufpassen. Bis dahin fühlte sich Schulte zuständig. Dem Jungen traute er alles zu. Schließlich war Linus sein Enkel.

Er wollte eben selbst in seine Wohnung gehen, als das Auto von Pauline Meyer zu Klüt auf den Hof fuhr. Zu Schultes Verblüffung stieg auch Marco van Leyden aus.

„Ich dachte, ich bringe dir die Ergebnisse meiner Recherche persönlich vorbei", begrüßte van Leyden ihn fröhlich und drückte Schulte ein paar Ausdrucke in die Hand. Schulte betrachtete ihn misstrauisch. Irgendwie hatte dieser Rüpel sich verändert, war offener geworden, freundlicher und sogar etwas respektvoller. Hatte das irgendetwas mit Pauline zu tun? War es Einbildung oder glitzerten tatsächlich kleine Sternchen in ihren Augen? Schulte stockte kurz der Atem. Nein, das konnte nicht sein. Wenn zwei Menschen nicht zusammenpassen, dann diese beiden, fand er. Aber dann fiel ihm ein, dass er und Maren Köster ebenfalls sehr unterschiedlich waren und trotzdem damals ein Paar geworden waren. Er versuchte, sich nichts von seinen Überlegungen anmerken zu lassen. Aber innerlich beschloss er, bei nächster Gelegenheit mit Pauline zu sprechen und sie zu warnen. Doch nicht Marco van Leyden …, nein, das konnte er einfach nicht zulassen.

„Marco leistet mir Gesellschaft bei der Nachtwache", erklärte Pauline munter. „Ist doch nett, oder?"

68

„Ich muss mit Bruschetta reden", war das Ergebnis von einer Stunde Grübelei gewesen. Schulte hatte die Sorge um Linus nicht mehr losgelassen. Wenn dieser Regenmantelmann, ob er nun Tschernenko hieß oder sonst irgendwie, sich wirklich an Rafael herangemacht hatte, dann war es Zeit, Alarmstufe Rot auszurufen. Bruschetta war dabei einerseits ein natürlicher Verbündeter, weil es dieselbe Besorgnis war, die beide Männer umtrieb und andererseits ein einziges großes Fragezeichen für Schulte. Welche Rolle spielte dieser so locker und angenehm wirkende Mann? Bruschetta sah aus wie einer, der samstagnachmittags im Fußballstadion den Schal hochhält, wie der nette Papa, der mit unendlicher Geduld seinen Jungen zu dessen Freunden chauffiert, wie der gute Kumpel, dem man alles anvertrauen kann.

Aber wie einer, der Bars, Bordelle und Wettbüros kontrolliert, sah er nun wirklich nicht aus. Schulte warf die Tür des Kühlschranks, aus dem er sich ein Bier hatte holen wollen, wieder zu und zog sich Schuhe an.

Eine halbe Stunde später parkte er vor der großen, eleganten Stadtvilla in der Detmolder Fürstengartenstraße. Er schaute sich um und stellte fest, dass sein uralter, schmutziger Jeep Defender nicht ins Bild dieser gepflegten Straße passte. Mit einem Schulterzucken tat er diese Erkenntnis ab, ging zur Haustür und klingelte.

„Schulte", rief Bruschetta verblüfft aus, als er die Tür öffnete. „Was für eine nette Überraschung. Kommen Sie rein!"

Schulte folgte ihm in ein schlichtes, aber geschmackvoll eingerichtetes Wohnzimmer, in dem Schulte nichts von dem fand, was üblicherweise auf den Geschmack und die Gestaltungsfreude einer Frau hinwies. Alles war pragmatisch auf das Notwendigste beschränkt, kein Schnickschnack, keine Staubfänger. Eine typische Junggesellenbude, dachte Schulte. Allerdings sahen die wenigen Möbel durchweg recht teuer aus. Nur eine Spielekonsole, die auf dem Sofa lag, wies auf die Anwesenheit von Rafael hin.

„Setzen Sie sich", sagte Bruschetta, der ungewohnt fahrig wirkte. „Kann ich Ihnen etwas anbieten?"

„Ein Bier", antwortete Schulte. „Schön kalt, wenn's geht."

„Das geht", lachte Bruschetta, verließ das Wohnzimmer und kam kurz darauf mit zwei Flaschen Bier zurück.

„Ist Rafael schon im Bett?", fragte Schulte und wunderte sich. Linus war zu dieser Uhrzeit, es war jetzt 21 Uhr, immer noch hellwach.

„Ja und nein", antwortete Bruschetta. „Er hat einen Fernseher auf seinem Zimmer und schaut sich irgendwas an. Werden langsam groß die Kleinen, was?"

„Wem sagen Sie das?", brummte Schulte und nahm einen Schluck Bier. „Man kann nur hoffen, dass sie keine allzu großen Dummheiten machen." Dann kam er zur Sache: „Linus hat mir erzählt, dass Rafael jetzt einen Bodyguard hat. Das spricht nicht dafür, dass sein Vater die Sache mit diesem Mann auf die leichte Schulter nimmt, oder?"

„Bodyguard ist jetzt aber ziemlich übertrieben", schmunzelte Bruschetta. „Ein Freund, der ein bisschen auf Rafael aufpasst. Nichts weiter. Beginnende Pubertät, ein schwieriges Alter. Da kann so ein älterer Kumpel ganz wertvoll sein."

„Komm Bruschetta, mach mir nichts vor", Schulte fiel, ohne das geplant zu haben, ins vertrauliche Du, die für ihn typische Anredeform. „Die Sache stinkt und das wissen wir beide. Ich weiß dank deines Tipps, dass der Typ mit dem Regenmantel Oleg Tschernenko heißt und dank der Recherche eines Kollegen weiß ich auch, dass er ein Profikiller ist. Bei den Kollegen in Berlin taucht sein Name in diversen Akten auf. Und ich bin immer noch verblüfft darüber, dass so ein eiskalter Profikiller eine Heidenangst vor so einem netten, harmlosen Papi wie dir hat. Da kann man schon ins Grübeln kommen."

„Kann man, Schulte", antwortete Bruschetta, „muss man aber nicht. Übrigens, wenn wir uns schon duzen, dann richtig. Ich heiße Bodo. Und sage Prost!"

„Jupp", erwiderte Schulte. „Prost!"

Eine Minute lang schwiegen beide und tranken ihr Bier in kleinen Schlucken.

„Okay", brach Bruschetta das Schweigen. „Ich habe Rafael einen Beschützer zur Seite gestellt, weil mir dieser Tschernenko Sorgen macht. An mich traut er sich nicht heran, wie du schon vermutest. Hat zu viel Angst vor dem Gegenschlag. Aber jeder hat eine Achillesferse und meine heißt Rafael. Ich habe nur diesen Jungen, er bedeutet mir alles. Seine Mutter ist kurz nach seiner Geburt ums Leben gekommen. Offiziell ein Autounfall, in Wirklichkeit der Racheakt eines Konkurrenten. Es war mir Ernst, als ich Fritzmeier bei unserer ersten Begegnung gesagt habe, dass mir das Berliner Milieu für den Jungen zu heikel ist. Jedenfalls, wenn der Vater ein Teil dieses Milieus ist. Meine Geschäfte kann ich auch von hier aus leiten und ich genieße es, in dieser hübschen und ruhigen Kleinstadt zu sein. Es genügt, wenn ich einmal pro Woche einen Tag in Berlin vor Ort bin und nach dem Rechten schaue. Reicht diese Beichte fürs erste?"

„Ja", antwortete Schulte, obwohl er den Eindruck nicht loswurde, dass Bruschetta ihm mehr verschwiegen als erzählt hatte. „Ich erteile Absolution. Aber ich muss mehr über Tschernenko erfahren. Und vor allem über seinen Auftraggeber. Dass ein Profikiller auf eigene Rechnung handelt, ist ja wohl unwahrscheinlich. Und warum hat er sich an Rafael herangemacht? Wenn er vor dir Angst hat, dann wäre es doch naheliegend, dir weiträumig aus dem Weg zu gehen. Was will er?"

„Ich kann da auch nur spekulieren", sagte Bruschetta und dachte eine Weile nach. „Er wird einen Auftraggeber haben, der ihn für den Anschlag auf diesen Sauer bezahlt. Ich könnte mir vorstellen, dass er diesem Auftraggeber von mir berichtet hat. Und der vermutet nun vielleicht, dass ich hier in Ostwestfalen irgendwas aufziehen will, was ihm in die Quere kommt. So etwas in der Art jedenfalls. Also wird er Tschernenko damit beauftragen, mich einzuschüchtern, mich hier rauszuekeln. Mit welchen Mitteln auch immer. Und wie gesagt, Rafael ist meine verletzliche Stelle. Deshalb der Aufpasser."

„Jetzt wird das Puzzle schon ein bisschen vollständiger", stellte Schulte fest. „Das heißt also, wir müssen den Auftraggeber in dem Milieu suchen, in welchem du dein Geld verdienst. Bars, Kneipen, Bordelle und Wettbüros. Stimmt's?"

„Möglich", schränkte Bruschetta ein. „Aber das ist alles nur reine Spekulation. Mach mir nachher keine Vorwürfe, wenn ihr in einer Sackgasse landet."

„Keine Sorge", sagte Schulte und stand auf. „Besten Dank für die Info und für das Bier."

Als er schon im Türrahmen stand, drehte er sich noch einmal um und ergänzte: „Und eines musst du mir versprechen: Keine Alleingänge, verstanden? Keine Selbstjustiz. Wir sind hier in Lippe und nicht im Dschungel von Berlin."

69

Eigentlich war es jetzt am späten Abend viel zu kühl, um draußen auf der Bank zu sitzen. Aber Pauline Meyer zu Klüt und Marco van Leyden schien die Kälte nichts anhaben zu können. Sie saßen einträchtig nebeneinander vor Fritzmeiers Hofladen, hatten alle Lichter gelöscht und hielten Wache. Pauline hatte sich bereit erklärt, auch in dieser Nacht die Bewachung von Günther Sauer zu übernehmen. Nur zu gerne bot Marco van Leyden an, ihr dabei Gesellschaft zu leisten. Seitdem fühlte sich Pauline seltsam zwiegespalten. Marco van Leyden galt bei den Frauen der Detmolder Polizei als eine lebende No-go-Area. Als ein Mann, von dem jede Frau, die etwas auf sich hält, besser die Finger lässt. Dabei war er weder hässlich noch dumm oder schüchtern. Aber gutes Aussehen und eine gewisse Portion Intelligenz wogen nicht das auf, wofür Marco van Leyden bei der weiblichen Polizei Lippes berühmt und berüchtigt war. Er hatte sich einen beeindruckenden Ruf als arroganter, zynischer und aggressiver Mistkerl erworben. Auch Pauline hatte van Leyden schon so kennengelernt. Sie hätte also Grund genug gehabt, sein Angebot an diesem Abend höflich, aber auch deutlich zurückzuweisen. Doch das hatte sie nicht getan und darüber wunderte sich niemanden mehr als sie selbst. Und um ihre Verblüffung noch zu toppen, musste sie feststellen, dass sie sich pudelwohl fühlte in seiner Gesellschaft. Der Kollege war schon seit Tagen wie ausgewechselt, als hätte man ihm einen Empathie-Schrittmacher eingebaut. Er ließ sie ausreden, hörte ihr zu, war zuvorkommend und wertschätzend. Vor allem fehlte diese latente Unruhe, die sonst immer mitschwingende Aggressivität. Marco van Leyden war deutlich entspannter als sonst. Als sie sich nicht verkneifen konnte, nach dem Grund dafür zu fragen, bekam sie die Antwort: „Das weiß ich auch nicht so genau. Ich denke, ich bin jetzt endlich hier angekommen. Zwei Jahre habe ich mich mit jeder Faser gegen diese Zwangsversetzung gewehrt, habe sie als persönliche Herabsetzung empfunden. Das hat mich krank gemacht. Dann aber konnte ich feststellen, dass es den Kollegen, die ebenfalls hierher verbannt worden waren, genauso ging und, dass sie allesamt kompetente Leute sind. Keiner ist hier in *Lippisch-Sibirien*, weil er unfähig ist. Im Gegenteil, es sind kluge Köpfe, aber es sind eben auch ganz eigene Köpfe, die sich nicht in ein enges Regelwerk pressen lassen. Denk mal an Schulte. Der ist ein wahres Musterexemplar dieser Gattung. Er kann einem tierisch auf die Nerven gehen, aber er ist ein verdammt guter Bulle. Diese Erkenntnis hat meinen Respekt vor den Kollegen deutlich gesteigert. Und seitdem ich erkannt habe, dass ich nicht einer von fünf Versagern bin, sondern einer von fünf Individualisten, hat sich mein Selbstbild und damit mein Selbstwertgefühl deutlich gehoben. Ich bin mit mir im Reinen wie seit Jahren nicht mehr und das macht mich wohl so entspannt.“

„Aber ein Klugschwätzer bist du immer noch“, lachte Pauline. Sie schaute ihn wohlwollend an. Eine Sekunde zu lange, um diesen Blick beiläufig erscheinen zu lassen. Sie wandte sich schnell ab, spürte eine Woge von Wärme in sich aufsteigen und wusste plötzlich nichts weiter zu sagen. Beide starrten eine Weile verlegen in Richtung Haustür.

„Nett, dass du gekommen bist", sagte Pauline in die lange Stille hinein. „Du könntest jetzt gemütlich zu Hause auf dem Sofa liegen und in die Glotze schauen. Stattdessen sitzt du hier in der Kälte und starrst mit mir zusammen Löcher in die Luft."

„Und habe dabei gewonnen", entgegnete van Leyden sanft, „ich bin jetzt genau da, wo ich sein will. Wenn ich mit dir zusammen bin, dann bin ich am schönsten Ort dieser Welt. Ich vermisse nichts. Auch wenn es kalt ist, aber gegen die Kälte kann man ja was tun."

Bei diesen Worten kramte er einen langen Schal aus seiner Sporttasche, ohne die van Leyden noch nie gesehen worden war, und drapierte ihn zärtlich um ihre Schultern. Sie setzte zu einem schwachen Protest an, aber die Wärme des Schals tat so gut, dass sie es ebenso widerspruchslos akzeptierte, als van Leyden nun einige Zentimeter näher an sie heranrückte. So nah, dass sie die Wärme seines Körpers spürte. Zu ihrem eigenen Erstaunen war ihr das nicht unangenehm, ganz im Gegenteil. Wie von einem starken Magneten angezogen, ohne sich dessen bewusst zu sein, rückte nun auch sie noch etwas enger an ihn heran.

„Wir dürfen nicht vergessen, weshalb wir hier sind", sagte sie mit belegter Stimme und hasste sich im selben Augenblick dafür. Auf keinen Fall wollte sie die Atmosphäre zerstören, den zarten Faden, der sie miteinander verband, zerschneiden. Besorgt schaute sie ihn an und sah in seinen Augen, dass ihn nun nichts mehr von seinem Weg abbringen würde.

„Ich weiß, weshalb ich hier bin", sagte van Leyden leise und hielt ihren Blick fest. „Deinetwegen."

„Aber …", Pauline brachte den Satz nicht zu Ende, sie hatte das Gefühl, als vibriere die Luft zwischen ihnen, sah seine rechte Hand, die sich langsam hob, näherkam und ihr unendlich sanft eine Haarsträhne aus dem Gesicht strich. War es die Kälte oder die Situation, die ihre Hände zittern ließen? Sie verschwendete keinen Gedanken daran, nahm auch nicht bewusst wahr, dass sich ihre Gesichter immer weiter einander näherten, dass sie nur noch Millimeter voneinander entfernt waren, dass …

In diesem Augenblick zersprang ganz in der Nähe laut klirrend eine Glasscheibe. Sofort rissen beide, wie plötzlich ernüchtert, die Köpfe herum und schauten in die Richtung, aus der das Geräusch gekommen war. Es war eine Fensterscheibe in dem Bereich des Hofes, in dem Günther Sauer vorübergehend untergebracht war. Pauline und van Leyden sprangen so schnell auf und liefen los, dass sie den lauten Fluch, der aus dem Schlafzimmerzimmer von Anton Fritzmeier herüberschallte, nicht hörten, dass sie nicht sahen, dass nur Sekunden später in Schultes Wohnung das Licht ansprang.

„Da ist einer", rief Pauline und zeigte im vollen Lauf auf eine schwarze Silhouette, die sich vom Fenster abzeichnete, sich umdrehte und im Eiltempo den Hofplatz zu verlassen drohte. Marco van Leyden beschleunigte.

Wenn er irgendetwas wirklich gut konnte, dann war das laufen. Er ließ die keuchende Pauline bereits nach wenigen Metern weit hinter sich. Die sah, dass van Leyden den Abstand zu der schwarzen Figur schnell verringern konnte. Aber kurz bevor er ihn erreicht hatte, bog der Flüchtende um die Hausecke, die den Hof zur Straße hin abgrenzte und entschwand damit Paulines Blicken. Nur Sekunden später verschwand auch van Leyden um diese Ecke. Pauline blieb schwer atmend stehen und tastete ihre Jacke ab. Die Dienstpistole hatte sie in ihrem Rucksack im Hofladen gelassen. Und die Waffe von van Leyden steckte in dessen Sporttasche, wie sie wusste. Marco van Leyden verfolgte also gerade unbewaffnet einen Mann, der mit Sicherheit eine Waffe trug und keine Skrupel haben würde, diese zu gebrauchen.

70

Als die Fensterscheibe unter lautem Klirren in tausend kleine Stücke zersprang, hätte Oleg Tschernenko sich am liebsten mit einer der Glasscherben selbst die Kehle durchgeschnitten. Er hatte die Fensterscheibe mit einem Glasschneider aufschneiden wollen, ihn dabei verkantet oder war an irgendeine falsche Stelle gekommen oder sonst etwas und dann … Schreckensstarr lauschte er nach dem Zerbersten der Scheibe nun in die Stille. Erst war nichts mehr zu hören und Tschernenko schöpfte leichte Hoffnung, Glück im Unglück gehabt zu haben. Aber dann hörte er, wie sich auf der anderen

Seite des weitläufigen Bauernhofes etwas rührte, konnte schnelle Schritte hören. Fast gleichzeitig dröhnte ein Fluch aus dem Gebäude an der Stirnseite des Hofes heraus. Die Stimme eines alten Mannes. Genau gegenüber der Stelle an der Tschernenko noch immer wie festgenagelt stand, dem linken Gebäudeflügel, flackerte eine Lampe an. Tschernenko drehte sich von dem Fenster weg und lief auf den Gebäudeteil zu, hinter dem er sein Auto geparkt hatte. Plötzlich hörte er eine Frauenstimme, die rief: „Da ist einer!" Die Laufgeräusche kamen immer näher. Tschernenko rannte bis zur Ecke des linken Flügels, musste wohl oder übel durch den Lichtkegel, den die Lampe warf, und bog um die Hausecke herum ins Dunkle ab. Hier war eine Rasenfläche mit hohem Gras, die in diesem Jahr noch nicht gemäht worden war. Das dämpfte seine Laufgeräusche. Dann war er auch schon an der Rückwand des lang gestreckten Gebäudeteils angekommen und bog nach rechts ab. Er wusste um den halbhohen Staketenzaun, der hier einen Garten abtrennte. Diesmal machte er sich nicht die Mühe, über den Zaun zu klettern, sondern trat einfach mit voller Wucht gegen die morschen Zaunlatten, die sofort auseinanderbrachen. Er musste jetzt verdammt schnell sein. Die Laufgeräusche seines Verfolgers hörte er nicht mehr, also war er knapp hinter ihm auf der Rasenfläche. Kurz kam ihm der Gedanke, sich einfach umzudrehen und den Verfolger zu erschießen. Mit dem sowie schon aufgesetzten Schalldämpfer kein Problem. Aber das konnte er immer noch machen, wenn es richtig brenzlig werden sollte. Besser wäre es, einfach unerkannt zu entkommen. Er lief, so schnell es die Dunkelheit zuließ, durch einen kleinen, völlig verwahrlosten Garten. Sein Auto stand auf einem Feldweg, etwa fünfzig Meter vom Bauernhof entfernt. Offenbar war sein Verfolger schneller, denn er konnte nun dessen heftig gehenden Atem hinter sich hören. Okay, dachte Tschernenko, dann also die harte Tour. Er stoppte seinen Lauf, zog die Pistole mit dem Schalldämpfer aus einem Schulterholster, drehte sich um und wartete darauf, dass sein Verfolger sich zeigte.

Marco van Leyden beschleunigte seinen Lauf, als er eine dunkle Silhouette erkennen konnte, die sich soeben von einer Hauswand löste und quer über die Hofeinfahrt lief, geradewegs auf den Gebäudeteil zu, in dem Jupp Schultes Wohnung lag. Wie ein Leuchtfeuer wirkte es, als plötzlich bei Schulte das Licht ansprang. Van Leyden legte noch einen Zahn zu. Er nahm kaum zur Kenntnis, dass Pauline, die ihm auf den ersten Metern gefolgt war, bereits zurückblieb. Schultes Lichtquelle, erst ein Segen, erwies sich schnell als Fluch, als van Leyden hinter der Hausecke eine fast totale Finsternis empfing. Für ein paar Sekunden war er nahezu blind und orientierungslos, musste stoppen, verlor Zeit. Dann hörte er etliche Meter vor sich etwas und setzte sich sofort wieder in Bewegung. Am Ende der Rasenfläche knackte morsches Holz unter seinen Füßen, er war kurz irritiert, verlor etwas das Gleichgewicht und stolperte in ein dichtes, dorniges Gebüsch, das wie aus dem Nichts vor ihm auftauchte. Sein linker Fuß blieb in dem Gestrüpp hängen, er stürzte nach vorn, versuchte noch, sich mit den Händen abzustützen, dann bohrte sich seine Nase in die frühlingsfeuchte Gartenerde. Sofort wollte er wieder aufspringen und weiterlaufen, aber er bekam den Fuß nicht frei. Während er sich verzweifelt abmühte, hörte er einige Meter vor sich, kurzes, höhnisches Gelächter. Da sich seine Augen mittlerweile an die Dunkelheit gewöhnt hatten, konnte er ganz schwach die dunklen Umrisse eines Menschen erkennen. Die dunkle Gestalt kam auf ihn zu, stoppte wenige Schritte vor ihm. Wieder dieses Lachen. Völlig hilflos musste Marco van Leyden zusehen, wie sich der rechte Arm des Mannes langsam hob, wie ein Stück Metall in dessen Hand das schwache Mondlicht reflektierte und wusste, dass für ihn nun alles zu spät war.

Er hob den Kopf etwas höher, um seinem Mörder ins Gesicht sehen zu können, in der dürren Hoffnung, bei ihm einen Funken Menschlichkeit auszulösen, wusste aber gleichzeitig, dass dies vollkommen sinnlos war und gab auf. Der Mann vor ihm senkte die Pistole ein bisschen, sodass sie genau auf van Leyden zielte. In diesem Moment hörte Marco van Leyden weit hinter sich eine Stimme. Sie erschien ihm unwirklich, wie in einem Traum. Aber es war eine Stimme, die er kannte und die rief: „Marco, ich komme!"

Der Mann mit der Pistole drehte sich sofort auf der eigenen Achse um und rannte weg. Sekunden später beugte sich Pauline über van Leyden und fragte besorgt: „Alles in Ordnung bei dir?"

Bevor er antworten konnte, hörten beide, wie eine

Autotür zuschlug und ein Motor startete. Dann rollte ein Auto ein kurzes Stück über einen steinigen Feldweg, bog auf die Dorfstraße ab und verschwand in der Finsternis.

Fluchend versuchte van Leyden erneut, seinen Fuß aus dem Gestrüpp zu befreien. Pauline zog ein Feuerzeug aus ihrer Hosentasche und beleuchtete die Unfallstelle. Die Ursache für die Fußfessel war kein Gestrüpp, wie van Leyden angenommen hatte, sondern eine offenbar achtlos weggeworfene Restrolle Stacheldraht.

„Wir sind hier in Schultes Garten", sagte Pauline und musste trotz der dramatischen Situation lachen. „Typisch für ihn. Das ist kein Garten, das ist einfach nur ein Müllhaufen."

Van Leyden, der sich beim Sturz den Knöchel verstaucht hatte, stützte sich auf Pauline und humpelte mit ihr zurück. Auf dem Hofplatz standen zwei Männer aufgeregt gestikulierend und palavernd im Lichtkegel von Schultes Wohnung. Sie starrten auf die beiden und wurden plötzlich still.

Fritzmeier hatte sich einen Wintermantel über den Schlafanzug gezogen. Doch Schulte war lediglich mit verwaschenen Boxershorts und einem Feinrippunterhemd bekleidet. Er klapperte mittlerweile vor Kälte mit den Zähen.

Da trat Pauline mit ihrem humpelnden Kollegen aus dem dunklen Garten in den Lichtkegel der Hausbeleuchtung.

„Starkes Outfit!", kam es höhnisch von van Leyden.

Er war gerade dem Tod von der Schippe gesprungen. Die immer noch präsente Todesangst, die ihm noch vor wenigen Minuten ihre kalte Hand an die Kehle gelegt hatte, war die Ursache dafür, dass ihm sein Adrenalinpegel noch immer bis unter die Schädeldecke reichte.

In dieser Situation konnte er, typbedingt, nur mit Sarkasmus reagieren und dem ließ er nun freien Lauf.

„Was zum …?", wollte Schulte fragen, aber van Leyden wischte seine Frage mit einer herrischen Handbewegung weg.

„In der Ausbildung habe ich gelernt, dass ein guter Polizist immer alles tipptopp in Ordnung hält, um effektiv arbeiten zu können. Jetzt weiß ich, was die damals damit gemeint haben. Du hast wohl seinerzeit gerade Urlaub gehabt, als ihr das durchgenommen habt, oder?", schnauzte er Schulte an.

Bevor der antworten konnte, gesellte sich auch Adelheid Vahlhausen zu der Gruppe. Sie hatte sich die Zeit genommen und einen Trainingsanzug übergezogen.

Nach dieser Aufregung standen nun sämtliche Bewohner auf dem Hof. Lediglich Ina Schulte hatte nur kurz aus der Haustür gerufen, ob alles in Ordnung sei und ihren Sohn Linus daran gehindert, sich zu den Erwachsenen auf den Weg zu machen.

Ohne weiter auf die Anspielung van Leydens einzugehen, der sich allem Anschein nach in Schultes Garten auf die Klappe gelegt hatte, sagte Schulte: „Na, bei der Besetzung können wir dann ja auch gleich eine Dienstbesprechung abhalten. Aber nicht hier im Freien. Ich friere mir den Arsch ab. Ich schlage vor, wir treffen uns gleich bei mir in der Küche. Scheiß was, auf Risikopatient!"

„Macht ihr mal eure Dienstbesprechung oder wie dat heißt", brummte Fritzmeier. „Ich chehe dann mal wieder in mein Bett rein."

An Schulte gewandt schob er noch nach: „Du muss mich dat dann morgen allet mal erzählen."

Als alle bei Schulte in der Küche um einen großen Holztisch saßen und mit Kaffee versorgt waren, berichtete van Leyden, dass er den Geflüchteten beinahe noch erwischt habe. Als der Kerl die Hofstatt durch Schultes Garten verlassen hatte, wäre es fast soweit gewesen. Aber dann hatte die Dunkelheit dem Flüchtenden in die Karten gespielt.

„Der Kerl muss sich wohl irgendwo in die Hecke gedrückt haben, obwohl ich ja nur noch wenige Meter hinter ihm war, konnte ich den Kerl auf einmal nicht mehr zu sehen." Van Leyden verzog wütend sein Gesicht, um dann die Verfolgungsjagd weiter zu schildern.

Am Ende knallte Schulte die Faust auf den Tisch. „Ich bin es leid! Ich knöpfe mir jetzt sofort diesen *Windhund* vor." Die Kollegen starrten ihn an, als würde er das Ende der Corona-Pandemie verkünden. Und Adelheid Vahlhausen formulierte mit zarter Stimme das Wort *Windhund* zu einer Frage.

„Na diesen Günther Sauer", erklärte Schulte. „Dieser Kleinkriminelle, der wird unter seinesgleichen *Windhund* genannt. Und mittlerweile finde ich, es gibt keine bessere charakterliche Beschreibung."

Schulte stand auf und ging zur Tür.

„Wo willst du denn jetzt hin?", fragte Adelheid Vahl-hausen verwundert.

„Na, bestimmte Dinge sollte man nicht aufschieben", brummte Schulte. „Der hat doch den Besuch auch mitbekommen. Glaubt ihr denn, der sitzt da jetzt in seiner Bude und dreht Däumchen. Ich wette, der hat längst seine Klamotten gepackt und wartet auf die erstbeste Gelegenheit, um sich zu verdünnisieren. Er ist nur noch nicht getürmt, weil er Schiss hat und glaubt, sein Besucher stünde noch hinter einer Scheunenecke, um ihn abzufangen. Aber ich schwöre euch, wenn es hell wird, dann ist der Kerl verschwunden. Aber nicht mit mir, den mache ich jetzt rund."

Adelheid Vahlhausen erhob sich von ihrem Stuhl und machte Anstalten, Schulte zu begleiten.

„Adelheid, lass mal, wenn es um Einfühlungsvermögen und Sensibilität geht, bist du sicher die beste Verhörspezialistin, die ich kenne. Aber was jetzt gleich passiert, das willst du nicht wissen. Und ihr anderen auch nicht."

Schulte preschte wie eine Dampframme in die ehemalige Milchküche, in der man den *Windhund* provisorisch untergebracht hatte. Der schnappte vor Entsetzen nach Luft, als Schulte bei ihm eindrang. Er wich nach hinten und stolperte über seine Reisetasche, die er schon ge-packt hatte, um sich, wie Schulte zu Recht vermutet hat-te, zu verdrücken. In der nächsten Sekunde war Schulte über ihm und riss ihn am Kragen seiner Jacke hoch.

„So, du *Windhund*!", schrie er Sauer an. „Jetzt ist

Schluss mit lustig! Wenn du mir nicht sofort alles haarklein erzählst, dann gebe ich dich zum Abschuss frei."

„Schulte, was soll das? Wir waren doch immer …" Der *Windhund* dachte einen Moment lang nach: „Wir waren doch quasi immer Kumpel. Ich habe Ihnen so oft einen entscheidenden Tipp gegeben. Ohne mich hätten Sie so manchen Kriminalfall nicht aufklären können."

„Genau, du *Windhund*", blaffte Schulte, „und das werde ich jetzt jedem erzählen, der es wissen oder nicht wissen will. Ich möchte mal sehen, wie oft du dann in nächster Zeit die Fresse poliert bekommst, bevor dir einer ein Messer zwischen die Rippen rammt."

„Schulte", wimmerte der *Windhund*. „Das können Sie nicht machen."

„Und ob", presste der Polizist zwischen seinen Zähnen hervor. „Wegen dir wäre vorhin beinahe mein Kollege erschossen worden. Du hast womöglich den Fischer auf dem Gewissen und ich möchte nicht wissen, für welchen Tod du sonst noch verantwortlich bist."

Schulte gab dem *Windhund* eine schallende Ohrfeige.

„Los! Raus mit der Sprache, sonst schlage ich dich windelweich." Schulte ballte seine rechte Hand zur Faust. „Los, rede! Woher hattest du die zehntausend Euro für den Wetteinsatz."

Der *Windhund* legte schützend seine Arme vor sein Gesicht und nuschelte, „Von Fischer, dem *Schönen Heinrich,* der hat es mir gegeben."

„Erzähl mir keine Märchen!", brüllte Schulte. „Wieso sollte der dir zehntausend Euro geben?" Schulte holte aus.

„Hören Sie auf, ich erzähle Ihnen alles! Ich sage Ihnen alles, was Sie wissen wollen!"

Schulte riss den Mann zu sich. Die Nasenspitzen berührten sich fast. Dann stieß er Sauer in einen alten, verschlissenen Ohrensessel.

„Also los, du *Windhund,* woher hast du das Geld?"

„Sage ich doch", jammerte der *Windhund.* „Ich habe es von Fischer."

„Von Fischer?", fragte Schulte immer noch ungläubig.

„Ja, von Fischer. Ob Sie es glauben oder nicht."

„Warum soll der dir denn zehntausend Euro anvertrauen. Der Mann war geradezu lächerlich eitel, aber doch nicht völlig bescheuert. Solchen Leuten wie dir vertraut man keinen Zaster an. Bevor ich dir zehn Euro geben würde, würde ich den Schein lieber verbrennen", knurrte Schulte. „Und von 10 000 Euro ganz zu schweigen."

„Wenn ich es doch sage, Schulte", winselte Sauer. „Ich habe das Geld von Fischer bekommen, um damit zu wetten."

„Und dann wolltest du mit dem Geld verschwinden", mutmaßte Schulte.

„Ja, äh, nein. Ich hätte dem *Schönen Heinrich* die Kohle schon noch gegeben. Aber dann war er ja ganz plötzlich tot."

„Und wieso solltest du für Fischer quasi als Strohmann fungieren?", setzte Schulte nach.

Auf diese Frage hin griff Sauer in die Innentasche seiner Jacke. Sofort war Schulte über ihm.

„Nur mein Handy, dann kann ich es besser erklären."

Schulte nickte, bereit, sofort zuzuschlagen, aber Sauer präsentierte ihm nur das Foto von einem Wechsel.

„Was soll das sein?", raunzte Schulte ihn an.

„Also, das war so: Irgendwann sprach mich Fischer an, ob ich ihm einen Gefallen tun würde. Ich solle für ihn als Strohmann bei einer Fußballwette fungieren. Dafür wollte Fischer mir 10 000 Euro zahlen. Ich schwöre Ihnen, da war nichts Illegales dran. Jedenfalls nicht von meiner Seite."

„Ist ja gut", brummte Schulte „Weiter!"

„Also bin ich irgendwann zu Fischer, um mir das Geld für den Einsatz abzuholen. Auf seinem Wohnzimmertisch lagen jede Menge Zettel und Papiere. Fischer hat mir noch mal alles genau erklärt. Ich sollte den Wetteinsatz nicht irgendwo tätigen, sondern bei einem ganz bestimmten Wettbüro in Bielefeld."

„Ja und was soll das jetzt?", drängte Schulte. „Was hat das jetzt mit dem Foto des Wechsels zu tun, das du mir vorhin gezeigt hast?"

„Na ja, als Fischer mir das Geld geben wollte, ist er aus dem Zimmer gegangen. Wahrscheinlich hatte er irgendwo einen Safe oder so. Jedenfalls, als ich alleine war, da habe ich mir so aus Langeweile mal die Papiere auf dem Tisch angesehen."

Aus Langeweile, dachte Schulte, wer's glaubt. Hielt aber besser seinen Mund. Irgendwo hatte er mal gehört, dass man Leute, die anfingen zu erzählen, nicht unterbrechen solle.

„Da lag ein Notarvertrag, in dem stand, dass die Firma des *Schönen Heinrichs* im August dieses Jahres an einen gewissen Wagner übereignet werden solle. Dann ein Wechsel über 280 000 Euro. Der Empfänger war ebenfalls dieser Wagner und das Interessante daran war, dass der Fälligkeitstermin des Wechsels mit dem Termin der Firmenübergabe übereinstimmte. Seltsam war auch, dass der Wettgewinn, den ich getätigt habe, sich ebenfalls auf 280 000 Euro belief. Warum ich die Wette allerdings in Bielefeld platzieren sollte, kann ich mir nicht erklären. Und dann war da noch ein anderer Wettschein. Den habe ich nicht ganz verstanden. Es ging um ein Autorennen, bei dem angeblich auf einen tödlichen Unfall gewettet worden war. Der Einsatz belief sich auf 100 000 Euro." Der *Windhund* sah Schulte an. „Das müssen Sie sich mal vorstellen. Da wettet einer darauf, dass es bei einem Rennen einen Toten geben soll. So was macht doch keiner."

„Wie es aussieht, leider doch", entgegnete Schulte.

„Das ist doch unglaublich." Der *Windhund* konnte es nicht fassen. „Na, jedenfalls habe ich angefangen, alles zu fotografieren. Wer weiß, wofür man solche Sachen noch mal gebrauchen kann. Doch nach dem ersten Foto kam der *Schöne Heinrich* zurück. Daher musste ich mich mit diesem einen Foto zufriedengeben."

Während des Berichts vom *Windhund* war Schulte die Galle hochgekommen.

„Was bist du doch für ein Arschloch. Mich baggerst du an, damit ich mich um dein beschissenes Auto kümmere. Du wirst fast erschossen und du behältst diese ganze Geschichte für dich, nur um die Kohle behalten zu können. Sauer, du bist kein *Windhund,* du bist ein

Dreckskerl. Wenn du dein Maul sofort aufgemacht hättest, dann würde der *Schöne Heinrich* vielleicht noch leben und du würdest dich nicht in Lebensgefahr befinden. Aber das ist jetzt deine Sache. Meinetwegen pack deine Brocken und verschwinde. Aber du bleibst in Detmold. Sollte ich mitbekommen, dass du auch nur einen Fuß über die Stadtgrenze setzt, dann sperre ich dich weg. Und wenn es eben geht, dann wird dein Zellenmitinsasse genau der Killer sein, der dir ans Leder wollte."

71

Endlich schien es voranzugehen. Gerade saß die Truppe im Saal des *Obernkrugs* zusammen und hielt eine Dienstbesprechung ab. Schulte und Rosemeier waren per Video-Konferenz zugeschaltet.

Vor diesem Meeting, wie Hubertus von Fölsen solche Zusammentreffen nannte, hatten Maren Köster und ihre Leute noch einmal die Wohnung von Fischer und auch dessen Büro durchsucht. Sie waren fündig geworden und hatten mehrere Aktenordner in der Mitte das Raumes auf einem großen Tisch abgelegt.

Als van Leyden den Saal betrat und Schulte und Rosemeier auf der großen Leinwand sah, konnte er sich den Spruch: „Ach sieh mal an, die Risikotypen sind auch dabei", nicht verkneifen.

„Was willst du denn?", konterte Schulte. „Du bist doch zu dämlich, dich in einem kleinen Garten zurechtzufinden. Ich gebe dir jetzt einen hilfreichen Tipp, van Leyden: Einfach mal die Klappe halten!"

Der grinste lediglich. Früher hätten ihn solche Anfeindungen auf die Palme gebracht. Doch im Moment konnte man van Leyden nicht so einfach aus der Reserve locken. Besonders dann nicht, wenn Pauline Meier zu Klüt in seiner Nähe war.

Irgendwann klopfte Adelheid Vahlhausen mit einem Stift an ihr Wasserglas, um dem allgemeinen Gemurmel Einhalt zu gebieten.

„So Leute, ich bitte euch um eure geschätzte Aufmerksamkeit. Wir haben die Hausdurchsuchung bei Fischer abgeschlossen", eröffnete sie die Besprechung. „Wir haben 10 Ordner sichergestellt und auch schon einige ausgewertet."

Sie gab dann das Wort an Maren Köster weiter.

Maren Köster ordnete einige Blätter Papier, die sie vor sich auf dem Tisch ausgebreitet hatte. Sie überlegte kurz, tippte sich mit dem Stift gegen die Lippen und begann: „Also zunächst einmal, der Kollege Schulte berichtete davon, dass Günther Sauer einen sogenannten Wechsel in der Wohnung von diesem *Schönen Heinrich* fotografiert habe. Das Foto hat Sauer an uns weitergegeben. Diesen Wechsel haben wir als Original mittlerweile in den Unterlagen von Fischer gefunden. Es ist Fakt, dass der Tote, Heinrich Fischer, einem gewissen Herbert Wagner eine erhebliche Summe Geld schuldete. Mittlerweile wissen wir, dass Fischer hoch riskant und hinzukommend auch noch illegal gewettet hat. Er hat darauf gesetzt, dass bei illegalen Autorennen Fahrer zu

Tode kommen würden oder auch nicht. Aus diesen Wetten hat sich ein Schuldenberg von 280 000 Euro angehäuft, den Fischer nicht hätte bezahlen können. Herbert Wagner hatte Heinrich Fischer daraufhin sechs Monate Zeit gegeben, seine Schulden zu begleichen."

Maren Köster suchte nach einem anderen Zettel. Als sie ihn gefunden hatte, setzte sie ihre Ausführungen fort.

„Nun zu dieser Wettgeschichte beim Fußball. Heinrich Fischer hat nun seinerseits einen Schiedsrichter bestochen, der wiederum ein Fußballspiel manipuliert hat. Fischer hat sich einen Strohmann, nämlich Günther Sauer gesucht und hat diesen in einem Wettbüro, das Herbert Wagner gehört, auf das manipulierte Spiel wetten lassen. Er hatte wohl die Absicht, Wagner erstens durch den Wettgewinn zu schädigen und zweitens, ihm die Schulden mit genau dem Geld zurückzuzahlen, das er durch die Wettmanipulation gewonnen hat. Also die Schulden, die Fischer bei Wagner hatte, wollte er sozusagen mit Wagners eigenem Geld zurückzahlen", brachte es Maren Köster exakt auf den Punkt und zupfte ein weiteres Blatt Papier aus ihrem Zettelstapel.

„Ich erlaube mir, euch an dieser Stelle noch eine Vermutung von mir mitzuteilen. Sagen wir besser, ein Bauchgefühl", fuhr sie fort. „Ich nehme an, dass es dabei auch um eine persönliche Angelegenheit zwischen den beiden Männern ging. Heinrich Fischer hat ein, nennen wir es, rudimentäres Tagebuch geführt. In diesen Aufzeichnungen sind wir auch auf Hinweise zu den bereits erwähnten illegalen Wetten gestoßen. Aus dem, was Fischer in seinem Tagebuch aufgeschrieben hatte, ist zu entnehmen, dass er Wagner beschuldigte, bei diesen illegalen Wetten manipuliert zu haben. Soll heißen, wenn Fischer darauf gesetzt hatte, dass der Fahrer überlebt, dann habe Wagner an jemanden den Auftrag erteilt, das entsprechende Auto so zu manipulieren, dass der Fahrer nicht lebend ins Ziel kam. Das sind natürlich ungeheuerliche Anschuldigungen. Doch es ist ein Hinweis auf eine weitere Straftat, dem wir nachgehen müssen. Wie Fischer an die Informationen über solche Manipulationen gekommen ist, wissen wir noch nicht."

Wieder sah Maren Köster in die Runde und stellte zu ihrer Zufriedenheit fest, dass die Kollegen ihr weiterhin absolute Aufmerksamkeit schenkten.

„Fischer war aber nicht etwa darüber erschüttert, dass Menschen sterben mussten, weil Wagner die Wetten gewinnen wollte, sondern er hat sich in seinen Aufzeichnungen darüber aufgeregt, dass Wagner ihn betrogen habe, Menschenleben hin oder her. Das schien ihn nicht weiter zu kümmern. Und weil Wagner ihn betrogen hatte, wollte er nun seinerseits Wagner bescheißen. Also hat er genau die Summe bei der Fußballwette eingesetzt, die nötig war, um den Wettgewinn herauszubekommen, um den ihn Wagner zuvor durch die Autorennwetten geprellt hatte. Dabei ist er wohl absichtlich so offenkundig vorgegangen. Er hat vermutlich gewollt, dass Wagner bemerkt, dass er durch die manipulierte Fußballwette abgezogen worden war. Nur konnte ihm Wagner diesen Betrug nicht beweisen", beendete Maren Köster ihre Ausführungen.

„Womit Fischer allerdings nicht gerechnet hatte",
setzte Schulte den Gedanken seiner Kollegin fort, „ist
wahrscheinlich die Tatsache, dass es Wagner egal war, ob
es Beweise dafür gab. Wagner reichte lediglich der Verdacht, um den Mord an Fischer in Auftrag zu geben."

72

Marco van Leyden und sein Kollege Hubertus von Fölsen hatten sich auf den Weg nach Dortmund gemacht.

„Nehmt diesen Herbert Wagner mal in Augen-
schein", hatte Adelheid Vahlhausen die beiden Kollegen
gebeten. „Und setzen Sie ihn ordentlich unter Druck.
Vielleicht wird der Kerl ja nervös und macht Fehler."

Marco van Leyden hatte sich ohne Argwohn und
ohne jede Frotzelei, was bis vor einigen Wochen völlig
undenkbar gewesen wäre, zu Hubertus von Fölsen in
dessen Auto gesetzt.

Im Moment benutzten alle Polizisten, die in der Abteilung *Lippisch-Sibirien* arbeiteten, ihren eigenen Wagen, da bis jetzt kein Fahrzeugpool für diese Abteilung
vorgesehen war.

So ein Rover 75 2,5 V6 ist doch ein schickes Auto,
dachte Marco van Leyden, als er sich auf den hellen,
lederbezogenen Beifahrersitz setzte. Hubertus von Fölsen hat einfach Stil, drängte sich der nächste Gedanke
van Leyden auf. Diese Tatsache musste er neidlos an-
erkennen. Denn trotz der Sachlage, dass seinem Kollegen außer dem „von", welches seinem Nachnamen

vorangesetzt war und einem gewissen Dünkel, den er ständig vor sich hertrug, wenig von seiner adeligen Abstammung übrig geblieben war, versuchte von Fölsen sich doch stets so zu kleiden und sich mit entsprechenden Accessoires auszustatten, die einen gewissen Flair von Aristokratie ausstrahlten. Dazu ein flaschengrüner Rover, sechs Zylinder, der machte schon was her. Es war zwar kein Jaguar, aber immerhin.

Kaum hatte sich das Fahrzeug in Bewegung gesetzt, da hantierte von Fölsen an seinem Lenkrad und dann geschah das Unfassbare. Ohrenbetäubende Musik erfüllte den Innenraum des Autos.

„Tristan und Isolde!", brüllte von Fölsen. „Staatskapelle Dresden", rief er van Leyden zu, der immer noch wie paralysiert auf dem Beifahrersitz saß.

„Wagners Werke sind für mich ein Höhepunkt der romantischen Musik", schwärmte von Fölsen. „Für mich gelten sie als Ausgangspunkt der modernen Musik", dozierte er in einer imposanten Lautstärke weiter.

Van Leyden scannte mittlerweile hektisch das Armaturenbrett. Plötzlich griff er nach einem Regler und drehte ihn mit einer energischen Bewegung nach links. Augenblicklich war es totenstill im Auto.

Von Fölsen starrte van Leyden verärgert an. Er öffnete den Mund, um etwas zu sagen. Doch sein Mitfahrer deutete mit einer hektischen Handbewegung nach vorn. „Lkw!", war das einzige Wort, das er schreiend herausbrachte. Woraufhin von Fölsen hastig mit dem Lenkrad manövrierte. Die Reifen des Rovers quietschten. Van Leyden wuchs von Zehntelsekunde zu Zehntelsekunde um einige Zentimeter, bis sein Kopf das Wagendach berührte. Vom Lkw her dröhnte der Ton einer Kompressorfanfare. Dann hatte das Auto den Dreißigtonner passiert und von Fölsen bekam das Fahrzeug wieder unter Kontrolle. Er sah noch einmal zu van Leyden hinüber, der jetzt zusammengesunken in seinem Sitz saß.

Danach hatte keiner mehr ein Wort gesprochen. Lediglich das Navigationsgerät gab seine Anweisungen. „Jetzt rechts abbiegen in die Zielstraße", befal gerade eine sympathische Frauenstimme.

Van Leyden sah sich die Umgebung an. In Dortmund gibt es auch hässlichere Gegenden, dachte er, als von Fölsen den Wagen vor einer neoklassizistischen Villa stoppte. Van Leyden pfiff durch die Zähne. „Hier weiß einer zu wohnen", äußerte er sich anerkennend und beendete damit die zwischen den beiden Männern herrschende Sprachlosigkeit.

Hubertus von Fölsen zögerte noch einen Moment. Dann nickte er van Leyden zu. „Okay", sagte er, „also Schwamm drüber. Ich hätte es wissen müssen, du bist und bleibst ein Kulturbanause. Hättest du dich auf den Tristan eingelassen, du hättest etwas Einzigartiges gehört. Und du hättest dich sicher hervorragend auf unseren Wagner, den wir jetzt besuchen werden, einstimmen können. Du wolltest nicht. Doch eines lass dir für die Zukunft gesagt sein: Drehe nie mehr an einem Knopf oder Regler in meinem Auto herum. Du kannst mir sagen, wenn dir etwas nicht passt."

Jetzt reagierte van Leyden so ungewöhnlich, dass

es Hubertus von Fölsen beinahe umgehauen hätte. Er sagte: „Sorry."

Als von Fölsen die Fassung wiedergefunden hatte, sah er sich in aller Ruhe noch einmal die Villa an und nickte. „Ja, in so einem Haus zu wohnen, das könnte ich mir gut vorstellen."

„Schön", sagte van Leyden. „Dann wäre das ja auch geklärt. Also lass uns reingehen und die Möbel geraderücken."

Nachdem die beiden Polizisten mehrfach die Türglocke betätigt hatten, wurde das Eingangstor von einem Mann in einem Maßanzug geöffnet. Über den Arm hatte er einen leichten Sommermantel gelegt. Seine Nase und sein Mund waren mit einer Maske versehen. Der Mann sah auf die Uhr. „Sie sind zu spät", sagte er. „Jetzt habe ich keine Zeit mehr für Sie. Lassen Sie sich einen neuen Termin geben."

Sprach er und wollte an den beiden vorbei ins Freie treten. Doch da hatte er sich getäuscht. Van Leyden stellte sich ihm in den Weg und erwiderte, „damit das klar ist, wann und wie wir ein Gespräch beginnen und wann wir es beenden, das entscheiden immer noch wir! Ist das klar?"

Der Mann, van Leyden vermutete Herbert Wagner, lächelte amüsiert. „Junger Mann, Sie müssen noch viel lernen", entgegnete er und unternahm einen weiteren Versuch, sich an van Leyden vorbeizudrücken.

Mit den Worten: „Sie meinen, ich müsse noch viel lernen?" stellte sich van Leyden dem Mann erneut in den Weg und zog ein paar Handschellen aus seiner

Hosentasche. „Da werden Sie wohl recht haben, Herr Wagner. Sie sind doch Herr Wagner, oder? Herbert Wagner?"

Der Mann nickte und bemühte sich beflissen die Handschellen zu übersehen, mit denen van Leyden herumwedelte.

„Nun gut, Herr Wagner", grinste van Leyden ihn süffisant an. „Dann übe ich jetzt mal, jemanden zu verhaften." Die Handschellen klickten.

Wagner blickte konsterniert auf seine gefesselten Hände. „So, das klappt ja schon mal ganz hervorragend mit dem Festnehmen," grinste der Polizist.

„Was soll das?", raunzte der gefesselte Mann van Leyden an. „Das ist Freiheitsberaubung! Das wird für Sie ein Nachspiel haben."

„Sie irren, Herr Wagner, das nennt man ‚Gefahr im Verzug'", grinste van Leyden. „Sie hatten die Wahl. Wir hätten ein vernünftiges Gespräch miteinander führen können und dann wären Sie uns wieder los gewesen. Jetzt gibt es nur noch die harte Tour."

Wagner wandte sich an von Fölsen. „Hören Sie", sagte er zu diesem. „Sie müssen dem Übereifer Ihres Kollegen etwas entgegensetzten. Ich habe gleich einen wichtigen Termin. Den darf ich keinesfalls verpassen. Ich will Ihnen ja nicht drohen, aber wenn Sie keine handfesten Gründe haben, mich festzunehmen, und die haben Sie nicht, das weiß ich genau, dann reden Sie sicherheitshalber noch einmal mit Ihrem Kollegen. Denn ich schwöre Ihnen, Sie werden Ärger bekommen, wie sie ihn noch nie in Ihrer Polizeikarriere hatten."

„Ja wissen Sie", entgegnete von Fölsen. „Ich verstehe Sie ja. Mir sind die ungestümen Momente von Kommissar van Leyden bisweilen auch zu heftig. Aber, und das können Sie mir glauben, ändert meine Sicht der Dinge nichts an seiner Halsstarrigkeit. Wenn Sie die Handschellen loswerden wollen, sollten Sie sich schon bei ihm entschuldigen. In solchen Momenten wie jetzt habe ich keinen Einfluss auf meinen Kollegen. Der schleppt Sie mit nach Detmold, Termin hin oder her."

Diese Reaktion hätte van Leyden Hubertus von Fölsen keinesfalls zugetraut. Doch anscheinend war die Argumentation bei Wagner angekommen.

„Also gut", murmelte er und mühte sich redlich, jegliche Aggression zu unterdrücken. „Ich bin etwas über das Ziel hinausgeschossen. Das war nicht so gemeint. Aber Sie müssen mir glauben, Sie kommen wirklich ungelegen. Ich steh enorm unter Zeitdruck. Außerdem hätten sie sich vernünftig vorstellen können."

„Also, dürfen wir hereinkommen?", fragte van Leyden mit einem süffisanten Grinsen und ließ einen kleinen Schlüssel an einer dünnen Kette hin- und herschwingen.

„Also gut, in Gottes Namen, kommen Sie schon herein. Aber bitte, ich habe es wirklich eilig."

Nachdem Wagner seine Handgelenke wieder frei bewegen konnte, öffnete er die Haustür und leitete die beiden Polizisten in sein Arbeitszimmer. Van Leyden pfiff anerkennend durch die Zähne, als er die Einrichtung musterte.

„Sie besitzen ein Wettbüro?", begann von Fölsen ohne langes Federlesen.

„Ja, ich besitze ein Wettbüro. Und alles ist sauber. Ich konnte alle Unterstellungen Ihrer Kollegen vom *LKA* ausräumen. Bei mir sind nie illegale Wetten gelaufen."

„Weiß ich", entgegnete van Leyden. „Ich kenne die Akte. Aber vielleicht haben die Kollegen ja nicht so genau hingeschaut."

„Wie meinen Sie das?", entgegnete Wagner ärgerlich. „Ich habe kooperiert, als Ihre Kollegen vom *LKA* mich unberechtigterweise beschuldigt haben. Ich habe Ihnen wertvolle Hinweise gegeben und jetzt kommen Sie und beschuldigen mich erneut. Wenn Sie etwas wirklich Handfestes gegen mich vorbringen können, dann sagen Sie es mir. Entweder kann ich es sofort entkräften oder ich rufe meinen Anwalt an. Aber auf solche Spielchen, wie Sie die hier spielen wollen, darauf habe ich keine Lust."

„Nein, es geht nicht um Fußballwetten, jedenfalls nicht nur", entgegnete von Fölsen. „Es geht um Wetten bei Autorennen, bei illegalen Autorennen."

Einen kurzen Augenblick war Wagner konsterniert. Doch schnell hatte er sich wieder im Griff. „Ich weiß nicht, wovon Sie reden", entgegnete er unwirsch.

„Herr Wagner", setzte van Leyden sofort nach. „Sagt Ihnen der Name Heinrich Fischer etwas?"

Die Unsicherheit des Wettbürobesitzers nahm für einen kurzen Moment merklich zu.

„Heinrich Fischer?", hatte Wagner sich dann wieder im Griff. Er tat so, als überlege er. „Heinrich Fischer, das ist natürlich ein Allerweltsname." Er tippte sich an die Lippen. „Heinrich Fischer …", Wagner gab weiterhin den Nachdenklichen. „Aus welcher Stadt, sagten Sie, kommen Sie noch mal?"

„Aus Detmold", entgegnete von Fölsen.

„Detmold, Fischer", dachte er laut nach. Dann erhellte sich sein Gesicht. „Klar kenne ich einen Heinrich Fischer. Der kommt aus Detmold und schuldet mir viel Geld."

Van Leyden nickte. „Und genau dieser Fischer unterstellt Ihnen, dass Sie Wetten auf illegalen Autorennen anbieten."

Wagner stutzte erneut. Dann hatte er seine Fassung wiedergewonnen.

„Das soll mir dieser Fischer ins Gesicht sagen!", kam es jetzt wieder mit der gleichen Arroganz wie zu Anfang des Treffens. Dabei umspielte auf einmal ein schmieriges Lächeln die Mundwinkel Wagners.

Schau an, dachte van Leyden. Schau dir dieses arrogante Grinsen an, das sich da in das Gesicht Wagners geschlichen hatte. Ein siegesgewisses Grinsen, das er nicht unterdrücken konnte.

73

„Erzählt bloß morgen keinem, dass Linus hier übernachtet hat", sagte Bruschetta und verstrubbelte grinsend seinem Sohn die Haare. „Das ist ein schweres Vergehen gegen die Corona-Kontaktsperre und davon muss niemand etwas erfahren. Versteht ihr?"

„Dann sind wir also jetzt Gesetzesbrecher?", wollte

Linus wissen. Er war auf ausdrücklichen Wunsch seines Freundes hier. Bruschetta hatte an diesem Abend einen wichtigen Termin und wollte seinen Sohn nicht allein lassen. Sicher, da war auch noch der Mann, den Bruschetta als Bodyguard für Rafael abgestellt hatte. Aber Rafael konnte mit dem mürrischen Kerl nichts anfangen, mochte ihn auch nicht und hatte sich sehr energisch die Gesellschaft seines einzigen Freundes gewünscht. Nachdem Linus es geschafft hatte, seine davon wenig begeisterte Mutter zu überreden, war er von Bruschetta abgeholt worden.

Als Bruschetta nach langem Hin und Her das Haus verließ, um zu seinem Termin zu fahren, reckte Rafael die Siegerfaust. „Endlich Ruhe", triumphierte er. „Jetzt quatscht uns keiner mehr dazwischen. Er sagt ja zum Glück so gut wie nie etwas." Dabei zeigte er diskret auf den bulligen Mann, der in der entferntesten Ecke des geräumigen Wohnzimmers saß und auf sein Handy starrte. „Der ist mir unheimlich", flüsterte Rafael. „Lässt mich keine Sekunde aus den Augen, sagt aber nichts. Aber Papa meint, er sei der Beste auf seinem Gebiet."

„Auf welchem Gebiet?", wollte Linus wissen.

„Na, als Leibwächter. Hätten wir ihm nur nie von diesem Typen vor der Eisdiele erzählt. Seitdem habe ich keine freie Sekunde mehr. Ich glaube, Papa würde mich am liebsten in einen Tresor einschließen, aus Angst, mir könnte was passieren. Ist dein Vater auch so?"

Linus dachte eine Weile nach, dann sagte er: „Keine Ahnung. Ich kenne meinen Vater gar nicht. Meine Mutter hat sich schon vor meiner Geburt von ihm getrennt. Er wohnt irgendwo oben an der Ostseeküste. Ich weiß nur, dass er Student war, als er mit meiner Mutter zusammen war. Meine Mutter will auch nicht, dass ich Kontakt zu ihm aufnehme. Warum, weiß ich nicht. Mal sehen, vielleicht schreibe ich ihm mal. Aber jetzt noch nicht, vielleicht in ein paar Jahren. Eigentlich war mein Opa für mich immer beides, Opa und Vater zusammen. Der ist zwar ziemlich schräg, aber eigentlich ganz in Ordnung."

„Mmh", sinnierte Rafael versonnen. „Bei mir ist es umgekehrt. Ich habe nur einen Vater und keine Mutter mehr. Taugt auch nichts."

„Was ist dein Vater eigentlich für einer?", fragte Linus. „Versteh mich nicht falsch, ich finde ihn ja ganz nett. Aber irgendwie kommt er mir auch vor wie ein Gangsterboss."

„Wie kommst du denn darauf?"

„Na ja, ihr seid offenbar ziemlich reich, dann erschrickt sich sogar ein Verbrecher, als er deinen Vater sieht, verschwindet Hals über Kopf und jetzt dieser finstere Typ da hinten in der Ecke. Du musst zugeben, so ganz normal ist das alles nicht."

„Ich kenne es nicht anders", antwortete Rafael, Ruhe ausstrahlend. „Er kauft Häuser und Kneipen und so und vermietet die weiter. Das scheint ganz gut zu laufen. Deswegen ist man doch noch kein Gangster, oder?"

Darauf wusste Linus keine Antwort und die beiden Jungen wechselten das Thema.

„Kennst du das Spiel *Bezzerwizzer*?", fragte Rafael. Als Linus nickte, baute Rafael das Quizspiel auf dem

Wohnzimmertisch auf. Sie spielten eine Runde, Rafael stand kurz vor einem souveränen Sieg, als es klingelte.

„Das ist die Haustür", rief Rafael und wollte schon aufspringen und zur Tür laufen. Doch im selben Augenblick legte sich eine große, schwere Hand auf seine Schulter und drückte ihn auf den Stuhl zurück.

„Du bleibst hier", sagte der Leibwächter im Befehlston. „Ich gehe."

Die Jungen lauschten seinen schweren Schritten. Dann spürten sie den kühlen Luftzug, als der Mann die Haustür öffnete. Es dauerte fast eine Minute, bis er ins Wohnzimmer zurückkam. Seine Miene war noch finsterer als vorher.

„Keiner da", sagte er brummig. „Aber der Bewegungsmelder ist angesprungen. Komisch."

„Wahrscheinlich hat da jemand Klingelmännchen gespielt", warf Linus ein. Streiche dieser Art waren ihm durchaus geläufig.

„Vielleicht hast du recht", sagte der Bodyguard, wirkte aber absolut nicht überzeugt.

74

Seit dem Besuch in Dortmund hatte van Leyden diesen Wagner gefressen. Spätestens nach dem widerlichen Grinsen, das der Wettbürobesitzer am Ende der Befragung gezeigt hatte, wollte van Leyden ihn unbedingt drankriegen: „Den Kerl hänge ich hoch." Und heute Abend wollte er Wagner dingfest machen.

In den letzten Tagen hatten er und Pauline Meier zu Klüt jede freie Minute miteinander verbracht. Doch heute Abend hatte sie keine Zeit für ihn. Sie hatte sich mit ein paar Freundinnen zu einer Videokonferenz verabredet.

Das musste man sich mal vorstellen, dachte van Leyden. Da sitzen zehn Frauen vor ihren Bildschirmen, trinken Bier, Aperol-Spritz oder einen Cocktail und reden über Gott und die Welt. Egal, er jedenfalls wollte heute Abend einen entscheidenden Schritt machen, um Herbert Wagner seiner gerechten Strafe zuführen zu können.

Van Leyden wusste, dass die Wege, die er wählen würde, um an die nötigen Daten kommen, an keiner Stelle verfahrenstauglich wären. Wahrscheinlich würde Adelheid Vahlhausen augenblicklich tot umfallen, wenn sie auch nur annähernd ahnen würde, wie van Leyden vorgegangen war. Doch, was sie nicht weiß, macht sie nicht heiß, dachte er und ließ seine Finger mit atemberaubender Geschwindigkeit über seine Tastatur gleiten.

Das, was er jetzt erfahren würde, diente später lediglich dazu, an den richtigen Stellen suchen zu können. Doch zunächst galt es, eine Frage zu beantworten: Wie konnte man Gründe finden, um Wagners Büro, seine Datenspeicher und seine Konten einzusehen? Die Antwort war einfach, nämlich: über die Verbindung zum *Schönen Heinrich.* Van Leyden musste brauchbare Querverbindungen von Fischer zu Wagner finden. Wenn ihm das gelänge, wäre alles andere ein Kinderspiel.

Die Zeit war schnell vergangen und van Leyden inzwischen hundemüde, aber auch höchst zufrieden. Er hatte seinen Mann am Haken.

Wagner war vorsichtig gewesen. Obwohl der *Schöne Heinrich* Wagner mit Mails, die jede Menge Anschuldigungen, Beschimpfungen und Beleidigungen enthielten, bombardiert hatte, ließ dieser sich dadurch nicht locken. Wagner hatte sich selbst bei ärgsten Beleidigungen bedeckt gehalten und nicht auf die Mails reagiert.

Nur ein einziges Mal hatte er sich nicht mehr im Griff gehabt. „Fischer, ich warne dich", hatte Wagner zurückgeschrieben. „Schickst du mir nur noch eine dieser unverschämten Mitteilungen, dann bist du tot. Das ist kein leeres Versprechen. Lass es nicht darauf ankommen."

Fischer hatte natürlich weiter seine Beschimpfungen und Beleidigungen vom Stapel gelassen. Und schon wenige Tage später schwamm seine Leiche im Friedrichstaler Kanal. Nicht gerade das Top-Argument, um Wagners Büro auf den Kopf zu stellen, aber ein Anfang, dachte van Leyden.

Als Nächstes hatte er sich die Telefondaten von Fischer vorgenommen. Es gab zwar einige Anrufe, die dem Anschluss und dem Handy von Wagner zuzuordnen waren, aber, wenn Wagner Fischer nicht erreichen konnte, hatte er nie auf den Anrufbeantworter gesprochen. Nachdem van Leyden hier nicht weitergekommen war, hatte er die Kontobewegungen beider in den letzten Jahren abgeglichen. Hier hatte er einige Parallelitäten feststellen können. In sieben Fällen hatte Fischer einen fünfstelligen Betrag abgehoben und in drei Fällen war der gleiche Betrag bei Wagner bar eingezahlt worden. Ein kleiner, dummer Fehler, dachte van Leyden und ging der Spur weiter nach. In den weiteren vier Fällen des Abhebens großer Geldbeträge durch Fischer hatte Wagner ebenfalls am nächsten Tag Geld bar eingezahlt. Dabei handelte es sich jedoch um weitaus höhere Summen als jene, die Fischer seinen Konten entnommen hatte.

Van Leyden vermutete, dass an diesen Tagen illegale Rennen stattgefunden hatten und die von Wagner zur Bank gebrachten Summen, die jeweiligen Wettgewinne des Vortages waren.

Anschließend überprüfte er, ob Anzeigen oder Meldungen zu illegalen Autorennen bei Polizeidienststellen eingegangen waren. Auch hier erzielte van Leyden drei Treffer. Der Polizei waren drei illegale Autorennen bekannt, die zu den Zeitpunkten durchgeführt wurden, an denen Fischer Geld abgehoben und Wagner welches eingezahlt hatte.

Zu guter Letzt durchsuchte van Leyden Fischers gesamte Dateien mit einem speziellen Suchprogramm und wurde noch einmal fündig. Fischer hatte in einer Excel-Datei akribisch festgehalten, bei welchem Wettanbieter er gewettet hatte. Er hatte den Inhalt der Wette beschrieben und auch die Beträge, die er eingesetzt hatte, sehr genau notiert. Das musste reichen, dachte van Leyden. Er ging zur Theke seiner Polizeidienststelle und holte sich ein alkoholfreies Bier aus dem Kühlschrank. Er nahm einen großen Schluck und sah auf seinen

Chronografen. Verdammt spät schon. Sollte er Pauline um diese Zeit noch anrufen? Van Leyden entschied sich für eine Whatsapp-Nachricht. Sekunden später kam eine Nachricht zurück. „Bin noch in der Videokonferenz. Unser Ladies-Abend ist noch längst nicht vorbei. Pauline."

75

Wenige Minuten später hatte Rafael das Spiel gewonnen und triumphierte. Linus bemühte sich, die Niederlage mit Würde wegzustecken, schaffte das aber nicht mal ansatzweise. In Siegerlaune ging Rafael in die Küche, um Nachschub an Cola und Chips zu holen. Plötzlich wieder die Haustürklingel. Sofort sprang ihr Aufpasser aus dem Sessel, schob die Jalousie vor einem der Fenster etwas zur Seite und lugte hinaus. Zwischen Haus und Fürstengartenstraße lag ein schmales Stück Garten, durch ein schmuckes, schwarzlackiertes Eisengitter und mehreren Büschen von der Straße getrennt. Da der Bereich vor der Haustür vom Fenster aus nicht zu sehen war, gab er den Versuch schnell auf. Mit einer Geste machte er den beiden Jungs klar, dass sie sich still verhalten sollten. Dann verließ er das Wohnzimmer. Kurz darauf hörte Linus erneut, wie die Haustür geöffnet wurde. Jeder andere Junge wäre jetzt brav im Wohnzimmer geblieben. Aber Linus war nicht jeder andere – schließlich war Linus der wohlgeratene Enkel von Jupp Schulte und als solcher durchaus in der Lage, sich über trübe Vernunft einfach mal hinwegzusetzen. Als die Neugier überhandnahm, schlich er sich aus dem Zimmer und betrat den Flur.

„Bleib hier! Das darfst du doch nicht", hörte er die besorgte Flüsterstimme von Rafael hinter sich. Aber Linus war nun nicht mehr zu bremsen. Da er ihren Beschützer im Flur nicht mehr sah, die Haustür aber etwas offenstand, lugte Linus vorsichtig in den nächtlichen Garten, der völlig im Dunkeln lag, während der Bereich vor der Haustür im Lichtkegel eines Bewegungsmelders zu erkennen war. Fast im gleichen Augenblick sah er den Aufpasser wieder, der aus dem Garten zur Haustür zurückkam.

„Was machst du denn hier?", fuhr der Mann ihn grob an. „Mach, das du reinkommst!"

Linus gehorchte, wenngleich auch widerstrebend. Aber er blieb im Flur, direkt hinter der immer noch einen Spalt offenstehenden Haustür und lauschte. Der Bewegungsmelder hatte sich mittlerweile wieder in den Stand-by-Modus begeben. Somit war draußen alles dunkel. Offenbar hatte sich ihr Wächter nun direkt vor der Haustür postiert, wie Linus an den leisen, scharrenden Geräuschen seiner Schuhe hören konnte. Schnell wurde es dem Jungen langweilig und er wollte eben wieder ins Wohnzimmer zu Rafael gehen, als draußen erneut das Licht aufflackerte. Im selben Moment hörte Linus ein leises, aber deutlich zu vernehmendes Geräusch, als würde jemand eine Sektflasche öffnen. Eine Sekunde später das Gleiche noch mal. Dann schlug irgendetwas Schweres dumpf auf die Pflastersteine, fiel gegen die Haustür und drückte sie weiter auf. Starr vor Schreck sah Linus, dass es der bullige Körper des Aufpassers war, der jetzt zusammengesunken wie ein nasser Sack den Türrahmen blockierte. Da er die Haustür nun nicht mehr schließen konnte, rannte Linus so schnell er konnte zurück ins Wohnzimmer. Rafael saß immer noch am Tisch und blickte ihn ängstlich an.

„Los, komm mit!", rief Linus ihm zu, während er an ihm vorbei ins nächste Zimmer lief. Es war das Schlafzimmer von Rafaels Vater, mit einem großen Kleiderschrank. Linus riss die Schiebetür des Schrankes auf, huschte hinein und wartete auf Rafael. Doch der kam nicht. Stattdessen hörte Linus Rafaels Stimme, die voller Angst irgendjemandem zurief: „He, was soll das? Was wollen Sie? Lassen Sie …"

Dann rumpelte es, als wenn ein Stuhl umgeworfen wurde. Ein im Ansatz erstickter Schrei von Rafael. Eine noch jung klingende Männerstimme sagte: „Ich sehe hier insgesamt drei Cola-Gläser. Also muss noch ein Dritter hier irgendwo sein. Ich gehe ihn suchen. Wir können schließlich keinen Zeugen gebrauchen."

Linus spürte, wie sich eine lähmende Blutleere im Hirn ausbreitete und musste mit aller Macht gegen die Ohnmacht ankämpfen, die ihn schon halb in ihren Klauen hielt. Er hörte Schritte näherkommen. Offenbar schaute sich der Mann gerade im Schlafzimmer um.

„Lass den Quatsch und komm endlich!", rief eine andere, ausländisch klingende Männerstimme von hinten. „Der Alte dieses Jungen kann jeden Moment zurückkommen. Und solche Leute sind selten ohne Begleitschutz unterwegs. Hilf mir lieber diesen Jungen rauszubringen. Beeil dich!"

Schritte, die sich schnell entfernten. Kurze Zeit später wurde in der Nähe ein Auto gestartet und fuhr mit quietschenden Reifen davon. Linus schlug das Herz bis zum Hals. Er wartete noch einen Moment, dann schob er die Schiebetür vorsichtig wieder auf. Alles war ruhig, niemand war zu sehen. Dann erst traute Linus sich heraus und schlich bis zur Tür, die das Schlafzimmer mit dem Wohnzimmer verband. Der Stuhl, auf dem Rafael eben noch gesessen hatte, lag quer auf dem Parkettboden. Sonst sah alles aus wie immer, nur einsamer, verlorener. Ein seltsamer, unangenehmer Geruch lag in der Luft. Ein Geruch, den Linus nicht kannte, der vorher nicht dort gewesen war. Es war kalt im Raum, denn alle Türen standen nun bereits seit vielen Minuten sperrangelweit offen. Linus fröstelte. Auch wegen der Kälte, aber vor allem war es die Wucht der Ereignisse, die seinen Kreislauf in die Knie zwang. Langsam ging er vom Wohnzimmer in den Flur, hoffte verzweifelt, im Hauseingang nicht das vorzufinden, was er vorhin glaubte, gesehen zu haben. Auch diese Hoffnung zerplatzte wie eine Seifenblase. Der große und leblose Körper des Mannes, der eigentlich zu ihrem Schutz hier gewesen war, lag lang ausgestreckt in der Türöffnung.

Der tote Körper wirkte wie eine unüberwindliche Mauer für Linus. Er wagte nicht, einfach einen großen Schritt drüber hinweg zu machen, nahm wieder und wieder Anlauf und stoppte dann kurz vorher ab. Aber raus musste er, das war für ihn keine Frage. Keine Sekunde länger wollte er hierbleiben. Allein mit dem Toten, allein mit diesem verfluchten umgekippten Stuhl und diesem unbekannten Geruch in der Luft. Alles schrie nach Gewalt, Schrecken und Angst. Was war mit Rafael geschehen? Wo haben sie ihn hingebracht und warum? Wie konnte er ihm helfen? Bestimmt nicht, indem er hier im Flur stand und sich davor drückte, endlich über diesen toten Mann zu steigen. Es lag an ihm allein, die Polizei zu informieren und Hilfe zu holen. Er war Rafaels einzige Hoffnung. Linus ging zwei Schritte zurück, holte tief Luft, lief los und sprang über die Leiche hinaus ins Freie. Erst draußen vor dem Haus atmete er wieder aus. Es wäre stockfinster gewesen, wenn Linus durch seinen Sprung nicht wieder den Bewegungsmelder in Aktion gesetzt hätte. Kühl war es draußen, erfrischend kühl. Linus fragte sich, ob er die Leiche irgendwie abdecken müsste. Es widerstrebte ihm, sie einfach so offen liegen zu lassen. Aber dann schüttelte er diesen Gedanken ab, es gab jetzt Wichtigeres zu tun und das konnte nicht warten. Er lief den schmalen Gartenweg entlang zum Gartentor, öffnete es und wollte gerade hinaushuschen, als er vom Scheinwerfer eines Autos geblendet wurde, dass genau auf ihn zukam und direkt vor dem Haus der Bruschettas stoppte. Waren das wieder die beiden Männer? Waren sie zurückgekommen, um nun ihn, den lästigen Zeugen zu beseitigen? Sofort zog Linus sich wieder zurück in den Garten und versteckte sich hinter einem großen Rhododendronbusch. Doch dann atmete er erleichtert auf. Bei dem Auto handelte es sich um einen weißen VW Tuareg und als sich die Fahrertür öffnete, stieg Rafaels Vater aus. Linus sprang hinter dem Busch hervor und erreichte Bruschetta am Gartentor. Der wirkte unangenehm überrascht.

„Was machst du denn hier draußen?", fragte er streng, bevor Linus etwas erklären konnte. „Ihr solltet doch im Haus bleiben. Ist Rafael auch im Garten?"

Linus schüttelte hektisch den Kopf und begann, erst stoßweise, dann flüssiger vom Geschehen der letzten Viertelstunde zu berichten.

„Rühr dich nicht von der Stelle!", rief Bruschetta, dem trotz der Dunkelheit der Schrecken ins Gesicht geschrieben stand. Dann lief er zur Haustür, sah dort den toten Leibwächter, untersuchte ihn kurz und machte dann einen großen Schritt über ihn hinweg ins Haus. Als er kurz darauf zurückkam, schob er die Leiche soweit ins Haus, dass sich die Haustür wieder schließen ließ. Zu Linus sagte er: „Komm mit! Ich bringe dich nach Hause. Dich will ich nicht auch noch auf dem Gewissen haben."

„Aber ...", Linus wollte einwenden, dass sie sich doch besser um Rafael kümmern sollten, er sei doch nicht gefährdet, aber Bruschetta hörte ihm gar nicht mehr zu. Linus wurde in den Sitz gepresst, als Bruschetta den kräftigen Wagen startete. Ohne sich um Linus zu kümmern, wählte er über seine Freisprechanlage eine Nummer. Als die Verbindung hergestellt war, bellte Bruschetta förmlich ins Mikrofon: „Ich brauche euch hier. Jawohl, hier in Detmold. Alle, die zur Verfügung stehen. Es ist jetzt Nacht, die Autobahn ist frei. Wenn ihr sofort startet, könnt ihr in drei bis vier Stunden hier sein. Weitere Anweisungen bekommt ihr, sobald ihr hier seid. Das ist ein verdammter Befehl, verstanden?"

Linus brummte der Kopf, er gab es auf, in dieser Nacht noch irgendetwas zu verstehen. Trotzdem stellte er die Frage: „Drei Stunden? Woher sollen die Leute denn kommen?"

„Von Berlin. Halb so wild, das schaffen die schon. Aber jetzt hör auf zu fragen, ich muss gleichzeitig fahren und nachdenken."

Zehn Minuten später hielt der Tuareg vor der Hofeinfahrt.

„Von hier aus kann ich eure Wohnung sehen", sagte Bruschetta. „Ich warte, bis du reingegangen bist, dann fahre ich weiter. Los, verschwinde!"

„Aber was wird mit Rafael?", fragte Linus, der sich abgeschoben fühlte.

„Das regele ich", antwortete Bruschetta in einem Tonfall, der keinen Widerspruch zuließ. „Wenn du mir helfen willst, dann bring dich in Sicherheit und halt die Füße still. Und komm bloß nicht auf die Idee, deinen Opa aus dem Bett zu holen. Den kann ich jetzt überhaupt nicht gebrauchen. Hör zu: Du willst doch auch, dass Rafael da heil herauskommt, oder? Dann sorge dafür, dass ich freie Hand habe und halt mir die Bullen vom Leibe. Kein Opa und kein anderer Bulle, klar? Das ist Rafaels einzige Chance."

76

Linus lief quer über den Hof. Vor der Haustür drehte er sich um und gab dem immer noch wartenden Bruschetta ein Handzeichen, dass er angekommen sei. Sofort konnte er sehen, wie der VW Tuareg startete und verschwand. Linus schaute auf seine Armbanduhr, es war jetzt 23:15 Uhr, mitten in der Nacht. Er zögerte, die Tür aufzuschließen. Er hatte bereits seit Jahren einen eigenen Schlüssel, aber was, wenn seine Mutter dadurch aufwachte? Es wäre schier unmöglich, ihr alles zu erklären, ohne dabei innerlich zusammenzubrechen. Er stand immer noch unter Schock und handelte emotionslos wie ein ferngesteuerter Roboter. Die kleinste emotionale Ansprache würde ausreichen, um sein mühsam aufrechterhaltenes Seelengebäude komplett einstürzen zu lassen. Nein, das Risiko wollte er nicht eingehen. Er musste jetzt funktionieren, alles tun, um Rafael zu retten. Nachdem er diesen Entschluss gefasst hatte, lief er rüber zum Nachbargebäude, in dem Jupp Schulte wohnte. Sein Opa war nun genau der Richtige, da konnte Bruschetta sagen, was er wollte. Wenn irgendjemand helfen konnte, dann er und von ihm waren auch keine Sentimentalitäten zu befürchten. Außerdem war Schulte zu dieser Uhrzeit sicher noch nicht im Bett. Linus klingelte Sturm, trippelte nervös von einem Fuß auf den anderen und konnte es kaum abwarten, bis er schlurfende Schritte hörte. Dann blickte er in das müde Gesicht seines Opas, der ihn erstaunt und ein wenig erschrocken ansah.

„Was ist …?", Schulte konnte die Frage nicht beenden, denn Linus drängte sich wortlos an ihm vorbei in die Wohnung. Erst als Schulte die Tür wieder geschlossen hatte, sagte Linus schwer atmend: „Du musst helfen! Sofort!"

Schulte, der völlig perplex war, drückte seinen Enkel auf einen Stuhl und gab ihm mit Handzeichen zu verstehen, dass er erst einmal etwas zur Ruhe kommen sollte. Aber Linus war nicht zu beruhigen.

„Sie haben Rafael entführt!", rief er laut und voller Verzweiflung. „Und sie haben den Bodyguard erschossen. Du musst sofort was unternehmen!"

„Wer hat Rafael entführt?", fragte Schulte dazwischen. „Jetzt hol mal tief Luft und erzähl der Reihe nach. Wieso bist du eigentlich hier? Du wolltest doch bei Rafael übernachten."

„Das ist es ja!", Linus schrie nun mehr, als er sprach. „Deswegen war ich doch dabei, als alles passiert ist. Hör mir doch einfach mal zu."

Offenbar hielt Schulte, der erschrockener war, als er sich das anmerken ließ, es für das Beste, den Jungen reden zu lassen, ohne ihn durch weitere Fragen zu unterbrechen. Linus spulte nun seine schrecklichen Erinnerungen der letzten Stunde ab. Als er endete, sackte sein Körper in sich zusammen, er hatte Mühe, sich auf dem Stuhl aufrecht zu halten.

„Rafaels Vater hat dich also hergebracht?", fasste Schulte nach. Als Linus nickte, fuhr er fort: „Und er hat gesagt, du solltest mir auf keinen Fall was davon erzählen?" Wieder nickte der Junge und sah zu, wie sein Opa eine Runde nach der anderen durch die Küche drehte. Dann stand Schulte plötzlich still, schaute seinen Enkel an und äußerte: „Danke für dein Vertrauen. Das meine ich wirklich ernst. Wir gehen jetzt zusammen rüber zu euch und ich erkläre deiner Mutter alles, okay?"

Zehn Minuten später stand eine fassungslose Ina Schulte in ihrem Wohnzimmer und gab sich große Mühe, das zu verdauen, was sie soeben durch ihren Vater erfahren hatte. Linus war sofort, ohne ein Wort zu sagen, in sein Zimmer gegangen.

„Gib ihm irgendwas zur Beruhigung", sagte Schulte abschließend. „Du kennst dich mit so etwas besser aus als ich. Und morgen schleppst du ihn zu einem Arzt, ob er will oder nicht. So ein Erlebnis ist nichts, was man auf die leichte Schulter nehmen darf."

„Ich bleibe die Nacht über bei ihm", versprach Ina. „Aber was machst du jetzt? Rufst du deine Kollegen an?"

„Weiß ich noch nicht", antwortete Schulte tonlos. „Muss ich noch drüber nachdenken."

„Aber du machst jetzt nichts im Alleingang, oder?", fragte seine Tochter bohrend. „Es reicht, wenn ich mir um meinen Sohn Sorgen machen muss. Bitte nicht auch noch um meinen Vater."

77

Vier Uhr morgens. Bodo Bruschetta stand in seiner Küche und braute sich einen Kaffee, den zweiten in dieser Nacht. Er wollte einen klaren Kopf behalten, wenn es so weit war. Denn Bruschetta rechnete jede Sekunde mit dem Anruf des Mannes, der seinen Sohn entführt hatte. Er hoffte jedenfalls, dass es sich um eine Entführung handelte, denn alle anderen Möglichkeiten wären noch schrecklicher. Von den Leuten, die er aus Berlin angefordert hatte, war vor wenigen Minuten eine Whatsapp gekommen. Sie befanden sich gerade auf der Höhe von Seelze, kurz hinter Hannover. Bis zum Anruf konnte Bruschetta nichts tun. Eine ungewohnte und kaum zu ertragende Situation für einen Mann der Tat, als den man ihn in gewissen Berliner Kreisen kannte, schätzte oder fürchtete. Er hatte zwar eine klare Vorstellung davon, wer Rafael entführt und wer der Mörder des Leibwächters war, aber damit wusste er noch nichts über den gegenwärtigen Aufenthaltsort dieses Mannes. Er war auf Gedeih und Verderb darauf angewiesen, Kontakt zum Entführer zu bekommen. Aber das Telefon rührte sich einfach nicht. Bruschetta war kurz davor, die Wände hochzugehen.

Dann endlich – das Telefonsignal. Bruschetta warf einen schnellen Blick auf seine Armbanduhr, bevor er das Handy ans Ohr hielt. Es war Viertel nach Vier. Er meldete sich nicht mit Namen, wusste, dass dies nicht nötig sein würde. Er hörte eine kratzige Stimme, die mit russisch gefärbtem Akzent sagte: „Hören Sie gut zu, Bruschetta! Alles, was ich jetzt sage, sage ich nur einmal. Verstanden?"

Bruschetta brummte so etwas wie eine Zustimmung, ihm blieb nichts anderes übrig.

„Ich habe Ihren Sohn in meiner Gewalt. Ein netter

Junge, es wäre schade, wenn ihm was passieren würde. Sind wir uns da einig?"

„Hör zu, Tschernenko!", rief Bruschetta nun in einen Ton, der mehr von seiner Anspannung verriet, als er wollte. „Ja, wundere dich nicht. Ich weiß genau, wer du bist. Lass dieses Geschwafel und komm zur Sache. Was willst du? Geld?"

„Nein", Bruschetta hörte ein leises Lachen. „Mein Auftraggeber möchte ein Geschäft mit Ihnen machen. Ein Geschäft unter Ehrenmännern, bei dem beide etwas gewinnen. Er gewinnt Handlungsfreiheit, Sie gewinnen Ihren Sohn zurück. Ist doch ein anständiger Deal, oder?"

Bruschetta zerbiss den Fluch, der unbedingt über seine Lippen wollte, und bemühte sich, ruhig zu klingen.

„Nun rede endlich Klartext! Wer ist dein Auftraggeber, was will er und was ist sein Preis?"

Wieder lachte Tschernenko.

„Das besprechen wir besser nicht am Telefon. Ich schlage vor, Sie setzen sich jetzt sofort in Ihr Auto und bewegen Ihren Arsch zu dem Ort, den ich Ihnen jetzt nenne. Am besten schreiben Sie mit, ich sage es nur einmal."

Bruschetta schaute sich hektisch um, sah weit und breit kein Papier. Aber an der Wand neben dem Backofen hing eine kleine Schiefertafel, auf der Bruschetta immer mit einem Griffel seine Einkaufsliste schrieb. Er riss die Tafel von der Wand, nahm den Kreidestift, der mit einer bunten Kordel an der Tafel befestigt war, und wartete auf die Anweisungen. So sorgfältig seine zitternden Finger dies zuließen, schrieb er den Treffpunkt auf, den Tschernenko ihm nannte.

„Was ist denn das für ein schwachsinniger Ort?", fauchte Bruschetta durchs Telefon. „Tschernenko, überleg dir gut, was du machst. Keine miesen Tricks. Mag sein, dass du im Augenblick die besseren Karten hast, aber man sieht sich immer zweimal im Leben."

„Bruschetta, Sie haben nicht die schlechteren Karten. Sie haben überhaupt keine Karten, die Sie ausspielen können. Alle Trümpfe liegen in meiner Hand. Und ich werde Ihnen einen Trumpf nach dem anderen um die Ohren hauen, wenn Sie nicht genau das machen, was ich will. Ich erwarte Sie am Treffpunkt. Alleine versteht sich. Wenn ich auch nur einen Polizisten rieche, dann können Sie das Kinderzimmer untervermieten, verstanden?"

Damit war das Gespräch beendet. Wieder schaute Bruschetta auf die Uhr: Viertel nach Fünf sollte das Treffen stattfinden. Allerhöchste Zeit, ins Auto zu steigen.

Doch dann meldete sich das Handy erneut. In Erwartung eines weiteren Anrufs von Tschernenko brüllte er fast in den Hörer: „Was ist denn noch, verdammt noch mal?"

Doch es war nicht Tschernenko.

„Schulte hier", sagte eine vertraute Stimme. „Kann ich vorbeikommen? Wir müssen …"

„Nein!", rief Bruschetta, unhöflicher als gewollt. „Keine Zeit! Ich rufe zurück."

Er übertrug die Adresse in Google Maps, prüfte, ob

seine Pistole gesichert war, schob sie hinter seinen Gürtel und ging zur Haustür.

Die Leiche des Leibwächters lag immer noch quer im Flur, darum würde er sich später kümmern müssen. Wenn es denn ein Später für ihn gab, ging es ihm durch den Kopf. Er hatte schon einiges über Tschernenko gehört und wusste, dass er es mit einem Profi zu tun hatte. Auch wenn sich der Russe bei der Aktion auf Fritzmeiers Hof nicht mit Ruhm bekleckert hatte, durfte man ihn keine Sekunde unterschätzen.

Bereits im Auto sitzend, fiel Bruschetta noch etwas ein. Er wählte Google Maps auf seinem Handy und schaltete die Funktion „Standort teilen" ein. Er wusste, dass seine Leute damit umgehen konnten und nun stets auf dem Laufenden waren, wo er sich aufhielt.

78

Gleich am Morgen hatte van Leyden mit Adelheid Vahlhausen gesprochen und ihr alle Fakten geliefert, die er gestern Abend über Herbert Wagner in Erfahrung gebracht hatte.

„Die meisten Ergebnisse können wir sogar offiziell verwenden", referierte er gut gelaunt, „die habe ich den Unterlagen entnommen, die wir im Büro und der Wohnung von Heinrich Fischer sichergestellt haben." Er machte ein Gesicht, das einer gewissen Spitzbubigkeit nicht entbehrte. „Ich denke, das reicht für einen Haftbefehl. Du könntest uns auch gleich noch ein Okay für eine Haus- und Bürodurchsuchung besorgen. Ich würde mich dann gleich mit von Fölsen auf den Weg nach Dortmund machen. Wir sollten die Festnahme nicht auf die lange Bank schieben."

Adelheid Vahlhausen überlegte. „Ich rede mit der Staatsanwaltschaft. Schick mir deine gerichtsfesten Fakten gleich mal rüber. Die sehe ich mir noch mal an. Ich denke, die Verhaftung sollten dann die Dortmunder Kollegen für uns übernehmen."

Dagegen hatte van Leyden nichts einzuwenden. Er wollte schon das Büro seiner Kollegin verlassen, da sprach sie ihn noch einmal an. „Ein kleiner Hinweis noch, Marco. Ich weiß ja nicht, wo und wie du im Netz unterwegs bist. Aber Eines solltest du wissen: Wir können nicht auf dich verzichten. Mach also keinen Fehler. Bleib hart an der Legalität. Keiner hat etwas davon, wenn du wegen irgendwelcher krummen Hacks vom Dienst suspendiert wirst."

Van Leyden grinste schief. „Mach dir keine Sorgen, Adelheid. Bis jetzt habe ich mich auf der Grundlage des Gesetzes bewegt."

Das stimmte zwar nur bedingt, aber er dachte, das, was die Kollegen nicht wissen, kann sie auch nicht beunruhigen.

Gegen Mittag kam die Hiobsbotschaft. Bei Wagner war niemand zu Hause gewesen, als die Dortmunder Kollegen bei ihm vorstellig geworden waren. Und auch sonst war der Mann nicht zu erreichen. Das Vögelchen war wohl schon ausgeflogen.

Van Leyden fluchte und verschwand in seinem Büro.

Nach einer Viertelstunde kehrte er zurück zu den anderen Kollegen, die sich gerade zu einer Dienstbesprechung im Saal der Kneipe zusammensetzen wollten.

„Wagner hat einen Flug nach Brasilien gebucht", berichtete er. „Das Flugzeug soll heute Abend um Zwanzig Uhr fünfunddreißig in Düsseldorf starten. Dabei handelt es sich um keinen Direktflug. Die Maschine fliegt nach Paris, Charles de Gaulle Airport. Von da geht es dann um Dreiundzwanzig Uhr fünfundzwanzig weiter nach Rio."

„Wie hast du das denn wieder so schnell herausgefunden?", staunte Adelheid Vahlhausen. Doch bei aller Faszination war ihrer Stimme auch ein gewisses Maß an Besorgnis zu entnehmen.

„Erkläre ich dir später", wiegelte van Leyden ab. „Jetzt sollten wir uns erst mal um unser Vögelchen kümmern, das gerade in Begriff ist, in den Süden zu fliegen. Also, sollte uns Wagner in Düsseldorf durch die Lappen gehen, dann besteht immer noch die Möglichkeit, ihn in Paris abzugreifen. Einen weiteren Versuch Wagners, uns zu entkommen, wäre, wenn er mit dem Auto nach Paris führe, auch dafür sollten wir Vorkehrungen treffen. Ich würde sagen, Düsseldorf übernehmen wir selbst. Wir fahren zum Flughafen. Da überlassen wir nichts dem Zufall."

„Okay", entgegnete Adelheid Vahlhausen. „Ich übernehme den Behördenkram. Ich versuche, über das Landeskriminalamt das Bundeskriminalamt dazu zu bewegen, dass die Behörde mit der französischen Polizei Kontakt aufnimmt. Mit den Düsseldorfern rede ich auch. Die sollen euch am Flughafen unterstützen. Den Zoll und den Bundesgrenzschutz hole ich auch ins Boot. Diesen Wagner schnappen wir uns."

Noch einmal meldete sich van Leyden. „Wagner hat bei Air France gebucht. Abflug ist Terminal B. Das schließt sich zentral an das Hauptgebäude an." Er verteilte Lagepläne für diesen Flughafenbereich. „Könnt ihr euch während der Fahrt näher ansehen", fuhr er im Plauderton fort. „Neben dem Abflugbereich des Terminals gibt es eine Dachterrasse. Von da hat man gute Sicht auf die Abfertigungsprozesse. Ein Platz, den wir nicht unbesetzt lassen sollten."

Van Leyden referierte noch über die Möglichkeiten der Anreise und über die Parkplatzsituation.

Die Polizisten waren schon im Jagdmodus. Sie wollten los. Doch Adelheid Vahlhausen war der Meinung, eine solche Aktion musste gut vorbereitet sein. Daher ließ sie sich nicht von der allgemeinen Aufbruchsstimmung aus dem Konzept bringen. Sie meldete sich noch einmal zu Wort.

„Wie wird Wagner wohl anreisen?", überlegte sie. „Wenn er sich wirklich absetzten will, wird er sicher nicht mit dem eigenen Auto kommen, um es in irgendeinem Parkhaus stehen lassen. Entweder er benutzt die Bahn, nimmt ein Taxi oder er lässt sich bringen. Also bestimmen diese Varianten die neuralgischen Punkte am Flughafen. Sollte er wider Erwarten doch mit dem Auto kommen, dann können wir ihn uns erst beim Check-in greifen."

Die Polizisten scharrten mit den Füßen. Zu allem

Überfluss fragte van Leyden auch noch: „Was ist eigentlich mit Schulte? Kommt der nicht mit?"

„Risikopatient", antwortete von Fölsen, „lass den mal, wo er ist, Kollege. Ich denke, wir sollten die Aktion ohne ihn und Rosemeier durchführen. Wenn wir die auch noch mit ins Boot holen müssen, verlieren wir nur noch mehr Zeit. Es ist viel wichtiger, dass Frau Vahlhausen so viele Einsatzkräfte wie möglich in Düsseldorf auf den Flughafen zum Einsatz bringen kann."

Es kam kein Widerspruch von den anderen. Dann wandte von Fölsen sich noch einmal an Adelheid Vahlhausen. „Es wäre gut, wenn wir am Flughafen einen Raum hätten, wo wir mit den Düsseldorfer Kollegen das weitere Vorgehen besprechen können."

Wenig später stiegen die Detmolder Polizisten in ihr Auto, um der Landeshauptstadt einen Besuch abzustatten.

79

Bodo Bruschetta wohnte zwar noch nicht lange in Detmold, aber er war durch und durch Geschäftsmann, und wenn er irgendwo die Chance für einen gewinnbringende Investment roch, dann beschäftigte er sich damit. So war ihm natürlich bei seinen ersten Spaziergängen durch die Stadt die riesige Ruine der ehemaligen *Temde*-Leuchtenfabrik aufgefallen. Jetzt ebenso gruselig wie pittoresk, aber nach einem Abriss auf Kosten der Stadt eine 1a-Wohnlage direkt in Bahnhofsnähe.

Bruschettas Spürnase hatte seinerzeit sofort Witterung aufgenommen, das Projekt dann aber aus den Augen verloren, weil sich seitens der Stadt nichts getan hatte. Er kannte daher die Örtlichkeit, zu der ihn der Entführer seines Sohnes gelockt hatte, einigermaßen und wusste, dass dieser Ort geradezu nach einer Falle schrie. Er musste, auch wenn er keine Sekunde Schlaf gefunden hatte, seine Sinne schärfen und mit allem rechnen.

Den Tuareg ließ Bodo Bruschetta in einer Parkbucht an der Elisabethstraße stehen. Zu Fuß war er wesentlich flexibler und konnte sich dem Treffpunkt unauffälliger nähern. Gerade als er das Auto abgeriegelt hatte, meldete sich sein Handy. Wieder dieser Schulte, dachte er genervt. Gab der denn nie Ruhe? Sein Display zeigte, dass dies bereits der fünfte Anruf des Polizisten war. Er drückte das Gespräch weg, stellte sein Handy auf lautlos und steckte es wieder ein. Um nicht gleich in eine Falle zu tappen, steuerte er nicht auf die Temdestraße zu, sondern zog den Umweg über Bruchgarten und Sachsenstraße vor.

Es war fünf Uhr morgens, es war immer noch dunkel und Bruschetta war allein unterwegs. In einer besonders dunklen Ecke, dort wo weit und breit keine Straßenlampe ihm gefährlich werden konnte, kontrollierte er noch einmal seine Pistole, tastete seine Jackentasche ab und stellte zufrieden fest, dass er ein Ersatzmagazin eingesteckt hatte. Anschließend schob er die Waffe wieder hinten in den Gürtel.

Als er auf die Bahnhofstraße traf, lugte er vorsich-

tig um die Ecke. Auch hier war niemand zu sehen. Da
es keinerlei Deckung gab, lief er im Joggingtempo am
Sportstudio *Joe's Gym* vorbei, bis er die erste der beiden
großen Ruinen erreicht hatte. Der ganze Bereich war
mit einem Bauzaun aus Stahlmatten, die in Betonschu-
hen steckten, umgeben. Tschernenko hatte am Telefon
gesagt, dass er irgendwo mit einem Seitenschneider
ein Loch in diesen recht stabilen Bauzaun schneiden
würde. Da solle er durchschlüpfen. Vorsichtig, immer
auch darauf achtend, ob sich von vorn oder hinten ein
Auto näherte, ging er am Bauzaun entlang und suchte
den Durchlass. Den fand er zwischen dem ersten und
dem zweiten verlassenen Gebäude. Die beiden mächtigen Bauten waren durch eine Art Brücke miteinander
verbunden. Die dreistöckige Gebäudeverbindung sah
derart baufällig aus, dass man befürchten musste, sie
könne allein durch kräftigen Husten einstürzen. Hätte
Bruschetta gewusst, dass die Überquerung dieser sogenannten Brücke zu einer beliebten Mutprobe bei der
Detmolder Jugend geworden war, dann hätte er nur
verständnislos den Kopf geschüttelt. Er hatte kein gutes
Gefühl dabei diesen Durchschlupf zu nutzen. Es war
immer noch dunkel und in dem Bereich zwischen den
Gebäuden unterhalb der Brücke, stand wild wuchern-
des Buschwerk. Hoch genug, um einen erwachsenen
Mann bei diesen Lichtverhältnissen zu verbergen. Aber
was sollte er machen? Tschernenko hatte ihm Viertel
nach Fünf als spätesten Termin gesetzt und den musste
Bruschetta einhalten, wollte er nicht das Leben seines
Sohnes gefährden. Zeit, sich irgendwo eine andere

Stelle zu suchen, an der er über den mannshohen Zaun klettern konnte, hatte er nicht. Er war schon verdammt spät dran.

Tschernenko hatte ihm den Platz hinter den beiden Abrisshäusern als Treffpunkt genannt. Dazu musste er unter der Brücke durch. Vorsichtig quetschte er sich durch die schmale Öffnung im Bauzaun. Bruschetta war größer und deutlich massiger als Tschernenko, der natürlich nicht mehr Verstrebungen aufgeschnitten hatte, als für seine Statur und die von Rafael erforderlich waren. Er musste viel Kraft aufbringen, um die abgeschnittenen Stäbe weiter auseinander zu drücken. Als er fast hindurch war, blieb er mit der Schulter an einer der abgetrennten Stellen hängen und zog sich eine schmerzhafte Schürfwunde zu. Leise fluchend suchte er einen Weg durch das kniehoch gewachsene Unkraut, zwischen dem Steine, zerbrochene Flaschen und metallische Abfälle lagen. Das erste fahle Licht der beginnenden Morgendämmerung machte es ihm nur unwesentlich leichter. Er war viel zu angespannt, um etwas von der morgendlichen Kühle zu spüren.

Sein Handy vibrierte. Er stellte sich hinter die Ecke des linken Gebäudes, hoffte, dass es keinen Steinschlag von oben geben würde und dass es nicht schon wieder Schulte war. Es war eine Meldung von Google Maps, die anzeigte, dass die Leute, die er vor fast vier Stunden aus Berlin herbeibefohlen hatte, bereits im Detmolder Stadtgebiet waren. Er prüfte noch einmal, ob seine eigene Position für die Männer zu erkennen war. Dann bog er um die Ecke und tastete sich vorsichtig unter

der Brücke hindurch, bis sich vor ihm ein weiter recht-
eckiger Platz öffnete. Hier stand das Unkraut so hoch,
dass an schnelles Gehen nicht zu denken war. Da dieser
Bereich durch die hohen Gebäude ringsum weder vom
Mondlicht noch von der diffusen Morgendämmerung
erreicht wurde, musste Bruschetta sich jeden Schritt
gut überlegen. Besorgt schaute er auf seine Armbanduhr. Der Termin war nun schon um zwei Minuten
überschritten, er konnte nur hoffen, dass Tschernenko
Geduld hatte.

Plötzlich stieß sein rechter Fuß gegen einen größeren
Gegenstand, der ihn aus dem Gleichgewicht brachte.
Er konnte einen Schmerzensschrei kaum unterdrücken,
ruderte mit den Armen, um wieder ins Lot zu kommen und stürzte zwischen Disteln und Brennnesseln zu
Boden. Sofort versuchte er, sich mit den Armen hoch-
zudrücken, wollte wieder in die Vertikale. Doch dann
spürte er kalten Stahl in seinem Nacken und hörte die
Worte: „Ganz ruhig bleiben und keine Dummheiten!"

80

Fünfmal hatte Schulte versucht, Bruschetta telefo-
nisch zu erreichen. Fünfmal war sein Versuch ins Leere gelaufen. Keine Sekunde war es für Schulte infrage
gekommen, sich der Anweisung Bruschettas zu unterwerfen und sich rauszuhalten. Es stellte sich allerdings
die Frage, wie er vorgehen sollte. Die Kollegen von der
Kreispolizeibehörde alarmieren? Aber was konnte er de-

nen als Anhaltspunkt bieten, wohin sollte er sie schicken? Bruschetta war mit größter Sicherheit nicht in seiner Wohnung. Aber wo er war oder wohin er gerade unterwegs sein könnte, darüber wusste Schulte nichts. Deshalb hatte er immer wieder versucht, Bruschetta anzurufen, ihn davon abzuhalten, im Alleingang etwas zu unternehmen. Es war nun halb fünf in der Frühe und Schultes Unruhe nahm zu. Warten war einfach nicht seine Sache. Er suchte alle Schubladen seines Küchenschrankes ab, bis er seine Dienstpistole und ein volles Magazin fand. Dann warf er sich eine Jacke über und verließ seine Wohnung. Die Hoffnung, dass keiner der anderen Hofbewohner hören würde, wenn er seinen alten Land Rover startete, war hinüber, als er sah, dass bei Ina und Linus Licht brannte. Kein Wunder, dachte er. Der arme Junge musste unter Schock stehen, da war natürlich an Schlaf nicht zu denken.

Schulte jagte das alte Auto Richtung Detmold, dann quer durch die nächtliche Stadt, bis er in der Fürstengartenstraße eine Parklücke fand. Es brannte keinerlei Licht im Haus, was seine Theorie, dass Bruschetta unterwegs war, bestätigte. Er betrat den Garten und ging zur Haustür, die natürlich abgeschlossen war. Schulte kramte sein Zauberbesteck, wie er das schwere Bündel aus diversen Schlüsseln und Dietrichen nannte, aus der Jackentasche. Das Türschloss war zwar nicht uralt, entsprach aber auch nicht dem neuesten Sicherheitsstandard. Schulte brauchte zwei Minuten, dann sprang die Tür auf und er konnte den dunklen Flur betreten. Während er noch nach einem Lichtschalter tastete, prallte sein Fuß gegen etwas Großes und Weiches. Schultes Schrecken war groß, als er endlich den Schalter gefunden hatte und den massigen Männerkörper sah, der regungslos quer im Flur lag. Das musste der Bodyguard sein, von dem Linus gesprochen hatte. Vorsichtig stieg Schulte über die Leiche und ging weiter. Die Tür zum Wohnzimmer stand offen. Der umgekippte Stuhl, auch den hatte Linus beschrieben, lag immer noch auf dem Fußboden. Schulte schaute sich in der schwachen Hoffnung um, irgendeinen Hinweis auf den aktuellen Stand der Dinge zu finden. Aber da war nichts zu sehen, was ihm weiterhalf. Er ging weiter und kam in ein Schlafzimmer. Dort stand der große Kleiderschrank, in dem Linus sich versteckt hatte. Aber auch hier war Schultes Suche fruchtlos. Die zweite Tür des Wohnzimmers führte in die Küche. Eine große, blitzsaubere und teuer eingerichtete Küche. Ganz die Art von Küche, die man stolz seinen Gästen zeigt, in der aber so gut wie nie gekocht wird. Die Küche war derart aufgeräumt, dass Schultes Blick schnell auf den einzigen Gegenstand fiel, der offenbar nicht an seinem Platz war – eine kleine Schiefertafel, auf der jemand mit Kreide etwas gekritzelt hatte. Es war für Schulte kaum möglich, etwas davon zu entziffern. Aber dann las er: *Temde* und 05.15 Uhr. *Temde?* Schulte musste kurz überlegen, dann kam ihm die stillgelegte ehemalige Leuchtenfabrik in der Nähe der Elisabethstraße in den Sinn. Sollte etwa da …?

Schulte zögerte nicht länger. Er verließ das Haus, wobei er vorher wieder über den Toten klettern musste und stieg in seinen Land Rover. Bevor er startete, nahm er sein Handy und wählte eine Nummer. Es dauerte eine Weile, bis sich eine völlig verschlafen klingende Maren Köster meldete.

„Wisch dir den Schlaf aus den Augen!", sagte Schulte, ohne auf ihre momentane Langsamkeit Rücksicht zu nehmen. „Dann komm so schnell du kannst zur alten *Temde*-Fabrik. Ja, im Ernst, ich …"

„Moment", unterbrach sie ihn. „Was ist überhaupt los? Warum soll ich dahin?"

Schulte beschrieb ihr in knappen Worten den Stand der Dinge. „Ach ja", ergänzte er. „Schick auch die Spurensicherung los. Die sollen im Garten und im Haus von Bruschetta in der Fürstengartenstraße auf die Pirsch gehen. Dort liegt eine männliche Leiche im Flur, direkt hinter der Haustür. Aber wichtiger und viel eiliger ist, dass du zu dieser Bauruine kommst. Bring ein paar Leute mit, es könnte kritisch werden!"

„Und was machst du jetzt?", fragte Maren Köster, nun wesentlich wacher klingend.

„Ich fahre schon mal vor", antwortete Schulte und drückte das Gespräch weg. Ihren Einwand hörte er bereits nicht mehr, wollte ihn aber auch gar nicht hören.

81

Bruschetta traute sich kaum, den Kopf zu bewegen. Der kalte Stahl in seinem Nacken verbot jede schnelle Bewegung. Die Stimme hatte er jedenfalls noch nie gehört. Er hatte einen leichten osteuropäischen Akzent herausgehört, mehr verriet sie ihm nicht.

„Aufstehen und Hände in den Nacken!", befahl ihm die Stimme.

Betont langsam, um keinen Schussreflex auszulösen, stand Bruschetta auf. Erst jetzt wagte er es, den Kopf ein wenig zur Seite zu drehen. Auch das Gesicht des Mannes war ihm unbekannt.

„Immer schön geradeaus gehen!", kam die nächste Anweisung.

Bruschetta setzte sich in Bewegung. Mit einem doppelt unguten Gefühl betrat er den Bereich unterhalb der baufälligen Brücke. Die Gefahr von oben und in seinem Rücken waren Grund genug, äußerst konzentriert zu bleiben. Ein falscher Schritt, ein Stolperer konnte einen Schuss auslösen. Da Bruschetta nichts über die nervliche Verfassung seines Gegners wusste, musste er mit Stressreaktionen rechnen.

Langsam kam er in den großen, verwilderten Innenhof. Mittlerweile war es ein wenig heller geworden. Hell genug jedenfalls, um die Örtlichkeit zu erkennen. Aber nicht hell genug, um die Gestalt, die plötzlich aus der totalen Dunkelheit des Gebäudes rechts von ihm auftauchte, identifizieren zu können.

„Stehenbleiben!", kam wieder ein Befehl von der Stimme hinter seinem Rücken.

Eine gefühlte Ewigkeit ließ man ihn so stehen, ehe die nur schwach erkennbare Figur vor ihm sprach: „So sieht man sich wieder, Bruschetta. Diesmal verschwinde ich aber nicht gleich wieder. Viele Grüße auch von

Rafael. Ein ausgesprochen netter Junge. Es geht ihm gut, keine Sorge."

Bei diesen Worten trat eine kleine Männergestalt aus der Dunkelheit heraus ins noch nebelhafte Licht des frühen Morgens. Der graue Regenmantel hing an ihm wie angewachsen.

„Was willst du, Tschernenko?", fragte Bruschetta, um einen festen und souveränen Ton bemüht. „Wo ist mein Sohn?"

„Dein Junge? Er ist prima dort aufgehoben, wo er jetzt ist."

Bruschetta registrierte, dass Tschernenko nun das förmliche Sie aufgegeben hatte und zum Du übergegangen war. Offenbar fühlte er sich sicher und überlegen.

„Man hat ja nicht jeden Tag das Vergnügen, mit einem echten Fürsten der Berliner Unterwelt sprechen zu dürfen. Ich habe mir das schon lange gewünscht. Umso schöner ist es, dass ich es nun bin, der den Verlauf des Gespräches bestimmen kann."

„Du bist im Milieu als Schwätzer bekannt, Tschernenko. Sag einfach, was du willst und wer dich bezahlt."

Tschernenko setzte ein bösartiges Grinsen auf, das seinem Gesicht noch mehr als sonst Ähnlichkeit mit einem Wiesel verlieh. Seine kleinen, sonst so kalten Äuglein blitzten vor Vergnügen, als er begann: „Fangen wir hinten an. Ich handle im Auftrag eines Mannes, der nicht will, dass du dich hier in Ostwestfalen breitmachst. Das hier ist sein Revier und dich betrachtet er als Eindringling."

„Sind jetzt alle paranoid?", rief Bruschetta ehrlich

empört. „Wer immer es ist, wie kommt er darauf, dass ich hier eine Rolle spielen will?"

„Muss ich dir das wirklich erklären?", fragte Tschernenko, der die Situation sichtbar genoss. „Aber gut, tun wir mal so, als wüsstest du das alles nicht. Die landeseigenen Spielbanken sollen privatisiert werden, wie du sicher mitbekommen hast. Und zufällig befindet sich gerade jetzt einer, der in Berlin einer der Großen ist, wenn es um Spielbanken und Wettbüros geht, hier in der Gegend. Reiner Zufall? Wohl kaum. Mein Auftraggeber will jedenfalls kein Risiko eingehen und will dich rausdrängen. So einfach ist das."

„Und wie will er mich rausdrängen?", fragte Bruschetta und wunderte sich gleichzeitig. Denn er hatte bislang nie mit dem Gedanken gespielt, eine Spielbank in Nordrhein-Westfalen zu übernehmen. Er wohnte ja gerade deshalb im Lippischen, um Geschäft und Privatleben zu trennen, um seinem Sohn ein besseres Umfeld bieten zu können, als das raue Berliner Pflaster. Aber ihm war schnell klar, dass er nun so tun musste, als ob. Es war wichtig, das Gespräch so lange hinauszuzögern, bis seine Männer vor Ort waren.

„Okay", sagte er, so lässig es ihm möglich war. „Dann ist dein Chef ja echt auf Zack. Gratuliere. Aber das hätten wir doch auch auf andere Art besprechen können. So etwas regelt man unter Geschäftsleuten durch finanziellen Interessenausgleich und nicht, indem man solche jämmerlichen Typen wie dich auf seine Mitbewerber hetzt."

Während er bewusst provozierte, um Zeit zu gewinnen, spürte Bruschetta erneut den Vibrationsalarm seines Handys in der Hosentasche.

„Warum also diese Erpressung mit meinem Sohn? Wozu dieses Theater hier in diesem Dreckloch? Rede endlich Klartext: Was will er? Geld und mein Versprechen, diese Gegend zu verlassen? Damit ich meinen Sohn unbeschadet zurückbekomme?"

Nun lachte Tschernenko laut.

„Ich hätte nicht gedacht, dass du so naiv bist, Bruschetta."

Er schien sich gar nicht mehr einkriegen zu können vor lauter Vergnügen. Es dauerte eine Weile, bis sein Lachen abbrach und er fortfuhr: „Geld hat er selbst genug. Er hat sein Vermögen mit Sportwetten gemacht. Scheint 'ne Menge einzubringen. Aber wem sage ich das, mit diesem Business kennst du dich ja bestens aus. Nein, ihm geht es um was anderes. Die Entführung deines Sohnes hatte nur einen einzigen Zweck."

Tschernenko machte eine für Bruschetta fast unerträgliche Kunstpause, während sich der Druck der Pistole in Bruschettas Rücken wieder verstärkte. Endlich sprach Tschernenko weiter: „Die Entführung diente nur dem Zweck, dich hierher zu bringen. Hierhin, wo ich dich in aller Ruhe liquidieren kann. Der Tod deines Leibwächters war ein Betriebsunfall, hat sich so ergeben, reines Pech. Dein Söhnchen hat jedenfalls seine Rolle zu unserer vollen Zufriedenheit erfüllt. Wir brauchen ihn nun nicht mehr. Allerdings wollen wir auch keinen lästigen Zeugen frei herumlaufen lassen, du verstehst?"

„Du miese Ratte!", schrie Bruschetta, nun außer sich vor Wut. „Glaub bloß nicht, dass du damit durchkommst. Die Bullen sind dir sowieso schon auf den Fersen. Aber du kannst dich sogar glücklich schätzen, wenn die Bullen dich vor meinen Männern erwischen. Die mögen es überhaupt nicht, wenn einer den Mann tötet, der ihnen ihre Brötchen bezahlt."

Wieder lachte Tschernenko, aber es klang schon etwas gekünstelter.

„Das werden wir ja dann sehen", sagte er herablassend. „Du und dein entzückendes Söhnchen, ihr werdet es jedenfalls nicht mehr erleben. Schau dich noch mal in Ruhe um, Bruschetta. Dieses schöne Plätzchen wird deine letzte Ruhestätte werden. Bis hier mal der Bagger anrückt, bist du längst skelettiert. So, und nun haben wir genug geplaudert. Bringen wir es zu Ende!"

Bodo Bruschetta befand sich in einer prekären Lage – zwischen zwei Pistolen. Die Pistole von Tschernenko vor der Brust und die Pistole seines Gehilfen im Rücken. Beide im Abstand von einem halben Meter. Mit einem Fehlschuss war nicht zu rechnen.

„Jetzt müsst ihr euch aber entscheiden", höhnte Bruschetta, im Versuch bei weitem cooler zu wirken, als er sich fühlte. „Wer von euch beiden knallt mich denn jetzt ab? Oder macht ihr es gleichzeitig? Von vorn und von hinten durchlöchert. Damit kann ich mich im Jenseits wirklich sehen lassen. Hoffentlich habt ihr keine ummantelten Geschosse geladen. Wenn die durch mich durchgehen, dann erschießt ihr beiden Volltrottel euch gegenseitig. Schade, dass niemand hier ist und davon ein Video dreht. Das wäre der absolute YouTube-Hit."

„Jaja", antwortete Tschernenko wütend. „Nur schade, dass du das nicht mehr erleben wirst. Wenn du versuchst, damit Zeit zu schinden, spar dir die Mühe. Hier ist außer uns weit und breit niemand, der dir helfen könnte. Wir haben theoretisch Zeit ohne Ende. Aber du kotzt mich an, Bruschetta und ich will deine Visage nicht mehr sehen. Deshalb mache ich es jetzt schnell. Du wirst nichts spüren, du Glückspilz."

Genau in dem Augenblick landete ein kleiner schwarzer zylindrischer Gegenstand zwei Meter von Tschernenkos Füßen entfernt. Während er noch irritiert den Kopf in die Richtung drehen wollte, gab es einen ohrenbetäubenden Knall und extrem grelles Licht raubte allen drei Männern die Sicht. Völlig orientierungslos wankten sie umher, verzweifelt darum bemüht, das Gleichgewicht zu halten. Tschernenko stürzte zu Boden, sein Gehilfe lief vor Schmerz schreiend davon. Bruschetta sah nichts mehr, vor seinen Augen tanzten Sterne, es fühlte sich an, als sei im Innern seines Kopfes etwas zerbrochen. Doch Sekunden später spürte er, dass zwei kräftige Arme ihn umfassten und wegführten. Er war nicht imstande, zu fragen, wer ihn hielt und wohin er gebracht wurde. Dann hörte er eine laut scheppernde Stimme, die in seinen Ohren klang, als würde ein Kieslaster seine Ladung abkippen.

„Setzen Sie sich hin, Chef".

Bruschetta hatte die Anweisung kaum verstanden, aber sie klang irgendwie vertrauenerweckend. Also ließ er sich auf irgendetwas Hartes und Kaltes, offenbar nackter Beton, nieder. Dann atmete er tief durch. Von Sekunde zu Sekunde ließ der Kopfschmerz nach, die Sicht wurde wieder etwas klarer und auch die Stimmen konnte er nun wieder etwas besser hören. Aber es pfiff und dröhnte immer noch im Kopf.

Als er endlich etwas erkennen konnte, sah er Tschernenko auf dem Boden liegend, ein Mann kniete über ihm und band ihm die Hände auf dem Rücken mit einem Kabelbinder zusammen. Der Fluchtversuch seines Kumpans war offenbar gescheitert, denn auch der wurde gerade von zwei Männern in Bruschettas Richtung gebracht. Es waren seine Leute aus Berlin, die Männer, die er vor Stunden herbeigeordert hatte und die verdammt noch mal genau im richtigen Augenblick gekommen waren. Nun standen sie alle vor ihm, seine Mitarbeiter finster dreinschauend, Tschernenko offenbar immer noch blind und taub sowie dessen Kumpan, der sich anscheinend resigniert seinem Schicksal ergeben hatte.

Bruschetta drückte sich immer wieder auf beide Ohren, in der Hoffnung, dadurch wieder richtig hören zu können. Schließlich fragte er: „Was zum Teufel war das gerade?"

„Eine Blendgranate", bekam er als Antwort. „So was benutzen die Sondereinsatzkommandos der Polizei gern bei Geiselbefreiungen. Hundertachtzig Dezibel, echter Wahnsinn. Und das Licht ist noch schlimmer. Macht die Leute vorübergehend orientierungslos. Hat doch gut geklappt, oder?"

„Jaja", murmelte Bruschetta. „Vorübergehend sagst du? Hoffen wir das Beste."

Erst jetzt bemerkte er, dass seine Männer einen guten Job gemacht hatten und er bedankte sich. Zu Tschernenko sprach er: „So, du miese Ratte. Jetzt sag mir sofort, wo mein Sohn ist. Du hast selbst gesagt, dass uns hier niemand hört oder sieht. Wenn du also nicht redest, werden wir dich dazu zwingen, bis du um dein Leben winselst. Los, raus mit der Sprache!"

Aber entweder war Tschernenko noch immer nicht in der Lage zu sprechen oder er stellte sich bewusst quer. Bruschetta, selbst unter immer noch heftigen Kopfschmerzen leidend, stand auf und stellte sich direkt vor ihn. Er war gut einen halben Kopf größer als der Russe und hätte ihn eigentlich allein dadurch einschüchtern müssen. Doch Tschernenko blickte mit roten Augen zu ihm hoch und spuckte ihm ins Gesicht. Bruschetta schlug zu. Schlug, ohne zu denken, schlug so hart, dass er jeden Knöchel in seiner Faust knirschen hörte. Tschernenko ging zu Boden, wurde aber sofort von einem der Männer Bruschettas wieder hochgerissen. Bruschetta fasste ihn am Revers seiner Regenjacke, hob den ganzen Mann einige Zentimeter vom Boden ab und ließ ihn gleich wieder abrupt los, sodass Tschernenko Mühe hatte, nicht schon wieder zu stürzen. Einer von Bruschettas Männern fing ihn ab und nahm ihn in einen brutalen Schwitzkasten.

„Wenn du jetzt nicht redest, Mann", fauchte Bruschetta ihn an, „dann lasse ich dich in tausend Einzelteile zerlegen. Du kannst es aber auch anders haben.

Wenn du mir jetzt sagst, wo mein Sohn ist und ich ihn wohlbehalten wiederhabe, dann übergebe ich dich als Ganzes der Polizei. Ein Angebot, das anständiger ist, als du es je verdient hättest."

„Chef", unterbrach ihn der Mann, der ihn vorhin gestützt hatte. „Vielleicht können wir das Ganze abkürzen. Dieser andere Kerl hier, der zittert vor Angst, dass er dasselbe erlebt wie sein Boss. Vielleicht redet der schneller."

Das leuchtete Bruschetta ein. Er musste den jammernden Kerl nur scharf anblicken, da brach auch schon dessen letzter kleiner Rest an Widerstandsfähigkeit zusammen.

„Der Junge ist …", stammelte er und nannte eine Adresse im Detmolder Stadtteil Hohenloh.

„Wie komme ich ins Haus?", fragte Bruschetta scharf nach, bevor der Jammerlappen es sich anders überlegen konnte.

„In meiner linken Hosentasche ist der Haustürschlüssel", kam die Antwort.

„Wird er bewacht?"

„Nein, das war nicht nötig. Wir haben ihn an einen schweren Tisch gefesselt. Er kann also nicht weg und das Haus steht etwas einsam. Hören kann ihn da keiner."

Als Bruschetta den Schlüsselbund in der Hand hielt und Anstalten machte, zu verschwinden, fragte ihn einer seiner Männer: „Was machen wir jetzt mit den beiden Arschlöchern?"

Bruschetta zögerte, dann machte er eine abwehrende Handbewegung. „Macht mit ihnen, was ihr wollt. Diesen Trottel hier", dabei zeigte er auf Tschernenkos Kumpan, „den lasst einfach gefesselt hier liegen. Den kann sich die Polizei später abholen. Mit dem anderen macht, wozu ihr Lust habt. Ich will das gar nicht so genau wissen. Nur so viel: Es geht der Welt besser, wenn es diesen Dreckskerl nicht mehr gibt. So, ich muss dringend los."

Plötzlich rührte sich Tschernenko und rief mit überkippender Stimme: „Aber das kannst du doch nicht machen! Bruschetta, bleib hier! Halt mir diese Leute vom Leib! Die sind doch …"

Doch Bruschetta hörte ihn schon nicht mehr. Er war bereits unter der Brücke durch, quetschte sich durch die Öffnung im Bauzaun und rannte die Bahnhofstraße hinunter, um zu seinem Auto zu kommen.

82

Endlich sah Schulte den weißen VW Tuareg Bruschettas am Rand der Elisabethstraße. Er parkte sein Gefährt in der Nähe und stieg aus. Im selben Moment hörte er in einiger Entfernung einen lauten Knall, als wäre etwas explodiert. Schulte hatte nur eine oberflächliche Ortskenntnis und wusste nicht recht, was ihn erwartete. Langsam ging er durch die dunkle und menschenleere Temdestraße. Er ärgerte sich ein wenig, weil er Schuhe mit harten Ledersohlen trug, mit denen er einfach nicht geräuschlos gehen konnte. Am Ende der Straße, dort, wo sie auf die Bahnhofstraße trifft, lag links hinter einer Hecke der große Parkplatz eines Busunternehmens, rechts die riesige alte Fabrik. Schulte guckte vorsichtig um die Ecke und sah einen Mann, der sich mit eiligen Schritten entfernte. Irgendwie kam ihm dieser Mann bekannt vor, aber da er ihn nur von hinten und nur aus einiger Entfernung sehen konnte, versuchte Schulte gar nicht erst, herauszufinden, wer es war. Sei's drum, dachte er sich. Das kann ich jetzt nicht mehr ändern.

Schulte bog, nachdem er nochmals ausgiebig die Lage gepeilt hatte, rechts um die Ecke. Kurz danach fiel ihm die schmale Stelle auf, wo der Bauzaun aufgeschnitten worden war. Sollte er da wirklich durchmüssen? Schulte sah sich schon auf den frei stehenden Schnittenden aufgespießt. Dann gab er sich einen Ruck und quetschte seinen kräftigen, aber nach sechs Dekaden nicht mehr jugendlich-straffen Körper durch die enge Stelle. Er ratschte sich dabei einen ordentlichen Winkel in seine Hose, aber dann war er durch. Vorsichtig ging er weiter bis zu der Stelle unter der Brücke. Denn aus dieser Richtung waren Geräusche zu hören. Misstrauisch betrachtete er den schlechten Zustand der Gebäudeverbindung.

„Da gehe ich ums Verrecken nicht drunter durch", sagte er sich, hob den Kopf und horchte. Er konnte jetzt Stimmen hören, gar nicht weit entfernt. Die Stimmen kamen aus dem Innenhof der Fabrik. Viel sehen konnte Schulte von seinem Standpunkt aus nicht, also blieb ihm nichts anderes übrig, als sein Misstrauen gegen dieses wacklige, brüchige Bauwerk, das jeden Moment einstürzen konnte, zu überwinden und unter der Brücke hindurchzugehen. Dann stand er am Rand des Innenhofes und sah eine Szene vor sich, die seine schlimmsten Befürchtungen bestätigte.

Den kleinen Mann im grauen Regenmantel, der gerade von drei kräftig gebauten Männern umzingelt wurde, hatte Schulte erst zweimal gesehen und dann auch nur sehr kurz. Aber er hatte keinen Zweifel, dass es sich um Oleg Tschernenko handelte, der verzweifelt versuchte, seine Gegner auf Distanz zu halten. Ein völlig sinnloser Versuch, wie Schulte sofort erkannte. Die drei schubsten ihn von rechts nach links, vorwärts und rückwärts, als wollten sie ihn sich passend zurechtlegen. Schulte suchte den ganzen Innenhof nach Bruschetta ab, sah ihn aber nicht. Da fiel ihm der Mann ein, der eben kurz vor seinem Eintreffen das Gelände verlassen hatte. Verdammt, fluchte er innerlich, wo hatte er seine Augen gehabt? Das konnte nur Bruschetta gewesen sein.

Jetzt sah er einen weiteren Mann, sitzend und mit dem Rücken an eine Wand gelehnt. Offenbar hatte man diesem die Hände auf dem Rücken zusammengebunden, da er die Arme merkwürdig verdreht hielt. Um den würde er sich nicht weiter kümmern müssen.

Plötzlich hielt einer der drei bulligen Männer eine Pistole in der Hand und drückte sie Tschernenko auf die Brust. Der schreckte zurück, kam aber nicht weit, da die beiden anderen ihn von hinten im Klammergriff hielten. Schulte hörte die Stimme des Mannes mit der Pistole: „Ich zähle bis drei, dann lasst ihr ihn los. Keine Sorge, er wird nicht mal einen Meter weit kommen."

„Aber das könnt ihr doch nicht machen", schrie Tschernenko voller Panik.

„Können wir nicht?", antwortete der mit der Pistole ruhig. „Du bist ein widerwärtiger Auftragskiller, hast einen von uns eiskalt getötet und den Sohn unseres Chefs entführt. Wahrscheinlich wolltest du auch das Kind umbringen, wenn wir dich nicht davon abgehalten hätten. Welchen Wert hat so eine Type wie du? Die Welt ist tatsächlich besser dran ohne dich. Du hast doch gehört, was unser Chef eben gesagt hat."

Schulte überlegte fieberhaft, was er tun sollte. Sich allein mit diesen drei Männern anzulegen, war Selbstmord. Andererseits konnte er nicht zulassen, dass hier vor seinen Augen ein Lynchmord geschah. Wo blieb nur Maren Köster? Die hätte doch längst hier sein müssen. Schulte sah, dass der Mann mit der Pistole zwei Schritte zurücktrat, den Lauf der Pistole immer noch auf Tschernenkos Brust gerichtet.

„Ich fange jetzt an zu zählen", sagte er mit seiner ruhigen Stimme. „Eins, zwei ..."

„Stopp!", hörte Schulte sich selbst rufen. Niemand war verblüffter als er selbst, als er plötzlich seine Deckung verließ und auf die Gruppe zulief. Warum tat er das? Er wusste es selbst nicht, beschimpfte sich dafür, wusste aber gleichzeitig, dass er gar nicht anders konnte. Als er direkt vor dem kaum weniger verblüfften Mann stand, rief er ihm zu: „Sofort Stopp! Polizei."

Hektisch pfriemelte er seinen Dienstausweis aus der Jacke und hielt ihn dem Mann vor die Augen. Der musterte ihn nur kühl von oben bis unten, dann wies er mit einer herrischen Geste einen der anderen Männer an, weiterhin auf Tschernenko aufzupassen und sagte abschätzig: „Ich glaube, es war keine gute Idee, sich hier einzumischen. Mach, dass du hier wegkommst! Wir sorgen hier nur für Gerechtigkeit."

„Gerechtigkeit?", Schulte spuckte das Wort beinahe aus, gleichzeitig fragte er sich selbst, was in diesem Fall eigentlich gerecht war und was nicht. War es gerecht, jemanden wie diesen Tschernenko mit einer Haftstrafe davonkommen zu lassen? War die Welt ohne ihn nicht tatsächlich ein besserer Ort? Rasch wischte Schulte diese vergifteten Gedanken weg, bemühte sich um innere Ruhe und sagte: „Ich weiß, was dieser Kerl auf dem Kerbholz hat. Ich finde ihn ebenfalls zum Kotzen und ich sorge dafür, dass er seine Strafe erhält. Aber ich werde keine Lynchjustiz hier in Detmold dulden. Hat Bruschetta das etwa so befohlen?"

Der Mann zögerte, war sich wohl unsicher über die Konsequenzen seiner Antwort, dann sagte er: „Nicht direkt. Aber er war stinksauer auf diesen Drecksack. Wäre ich auch, wenn er mein einziges Kind umbringen wollte. Und ich würde mich auch nicht von einem Bullen davon abhalten lassen."

Er grinste hinterhältig, als er zu Schulte sagte: „Wie du siehst, trage ich Handschuhe. Die Pistole halte ich immer frei von Fingerabdrücken. Weil ich ein sauberer Mensch bin und weil man nie weiß, was passiert. Nachdem ich geschossen habe, werde ich dich zwingen, die Pistole anzufassen. Dann werfen wir das Ding neben die Leiche dieses Typen. Die Leute von der Spurensicherung werden begeistert sein, wenn sie die Fingerabdrücke eines Kollegen auf der Tatwaffe finden. Und dich selbst nehmen wir mit und setzen dich irgendwo wieder aus. Aber erst, nachdem wir anonym einen Leichenfund gemeldet haben und du keine Zeit haben wirst, die Waffe in die Finger zu kriegen. Dann kannst du dem Richter sonst etwas erzählen – niemand wird dir glauben. Ist das nicht ein verdammt guter Plan?"

Schulte blieb kurz die Luft weg. Das war eine gespenstische Vorstellung, aber alles andere als unrealistisch. Jeder Polizist in Detmold wusste, dass Schulte Tschernenko auf den Fersen war. Er wäre nicht der erste Bulle, der aus seinem Job eine Obsession gemacht hätte und nicht mehr zwischen Pflicht und persönlichem Hass unterscheiden konnte. Ob Bruschetta für ihn sprechen, ihn sogar raushauen würde? Kaum anzunehmen, schließlich waren es seine Leute, die ihm diese Suppe einbrockten.

„Sie dürfen das nicht zulassen", schrie Tschernenko in höchster Panik. „Sie sind doch Polizist."

Doch Schulte schwieg. Er wusste einfach nicht, was er noch tun sollte. Als letzte Rettung versuchte er einen Bluff: „Glaubt nicht, dass ich allein hier bin. Meine Kollegen werden jede Sekunde hier aufkreuzen. Ihr kommt aus diesem Gebäudekomplex nicht mehr raus. Dein schöner Plan ist damit zum Teufel. Bis jetzt kann man euch nur leichte Körperverletzung vorwerfen. In Anbetracht der Umstände wird jeder Richter das wahrscheinlich sogar mild bewerten. Wenn ihr diesen Mistkerl tötet, kommt ihr erst aus dem Bau, wenn ihr im Rentenalter seid. Überlegt mal, ob dieser Haufen Scheiße das wert ist."

Sein Gegenüber versuchte ein spöttisches Grinsen, verriet seine Unsicherheit aber dadurch, dass er sich schnell und verstohlen umschaute.

„Kein guter Bluff!", bekam Schulte als Antwort. „Hier ist keiner. Wahrscheinlich sind die Kollegen noch damit beschäftigt, ihre Corona-Schutzmasken zu suchen."

Auch die beiden anderen Ganoven lachten über diesen Scherz ihres Anführers.

Schulte war absolut nicht zum Lachen zumute, aber plötzlich hörte er aus dem Bereich unter der Brücke Geräusche und dann ... „Die Waffe weg!", rief eine energische Frauenstimme, die Schulte aus allen anderen herausgehört hätte. „Polizei."

Alle rissen die Köpfe herum und schauten vollkommen überrascht in die Richtung, aus der die Stimme gekommen war.

Maren Köster stand direkt unter der Brücke und zielte mit ihrer Dienstwaffe auf den Wortführer der Truppe. Neben ihr tauchte Manuel Lindemann auf, ebenfalls mit der Waffe in der Hand. Dann noch vier uniformierte Beamte.

Die Männer machten erst gar nicht den Versuch zu flüchten. Schultes Gegenspieler warf seine Pistole auf den Boden und blickte Schulte finster an.

„Ich hätte gewettet, dass du geblufft hast", sagte er kopfschüttelnd.

„Habe ich auch", antwortete Schulte, dem gerade zentnerschwere Steine vom Herzen fielen. „Manchmal gehen Wünsche eben in Erfüllung."

Müde sah Schulte zu, wie Tschernenko und die drei anderen in Handschellen gelegt und abgeführt wurden.

„Da hinten ist noch einer", rief Schulte Lindemann zu und wies auf den Mann, der immer noch gefesselt an der Hauswand lehnte. „Schon reisefertig verpackt."

Als nur noch er und Maren Köster auf dem Innenhof standen, ging er auf sie zu, bremste aber kurz vorher ab. „Ich würde dich jetzt gern in den Arm nehmen", sagte er. „Das hast du dir verdient. Aber du weißt ja, Corona und so, Abstand halten. Ich hole das dann später nach."

„Aber nur mit Gesichtsmaske", antwortete sie und lachte. Schulte blickte sie wehmütig an.

„Du siehst einfach süß aus, wenn du gerade aus dem Bett gekommen bist. Erinnert mich an früher."

„Du änderst dich nie, Schulte. Kaum den Tod von der Schippe gesprungen und schon wieder Süßholz raspeln", antwortete sie, schenkte ihm aber ein herzliches Lächeln. Dann wurde sie schlagartig ernst.

„Du weißt, warum es mit uns nicht geklappt hat, oder? Ich hätte mir damals gewünscht, dich öfter neben mir im Bett zu sehen, wenn ich aufgewacht bin. Aber du wolltest beides, mich und deine verflixte Freiheit und warst mehr weg als da. Beides zusammen geht nun mal nicht, jedenfalls nicht mit mir."

83

Stau, schon sechs Kilometer vor dem Kamener Kreuz. Wenn man sich die Nummernschilder ansah, musste man annehmen, dass jetzt zu Beginn der Woche anscheinend Tausende von Menschen aus Osteuropa auf dem Weg zu ihren Arbeitsstätten im Ruhrgebiet und vermutlich auch zu denen in den angrenzenden Beneluxländern waren. Von Fölsen, der das Auto fuhr, setzte das portable Blaulicht auf das Autodach und versuchte die Verkehrsteilnehmer dazu zu bringen, eine Gasse zu bilden. Doch die Fahrer der anderen Autos schien das Geblinke kaum zu berühren. Ein Großteil der Kraftfahrer ignorierte das Signallicht einfach und starrten vor sich hin.

Von Fölsen legte die Hand auf die Hupe und ließ die Fanfare im Dauerton erschallen. Das half wenig. Also auf dem Seitenstreifen weiterfahren, dachte er. Doch auch das war schwierig. Die anderen Verkehrsteilnehmer ließen einen Spurwechsel nicht so einfach zu. Von Fölsen wurde zum Verkehrsrowdy und zwängte sich rücksichtslos in die nächstmögliche Lücke.

Der Fahrer, vor dem er einscheren wollte, ließ ihn jedoch nicht, sondern zeigte ihm einen Vogel. Jetzt war es van Leyden leid. Er stieg aus dem Auto, zeigte dem renitenten Fahrer seinen Polizeiausweis und verlangte den Führerschein.

„Schauen Sie sich den noch einmal genau an", sagte er dem Mann hinter dem Steuer, als er ihm das Dokument zurückgab. „Denn lange wird der nicht mehr in Ihrem Besitz sein. Rechnen Sie mit einer Anzeige wegen Behinderung der Polizeiarbeit, Nötigung und Beamtenbeleidigung." Van Leyden grinste boshaft. „Ich fürchte, Sie werden in nächster Zeit nicht nur kein Auto mehr fahren dürfen, sondern Sie werden auch eine Menge Geld benötigen, um die Strafen zu zahlen, die auf Sie zukommen. Von einem Gefängnisaufenthalt will ich erst gar nicht reden."

Während van Leyden darum bemüht war, eine Fahrgasse zum Seitenstreifen zu organisieren, schlug Hubertus von Fölsen aufgeregt immer wieder gegen das Lenkrad. Die Zeit lief ihnen davon. Kaum hatte das Auto sich auf dem Seitenstreifen in Bewegung gesetzt, scherte plötzlich ein Lkw aus und verhinderte die Weiterfahrt. Diesmal fackelte van Leyden nicht lange. Er rannte zu dem Lkw, sprang zur Kabine, schnappte den Fahrer am Kragen seiner Jacke und schnauzte ihn an. „Du hast eine Minute Zeit, um den Weg frei zu räumen. Ansonsten verhafte ich dich auf der Stelle. Und ich versichere dir, dein Geld wirst du zukünftig nicht mehr als Lkw-Fahrer verdienen." In dem Moment knackte es in einem Lautsprecher.

„Hallo Kojote Karl", hörte van Leyden. „Hier spricht der *Rasende Roland,* hast du Ärger? Brauchst du Hilfe?"

Van Leyden drängte den Lkw-Fahrer auf den Beifahrersitz und suchte nach dem Mikrofon des Funkgerätes. Als er es gefunden hatte, drückte er die Sprechtaste. „Hör zu, du renitenter Roland, du hängst dich jetzt an dein Funkgerät und sagst deinen Kollegen, dass hier ein ziviles Polizeifahrzeug auf dem Standstreifen weiterfahren wird. Und wehe, sollten wir auch nur ein einziges Mal behindert werden, dann werden sämtliche Lkws an der nächsten Ausfahrt von der Autobahn geholt. Alles Weitere kannst du dir selbst ausmalen. Hast du das verstanden, du Knallkopp?"

„Ist ja schon gut," nuschelte der *Rasende Roland*. „Nun bleib mal locker."

Dann knackte es wieder im Lautsprecher. „Hallo Leute, hier eine wichtige Durchsage …" mehr bekam van Leyden von dem Funkspruch nicht mehr mit. Er hastete zu von Fölsens Auto, ließ sich auf den Beifahrersitz fallen und rief: „Gib Gummi! Wir müssen pünktlich am Flughafen sein."

Es ging weiterhin schleppend voran. Die Autobahnen waren an diesem Sonntagabend völlig überfüllt. Oft ging es nur im Schritttempo voran und auch das Blaulicht erfüllte nur bedingt seine Dienste. Die Anspannung bei den Polizisten stieg. Sie hatten gerade das Autobahnkreuz Oberhausen West passiert, da brummte van Leydens Handy. Es war Adelheid Vahlhausen. Er nahm das Gespräch an.

Nach dem obligatorischen „Hallo", hörte van Leyden zu. Er beendete das Gespräch mit dem Wort „Scheiße!"

Anschließend setzte er Hubertus von Fölsen in Kenntnis.

„Der Flug nach Paris ist gerade gecancelt worden. Corona verändert die Welt. Scheibenhonig, damit ist unser einziger Anhaltspunkt aufgelöst. Auf so einem großen Flughafen wie Düsseldorf ist das jetzt fast ein aussichtsloses Unterfangen, jemanden zu finden. Da kannst du auch die sprichwörtliche Nadel im Heuhaufen suchen. Adelheid versucht gerade die Verantwortlichen dazu zu bewegen, die Stornomeldung noch zurückzuhalten."

Von Fölsen sah auf seine Armbanduhr. Es war neunzehn Uhr. Er fluchte und schlug ärgerlich mit der Hand auf das Lenkrad und versuchte schneller zu fahren. Dabei murmelte er immer wieder. „Wir müssen das packen, wir müssen …"

Eine Viertelstunde später fuhren die Polizisten auf den Terminal-Ring auf. Hubertus von Fölsen war ein korrekter Mensch, ein Beamter durch und durch. Doch jetzt war ihm jede Vorschrift egal. Er lenkte seinen Wagen direkt neben einem McDonalds Restaurant auf den Standstreifen, stieg aus und rannte los. Van Leyden folgte ihm.

„Scheiße", presste van Leyden nach einigen Minuten planlosen Herumrennens heraus. „Wo fangen wir an zu suchen?"

„Zum Check-in", entgegnete von Fölsen heftig atmend.

Aus den Lautsprechern in der Abflughalle ertönte eine Stimme. „Wir weisen die Passagiere des Fluges 323 von Air France, geplante Abflugzeit Zwanzig Uhr fünfunddreißig, nach Paris Charles de Gaulle Airport, darauf hin, dass dieser Flug, aus Sicherheitsgründen gecancelt wurde. Ein Ersatz kann nicht angeboten werden, da die aktuellen Bestimmungen zur Bekämpfung der Corona-Pandemie keine Möglichkeiten bieten. Air-France bedauert diese Maßnahme sehr. Die Fluggesellschaft entschuldigte sich für die Umstände und bittet alle Reisenden um Verständnis für die Absage."

„Van Leyden", sagte von Fölsen, als er sich suchend umsah: „Wir sind die Einzigen, die hier im Flughafengebäude keine Maske tragen." Mit diesen Worten zog er sich ein rotes Tuch mit weißen Punkten vor Mund und Nase. Kaum hatte sich auch van Leyden, vermummt, hörten sie einen Mann wütend schreien.

Van Leyden glaubte, die Stimme schon einmal gehört zu haben. Er drehte sich zu dem Schreihals, der gerade: „Das ist der größte Drecksladen, den ich je erlebt habe!", brüllte. „Wissen Sie was das bedeutet?", ereiferte sich der übergewichtige Kerl weiter. „Den Schaden, den Sie und ihre beschissene Airline hier anrichten, den können Sie in diesem Leben nicht mehr ersetzen."

Hättest du geschwiegen, wärst du zwar nicht Philosoph, aber immerhin unentdeckt geblieben, bildete sich von Fölsen seinen eigenen Reim auf das Schauspiel und schlenderte zu dem dicken, brüllenden Mann hin. Er legte ihm die Hand auf die Schulter und sagte: „Herr Wagner, ich …" Weiter kam der Polizist nicht.

Der feiste Kerl hatte sich von Fölsen kurz zugewandt, hatte seine Faust geballt und hatte ihm diese mit voller Wucht ins Gesicht geknallt.

Der Polizist ging augenblicklich zu Boden. Überall war Blut. Menschen kreischten. Einige gafften und zückten ihre Handys.

Dieses Tohuwabohu nutzte der Dicke. Er warf van Leyden seine Koffer vor die Füße und rannte los. Zwei elegant gekleidete Frauen, die zufällig den Weg Wagners kreuzen, wurden von ihm angerempelt, sodass sie wie zwei Kegel, die von der Kugel getroffen wurden, durch die Luft flogen. Kaum, dass sie am Boden lagen, setzte van Leyden mit einem gewagten Sprung über sie hinweg und sprintete hinter Wagner her, der alles niedermachte, was sich ihm in den Weg stellte. Jetzt machten sich die vielen Kilometer, die van Leyden in den letzten Jahren am Heidenoldendorfer Vietberg abgerissen hatte, bezahlt. Er holte schnell auf und tuschierte den Fuß des flüchtenden Wagner, sodass dieser der Länge nach hinschlug und noch einen halben Meter über die auf Hochglanz polierten Steingutfließen schlidderte, ehe er stöhnend liegen blieb.

Die Handschellen klickten.

„So, mein Lieber, jetzt geht es ab nach Detmold. Und da nehme ich Sie in die Mangel und mache Sie so platt, dass man Sie anschließend ohne Mühen unter jeden Teppich schieben kann", raunte van Leyden dem Dicken ins Ohr und zog in unsanft auf die Beine.

Es war bereits nach Mitternacht, als sie endlich zurück in der Kreispolizeibehörde Detmold waren. Die Vernehmung sollte hier stattfinden. Denn in Heidenoldendorf gab es ja keinen Verhörraum.

84

„Ich sage nichts, bevor mein Anwalt dabei ist", war die monotone Antwort, die Wagner für angemessen hielt.

„Dann rufen Sie ihren Rechtsverdreher an", sagte van Leyden genervt.

„Das geht leider nicht, der schläft jetzt", grinste Wagner unverfroren.

Van Leyden musste sich zusammenreißen. Am liebsten hätte er dem feisten Kerl seine Faust sonst wohin gedonnert. Plötzlich waren Stimmen auf dem Flur zu hören. Schulte steckte seinen Kopf durch die Tür.

„Wen habt ihr da in der Mangel?", fragte er verwundert.

„Das Gleiche könnte ich dich auch fragen, du alter Mann", entgegnete van Leyden. „Was machst du hier? Du bist doch im Homeoffice."

Schulte griente schief. „Erstens: ‚Alter Mann' darf mich nur die Staatsanwältin nennen und zweitens: Ich wäre ja in meinem Zuhausebüro, aber ihr bekommt es ja ohne mich nicht geregelt. Einer musste den Killer ja zur Strecke bringen, während ihr euch anscheinend nur mit Parksündern herumschlagt."

„Du meinst, du hast Tschernenko gefasst", staunte van Leyden nicht schlecht.

„Ich dachte, wir wären gut, Schulte", nuschelte von Fölsen, dem in jedem Nasenloch eine Tamponade steckte. „Aber so einen Coup, und dass in deinem Alter, Respekt."

Schulte sah zu Wagner, der in den letzten Sekunden

um Jahre gealtert war. „Und wen habt ihr da aus dem Schlaf gerissen?"

„Das ist Wagner, der Auftraggeber von diesem Tschernenko", entgegnete van Leyden.

Schulte wandte sich an den Dicken. „Sieh mal einer an. Als wir deinen Auftragskiller vor einer Stunde geschnappt haben, hat der gesungen wie eine Nachtigall. Und weißt du, was er uns erzählt hat?"

„Mit Sicherheit nicht die Wahrheit. Ich kenne nämlich keinen Tschernenko", brabbelte Wagner hastig.

„Das sieht der aber anders", entgegnete Schulte lässig. „Tschernenko hat uns nämlich gesteckt, dass du ihn beauftragt hast, Heinrich Fischer umzubringen, weil der dich um 280 000 Euro geprellt hat, um damit die Schulden zu begleichen, die er bei dir hatte. Wettschulden. Und weil er dich beschissen hat, musste er sterben."

„So ein Quatsch", schimpfte Wagner. „Ich wollte lediglich mein Geld zurückhaben. Von Mord war niemals die Rede. Aber ihr kennt ja diese Russen, bei denen ist doch ein Menschenleben nichts wert. Die legen alles um, was ihnen vor die Knarre kommt."

„Tschernenko sieht das völlig anders", belehrte ihn Schulte. Dabei zwinkerte er van Leyden zu. Schulte, dachte der, dieser alte Fuchs. Der weiß solche Situationen zu nutzen. Der schießt einfach mal in die Luft und wartet, was runterfällt.

In diesem Moment kam die Staatsanwältin in den Raum.

Schulte war bester Laune. „Sieh an, die Judikative

hat sich auch schon aus den Federn gequält. Wagner hat gerade unter Zeugen bestätigt, dass er Tschernenko angeheuert hat, um den *Schönen Heinrich* umzubringen."

„Das stimmt doch gar nicht", zeterte Wagner, „Tschernenko sollte lediglich ein bisschen auf den Busch klopfen. Von Umbringen war nie die Rede. Das hat der aus eigenen Stücken getan. Ich wollte das nicht. Ich schwöre."

Wagner machte Anstalten drei Finger zu heben.

„Na ja", grinste Schulte, „das könnt ihr dann ja alles klären. Hier sind sowieso zu viele Leute in einem Raum und ich bin ja, wie gesagt, Risikopatient und zum Homeoffice verdonnert. Ich gehe dann mal. Ihr macht das schon."

85

„Was mache ich denn jetzt mir dir, Bruschetta?"

Schulte stellte seine Bierflasche vor sich aufs Pflaster und wischte sich mit dem Handrücken den Schaum von den Lippen. Er saß auf der Bank vor seiner Wohnung und blinzelte in die untergehende Frühlingssonne. Bruschetta saß im coronagerechten Abstand am anderen Ende der Bank. Schulte warf ihm einen schnellen Blick zu. Auch wenn sich das „Du" zwischen den beiden Männern mittlerweile verfestigt hatte, stand Schultes Erlebnis im Innenhof der *Temde*-Fabrik wie ein Fremdkörper zwischen ihnen. Er konnte es drehen und wenden, wie er wollte. Es änderte nichts daran, dass Bruschetta einem Milieu angehörte und darin sogar eine wesentliche Rolle spielte, welches Schulte seit Anbeginn seines Berufslebens bekämpfte. Dass Bruschetta den wehrlosen Tschernenko einfach seinen Männern zum Fraß überlassen hatte, war für Schulte nicht zu akzeptieren.

„Ich weiß, was du von mir denkst", sagte Bruschetta und zündete sich eine Zigarette an. „Und nüchtern betrachtet, hast du wahrscheinlich sogar recht. Aber ich war nicht mehr Herr über mich selbst. Der Drecksack hatte in meinem Haus einen meiner Männer getötet. Nicht in Notwehr, sondern einfach so, nur um ihn aus dem Weg zu schaffen. Dann hat er meinen Sohn entführt. Dieser Junge ist alles, was mir etwas bedeutet. Und warum das alles? Er wollte kein Geld erpressen oder seine Freiheit gewinnen oder so was, das hätte ich alles noch akzeptieren können. Nein, er wollte uns beide töten und hat Rafael vielleicht ein lebenslanges Trauma beschert."

Bruschetta zog an der Zigarette, als hinge sein Leben davon ab.

„Mich schüttelt es jetzt noch, wenn ich daran denke", fuhr er nach einer Weile fort. „Als ich endlich rausgefunden hatte, wo Rafael steckt und den Haustürschlüssel in der Hand hielt, da war Tschernenko plötzlich kein Thema mehr. Mich beherrschte nur noch ein Gedanke – Rafael da rausholen. So schnell wie möglich. Das habe ich auch gemacht. Zum Glück war Rafael trotz allem einigermaßen wohlauf. Der Junge hat mehr seelische Widerstandskraft, als ich gedacht hätte. Aber das konnte ich vorher nicht wissen und ich bin vor Angst um ihn fast gestorben. Mich mit dem Schicksal eines widerwärtigen Killers zu beschäftigen, dazu hatte ich weder Zeit, noch war ich dazu in der Verfassung. Ja, und dann habe ich meinen Männern gesagt: Macht, was ihr wollt."

„Wirklich?", fasste Schulte nach. „Ich habe das von deinen Leuten ein bisschen anders gehört."

Bruschetta stieß eine Rauchwolke aus und schaute Schulte irritiert an. Dann sagte er leise: „Stimmt! Ich habe wohl gesagt, dass die Welt ohne diesen Kerl besser dran sei. Das hätte ich nicht tun dürfen. Das ist wahrhaftig kein Ruhmesblatt in meiner Vita."

Schulte nahm einen Schluck Bier und fragte: „Was sind das eigentlich für Männer? Mir kamen sie vor wie ein Schlägertrupp."

Bruschetta nahm sich Zeit, seine Gedanken auf dieses neue Thema zu richten.

„Du weißt doch, womit ich meine Brötchen verdiene, oder? Ich kaufe Bars, Kneipen, Wettbüros und manchmal auch ein Bordell, wenn die in finanziellen Schwierigkeiten stecken. Angefangen hat das alles mit einem heruntergekommenen Laden, der Hanky-Panky-Music-Hall im Wedding. Ich steckte Geld rein, machte die Bude richtig schick und wollte sie eigentlich selbst betreiben. Dann habe ich aber gemerkt, dass ich so etwas nicht gut kann. Ich bin einfach kein Gastronom, andere können das besser. Also habe ich die Bude mit Gewinn verpachtet. Einmal auf den Geschmack gekommen, habe ich mit dem weitergemacht, worin ich gut bin. Ich kaufe, hübsche auf und verpachte. Das ist einerseits völlig legal, andererseits macht man sich damit natürlich auch eine Menge Feinde. Die Leute, die ihren Laden in den Ruin getrieben haben und nun an mich verkaufen müssen, fühlen sich schon mal von mir über den Tisch gezogen, Konkurrenten bekommen es mit der Angst, wenn ich schon wieder eine Bude übernehme und so weiter. Wenn ich um die Ecke gebracht werden sollte, dann würden die sich wie Geier auf mein kleines Imperium stürzen. Ich brauche also eine Schutztruppe. Keine Große, aber immerhin. Eine hohe Sensibilität ist dabei nicht unbedingt die Kernkompetenz dieser Leute. Die können dafür andere Sachen."

„Schon klar", sagte Schulte. „Und wegen dieser Gefährdung bist du ins vermeintlich beschauliche Lippe gezogen. Um für dich und deinen Sohn ein sicheres und ruhiges Umfeld zu haben. Hat wohl nicht so richtig geklappt, oder?"

„Nein", antwortete Bruschetta und lachte kurz. Es war ein bitteres Lachen. „Das hat nicht so gut geklappt. Aber wir bleiben trotzdem hier. Ich habe das mit Rafael besprochen. Es ist in erster Linie sein fester Entschluss, hierzubleiben. Es gefällt ihm hier besser als in Berlin. Und wenn diese Corona-Geschichte irgendwann mal vorbei ist, dann kann er auch Linus wieder besuchen. Das bedeutet ihm viel. In Berlin hatte er nie wirklich einen Freund. Das hatte wahrscheinlich auch mit den Geschäften seines miesen Vaters zu tun. Ich bin dem Jungen einiges schuldig geblieben."

Schulte wusste nicht recht, was er nun sagen sollte und hing seinen eigenen Gedanken nach. Er wusste einfach nicht, wie er Bruschetta nehmen sollte. Aber war er, nur weil er Polizist war, automatisch ein besserer Mensch und stand dadurch immer auf der richtigen Seite? Manchmal kamen ihm daran Zweifel. Schulte war niemand, der sein Leben damit verbrachte, tief in sein Innerstes zu horchen und nach dem verborgenen wahren Kern seiner Persönlichkeit zu suchen. Trotzdem wusste er von seinen Schattenseiten, kannte die dunklen Bereiche seines Naturells, ahnte, dass auch ein anderes Leben als das des aufrechten Verfechters für Ruhe und Ordnung möglich gewesen wäre. Solche Gedanken verwirrten ihn und er schob sie weg, wenn es irgendwie ging. Heute ging es nicht und Schulte fühlte sich innerlich zerrissen.

„Wirst du gegen mich aussagen?", unterbrach Bruschetta plötzlich die Stille.

„Na ja", antwortete Schulte, „du warst ja schon weg, als ich kam. Was soll ich da aussagen? Ich könnte nur spekulieren und das zählt vor Gericht nicht. Nein, ich denke, ich behalte das, was du mir gerade erzählt hast und vor allem das, was ich in der Fabrik gesehen habe, für mich. Mit der Verantwortung für dein Handeln musst du selbst zurechtkommen. Ich hätte mir ein anderes Verhalten von dir gewünscht, aber …, verdammt noch mal, ich weiß nicht, ob ich mich anderes verhalten hätte. Ich habe zwei Töchter und um beide habe ich mich nicht gekümmert, als es Zeit dafür gewesen wäre. Erst als sie erwachsen waren, sind wir uns nähergekommen. Als Vater war ich ein Totalversager und schäme mich heute dafür. Du magst ein größerer Ganove sein, als du zugibst, aber als Vater funktionierst du besser, als ich das jemals getan habe. Nein, ich werde nicht gegen dich aussagen. Und ich werde mich jedes Mal freuen, wenn dein Rafael bei uns auftaucht. Aber sobald du anfängst, hier im Lippischen krumme Dinger zu drehen, dann stelle ich mich gegen dich. Das sollte dir klar sein."

„Danke", sagte Bruschetta leise und schaute in den Abendhimmel. „Ich weiß das zu schätzen. Du hast bei mir einen gut."

Schulte trank den letzten Schluck aus der Flasche und stellte sie dann ab.

„Wenn das so ist, dann lass die Finger von dem Geschäft, mit dem du gerade liebäugelst."

„Was?", schreckte Bruschetta aus seiner Nachdenklichkeit auf. „Was meinst du damit?"

Schulte lachte.

„Die Wettbüros dieses Herrn Wagners sind ja nun herrenlos geworden. Ich kann mir nicht vorstellen, dass jemand wie du eine solche Gelegenheit übersieht. Oder?"

„Schulte, du bist ja echt auf Zack", sagte Bruschetta und grinste dabei. „Hast ja Geschäftssinn. Ich könnte einen tüchtigen Mann gebrauchen, der hier in Ostwestfalen ein bisschen was für mich aufbaut. Wie wäre es? Wirf bei der Polizei die Brocken hin und fang bei mir an. Ich zahle auch deutlich besser als der Staat."

Schulte schaute ihn verblüfft an.

„Bruschetta, noch so ein unmoralisches Angebot und ich nehme dich sofort fest. Auf der Stelle."

86

Jupp Schulte blinzelte in die Frühlingssonne, reckte und streckte sich behaglich und ging zu der kleinen, bunt gemischten Gruppe, die bereits an zwei im rechten Winkel aufgestellten Biertischen vor dem Hofladen Platz genommen hatte. Man saß nicht ganz im coronagerechten Abstand, aber sie waren draußen an der frischen Luft und es wehte ein leichter, warmer Wind, sodass verseuchte Aerosole, sofern es sie denn gab, ungehindert ins Nichts entweichen konnten.

Schulte setzte sich auf den freien Platz zwischen Maren Köster und Hubertus von Fölsen. Ihm gegenüber unterhielten sich seine Tochter Ina und Pauline Meyer zu Klüt angeregt. Linus stand weit vom Tisch entfernt an die Wand des Hofladens gelehnt und schaute konzentriert auf sein Handy. Schultes Hund Lümmel fegte aufgeregt um die vielen Beine herum und konnte sich gar nicht einkriegen vor Glück.

Adelheid Vahlhausen stellte eine große Kaffeekanne auf jeden der beiden Tische und huschte gleich wieder eifrig davon. Die drei anderen *Obernkrug*-Kollegen standen in angemessenen Abstand zueinander vor der Tür des Hofladens und hörten amüsiert Anton Fritzmeier zu, der soeben von seinem Abenteuer mit dem *Windhund* berichtete.

„Und dann habbich ihn chefragt, ob sie ihm als Kind zu oft auffen Kopp gehauen ham. Iss doch wahr, der Kerl hat sich aufcheführt, als wenner nich alle Ferkel im Rennen hätte. Tapert hier einfach rein als wäre dat sein Zuhause. Kann ich doch nich durchchehen lassen, so wat, oder?"

Adelheid Vahlhausen forderte alle auf, sich nun an den Tisch zu setzen. Das dauerte einige Zeit, aber irgendwann hatten alle Platz genommen und wollten sich gerade über Kaffee und Kuchen hermachen, als Anton Fritzmeier aufstand und sich laut räusperte. „Also, ich freue mich", rief er und schaute in die Runde. „dat chetz sonne schöne junge Frau hier einchezogen iss."

„Junge Frau ist gut", rief Adelheid Vahlhausen. Fritzmeier ließ sich nicht irritieren und sprach weiter: „Ich chlaube, wir vertragen uns chut, die Heidi und ich. Denn sie iss 'ne Nette und ich bin dat ja sowieso. Ich komme ja sogar mit unsern Jupp klar und dat will wat heißen. Also Heidi, auf chute Nachbarschaft!"

„Heidi", schmunzelte van Leyden so leise, dass Schulte ihn kaum hören konnte. „Das klingt schon ein bisschen lockerer als das steife Adelheid."

Pauline, die jetzt neben ihm saß, rammte ihm den Ellenbogen in die Seite.

Schulte betrachte das so ungleiche Paar und wusste immer noch nicht, ob er diese Liaison begrüßen oder verdammen sollte. Sicher, Marco van Leyden schien sich deutlich verändert zu haben, aber Schulte wusste aus eigener Erfahrung, dass Männer sich in der Balzphase gern von ihrer besten Seite zeigen, um dann, wenn alles in trockenen Tüchern ist, wieder in die alten Verhaltensmuster zurückzufallen. Er konnte nur hoffen, dass Pauline eine solche Enttäuschung erspart blieb.

Sein Blick wanderte zu Linus, der gerade hastig ein Stück Kuchen herunterschlang, um danach wieder wie hypnotisiert auf sein Handy zu starren. Er würde sich um den Jungen kümmern müssen, dachte Schulte. Er konnte sich gut erinnern, wie er sich in diesem Alter gefühlt hatte. Irgendwo zwischen allen Welten schwebend, nicht wissend, wer man ist und wohin man gehört. Noch nicht erwachsen, aber auch schon lange kein Kind mehr. Vor allem nicht nach dem, was Linus vor Kurzem erlebt hatte. Dass er durch die Corona-Beschränkungen auch noch von seinen Freunden getrennt worden war, tat ein Übriges. Freunde kann selbst der beste Opa nicht ersetzen, wusste Schulte. Dann sah er zu Maren Köster, die neben ihm saß. Was hatte er nicht schon alles mit dieser Frau erlebt? Sie hatten zusammen lebensgefährliche Situationen gemeistert, sich immer aufeinander verlassen können, sie hatten sich geliebt und gehasst, sich leidenschaftlich geküsst und ebenso hingebungsvoll gestritten. Nun versuchten beide seit Jahren, einfach nur gut funktionierende Kollegen zu sein. Das war ihnen einigermaßen gelungen, aber beide wussten insgeheim, dass sie noch nicht am Ende ihres Weges angekommen waren. Etwas war unerfüllt geblieben zwischen ihnen, aber keiner hätte sagen können, was genau das war.

Ein auf den Hof fahrendes Auto riss Schulte aus seinen Gedanken. Genau, eine Person fehlte noch in der Runde. Zoé Stahl, die junge Frau, die Schulte gerade erst kennengelernt und mit der er nur kurz zusammengearbeitet hatte.

Schade, dachte er, eine der wenigen Staatsanwälte, in diesem Fall eine Staatsanwältin, mit der er gut ausgekommen war. Er überlegte, eigentlich war es die Zweite. Es gab schon einmal eine Frau, die dieses Amt in Detmold innehatte, die zufällig einen ähnlichen Nachnamen hatte, aber sonst keinerlei Ähnlichkeit mit der jungen Frau aufwies. Sie hatten hervorragend zusammengearbeitet. Nicht nur das, auch mit dieser Frau war Schulte für einige Zeit liiert gewesen.

Erinnerungen kamen hoch. Schulte hörte plötzlich die Stimme von Bryan Adams aus seiner alten Stereoanlage. Er sah sich Kaffee kochen, erinnerte sich an eine wunderbar laue Sommernacht. Sie saßen auf einer Bank in Schultes Garten. Oder besser, in Schultes Grünzone, denn von Garten konnte auch damals kaum die Rede sein. Er sah sich ein Windlicht anzünden. Anschließend saß er neben dieser Frau, sie hieß Wilma, auf einer Bank. Sie lauschten der Musik und den Fröschen in Schultes Gartentümpel und dann … Schulte zwang sich, diesen Gedanken nicht weiter zu denken. Dann ist sie eines Tages gegangen, war einfach weg. So wie alle anderen Frauen, mit denen er jemals zusammen war. Früher hatte er sich gern, romantisch überhöht, als einsamer Wolf bezeichnet. Doch das stimmte nicht. Er brauchte seine Leute. Die hier auf dem Hof und auch die Kollegen. Doch das mit den Frauen, das bekam er irgendwie nicht auf die Reihe.

Zoé Stahl stieg aus dem Auto. Sie hatte noch jemanden mitgebracht. Als die beiden Frauen näherkamen, erkannte er die zweite Person, die sich bei Zoé eingehakt hatte. Was bin ich doch für ein Idiot, dachte Schulte. Denn ihm wurde schlagartig klar, warum der Name Stahl bei ihm diese diffusen, fast schon verschütteten Erinnerungsfetzen ausgelöst hatte. Die Frau, die auf ihn zukam, war Wilma Müller-Stahl. Es war die Frau, an die er sich noch vor wenigen Augenblicken erinnert hatte.

Schüchtern wie ein kleiner Junge ging Schulte den Frauen entgegen und begrüßte, natürlich auf Corona-Distanz, die Mutter der Staatsanwältin. Die lächelte ihn völlig unbefangen an und ihre Tochter Zoé strahlte vor Zufriedenheit über ihren gelungenen Coup.

„Wir sprechen uns noch", raunte Schulte ihr zu und drohte spielerisch mit dem Zeigefinger. Die beiden Frauen gesellten sich zu den anderen Gästen.

Schulte seufzte, dann stellte er sich vor die Anwesenden und wartete, bis alle schwiegen. „Seid mir nicht böse, wenn ich euch vom Kuchen abhalte. Ich mach's auch kurz. Auch ich freue mich, mit Adelheid, oder besser Heidi, eine neue und nette Nachbarin zu bekommen. Willkommen in unserer Hofgemeinschaft. Den anderen Insassen des Straflagers *Lippisch-Sibirien* muss ich allerdings sagen, dass sie in Zukunft ohne mich auskommen müssen. Ich …" Er hob abwehrend beide Hände, als Unruhe aufkam. Als das Geraune abflaute, fuhr er fort: „Ich werde übernächsten Monat dreiundsechzig. Damit ist die Pensionsgrenze erreicht. Ich habe nicht vor, um Verlängerung meiner Dienstzeit nachzufragen und ich bin sicher, dass meine vorgesetzten Dienststellen froh sind, mich endlich los zu sein.

Vierzig Jahre bin ich nun Bulle, vierzig Jahre habe ich den Kopf hingehalten. Habe mit brutalen Verbrechern und mit engstirnigen Vorgesetzten gekämpft. Jetzt reicht's. Ich bin sicher, das Leben hält noch genug andere Aufgaben für mich bereit."

Eine ganze Weile herrschte betretenes Schweigen. Niemand wusste so recht, was zu sagen war.

Die Detmolder Polizei ohne Jupp Schulte – sich das vorzustellen, verschlug offenbar allen Anwesenden die Sprache. Die Stille drohte endlos zu werden, wäre wohl ins Peinliche abgerutscht, wenn nicht Anton Fritzmeier plötzlich laut dazwischengefunkt hätte.

„Chott sei Dank!", rief er fröhlich. „Chetz habbich endlich einen, der mir hilft, die alte Scheune aufzuräumen. War schon lange anne Reihe, aber ich hab's ja im Kreuze und kann nich mehr so schwer heben. Jupp, willkommen bei den Rentners!"

Jürgen Reitemeier, geboren 1957 in Hohenwepel-Warburg / Westfalen. Nach einer handwerklichen Ausbildung zum Elektromaschinenbauer studierte er Elektrotechnik, Wirtschaft und Sozialpädagogik an den Hochschulen Paderborn und Bielefeld. Er lebt und arbeitet seit mehr als zwanzig Jahren in Detmold. Sein tägliches Brot verdient er als Coach in seinem Unternehmen modul b.

Wolfram Tewes, geboren 1956 in Peckelsheim / Kreis Höxter. Nach einigen Lehr- und Wanderjahren 1982 sesshaft geworden auf der Nordseeinsel Norderney. Dort war er bei der Norderneyer Badezeitung zuständig für Anzeigen, Vertrieb und Redaktion. Anschließend bis heute im Anzeigenbereich der Neuen Westfälischen Zeitung. Der Vater von zwei erwachsenen Töchtern lebt mit seiner Ehefrau in Paderborn.

Sämtliche Personen und Institutionen sind frei erfunden, und eine Ähnlichkeit mit lebenden oder verstorbenen Personen wäre rein zufällig. Einige Schauplätze im Roman sind real, andere hingegen fiktiv.

Die Autoren bedanken sich für die freundliche Unterstützung bei Ille Rinke.

Pendragon Verlag
gegründet 1981
www.pendragon.de

Originalausgabe
Veröffentlicht im Pendragon Verlag
Günther Butkus, Bielefeld 2020
© by Pendragon Verlag Bielefeld 2020
Alle Rechte vorbehalten
Lektorat: Günther Butkus, Uta Zeißler
Umschlag und Herstellung: Uta Zeißler, Bielefeld
Umschlagillustration: Alfons Holtgreve
Satz: Pendragon Verlag auf Macintosh
Gesetzt aus der Adobe Garamond
ISBN: 978-3-86532-687-4
Gedruckt in Polen

JÜRGEN REITEMEIER
WOLFRAM TEWES

Wenn Tote töten

KRIMI bei Pendragon

Jupp Schulte ermittelt | **Band 18**

978-3-86532-660-7 | 424 Seiten | *Auch als eBook*

Reitemeier / Tewes
Jupp Schulte ermittelt

Preis pro Band: EUR 13,90 *(Auch als eBook erhältlich)*
